新闻出版博物馆文库·史料

陳蝶衣文集

第一辑

茗边手记

孙莺◎编

上海人民出版社

目 录

尊前散记

一阵风病目

大中华咖啡馆同人，患病似有流行性。有一时间，忽然大家都成红鼻头，初不明厥因何在，其后王总理持平，先后病足，都呈不良于行状态。洎乎最近，则目疾又风行一时，其初陆莹小姐因忙于开账，损其目力，红丝不系其足而络其双瞳，憩养若干日始愈。继之则为下走，双目突然红肿，就治于陆颂亚医师，凡一来复而愈。兹则“一阵风”王凤珠小姐，亦急起直追，步我后尘。因亦介绍陆医师为之涤治，以其疾犹轻，仅二日，双目又返其秋水澄澈之美矣。

婴宁[①]

《大上海报》[②]1943年11月6日

了红妙语

孙了红兄作《侠盗鲁平奇案》，历年载下走所辑刊物者綦夥。

① “婴宁”为陈蝶衣笔名之一。

② 《大上海报》，日刊，1943年10月21日创刊于上海，原名《大报》（《大报》为上海大报社发行，1942年10月创刊，1943年4月19日停刊），属于新闻兼文艺类报刊。由徐朗西主编，1945年8月28日停刊。主要撰稿人有秋水、珊珊、金小春、柳因、白林等。

了红所作，不仅以情事诡奇见长，行文且往往多隽语，读之辄觉妙绪环生。最近，了红又以《囤鱼肝油者》一帙授下走，盖鲁平之又一恶作剧记录也。篇中隽妙之语尤多，有一节述某闻人藏娇金屋，不曰“小公馆”而曰“袖珍公馆”，真趣语也。

《大上海报》1943 年 11 月 6 日

潘柳黛女士喜讯

潘柳黛女士，为女作家中以新闻记者姿态出现者，其所作散见各刊物，行文恒多愁花恨烟之词，如以新文艺的笔调言之也。最近，颇闻潘女士已与一文艺圈中人矢爱好，迩来大中华咖啡馆夜座上，时见两人双携之影。一晚，下走深宵归去，途间亦值此一双隽侣，彳亍于薄雾之中。意者潘女士后此，青春的苦闷当可稍减于前，特不知此一杯喜酒，何时始能叨扰耳。

《大上海报》1943 年 11 月 7 日

王大吉

本报执笔者阵线中，忽发现王大吉先生大名。“王大吉”[①]在跳舞场中，为继“电话听筒”[②]“戚门陆氏”[③]以后之一种术语。此君取为笔名，大有“不辞十三点之嫌”的勇气。特不知与王大苏[④]先生，亦有手足之谊否？

《大上海报》1943 年 11 月 7 日

① “王大吉”，为舞场切口，指“十三点”，盖三字笔画相加正好为十三。
② “电话听筒”，此为舞场切口，形容对方十三点兮兮的，盖彼时电话听筒处恰有十三个孔。
③ “戚门陆氏”，亦为“十三点”之代称，“戚”为“七”，“陆”为“六”，相加正好为十三。
④ 王大苏，通俗文学作家，笔名苏广成。

一病轻于燕

六日之夜，冒冷雨盲风而行，以昼间犹燠热，未携夹大衣，遂为风雨所袭，遽撄小疾。曾淹[①]尝虑我不能胜繁剧，不幸乃为其言中矣。犹幸寒热甚微，丁济华医士距余居近，延之来诊，服药二剂即获愈。则下走之抵抗力，仿佛犹不弱也。

病中，沈毓刚、徐慧棠二君及孙了红兄皆来谈，颇不寂寞。而大中华咖啡馆李经理满存及陆莹小姐，并胡山源先生，皆先后来视余，则迹近劳师动众，愧不敢当矣。

新病初愈，困疲未复，举足时觉得脚下轻轻飘飘，只是站立不稳，摇摇欲仆，此殆是所谓“一病轻于燕”乎？

《大上海报》1943 年 11 月 14 日

兰亭诙谐

一与孙兰亭先生相晋接，此君便有妙语如珠，使汝忍俊不禁。一晚，尝于电台聆兰亭作募捐报告，兰亭面麦格风致辞曰：“诸位如此热心捐输，咱们一定要努力的唱，否则何以对得起江东父老，江西老表。”以江西老表衔接江东父老之下，词锋既捷，遂觉其突梯滑稽处真有匪夷所思之妙。又一晚，与兰亭、小蝶等步行于同孚路，经一质肆。肆门早阖，兰亭忽急叩其门曰：“一只打簧表，摆一摆好哦！”门内应声曰：“打烊哉！”兰亭犹曰：“今朝实在输疆脱！爷叔，阿好帮帮忙？”门内人曰：“明朝明朝！[②]”兰亭悻悻曰：“难末只好上吊哉！”同行诸人，遂不觉笑出声来。此君处世，一贯出之以吃豆腐

---

① 曾淹，为《上海报》编辑。

② “明朝”，沪语，“朝”为“早”音，意为“明天”。

作风。偶谈公事，不能不矜庄其容，而公事谈得差不多时，此君之技又痒，谐言诽语，脱口即是。使置此君于外交坛坫间，不知又将作何模样也。

《大上海报》1943 年 11 月 15 日

鹄候《鸿门宴》

信芳登台后，迄犹未遑一观其剧。以信芳所演，虽尽麒派杰作，然皆为以往所习见。予所绝盼者，厥为《董小宛》与《鸿门宴》。《董小宛》情致缠绵，为麒派言情戏中第一，而《鸿门宴》则信芳之张良，《闾门》一场，有美妙之身段，两剧皆予所绝爱。《董小宛》排练需时，或不易演。若《鸿门宴》则人马现成，高百岁之樊增，本是旧搭档，樊哙以林树森去之最好，否则高雪樵。有此阵容，演出当有如火如荼之观矣。苟信芳纳吾言，则上演之日，座中必有婴宁公子在。

《大上海报》1943 年 11 月 16 日

大中华女侍之擢升

大中华咖啡馆女侍应生，各有韶华能文者，当局以擢拔人才为主旨。上月间，首以陆莹女士调司会计职，兹则周淑珍小姐继之，亦擢升为女职员矣。两女皆来自黉舍，初颇以“穿教衣”为羞，予辄婉勖以努力，蓄待机会，今皆如愿以偿。

《大上海报》1943 年 11 月 16 日

访鍊师娘

访鍊师娘于其居，欲匄师娘为《春秋》作两画也。谭正璧先生近撰《永远的乡愁》一文贶《春秋》，所记盖宋代女词人李清照事迹，因请现代女词人周錬霞女士为李清照写照，就篇中情事，绘两图。錬师娘许以工笔为予作画。下期之《春秋》，得师娘妙绘，行见增无限颜色矣。

师娘之居，在巨籁达路（今当改称巨鹿路）采寿里，画楼一角，虽不甚广而颇有湘帘棐几之胜，则女词人运其慧心于布置，犹诸作画，一丘一壑，自然楚楚可观也。予访錬师娘时，方当女子书画展览会将开幕，师娘为应付出品，正作画甚忙。案头所展，为紫葡萄一幅，此固錬师娘之杰作，特依旧不见其作架，当时颇欲以此为请，顾终以谑而非雅，未敢出诸口也。

《大上海报》1943年11月17日

汪曼杰一男友

尝述崔万秋与歌星汪曼杰事于《春秋》，一昨有人来访，自言当日亦追求汪曼杰之一人，其得汪曼杰青睐，且较崔万秋为悠久云。因叩以汪曼杰下落，则谓遣嫁已久，此日且绿叶成荫矣。问其犹相见否？其人但摇首，看来亦是一位陌路萧郎也。其人姓名极熟，仿佛就挂在口里，只是一时想不起甚矣，记忆力之衰也。

《大上海报》1943年11月18日

萝菔在重庆

萝菔生熟皆可食，但在重庆，则四川人恒以下江人生嚼萝菔而诧为异事。徐行客之《苦行闲笔》，王云表之《峡中记》（以上两文，并刊下期《春秋》），皆记之，盖川人于萝菔非煮熟不食也。此真乡风处处不相同矣。(小舟注:但泡萝卜不在此列。)

《大上海报》1943年11月18日

喝咖啡

尝见许多人喝咖啡,恒以小匙舀咖啡些许,徐徐送入口中,以示并不"穷凶极恶",此实大误。小匙之为用,仅在于调和糖块,咖啡则擎杯喝之可已,绝对不需用匙。用匙转成了洋盘矣!盖西人喝咖啡,亦无如是吃法也!书此,以为时常跑咖啡馆者告。

《大上海报》1943年11月19日

《明末遗恨》

《鸿门宴》犹未闻信芳排演之讯,而《明末遗恨》则已见预告,此为信芳成名之作,曩年观其演此剧,有一语曰:"嘿呵!不抵抗将军何其多也。"信芳演剧,能随时求适应环境,此为其长处。看惯话剧者,每以平剧为不够刺激,惟信芳之戏,有时颇富于话剧意味,是以可贵也。今日之下,《博浪锥》一类戏已不我见,惟《明末遗恨》亦慷慨悲凉之作,观之亦足以聊且快意耳。

《大上海报》1943年11月19日

南洲主人之爨弄

南洲主人徐欣木兄,以海上名公子跌宕欢场,颇多韵艳之迹,其人亦恂恂儒雅,盖腹有诗书,气度自不同于纨绔子弟也。予识欣木有年,向时惟知其能诗,《燕子》一吟,不让铁沙奚囊。不知欣木于文事之外,且擅昆曲也。福熙路上之俄人俱乐部,最近有人假其地,爨弄昆曲三晚,李老太太及赵景深先生皆参加演出。赵景深先生以座券贶吾妇,而欣木亦以一券至,始知昆曲之会,欣木亦与其列,而所演则《玉簪记》之《琴挑》也。欣木言:"戏为避乱乌镇时所习,距今盖已六七年。而身段则周传瑛①所授云。"欣木登场之夕,适暴寒,而是晚为观南洲主人之《琴挑》来者,乃奇众,以欣木登场,致送银鼎花篮者累累,足以觇其拥有观众之伙也。欣木于《琴挑》中去潘必正,风流儒雅,恰如其人,手一描金扇,绝古雅,即此已足见海上名公子不同于流俗。欣木于登场之前,坚嘱予必进诤言。其实欣木绝顶聪明人,闲事游戏,自是无所不工。若必欲予贡一言,则潘必正挑逗妙常时,神情微嫌其不足,惟欣木平日虽倜傥而实谨厚,自不工佻达之技耳。

《大上海报》1943 年 11 月 20 日

语无伦次

得蒋九公太夫人之讣,讣上印曰:"祸延中华民国寿母显妣戴太夫人痛于民国卅二年十一月二十四日(即农历十月二十六日)末时寿终于内寝",核其时日,实犹未至(今日不过十一月二十一日),死人而可以预约,似未之前闻,九公兄可谓首创者也。或曰,九公于讣上不明明自承"苫块昏迷"乎?苫块昏迷之人,宜其语无伦次矣!一笑。

《大上海报》1943 年 11 月 21 日

① 周传瑛(1912—1988),原名根荣,苏州人。1921 年入昆剧传习所,师承沈月泉,工小生。与名旦张传芳长期合作,被称为"传"字辈中"小挡"(顾传玢、朱传茗为"大挡")。

白沉赋诗弔异方

剧人白沉,能为新体诗,盖亦舞台上人物之学有根底者。异方(郭元同)[①]既病逝于故都,白沉闻耗悲恸,尝作一词以弔之,其诗题曰《异方,你为什么死?》词极沉痛,下期之《春秋》杂志中,将载其原诗。异方死后,瘗于春明之郊,上刊铜图[②],则异方卜葬后,其夫人黄宗英墓前雪涕之影,亦人间之一幕悲剧也。

《大上海报》1943 年 11 月 21 日

水汀

冬令既届,朔风砭骨,大中华咖啡馆当局虑座上嘉宾,或不免肌肤皆粟之叹,因有装设水汀之议。核计所费,需十数万金之巨。事关重大,因郑重提出于董监联席会议中,结果佥以为"宜为食客谋",遂获全体一致之通过焉。自即日起,大中华将于每晚打烊后,漏夜从事于水汀管子之装置,后此坐大中华咖啡馆,虽在严寒之日,亦可得温暖如春之趣矣。

《大上海报》1943 年 11 月 26 日

麒老牌之馁

麒麟童奏唱天蟾,有时虽夕贴两剧,然售座情形,迄未睹如火如荼之盛。症结所在,非麒老牌不肯卖力,而在于排戏之困难,以此乃成天蟾此局致命之伤。例如昨今两日,老牌贴《鸿门宴》,此麒派杰构之一,乃列戏码于压轴之前,而以一出了无价值之《杀子报》

---

① 郭元同,毕业于燕京大学教育系,时为苦干剧团乐队指挥,黄宗英之夫,1943 年病逝。
② 原刊中图像模糊,故未收入本册。

为殿。老牌在《杀子报》中,不过饰一先生耳!此扫边老生应行之角色,麒老牌以一代宗匠之尊,乃屈而为小翠花配戏,在麒老牌既勿能展其所长,又讵能餍海上周郎之欲?《杀子报》之外,复有《阴阳河》,此亦小翠花之戏,而天蟾排戏者,亦命麒老牌充其配角,是直触麒老牌之霉头耳!真不知彼江南伶范,为什么唯唯诺诺,如此好说话?岂是看在几张钞票面上,遂不惜委屈以求全耶?

《大上海报》1943 年 11 月 26 日

《女歌手》

本报有《女歌手》长篇,出金小春兄手笔。最近出版之《春秋》,亦有一篇《女歌手》特写,材料取诸高乐歌场,所记则为陈小燕事。附有照片两帧,其一图中有玲芝,方站在麦格风前引吭而歌;其一则女服务员刘琴芳劝客点戏之图,惟客非外人,乃高乐要员盛载钧、范鹏及诨号"塘鲤鱼"之顾定山,客串演出者耳。

《大上海报》1943 年 11 月 27 日

一晚三出戏

《岳飞》与《梁上君子》上演,各贻我一券,同为星期五夜场之戏,而是晚周信芳演《鸿门宴》,事先予又订有座券。一个晚上要看三出戏,无论如何不及赶场,结果决定看《鸿门宴》而放弃《岳飞》与《梁上君子》。以《鸿门宴》为予所特烦,此晚不看,不知麒老牌重演何日,《岳飞》与《梁上君子》则演期非促,过几天还可以买票子去看也。

《大上海报》1943 年 11 月 27 日

黄海小姐

闻《小说月报》尝延致女职员若干人，司推销及接洽广告之责。此项女职员，多少艾而有殊色者，然下走数访《小说月报》编者顾冷观兄，初未一睹婴婴宛宛之俦，因以人言为不可信。日昨，忽有一殊艳之女，持陆守伦先生名刺枉顾，则为垂询大中华咖啡馆广告事来者。向时传闻，至此始知其果确。陆守伦先生遣之来者，曰黄海小姐。电影圈中有名小生黄河，黄河之外，今复发现一黄海，与黄河乃大似兄妹行也。

《大上海报》1943 年 11 月 28 日

观《鸿门宴》

《鸿门宴》连演两晚，至第二晚乃作座上客。此剧兼有《黄鹤楼》及《文素臣·公堂》之长，而炽热过之。麒老牌在吩咐“樊将军听令”时，有极美妙之身段。高雪樵之樊哙，亦与麒老牌合作得甚好。惟张良闯门而入时，未架剑门，与曩年所演略异，紧张之情势不免稍减，高百岁饰项羽，叱咤风云，大气磅礴，不输当年刘奎官，亦此剧之绝好辅弼也。

《大上海报》1943 年 11 月 28 日

信芳

信芳过去演《博浪锥》之韩信，《董小宛》之冒辟疆，前者固慷慨激昂之作，后者亦不失风流蕴藉之致，凡此胥是光下巴之戏，度刘郎亦不能不称其成功。

容我说一句放肆的话，似张良那样一个顶天立地的人物，环顾南北戏坛，亦惟信芳一人才配饰演此一角色。试问除信芳之外，更有何人能了解张良之为人？

至于服装，张良不当如信芳所打扮耶？然则应该穿戴些什么？叫他打扮成昆剧中潘必正那样的公子哥儿相吗？或是叫他扮成羽扇纶巾的诸葛亮模样？予以为信芳所饰之张良，便是一个活张良，不能改动丝毫，改动了便不像张良。

《鸿门宴》一剧，表现了张良的"舌辩"之能，我甚爱《文素臣》中《茶馆》《公堂》两场戏，所以我也爱看《鸿门宴》。不知刘郎①对于《文素臣》中的《茶馆》《公堂》两场戏，亦认为尚有可取之处否？

我知道，我的看戏眼光是与刘郎不同的，刘郎爱看信芳的《四进士》《天雷报》一类衰派戏，而我却爱看他的激昂慷慨与风流蕴藉两路戏，所以我爱好《鸿门宴》《博浪锥》，也爱好《董小宛》。说得透彻一点，我独爱看周信芳的光下巴戏，而不要看衰派戏，大概这是为了我有一点少年热情的缘故吧？

《大上海报》1943 年 11 月 29 日

白云伉俪

白云伉俪莅临大中华咖啡馆，盖为尝试焗冰淇淋及栗子蛋糕而来也。白云尝于游宴之场数数晤，而罗舜华女士则犹初见。白云与予语，操国语，而罗舜华女士则一口上海话，予因亦操两种不同的言语，以招彼此一双贤伉俪。白云于食味一道似颇有研究，贡献予意见甚多，惜予犹不十分内行，于白云之言，乃勿能一一省记。白云近曾赴汉皋演戏，归来才数日。在大中华坐至七时三刻，始离

① "刘郎"为报人唐云旌笔名之一。

座去，谓将赴卡尔登看《浮生六记》。

《大上海报》1943年11月30日

低级趣味

予编辑刊物，往往以“低级趣味”迎合读者胃口。曩辑《万象》尝发表《唐小姐的情书》，《万象》终以此“起家”。今辑《春秋》，又揭橥张恨水之《世外群龙传》，盖少时爱看《江湖奇侠传》一类武侠小说，至今遂习性不改。以此或不免为高贤所笑？然笑我之人，不知亦会自己一摸屁股否耳？

《大上海报》1943年11月30日

木偶戏

继高天伦木偶话剧之后，国人亦有组织木偶剧社者，其一以《水帘洞》为题材，近常在金国上演。其一为虞哲光氏主持之业余木偶剧社，则成立较早，《原始人》与《天鹅》两剧，曾博得一致之好评，即该社所制者。最近，虞氏又完成一新作，以上艺剧社解散时所演之《杨贵妃》为根据，制成木偶戏五场。第一场曰《从此君王不早朝》，第二场曰《七月七日长生殿》，第三场曰《惊破霓裳羽衣曲》，第四场曰《宛转蛾眉马前死》，第五场曰《蓬莱宫中日月长》，以剧目悉取白乐天之《长恨歌》，故拟以《长恨歌》名此剧。惟有人以为“长恨”字面不佳，因拟改为《长生殿》或《江山美人》。其实《长生殿》不足以包括全剧，若舍“长恨歌”不用，莫如径取“江山美人”之为佳。

木偶戏所能号召之观众，虽以儿童为多，然业余木偶戏剧社所献演者，却多意味深长之作。《长恨歌》最后一幕，唐明皇有独白曰:“我们不能将责任完全交付给第二代,我们应该自己负起重整江山,复兴国家的责任来!”此则视上艺之《杨贵妃》,尤有积极的意义矣。(按:此剧已筹备将竣,本月中旬可公演。)

《大上海报》1943年12月1日

观《李香君》

图1 唐若青所饰之李香君,刊于《半月戏剧》1940年第3卷第1期封面

丽华大戏院继《清宫怨》自后,又重演《李香君》,两剧胥为古装戏。予既尝观《清宫怨》,遂复于前夕往看《李香君》。此剧出吾友周贻白手笔,故时复有隽妙之语,出自剧中人之口。赵恕饰福王,有语曰:“只要你装得像,就不怕没有人承认。”盖亦皮里阳秋之笔也。柳敬亭一角,为主要人物,而是日汤琦乃不登台,临时挽他人庖代,以台词未熟,幕后提示者之声浪高,说武松打虎一段,不似说书而似唱双簧,乃使座上观众,为之嗢噱不已矣。

《大上海报》1943年12月2日

顾飞之诗

顾飞女士才华绮练,于其诗与画皆可征之。顾飞女士画山水,初犹柔弱,比年来乃实副其名,有突飞猛进之观。春间尝观其画展,所作胥有苍劲疏朗之气,而题画诗亦无不隽妙。予尝购其一立轴,上题绝句曰:“残叶疏林映晚霞,白云乱石掩山家。千峰落日无人管，终古涛声卷暮沙。”真诗中有画也。

图2　顾飞绘画作品，刊于《文友》1943年第2卷第3期封面

《大上海报》1943年12月2日

赵珍妮出走

闻赵珍妮已离岳枫出走，上月间，赵曾携一年轻小后生莅大中华啜咖啡，予尝布此消息于《新闻日历》中。然小后生还只是一个小弟弟模样，未必为赵之恋人耳。赵以明星欲炽而嫁岳枫，同居数载，已育有子女数人，而赵之风貌亦衰，顾犹有鹑奔之演出，倘亦恋爱至上主义之信奉者欤？

《大上海报》1943年12月3日

贵妃醉酒

潘柳黛女士躯体丰腴，而好亲杯勺，每饮辄醉，醉则百媚横生矣。谑者谓之曰“贵妃醉酒”，甚妙。潘女士近作《离恋之歌》一文，将发表于下期之《春秋》，文中述因谈恋爱而获致之苦痛，极缠绵悱恻之致，殆亦成于醉酒自后者也。

《大上海报》1943 年 12 月 3 日

废除傧相

贺唐公世昌[①]之婚于国际孔雀厅。唐公唇上之髭，果已付之一割，于是丰采益都，望之真如少壮派健将矣。婚礼进行时，新娘徐徐登场，废除傧相制度，惟以一少女为侍，司提掖兜纱之役。证婚人陈陶遗先生以金山口音读婚书，其后亦免除致词等一套，繁文缛节，一概摒除。故婚礼之成，乃如开特别快车。或谓今日之下，一切皆讲究节约，故结婚大典亦采取时间节约政策也。

《大上海报》1943 年 12 月 14 日

闹洞房

唐公新婚之晚，诸同文本约定诣其府上，一闹洞房，不谓“闺中人”忽以晚餐后至，伴之采办物件，费去不少时间。及至欲诣唐府，则为时已晚，虑新人且双双就寝，深宵叩环，未免惊破了新人好梦，只得作罢。乃不知此夕唐府，洞房花烛之情况，热闹至如何程度也。

《大上海报》1943 年 12 月 14 日

《文天祥》预演

看《文天祥》预演于兰心，是剧分四幕十景，冗长为自有话剧以

① 唐世昌，宁波镇海人。毕业于持志大学法律系。历任申报馆副经理、市参议员、新闻报董事会秘书等职。

来所未有。与第一剧《香妃》之演出时间恰成反比例,《香妃》第一夕演出,至十一时许即终场,而《文天祥》之预演,辄至十二时半始闭其幕也。《文天祥》之布景及服装,以主持者能不惜工本,其富丽斋皇之程度,遂视《香妃》为尤胜。有人言:“环顾海上剧坛,能动员巨大之财力物力者,厥惟联艺,所以要看布景与服装,也得是兰心。”其语良确。

据看过曩日辣斐演《正气歌》者言,《文天祥》之演出,与吴祖光原作已稍有异致,例如在半闲堂上,本来有许多重要对白,兹已删繁就简矣。以是剧需时冗长,其削繁就简也良宜,予以为《真州城》一场,亦大可“解约”,但于剧中老人口中叙述之即可,以其在演出上无其特殊意义也。如略去此场,则全剧十二时前后殆可终。

《大上海报》1943 年 12 月 16 日

看《家》

观《家》之演出于金都[①],殆以与观众相见之时已久,故上座乃殊寥落。然以曹禺之剧本,演出后乃勿能倾动于时,要为意外之事也,其实《家》之故事,非不能编得讨巧,而曹禺之笔,则着重在刻画人物个性,所刻画之个性又是属于内在的,于是登场者尽是忧郁的人物,了无愉快明朗之感觉,以为忧郁之调剂,其所以不为观众一唱三叹者,厥因或在此耳。

一般批评者于《家》中所谓诗韵独白,一致称许,而下走则殊勿敢盲从,觉新与瑞珏,一个站在左边,一个站在右边,这一个自说自话,那一个也自言自语,仿佛旁若无人,这无论如何不甚自然,个人

① 金都大戏院,位于福煦路同孚路口(今延安中路 572 号)。

内心之痛苦，蕴诸内心可已，观众亦未尝不了解，宣诸于口，讵不虑属垣有耳耶？即如钱姨妈之来，周氏叮嘱陈姨太曰：“别让觉新知道。”然觉新固明明在侧，闻其语至清晰也，此与诗韵独白盖同一不近情理。曹禺诸剧，无一不可取，独《家》之结构，乃勿能臻于美善，诚是憾事。

觉慧与鸣凤互诉衷曲一场，恕我说句不客气的话：“完全是鸳鸯蝴蝶派的作风。”鸣凤对觉慧说：“我是多么的爱你呀！”闻之汗毛站班。

图 3　金都大戏院开幕广告，刊于《大美周报》1940 年 12 月 22 日

《大上海报》1943 年 12 月 17 日

咖啡馆之罚则

咖啡馆于午夜十二时打烊，近似已由驰而张，剧场人散场后，往往有无处果腹之苦，闻咖啡馆于十二时后，所以勿敢继续供膳者，以管辖当局订有罚则，当局限制咖啡馆营业时间之令，脱有故违者，第一次书面警告，第二次处五千元以下之罚金，第三次短期停业，后此犹不悛改，则老实不客气，须吊销营业执照矣。以是近日以来，咖啡馆已不敢萌其故态。此在咖啡夜座不过为兼营性质之西菜社，影响犹少，最苦者厥惟纯粹之咖啡馆，平时纯恃子夜十二时以后之生意，以为维持，一旦限于十二时打烊，遂尔“生路缺

缺”矣!

《大上海报》1943 年 12 月 18 日

标榜

一晚,舞人张莉忽移其候教之驾莅大中华,谓下走曰:“妾方自虞山还沪上,虑故旧容有不知妾犹隶舞国者,故刊一广告于报端,且有日矣,君睹之否?”予曰:“睹之,厥字甚大犹诸当年梅兰芳博士也。”张莉曰:“吾亦知广告不甚善,乞君为妾修饰其词。”予漫应之。翌晚,张复以电话来催询,因知张实甚重视广告,试还叩之曰:“然则汝意措辞当如何?”张于话筒中曰:“乞冠婴宁公子笔下之丽人于上可乎?”予诧笑曰:“卿殆欲与予互相标榜耶?”因缮广告稿一纸送金小春兄许,女人之颦笑可念,虽标榜之嫌亦勿辞矣。

《大上海报》1943 年 12 月 19 日

雪梅风柳

闻张石川将导演一片,曰《雪梅风柳》,张导演之作品,予不敢妄加菲薄,以其人亦有几分聪明,乃能措手于第八艺术之间。惟片名曰《雪梅风柳》,则大似冯玉奇之小说书名,申曲越剧用以号召太太奶奶们,十分相称。若搬之于银幕之上,则微嫌其脂粉气太重矣。

《大上海报》1943 年 12 月 20 日

歌后

金谷[①]邀白鹭行歌,冠之以“歌后”之头衔,可谓宠之甚矣。白

① 金谷饭店,位于西藏路 439 号。

鹭平日斲歌享乐，引吭时摇晃其两肩，作态绝怪。然顾曲者多以是报以彩声，轰然如殷雷之乍发，亦以其怪也。环顾今日海上歌坛，舍姚莉、欧阳飞莺外，殆无足以当歌后之誉者。金谷尊白鹭为歌后，特是一位“怪歌后”耳。

《大上海报》1943 年 12 月 20 日

话剧人才

近来接连看了几次话剧，结果总是带了几分失望回去。失望的原因，倒并不是完全为了戏不好，而是觉得现在各剧团的人才，因为分散的缘故，显得太寥落了。看话剧诚然不必抱偶像主义，但缺乏优秀的演员，一个很好的戏也会给演得减色的，较次一点的戏当然是更不足观了。现在的剧团，只有联艺的阵容比较坚强一点，苦干①因为有石挥领衔，也颇不弱。此外像过去素负声誉的中旅，现在只靠陈玉麟、赵恕、鲁岩、蓝青几个人支撑，为了女主角人才的缺乏，这次上演《枇杷门巷》，小团主唐若英只好亲自出马，当年人才济济，以中旅为演员大本营的盛况，不可复见于今日，教人真不能不有一些今昔之感了。

《大上海报》1943 年 12 月 28 日

南洲主人与申曲

南洲主人以名公子丰采，偶尔爨演昆剧，有风流潇洒之致。不意此君亦嗜申曲，有时莅大中华咖啡馆，问其适从何处来。辄曰：“看筱文滨申曲。”以南洲雅骨，而亦尚此俚音，颇诧其兴会之佳。

① 苦干剧团，1943 年前后由黄佐临发起创办。

寻乃知南洲之听申曲，实顺从其夫人之旨。南洲夫人从舞时，即嗜申曲成癖，归南洲后，此癖不改，南洲宝爱其妇，遂时时为侍从文官。南洲非于申曲有殊好，特以夫人悦之，积久乃渐有妙语，捏一块绢头在台上忸怩作态，南洲主人亦以为大可解颐，于是而百看不觉厌。南洲自署其名曰“双修厂”，此等暇豫之趣，固不能不谓之福慧双修也。

《大上海报》1943 年 12 月 29 日

《董小宛》

麒老牌演《董小宛》，至二十七晚始及观，曹慧麟饰宛娘，果不负所望，以其颇能传小宛神情也。冒巢民雪夜访小宛居处，必有竹篱茅舍之径，而于壁间启窗牖作下弦月形，小宛与侍婢双处室内，可以从窗牖中窥见之，如此则诗情画意较胜。今所见，似非特为《董小宛》剧而置，微嫌苟且。惟雪飞六出之景，移《明末遗恨》中所见者于此，大足为是幕主色。《闯宫》一场，为全剧精警所悉，信芳倾全力以赴，有蚀人心肺之演出。现在渴想此剧，始于信芳主持移风剧社时，及今始获睹其上演，为之大快。

《大上海报》1943 年 12 月 30 日

舞女大班发帖子

舞女大班发帖子，久已蔚为风气，三十大庆与祖父冥寿，三日一小宴，五日一大宴，凡稍与舞场当局有交往者，类能躬逢其盛。论舞女大班收入之丰，殆非寻常薪水阶级所能及，然犹须恃发帖子谋贴补，则以此等人铜钿来得容易，因之挥霍亦惯，而结果则无不成为脱底棺材也。今舞场既一一辍业，舞女大班之生路斩，此后秋帖子恐更将飞如雪片矣。

《大上海报》1943年12月30日

《小凤仙》

图4　名妓小凤仙，刊于《说丛》1917年第1期

《小凤仙》之演出于金城，看到末了，以情不自禁而狂鼓双掌，虽痛楚勿已。《小凤仙》之登场人物，不过几个妓女，几个嫖客，以及侦缉队长与巡官之类，寥落若干人而已！然而即此几个人物，已足够演出一出扣人心弦的好戏来。

我不知费穆先生具何才干，乃能使剧中不浪费一人，不浪费一语。譬如一个小妹妹，不过书寓中一可怜虫而已，于全剧亦无足轻重，谁知竟在此人身上，产生出许多精警的对白，在费穆先生似乎只是轻描淡写，不费吹灰之力，然而只要是解人，听来便会觉得它具有千钧之力，绝不是随便胡诌的。

《小凤仙》中演员，以孙企英之侦缉队长演得最好，第二该数到陈又新的李先生，王令之小桃红及陈丽云之周大妈亦佳，狄梵发音微嫌其弱，转不如去花元春之袅萍。吴景平的杨大人，也觉得气度不够，而且此君的国语，似乎不甚高明，大是奇事，我怀疑此晚登场者不是吴景平。

《大上海报》1943年12月31日

张莉遇劫的惊险镜头

昨日吾报，记舞人张莉遇劫事甚详，惟尚有一事漏而未述，则行劫者既褫其脚镯，尝以所卸之袜，环绕张莉项间，丝袜之长达尺许，使行劫者效为拔河之戏，则张莉或且以此而废命。大抵行劫者深恐张莉遽醒，苟醒而挣扎，则若辈殆将“恕不客气”矣。犹幸药力奇重，殆一觉醒来，已在昧爽，乃得全其性命。所失者惟饰物若干，已属不幸中之大幸，故张莉虽曾报警，但事后已不欲追究，则以行劫者未下毒手，一念之仁，张莉且感戴不遑也。

《力报》1944 年 1 月 4 日

大势已去

李少春得母病危电，匆遽北归，天蟾舞台以是遂停止营业，马连良似乎不敢示弱，继之以“病喉”而辍演，于是中国大戏院[①]亦宣告退票。两戏院胥隶属于大来国剧公司。大来本有解体之讯，兹以两根台柱子发生事变，大来真成“大势已去”之局矣。

《力报》1944 年 3 月 3 日

伤心之地

大郎有“尚留一半与人看”之作，记吾友向荣居士与舞人林儿离合之缘，吾友倜傥，眷林儿不足为林儿辱，而林儿久处欢场，不解永矢情好之可贵，情愿度她的与世浮沉生涯，倘亦所谓“骨头生就”耳。一日黄昏，与吾友过百尺高楼，吾友俯首疾行，至不敢仰望楼

① 中国大戏院，位于浙江路牛庄路口。

窗灯火。此盖吾友旧与林儿双栖之所，兹则“重行已是伤心地，不敢春情问海棠”，吾友之所以疾趋而过，正以人非太上，未能忘当时恋爱之迹耳。

《力报》1944 年 3 月 3 日

百乐门通宵

一日起，百乐门舞厅已展延营业时间，逾深晚二三时，犹可以酣舞如恒，此在中区各舞厅，盖为办不到之事，而百乐门独能不为法令所限，其神通之广大可知。

百乐门通宵营业之讯，吾友紫阳生首以见告，紫阳淫于舞，故视此为好消息，谓纵然听得股市好转之报道，亦无此兴奋焉。

近一时期，以青少年攘臂一呼，各舞场于十一点钟打烊之令，无敢陨越者，然嗜舞之士未尝不苦于其时间太骤，以为躚步不足以尽心。今百乐门忽开此方便之门，社会舆论或且纭然而哗，然在一般舞场孝子，如吾友紫阳生之俦，则未始不视此为兴奋事也。

《力报》1944 年 3 月 4 日

雯七娘

闻雯七娘沦落烟花之讯，为之恻然。此女盛年之时，在天津为教坊班头，曾搭过李香匀“芯子”[①]，锋芒之露，可以想象。及归江南，数数适人，苟能自安于室，亦未尝不可白头偕老，特以耽于烟霞，痼疾日深，又以罔知爱惜，终至自毁其锦瑟年华，迄于今日，且不得不效法山梁之雉，以谋自存。虽谓天生贱骨，亦未始

① “芯子”，欢场切口，原指男子之情人，后亦指女性私嬺之小白脸。

非"黄长松"[①]所害。女人一旦吃上这一口东西,即不免凶多吉少,薛玲仙、夏佩珍之俦,固无一非前车之鉴也。

《力报》1944 年 3 月 5 日

毛律师

慕尔述两车争风之事,其后文字之间,尝牵涉及一毛律师,其实毛律师非台维刘之直接当事人,毛律师发此一信,端为情面难却,实际上台维刘面长面短,毛律师且懵然无知,顾终以此而代人受过,在毛律师盖无妄之灾也。毛律师虽挂律师招牌,实非狠巴巴人物,为人之好,凡与毛律师稔者,无不口碑一致,苟有机缘,当为慕尔、文帚二兄作曹邱。

《力报》1944 年 3 月 5 日

导演大名

看国产电影最倒胃口之事,莫如导演大名映现银幕时,宛如登巨幅广告,又复历久不变,此在影片公司立场言,为徒然靡费胶片,在观众则望而生厌,与导演先生之心理正复相反。即此一点,亦足以觇当今大导演之浅薄矣。

《力报》1944 年 3 月 6 日

爱莫能助

以上一节文字,为看过《丹凤朝阳》以后之第一观感,第二观感

① "黄长松",此处指代鸦片。所谓"黄长松"是指擅长装烟者,能将烟装得黄、松、长,吸者乃得"一条龙"也。

则为此片自始至终，无论故事本身及导演手法，一如若干年前天一公司之出品，王丹凤纵甚婉娈可喜，亦无法化腐朽为神奇。即如片首插曲，唱起来都是“直线”音调，了无抑扬顿挫之致，如此插曲，还是不插之为佳。下走对于国产影片，非不欲另眼相看，如《鸾凤和鸣》即为下走赞不绝口者，若《丹凤朝阳》则实在爱莫能助也。

《力报》1944 年 3 月 6 日

周文瑞之噱事

周文瑞以广蓄名驹著声于海上，跑马总会改组后，易名为上海体育会，周以昔日跑马总会董事长之资格，蝉联为新组织之董事会主席。跑马厅与赛马群中，凡以“亚尔特”为名者，悉周文瑞所豢。其所以能掌跑马厅大权者，正以麾下有许多赛马耳。跑马厅广场之间，有红墙一角，周以其地废置无用，乃设一印刷所于内，此为跑马厅之新举措，例须得董事会通过，周乃以印刷所主人名义，致一函于董事会主席，请予批准。越日，周复以董事会主席名义，覆一函与印刷所主人，准其所请。易言之，乃自己写呈文给自己，而又由自己批准之，其事之噱可知。现此印刷所已宣告成立，跑马厅之印件綦伙，而以跑马票为大宗，此后将悉归周主席之印刷所承印，亦“利权不外溢”之道也。

《力报》1944 年 3 月 7 日

伶人气度

周信芳与天蟾当局，自承败绩。至今与予言及，犹咨嗟勿已。其实使信芳当时能稍稍贬其索值，则大来公司纵亏蚀，亦蚀得好过一点。信芳向于伶工中为美材，平日待人接物，亦恂恂儒者风。特在处事之际，犹憾其气度勿够。即如最近大舞台之一场会戏，信芳无端羼一言，遂成弄巧成拙之局。论者因谓其“江南伶范，究犹不足”言当之无愧，以其有领袖之才，而勿能济之以领袖的气度也。

《力报》1944 年 3 月 8 日

程砚秋归农

言伶人之气度，在四大名旦中，不能不惟誉程御霜。御霜每度来沪，按科学管理之制，合同上订明演唱匝月者，践约唱已，决不延约一天，后台犒赏所需，御霜愿自掏腰包，一万是一万，二万是二万，探囊无吝。在奏唱期间，每晚自下后台，化装上戏，从不需小辫子之流速驾。故论者谓御霜戏德之佳，有非恒流所能企及者。日来御霜隐于故都，购西山地若干亩，躬自耕耘之役，盖自大闹东车站一役后，羞为伶范，欲终其岁月于陇亩间矣。

《力报》1944 年 3 月 8 日

生平第一次大醉

予于曲蘖中惟嗜青梅，恒时饮酒，量不胜焦叶，惟青梅则注诸小玻璃盏中，能尽五六杯不醉，以青梅之质甘醇，即醉亦不至乱性也。七日晚，餐于南华，一时高兴，命侍者取青梅酒，啜之，极悍烈。予不喜吃慢酒，往往举盏作鲸饮，是晚以酒性之猛，遂大醉，胫乏至勿能举步。幸南华皆熟人，卒遣一侍者掖予归。车行于途，不过颠簸而已，而醉后躯体，辄觉如升腾于云际。抵家，亦不知如何叩门而入也，生平未尝困于酒，此盖为破题儿第一次大醉。翌日解醒后，又有《浪淘沙》之作，兹不录。

《力报》1944年3月9日

殷家堡之月

报间载岳枫将导演一片，曰《殷家堡月痕》，此则又弄巧成拙之事矣。就予所知，此片原名《殷家堡之月》，出吾友陶秦手笔。片中述一任侠仗义之士，以半规之月为主标识，所至辄留以为记，亦为侠盗查禄之《宝剑留痕》也。片为武侠古装片，而命名曰《殷家堡之月》，则甚饶文艺气息，不知何故，比忽易名曰《殷家堡月痕》，真所谓点金成铁矣。陶秦兄尝言，片将俟李香兰莅沪后，与王引联合主演。而报间消息则谓女主角将属诸童月娟，殆以李香兰行旌犹滞，故不及久待乎？

《力报》1944年3月10日

高湛之死

金门大酒店[①]总经理高湛，十日下午以心脏陷落而死！金门之前任经理为高唐，与高湛为把兄弟，在香港时，二人尝盟于关帝庙，誓共福祸。金门之创，二人皆为发起人，以高唐长于高湛，总经理一职遂属诸高唐。及后，高唐乃致力于他途，留驻金门之时间较少，高湛乃有取而代之之谋。某次董事会议，以多数董事助高湛，高唐遂不能安于位，卒去职。而高

图5　金门大酒店，刊于《中华》1941年第100期

① 金门大酒店，位于静安寺路（南京西路）104号华安大厦。

湛则继其任经理。其事距今不过三月,而高湛则以心脏病死。死之前一晚,高湛浴后啜粥糜,犹谈笑。转瞬之间,心脏症猝发,延医无殊效,延至翌日下午五时许,遂撇其金门总经理之高位而死。论者以为悖关帝庙之盟,故遽神谴。其实则心理上之不安也,亦足以促寿之不永也。高有一妻二妾,丈夫子四,悉居于羊城,身后乃抱头送终之人亦蔑有,惨已!

《力报》1944 年 3 月 12 日

退隐中之欧阳飞莺

坐新都饭店[①],欧阳飞莺小姐来晤。飞莺辍歌于国际十四楼,颇劳顾曲之士想望,因叩以小休之故,飞莺力言外传不确。外传飞莺将婚,飞莺首向下走白其诬,谓所传实无稽闲言也。飞莺自言,一晚于十四楼唱《卖糖歌》,初犹嘹亮,寻忽暗不成声。飞莺大恐,请于国际当局,许其暂憩。飞莺在十四楼往往奏歌至十一时许,容有点唱者,飞莺复勿忍却人美意,以是遂厄其喉。飞莺本为大家闺秀,不恃行歌为活,故亟谋永葆其令誉。国际与飞莺之约,原已逾期,于飞莺之请,自不能有闲言,惟谆谆订重来之期而已。现飞莺方从密昔司福研求声乐,密昔司福为意大利籍,侨居沪壖,以飞莺为可造材,授以奏歌之奥诀。飞莺有志于深造,故暂时殊无东山再起意。更越三二月,俟珠喉复其润朗,或可重与海上曲迷行相见礼。此则为飞莺最后语下走者,飞莺知下走嗜其歌,着此一言,殆欲稍慰下走喁喁之望耳。

《力报》1944 年 3 月 13 日

---

① 新都饭店,位于新新公司六楼。

高唐之义

金门大酒店总经理高湛，以心脏症猝发而死，下走已记其事于本报矣。高湛生前得其谱兄高唐一手擢拔，高唐任金门总经理时，以经理一席畀高湛，而高湛负义，遽发动排除高唐之谋，愿望虽获偿，论者固无不腹诽高湛。及高湛猝逝，金门即有一电致高唐，以高唐在都门，方主持龙门、金城两酒家事也。高唐得耗后，星夜驰沪上，为高湛经纪其丧。高湛家人悉居岭南，高唐亦以一电去，报噩耗外，兼慰唁高湛夫人，谓今后生活所需，当由沪上筹措之，按月寄粤，无虑匮缺。闻者乃竞叹高唐之风仪。以高唐能不念旧雠，为高湛营奠营斋外，其家人此后度日，复为之尽援济之谋，为情之挚，良足以使人磬折也。

《力报》1944年3月14日

为陈燕燕扼腕！

黄绍芬与陈燕燕，在银国中为一双佳侣，由来人尽如是言。不幸以陈之失足，终乃造成劳燕分飞之局。其事之惨，盖在甚于严华与周璇之仳离。

图6　陈燕燕与黄绍芬合影，刊于《电影画报》1936年第30期

吾人良不必持腐朽之见，以为银幕女星，于藁砧外，未许更同他人矢情好，所可扼腕者，则陈燕燕往时予电影观众之印象，厥为一种贞静幽丽之美，兹乃以一时之昏瞶，自毁

其玉洁冰清之质，千夫所指，十目所视，陈燕燕自此遂与路柳墙花等。为陈燕燕打此一把算盘，总觉得无论如何不上算也。

使黄绍芬而为褦襶之人，陈燕燕移出情爱，别缔鸳盟，尚有可说。顾黄绍芬亦一翩翩少年，少年而又诚恳，初非佻达儇薄之俦。得良人如此，陈燕燕又复憾？必欲背其夫婿，向别一人投襟送抱，此真是自己作践自己而已！

陈燕燕下黄氏之堂后，不知将与哪一位如意郎度其晨昏？大抵如北平李丽一流女人之往辙，陈燕燕后此将躬自蹈之矣！惜哉！

《力报》1944 年 3 月 15 日

丽人辍舞记

去岁圣诞节前，丽人为狡獪之徒所诳，啜可可一盏而丧其神志，醒来时饰物尽去，损失达十万金左右。自此以后，丽人遂遭逢多逆，比且以辍舞国泰闻，货腰之业，在丽人盖视之如险途矣。大抵在匝月以前，尝有人为丽人作撮合山，意欲丽人荐枕席，言之数数，丽人愤曰："吾第以鬻舞自给耳！若乃视吾为路柳墙花，可以繇人攀折耶？"其人以丽人作凛然之色，滋不悦。言于日前，乃遣两人至丽人居，速丽人驾。丽人方对镜，以勿欲应命，怒而掷手中粉盒。来者遽施丽人以薄惩。及两人去，丽人乃涕泣不可抑。语其阿母曰："货腰之业，为人贱视乃至此！儿何能堪此辱？惟愿阿母怜儿，许儿暂作小休耳。"于是丽人遂隐。日来国泰广座间，乃不复睹丽人向所稔之客，展其笑靥矣。世事蜩沸，惟怙险鸱张之俦，最不可撄其锋。丽人为下走道其事，至勿敢举若侪姓氏，柔懦如此，宜勿能安于所业也！

《力报》1944 年 3 月 17 日

新新购丝袜记

三日之前，诣新新公司袜子部，预备购丝袜一二双，归以奉诒我妇。袜子部玻璃柜台中，有货样陈列，指其一种叩女柜员，女柜员徐徐曰："若所需者尺寸如何？"予未尝约吾妇之趺，姑漫应之曰："八寸半！"女柜员疾摇其首，复一字曰："无！"予曰："然则九寸者如何？"女柜员曰："此则第有样品，样品例不出售。"予不惮烦，穷其究竟曰："样品不售，然则所售者何物？"女柜员怒予以目，遽不答。予素颟顸，至是遂亦勿能矜平躁释，郑重告女柜员曰："货既匮乏，何必复陈样品于此间，以眩顾客之目？"别一女柜员于此时，乃欲以解围之姿态祛予怒，厉言曰："非不备货，特所有者仅八寸之一种耳！"予曰："您留着自己穿吧！"遂行。

新新为海上四大公司之一，规模之伟，足以使乡愿之过其地者，为之相顾错愕，以为此巍巍巨厦中，备货之丰，殆如汗牛充栋。不谓下走偶欲选莲履，乃获聆"只有样品，并不出售"之妙说。此在"统销环球物品"之百货公司中，当属创举。爰因此以告入市购物之阿木林，新新公司玻璃柜台中所展示者，悉为样品。样品之为用，不过是摆摆样子而已想，幸勿问鼎。

《力报》1944年3月18日

笑

林英先生在他报著一文，谓下走以"婴宁"为名，而"面孔"则"拾着了金子而不笑"，遂致其诧怪之辞。拾着了金子就要笑，此真浅陋之见哉！下走生平不善为笑面虎，暂时亦无"卖笑"之必要，所以"笑比河清"者以此。世事蜩沸，哭犹不及，笑于何者？林英先生

必欲予如《聊斋》中之婴宁姑娘，笑靥常展，今日深愧未能，请俟诸异日何如？一笑。（姑且一笑）

《力报》1944 年 3 月 19 日

小帽子

屠光启由演员而导演，其人年富，非无新思想，顾彼所导演之片，好使剧中人戴瓜皮小帽，如《大富之家》中之严俊即是，屠自己在《肉》中所饰一角亦然。夫小帽子并非国粹，现诸银幕，使厥片来自好莱坞，定蒙辱华之嫌无疑。顾屠导演后此改变方针焉。

《力报》1944 年 3 月 19 日

我自持心如皎雪！

我并不讳言，过去我也是一个少年好弄之徒，敦品励行这一块匾额，我亦不能当之无愧。不过有一点，我觉得自己还能够不背道德，生平从来没有随便作践过人家娘儿们。易实甫所说的“追尾香车”行径，鄙人也从未开此记录。有时浪迹欢场，对我表示好感的可喜娘儿不是没有，可是鄙人绝不敢存染指之想，这里且举一个例：

大约在十五年前，我友张昭绥来自甬上，认识了一位枇杷门巷中人，叫做明月老五，我与昭绥兄当时是“时共游宴”之侣，数次与明月五娘觌面。此姝忽然钟情于我，有一晚，五娘辟新东方旅社一室，打了一个电话给我，说是有要事待商，要我跑一趟。我以为发生了什么事故，吓了我一跳，匆匆将手中之事结束（那时我在新闻报馆服务），叫了一部黄包车赶到新东方，推进门去，瞧见了一幅海棠春睡图，原来此姝已经睡了，听了我的足步声，才启惺忪睡眼，我当然知道她是假睡，当下问她何事召唤？她只是向我作憨笑，就在这时候，给我发现了她的亵衣已褫，身上只裹了一领汗衫，我吓得不知所措，终于一溜烟逃出了新东方。路上口占标语两句曰："朋友所眷，不可亵玩。"

生平就抱定此一宗旨，逢场不妨做戏，道德必须保守。舞人张莉也曾因此而耍笑过我，她说："我所认识的舞客中，未有持躬如玉像你那样的，你真是个与众不同的人！"自然，她也有笑我傻的意思。可是我总觉得随随便便的和野花闲草作桑间濮上之会，并没有多大意味，于是写了两句诗道："我自持心如皎月，何堪说与货腰人！"此中涵义，自然不是张莉小姐所能意会的了。

《力报》1944 年 3 月 20 日

歌者嫣雯

歌者嫣雯，曩年奏唱张园时，吾友穆公尝数数报效，嫣雯歌罢来就座上，往往作羞怯不胜之态，维时此豸，"皮子"亦不甚挺，故穆公辄太息不已曰："论其人非不婉娈，特衣饰乏华焕之致，如何携之登国际三楼？"厥后张园罢撤管弦，嫣雯转入时代，屈指才年余，嫣雯骤以靓妆刻饰而愈增其秀发，文歪公屡屡携之莅大中华咖啡座，睹人亦不复如往昔之矜持。文歪于歌场之中，旧时赏识一包五，热恋甚久，不幸以喜剧开始，悲剧结束，今于嫣雯姑娘，不知亦有造就"包五第二"之意否？

《力报》1944 年 3 月 21 日

汪亚尘之内助

汪亚尘先生，早岁专攻西洋画，尝于美专任讲席。战后，汪亚尘先生乃易其弦辙，寝馈于宣和粉本之间，作金鱼冠绝一时，最为艺苑所推重。旁及花卉翎毛，亦复跗萼飞鸣，皆有生意。闻本月之二十八日起，亚尘先生将搜集其近作百余幅，假中国画苑举行个展，其中金鱼之数量较多。此一画展，殆将使览赏者如入金鱼乐园也。亚尘先生之夫人甚干练，此次画展中范画之框，尚是汪夫人早年以廉价购进者，每框之代价不过十五金，兹则所值在二三百金间矣。画卷付装池时，绫纸亦多自备，并为汪夫人曩昔所贮藏，故亚尘先生之画展，初不需悉索敝赋以措成本，盖得力于内助之贤也。

图 7　(前排左起)汪亚尘、杨曼华、高剑父、汪亚尘夫人、徐悲鸿；(后排左起)陈树人、许士麒、王祺、褚民谊，刊于《良友》1935 年第 105 期

《力报》1944 年 3 月 22 日

韦锦屏南华一日记

刀疤女郎韦锦屏，今已为雪尘兄罗致麾下，任广州大饭店[1]女侍领班矣。匝月以前，韦尝以人之荐，一度入南华酒家[2]服务。南华当局于韦之“来归”，郑重将事，数次召韦作恳谈，然后始决定开工日期。不料韦入南华，第视事第一日，诘朝即绝迹不至，则以南华当局范女侍应生至严，南华女侍罕有与座上客恣为谐谑者，韦之个性，由来跅弛，睹同场诸姊妹之不苟言笑，置身其间，颇有格格不入之苦。勉为其难者一日，卒知难而退，盖亦所谓“不合则去”也。

广州大饭店三楼，晚间有乐工奏曲，韦刀疤侍应之余，往往引吭高歌于麦格风前，客有作躚步之请者，韦亦不拒。在韦乃有载歌载舞悉听“已”便之乐，宜韦欲视南华为畏途，而以广州为自由天地矣。

《力报》1944 年 3 月 25 日

捧心貂蝉

《连环计》上演，第一晚即往观，以剧本出周贻白手笔，遂有与《清宫怨》异曲同工之妙。罗兰似清减益甚矣！饰貂蝉，力疾登场，预映声明于银幕，乞观众原宥，及现身氍毹上，果咳呛勿已，时时作捧心之状，若痛楚勿胜者，因之词气亦往往不续。古有捧心而颦之西施，今日舞台上又有捧心而颦之西施，睹之使人良勿忍。

予初识罗兰，在大中华咖啡馆展幕之日，罗兰为大中华剪彩，大中华当局欲罗兰作数语，匄予致意，罗兰逊辞不遑，谓未尝娴于

---

① 广州大饭店，位于泰山路（淮海路）巴黎大戏院东首。
② 南华酒家，位于南京路 755 号。

此也。维时罗兰犹婉亮有致，此日所见，则盈盈弱质，真有如不胜衣之概，勿审何事梗此人心胸，乃使此人容光日减其腴润也。

《力报》1944 年 3 月 27 日

劝丽人觅归宿

丽人一货腰女儿耳，所以数数劳我之笔，寖且继之以口舌敦劝者，以丽人伺我温驯，不以寻常舞侣视下走，所谓人以国士待我，我亦以国士待之耳。丽人自去岁遇劫，丧失巨金而后，心头菀结，已不可解。若干时后，复有怙险鸱张之徒，向丽人肆其恫吓。丽人恚恨无极，遂罢其“候教”之业。以一弱女子而屡遘拂逆，其胸怀之郁塞可知。一来复间，丽人数以电话觅下走，下走嵇懒，未遑一践其香闺。前日雨中，丽人乃趋车来晤，以下走之奉诏不赴，辄向下走致恚怼之词，其语曰：“儿蹭蹬至此，并君亦勿欲更垂念，讵酒食征逐忙，遂使君刻无暇晷耶？”下走无词为丽人慰，则复重申曩日之劝曰：“货腰之业，不可复恃，顾汝能纳我忠言，早觅归宿，此日汝犹盛年，脱尚犹豫者，恐将自误芳华耳。”丽人聆予之言，辄复蹙额，嗫嚅曰：“儿所识者，惟囿于舞榭一隅，展游屐于此中者，大率为寻芳拾翠而来，乌有可以托付终身者？”予曰：“以卿慧眼，茫茫尘海中，讵无一人可以当卿之意乎？”丽人微吁，第曰：“儿非不知为未来光阴谋，特由来昧于藻鉴，遂不知如何始可耳。”丽人循良，而失之懦怯，遂并一仰望终身之人，至今亦艰于抉择，惟愿彼苍者天，默佑此儿，使其早遂双栖之愿，毋复鸾飘凤泊，长为忧戚所苦耳。

《力报》1944 年 3 月 28 日

金城易主之酝酿!

西藏路上之咖啡馆,惟金城[1]之营业为最落寞。以金城地势,极优越,纵勿能使座上宾客,臻冠裳如云之盛,亦当与大中华、萝蕾相争衡。今则相形见绌者,则主持未能恰当也。匝月以前,曾传金城将增加资本额,为徐图大举之张本,卒亦未获实现。迄至最近,乃复有易主之酝酿。金城现当局,以所业不昌,颇灰心于所事,遂拟以二百二十万金出盘于人。承盘者方面,则拟益以二百八十万金,聚五百万金为资本额,预备接手以后,作彻底更张之谋。闻双方议已垂成,所未解决者,即金城原主初拟加入百万金,故承盘者只须先缴一百二十万。兹则金城旧主已表示无意预闻后局事,欲二百二十万金如数缴付,然后署约。接盘者筹措此一笔巨款,殆犹需相当时日,故至今尚未成交。闻吾友波罗,亦参与金城新公司之局,为列名发起者之一。吾友屡谋改行,而所如辄左,第愿此次之事能如水之注渠,无往而不利也。

《力报》1944 年 3 月 29 日

小押当

城南博窟,已宣告寿终正寝,时人但知病诟博窟,目博窟为陷人之薮,不知博窟之"连襟"小押当,亦罪恶之渊也。闻有一人,以博负而"极",趁家人不备,畀其老太爷之寿器一口出,质之于小押当,得三万金,卒亦倾之于呼卢喝雉中。小押当并棺材亦在接受之列,遂开赌徒们倾囊之路。故小押当为害之烈,实亦不下于博窟,

① 金城咖啡西菜社,位于虞洽卿路(西藏路)汕头路口,1943 年 5 月 15 日开业。

今幸博窟停闭，小押当遂亦不能为附骨之疽矣。

《力报》1944年3月30日

胜阳楼

马霍路（恕我仍沿用旧名）上有羊肉馆子，厥名胜阳楼[1]，曩年尝屡屡吃羊肉面于此，则以此地距大华舞厅近。大华茶舞散场后，挈舞侣而趋，甚为便利也。最近，胜阳楼已易其主人，改名曰“湖南胜阳楼”，盖飨客者非羊肉而为湖南菜矣。湖南菜重辣，与四川菜取径正同，近来胃纳不健，颇欲借重辛辣之味，开我脾胃，会当一登胜阳楼。

《力报》1944年3月30日

悼念叶仲方

叶仲方[2]兄忽有仰药自尽客死印度之耗，为之簪悼勿已。下走与仲方订交，在周世勋兄辟室一品香之时，仲方时莅一品香，以世勋之介，遂识仲方，仲方与下走同庚，维时才当弱冠之年也。仲方以富家子跌宕欢场，辄现其跳踉好弄之态，因有“小抖乱”之号。其实仲方绝顶聪明人，尝自创一报曰《大方》，撰文字颇清丽可诵，与不辨菽麦之膏粱子弟，固迥异其趣者。特亦以绝顶聪明，视黄白物如粪土，终且以嗜舞日深，几致无以自拔，然风尘中独有慧眼之女，笃爱仲方，相从如鹣鲽之不可离者，则陆小妹妹是。

仲方娶于陆氏，为外交家陆翥双之女。仲方为人自来跅驰不羁，婚后故态未泯，丈人峰忧之，一度困仲方于室，勿令外出。仲方

---

① 胜阳楼羊肉菜馆，位于马霍路（武胜路）大沽路口。

② 叶仲方为上海富商叶澄衷之孙。

机智百出，迭作恶剧，丈人峰无如之何，卒纵之出，而与陆氏之姻娅关系，寖亦断绝。自后仲方如脱缰之驹，逐队寻芳，艳腻之迹奇伙，最后乃遘一陆小妹妹，情好之笃，无殊胶漆。忆蹦蹦戏名旦喜彩莲献艺大新游乐场之日，仲方时携陆小妹妹至，并据前座，一面聆歌，一面嚼黄莲糖、酸梅子之属，盖二人同具吃闲食癖好也。厥后仲方一度因故縶狱，陆小妹妹时携榼中食，省仲方于狱，谚有所谓"××皇帝坐牢监，正宫娘娘送监饭"者，此情此景，仿佛似之。仲方以陆小妹妹事之谨，出狱后狂态顿敛，于陆小妹妹爱护备至。闺房之间，画眉之乐，向之不能得之于陆氏者，兹乃得之于陆小妹妹，闻者称异数焉。

仲方以癖烟霞，得便闭之症。居海上时，尝匄匠人特制一便器，置于手推车之上，泄秽时，仲方踞便器上，使女奴执车杆，推行于室中，往复循环，至泄秽始已。其起居服用之怪癖又类如此。

前岁，闻灵犀兄言：仲方一度枉驾灵犀治事之室，则痼疾已除，颊颐亦丰腴。后此又闻仲方有西陲之行，方以天末故人近况为念，不意遽传噩耗，闻之怆恻靡极，第愿此亦海外东坡之谣，以仲方犹英年，不当自戕其生，他日关山无阻，愿吾友能翩然归来，勿如丁令威[①]之化鹤临于华表也。

《力报》1944年3月31日

《浮生六记》演出吟

浮云富贵等闲过，三尺红尘孕险波。

① 《搜神后记》卷一："丁令威，本辽东人，学道于灵虚山，后化鹤归辽，集城门华表柱。时有少年举弓欲射之，鹤乃飞，徘徊空中而言曰：'有鸟有鸟丁令威，去家千年今始归，城郭如故人民非，何不学仙——冢累累！'遂高上冲天。"

鼠雀网罗殷鉴在，丈夫何事恋南柯。

沈三白襟怀澹泊，不慕荣利，第一幕洞房花烛夜，对“富贵浮云”有透彻之剖析。

莫道韶关去不归，啼鸠一唤见晴晖。
分明临槛春如海，百叠歌声透风帏。

末幕芸娘闻九十春光已去，嗟伤之辞，沈三白慰芸娘曰：“春天是会回来的！”何其言之沉痛耶！最后三白如芸娘之名，徐徐启牖户，扶芸娘临槛前，槛外倏呈万花如海之景，一片扣人心弦之歌声，亦于此际自帏后而起，观戏至此，真使人有不尽低徊之感也。

《力报》1944年4月3日

出岫之“云”

闻姜云霞将重登红氍毹，何女伶之嫁人，亦如舞娃之勿能永偕白首耶？云霞曩与张文娟同隶时代时，吾友一点通先生捧之綦力，下走尝数数为小诗，以助吾友之兴。平心而论，云霞艺事尚可取，饰貌则不甚妍，顾亦被兜鍪之士斥巨金纳此人，要为异数。此日有下堂之消息，则大概已是被人玩厌了，故不得不重作出岫之计也。不知云霞重弹旧调后，吾友一点通先生犹有“刻意怜她”胃口否？

《力报》1944年4月4日

鬓边花

坐高士满舞厅[①]，舞娃之缀花朵于鬓边者，凡三数见，以此乃使人联想及于鲁玲玲。玲玲鬻舞大华，吾友红鲤对玲玲颇致倾倒之忱，一晚携玲玲作宵游，玲玲取鬓边花贻红鲤曰："顾毋相忘也！"红鲤得之奇悦，翌日置鬓边花于写字台上玻璃板下，晨昏相对，睹花如睹人焉。下走有时调侃之曰："鬓边花朵络朱缨，一日几回与目成。除却相思无别法，可知媚惑是心兵。"勿审高士满诸女，亦知鬓边花之副作用否？

《力报》1944 年 4 月 4 日

法国公园

法国公园门票，已售至每券三金。当下午二三点钟时，游园者最盛，售票处因亦有人山人海之观。司售票者为一妙龄女郎，忙迫时恒穷于应付，则惟有请购券者跂足以俟。日来春色未酣，游侣犹

图 8　上海法国公园，刊于《图画时报》1927 年第 356 期

---

① 高士满舞厅，位于静安寺路 577 号。

未至全盛时期,更阅一二旬,到了万花如海柳媚杏娇之际,游园者蜂拥以至,法国公园门券或将有飞票如云矣。

《力报》1944 年 4 月 5 日

雄狮

法国公园之动物园中,旧时豢有一狮,前岁患不治之症,突然作古,此日遂空余铁笼子一个。铁笼外"雄狮"之标识犹存,睹之不禁兴"一狮之雄也!而今安在哉?"之感焉。

《力报》1944 年 4 月 5 日

无所不用其"极"

不久以前,有人在外面大放空气,说《春秋》给冯宝善君出卖掉了,代价是多少多少,当时有许多人问起了这件事,有一天胡山源先生大驾光临,也以此为问,可见这一个谣言的传播之广。其实据我所知,仅是发行《春秋》的商社,已因无法营业而宣告解散(商社向以经销各杂志为业务,最近各杂志已归中央书报发行所统制,商社遂无事可为,只得解散)。《春秋》的发行人则至今仍为冯宝善,既未易主,亦未加记,出卖之说,似乎不能掩蔽鲜明的事实。然而放空气的人却大有"造造谣言也是好的"之意,所以一不做二不休,最近又在钱芥尘先生面前大放厥词,说"《春秋》已被当局勒令停刊"!如果真的有这么一个"勒令",我真要谢天谢地了!因为不久以前,胡佩之兄与冯宝善君磋商请某君编辑一个刊物的时候,我曾经表示让贤,对他们两位说:"何必另办刊物,不如将《春秋》让给某君编了吧。"如果有停刊之希望,在我是来得正好,可惜的是所谓

"勒令",仅闻大放厥词者口头传播,尚未见诸事实。

我很明白,自从《春秋》出版后,就一直有人衔恨着我,一直在无所不用其极的设计破坏,其实这是最容易解决的事,只要他站出来诚恳地对我说:"蝶衣兄,阿好请你帮帮忙,你就不要编什么《春秋》了吧!"那我一定会起恻隐之心,立刻洗手不干。

《淮南子》说:"陆处之鱼,相濡以沫。"无非是惺惺相惜之意,虽然有些人不肯效法陆处之鱼,但是我倒不愿意给人家说连鱼的识见都不如呢!

《力报》1944 年 4 月 7 日

从韩森习舞!

十年跌宕舞榭(跳舞场诚属常坐,跌宕则未必,据谓今日做人,须抱"厚皮"第一主义,因此亦怯"魅"他一下),所跳皆是自由舞。最近一时兴起,忽奋志从韩森兄习标准舞。韩森兄创万国舞专于明智里,历史亦达十年以上,过去舞业婴宛,多有亲炙于韩氏之门者。下走蓄"学步"之愿,盖始于涂鸦集全盛时代,顾人事倥偬,卒卒未果。迄于今日,始正式具贽执弟子礼。韩森师(此处应当改称呼矣!)不以驽钝见弃,循循善诱,一来复间,已举勃维司之基本步法,开始作快狐步之练习,以课程言,殆已由幼稚园进入初小一年级矣。下走愚鲁,于一切嗜好皆勿娴,故习舞虽勤,成绩犹不能有斐然之观,则以记忆力衰退故也。下走习舞,志不在觅一粉红知己于舞榭,特宵深无可排遣,诣万国消磨一二小时,视蹁步为户内健身运动而已!须至声明者。

《力报》1944 年 4 月 8 日

东方之福楼拜

孙了红来晤，此君神经质益厉于从前，与之谈，不到三句话，神经病即须发作，一发作则下走为此君唾骂目标矣！了红早年伤于情爱，创痛既深，遂自趋于暴弃一途，神经之失其常态者，盖已有一二十年历史。下走于了红之遭际，十分同情，而其人之无理取闹，则又为下走所深惮。十九世纪之法国大文豪福楼拜，有癫痫之疾，而著作态度绝对认真，写稿不欲有重复之词句，写一叠字，辄废寝忘食以谋更易。了红为人，盖仿佛似之，在被他唾骂得无可奈何时，恒谀我老友曰："足下真东方福楼拜也！"则了红亦惟有作苦笑矣。

了红近为予所辑《春秋》作一中篇，曰《劫心记》，此东方福楼拜笔下之东方亚森罗苹，在是案中，拯救一无辜之少妇，以张园游泳池为案发之地点。为了写此一案，了红凡三度光顾张园，其写作之一丝不苟，视福楼拜之为了查一个矿产名词而翻阅四巨册开矿报告者，可谓并无多让。了红动手写此稿，还在去岁之夏，凡阅时八个月始蒇，而张园游泳池则已成地理上陈迹矣。

《力报》1944年4月12日

闻喜彩莲婚变

闻喜彩莲与其藁砧李小舫，有琴瑟变徵之讯，此真大可扼腕之事矣。喜彩莲在蹦蹦戏女伶中，使人疯魔之能力勿逮白玉霜，而演戏则细腻熨贴，非粗犷如白玉霜者所能同日语。曩年喜娘初莅沪壖时，真赏乏人，郁郁勿甚得志，予与一方兄力为挹扬，座上始渐多知音之客，此后终使喜娘载誉归去。下走生平不好捧角，于喜娘之所以将护不遗余力者，以初观喜娘演《马寡妇开店》，此一冶荡淫佚之戏，由喜娘演来，居然成一悲剧，大以为奇，自此于喜娘艺事，遂尔刮目相看。三数年来，喜娘与其藁砧，时复以书存问，虽山河邈隔，亦能不忘故人，用是以为难得。李小舫以旧家子弟，投身梨园，演戏之外，兼能编剧，喜娘年来在故都所演《桃花扇》《卓文君》《梁红玉》诸剧，大率出其手笔。两人间伉俪之情素笃，绕膝之雏，亦且成群，不知何以竟生嫌隙，寖至珥折钗分，不可复合？会当驰书李小舫，一叩真相。

《力报》1944 年 4 月 13 日

迷宫十二

新都饭店之七楼，最近又辟为餐厅，而以“万象”两字为厅名。展幕之日，下走冒雨往贺。时爱普庐乐队方奏疯狂之曲，乐台之壁，有巨幅油画，绘象无数，吴承达兄言，即此一画，耗代价便达十万金，执笔者为一俄罗斯艺术家云。新都必斥此巨金，匄人饰壁者，殆以求名副其实故也。厅之左隅，筑小房间十二，新都当局名之曰“小厢房”。厢房之内，所有惟一半桌一沙发座，占地之隘，真所谓仅堪容膝，携隽侣就坐其间，当可得“耳鬓厮磨”之趣。房间之上，装有电炬，捩电炬使明，无殊告人以“闲人莫入”，离宫迷楼，胥古代皇帝销魂之地，今万象厅之小厢房，乃仿佛似之。所憾者是日之行，双携无侣，眼睁睁瞧着这巫山十二峰，恨未能一探其胜耳。

《力报》1944 年 4 月 14 日

近郊远足

江湾之叶家花园[1]，与龙华之龙华寺为近郊两胜地，下走以一日之间遍历之，同行者胥《春秋》执笔人，若侪发起为春暮小游，而下走则应邀参加者也。叶家花园与龙华寺，犹是战前尝履其地，劫后风光，颇劳梦想。一旦有人发起展游屐，遂亦欣然请往。叶家花园为叶澄衷氏之产，兹忽易其名曰“敷岛园”，使人乍临其境，遂亦有风景不殊之感，揽胜之兴，为之大减。园中备有游艇，卒亦未尝一试打桨之趣。龙华寺倾已似废，无复旧观，寺旁桃花园，纳二十金始得入，桃花灼灼，已展其冶艳之靥，有一株绯白相间，尤饶佳致。此行之犹幸不虚者，亦惟红萼成阵，足以恣赏览之快而已！然而视无锡梅园之香雪海，此第可谓小巫耳！此游为远足性质，因以“近郊远足”命吾题，曰近曰远，实悖而不悖也。

《力报》1944 年 4 月 17 日

舞榭情况

有人以下走与高士满有关，恒以近时舞场情况叩予，其实现在予躧步舞榭，一月间难得到一二趟，所至仅惟高士满。高士满货腰之女，曩昔识一小北京雪艳，其人面部轮廓，至易辨识者。一晚，与吾友鹏郎共坐，鹏则召一舞人坐台，自是乃知其人为罗敏，外此如大郎笔下数数提及之王蕙芳，下走迄今不知其面长面短。以下走至高士满，恒枯坐即行，以是对场中婴婴宛宛之俦，辄“知人知面不知姓”。高士满茶账，非胡经理佩之请客，即小逸兄代以签掉，故清茶售几钿一杯？亦茫然无知。高士满且如此，其他舞场情形，不仅

① 今为杨浦区政民路 507 号上海肺科医院。

隔膜，简直有如隔世焉。

《力报》1944 年 4 月 19 日

鸳蝴派之声明

啼红兄与下走谈鸳蝴派，仅读上半篇，不知今日啼红兄作何语？其实下走非鄙薄鸳鸯蝴蝶派文字，特以世之批评家，往往采取一贯抹煞态度，以“鸳鸯蝴蝶派”之帽子，冠诸下走所辑刊物耳，真使人为之啼笑皆非。因之对于鸳蝴嫌疑，欲力求避免，期不复为高世高贤所笑。凡此情形，下走亦未尝不“感慨系之”。下走雅篆中，且着“蝶”字，又乌能疾鸳鸯蝴蝶派如仇哉！

《力报》1944 年 4 月 19 日

“忽然”

柳雨生先生为《杂志》写一短篇小说，曰《发神记》。《杂志》编者于《编辑后记》中作介绍词曰“柳雨生先生和苏青女士今后都将从事小说创作”。其实柳先生曩年在《红玫瑰》《紫罗兰》时代，已常有小说发表，笔名“柳村仕”者即是，固不待“今后”始从事也。柳先生之《发神记》，下走已拜读一过，所记为火车中三两乘客之谈话，分析男女心理甚妙。惟发觉柳先生此记中，“忽然”两字极多，约略计之，得十有三个，与包天笑先生文中之独多“呀”字，可以先后媲美。苟有仿效柳先生笔法者，大可名之曰“忽然派小说”也。一笑。

《力报》1944 年 4 月 20 日

妇唱夫随

本报同文胡椒兄，与许少春女士举行文定礼于万寿山[①]凤凰厅，事先声明概不收礼，而是日所备喜点则特丰，末一个蚝油焖面尤佳，同席诸人俱有高呼“再来一个”之意，可知吃席并未吃伤也。许少春女士传为舞台女艺人，今适胡椒兄，闺房间当有妇唱夫随之乐矣。

《力报》1944 年 4 月 20 日

盲目批评家

有人于报间作詈议[②]，言下走以孙了红比拟福楼拜之不当。其实下走文中，初未言了红作品，堪与福楼拜并垂不朽，惟谓了红神经病时常发作，乃与福楼拜相类而已。此人所戴殆是一副有色眼镜，所以看起人家的文字来，遂亦模糊不清。世之喜欢洗垢索瘢挑剔人家者，往往自忘其陋，譬如此人文中，有二语曰：“即使了红先生的小说写得不坏，他的成就至多不过是一个柯南道尔而已！”按：柯南道尔为侦探小说之权威作家，而了红所写，则为“反侦探小说”，与柯南道尔完全背道而驰，惟创造巴黎巨盗亚森罗苹之毛列司·勒勃朗，则作风庶几近似，此君只知有柯南道尔，不知有勒勃朗，冬瓜缠到茄门上，自己尚搅不清楚，亦欲妄肆讥评。管见以为(仿文帚笔法)，此君似宜常备一面镜子，时时揽镜自照矣。

此君于作盲目批评之外，复侈谈新文艺之懂得与否。夫新文艺无论新旧，同属浩如瀚海，下走于此两方面，涉猎未广，自承犹在

① 万寿山酒楼，位于西藏路福州路口。

② 指署名“江月”者，在 1944 年 4 月 21 日的《东方日报》发表《东方福楼拜?》一文。

知不足时期,惟此君有一副新文艺作家面目,平日亦不过跑跑电影新闻,在剧院后台兜兜圈子而已！如此新文艺作家似亦未免辜负长材耳。

《力报》1944 年 4 月 22 日

巴金之“家”

这里所说的巴金之“家”,并不是指巴金的巨著而言,谁都知道巴金现在住在桂林,最近在朋友处见到私人通信中,有一段说到巴金寄居桂林的情况,经过下走的情商,朋友慨然将书信交与《春秋》发表。这里,我先向千千万万《家》的读者透露一些消息。

巴金现在桂林,住在漓江东岸一条新开辟的马路旁的一间木屋里,有三个朋友和他同居在一起,屋外有一弓之地,栽着些树,移了些花,这都是巴金亲手所植。现在巴金正在赶译屠格涅夫的一部长篇,将交与文化出版社出版。

桂林市上的牛肉,比猪肉要便宜一半价钱,巴金时常买了一二斤牛肉,煮着请朋友们吃牛肉面。

原信中还谈到洪深,谈到林语堂,谈到安娥女士卧病医院的事,这些也许都是关心内地文化人所亟欲知道的吧？那么,请你们等着瞧《春秋》五月号。

《力报》1944 年 4 月 27 日

七楼遇记

一晚,诣新都七楼,于梯畔遘一浓妆之女,睹予,忽辗然发问曰:“上哪儿去?”予视其人,实非素稔,故漫应之。女又颜笑曰:“您不认识我了吧？我可认识你呀！”厥声之脆，无以复加。以其所操为京片子，疑为当年林屋师膝下义女之一，顾仓促间实在想不起她究竟是谁？而此女同行有男，眈眈视予，若欲攫我而噬，遂亦不遑诘女姓氏。此惊鸿之影，一瞥而逝，至今犹诧为不可解之谜，使其事叙于漫郎笔底，名其篇曰“楼遇记”，当是一篇绝好材料也。

《力报》1944年4月29日

从谏如流

金刚兄尝于《怒目集》中记某酒家侍者嫚客事，闻某酒家当局从谏如流，阅报后已罢斥侍者之职，盖勿欲因一侍者之玩忽，致予嘉客以不良印象，使全体皆蒙其恶誉也。一说则金刚兄之文犹未见报，某酒家当局已黜退该侍者，以该侍者撄客之怒，声闻于外，当晚酒家当局即廉悉其事，翌日该侍者遂遭受“剥号衣”处分。酒家当局处事之峻如此，或为发脾气之客人所不及料，然诚一儆百计，要亦不得不耳。

《力报》1944年4月29日

丽人

丽人以无端为怙险鸱张者所折辱，愤而辍货腰之业者，倏忽数月，昨晚灯上时，丽人来晤，谓方自杭州归沪堧，不久即将举家迁入杭垣，诘其故，丽人始不复讳言其嫁，丽人夫婿即扬言丽人怀孕之圈吉生，若干月前，犹在沪上，坚欲与予订交，倩丽人为曹邱，其人年少多金，今方在杭州主工程事，丽人托之以终身，归宿不可谓不佳。丽人语予其匆遽言嫁，系纳下走之劝，实则丽人为此言，不过示好于下走。圈吉生得丽人委身以事，还当感谢某律师门下之一记耳光耳。

《力报》1944年4月30日

藏污纳垢

当局查禁跳舞学校，以藏污纳垢为言，日来报间撰文者，援引其词，以为舞校皆当禁。则下走之《查禁舞校争议》一文，当为赘疣之辞矣。下走于海上舞校，未尝遍历其境，所涉足者惟万国舞专，教师三人，悉为男性，未尝睹有妖娆之女，为万国所雇，藉此为招徕之助，而报间言舞校藏污纳垢，即列举此点，此当为下走所见不广，或者其他舞校真有此种情形，为下走所不及知乎？

《力报》1944年4月30日

安慰与痛苦

一方在随笔中说："蝶衣兄事业粗就，犹不免长日忧郁，盖不得安慰耳。"其实一方兄的话，只说对了一半。我的一生，本来长日忧郁之中，我能够以自己的眼泪安慰自己，辄并不希望什么安慰，所苦的是不仅无安慰可得，而且被无可泯灭的痛苦缠绕着，十数年来，我以坚忍与缄默承受着这一重（甚至是双重）痛苦，在悲愤到极处时，我能有悄悄的诉之于天，而从来不求获得人类的同情与了解。一方兄只看到了我表面上的事业粗就，又安知最近的我，不但事业已等于乌有，甚至连"家"都毁灭了呢？

《力报》1944年5月1日

金少山国际拂袖记

二十九日之晚，金少山携其女侣登十四楼，以厅内已客满，乃坐于厅外散座间。金与潘玉珍素稔，潘在十四楼表演，金即为访潘而去。潘以金难得光临，嘱侍者为金在厅内留余座，金以九时许至，及将近十一时，厅内有客起行，潘乃命侍者召金。金此行除携女侣外，复挈一犬，此为金之随身法宝。金欲牵之入厅，而为客泼登[1]阻挠之，谓格于定章，不许挈犬入内。金以舞场砍招牌，遽一怒而去。其女侣彷徨四顾，不睹金，亦不见金犬，盖与犬偕亡矣。事后潘玉珍以对不起朋友，向国际当局交涉，谓此是名伶金少山，奈何轻撄其怒？欲国际黜克泼登之职。然克泼登之阻犬入内，不算犯过，即使是谭鑫培在世，亦不买这一本账，故潘之交涉，终亦毫无结果焉。

《力报》1944 年 5 月 1 日

丽人展缓圣湖行！

大中华咖啡馆举行第一届股东常会之日，丽人亦翩然莅止，以股东一分子之姿态，出席参加。丽人语予："原拟日内赴杭州，兹则行期将展。"叩其故，则圈吉生于婚约之履行，含糊其辞。虑其人不足恃，故是吾即以其人为雀屏之选，犹待慎重考虑耳。所谓圈吉生者，下走已言之，其人风度翩翩，年事视丽人犹少，故尝称丽人为姊，若言仰望终身，自是惬丽人之意，所憾者则其人于嫁娶之聘，亦靳于一诺，第欲遣丽人至杭州，与其晨昏而对，是故此一段姻缘，能否卒底于成，犹未言必。某君言：圈吉生之离沪赴杭，实在是拆了

① "克泼登"，为 captain 的沪语音译，此处指领班。

一段烂污，脚底抹油而去。叩诸丽人，丽人亦谓有其事，则此人当是一脱底朋友，顾丽人犹欲与其人矢爱好，殆以溺爱之深，遂尔罔顾利害耳。

《力报》1944年5月2日

辩护人

青子兄谓下走是欧阳飞莺之辩护人，此一美衔，下走实在不敢拜嘉。下走平生向不好管人家闲事，然人家苟有所命，则下走亦乐效微劳，所谓“受人之托，忠人之事”而已。过去报间屡有诋毁丽人之字，丽人呼援无门，恒来觅予，予既勿能深闭固拒，则惟有稍稍为之声辩。以此之故，遂恒为友侪所哂笑，以为下走“重壳轻友”①。其实壳既非下走所重，友亦非下走所敢轻。欧阳飞莺小姐，原名吴静娟，为吾友江枫兄女弟，知下走搦管为文，报间文字，有涉及飞莺者，飞莺阅之悦，自无闲言，不怡，则亦恒以“正误”之役，委诸下走。飞莺在女歌手中，似颇为人所瞩目，下走材料枯竭时，取其所言，以供抒写。一言以蔽之，亦无非允我编辑而已。青子兄苟非他日有事，欲下走一言以辩者，下走当奉命维谨，虽“重友轻壳”勿辞也。

《力报》1944年5月3日

表妹露苡之书

下走笔下，除丽人及欧阳飞莺外，复有一表妹露苡，战后，露苡举家流徙，西行至滇，居于昆明，倏忽数年，由滇至沪，道途多梗，故

① 舞场切口，将舞侣或相好称为“壳子”，故蝶衣此处为“重壳轻友”。

至今归讯尚杳。偶有书来,下走恒撷取书中语,实我篇章,顷露苡复有一函至,因援例节其言于次:

(上略)

连接收到你分批寄出的《春秋》,万里外究竟还有一个表哥记得我,看到信封已够欣慰了。为了家庭的纠纷,近来够伤脑筋的,成天浸沉在幻想与太息中,十二日来联大附中担任课程,为的是能稍解岑寂。白天有小朋友慰藉,倒还可以,一到了黄昏时分,师生星散,孤灯独对,就不免有说不出的凄凉。旧恨新仇,引我淌了不少辛酸泪。

不管环境怎样,总改不掉我的心地,乱糟糟的莫衷一是,也许我会在这宽广的大地上没有了家,那种情况下讨生活的苦乐,非常人所能体会的,我却将投入此境去尝试。

一个人是不能孤独生活的,然而近一个时期,我却特别感到寂寞,所以该原谅老处女变态的固执和寡妇孤单后的放诞风流,她们都是受尽了精神虐待的囚徒。

生活总可以维持的,这你可以放心,现在,二三处要我去,鱼我所欲也,熊掌亦我所欲也,二者不可兼得,奈何?

教育是清高的,但不够付出我的账,经商富裕的却又不得美名,天下事总是那么不平衡。新年虽已过去,仍愿上帝不惮烦地赐给你快乐。

表妹露苡手上

按:此函为二月尾所发,至此日始递到,历时盖逾两月,怪不得古诗人有“烽火连三月，家书抵万金”之吟也。

《力报》1944年5月4日

偶语

生平偶语甚夥，忆倡门才子俞逸芬兄居沪时，匄予为红冰八娘制联语，予一日间成四五联之多，越时既久，至今遂不能尽记，惟忆一联曰：

红豆生南国，冰心在玉壶。

此外又有赠红蝶一联，亦系集句：

红是相思绿是愁，蝶衔花蕊蜂衔粉。

惜其人不名曰“蝶红”，否者上下联倒置，当尤佳。

予所制之联，大率集句者多，昔日赠谢小天，今日移赠金小天之一联亦然，盖从步林屋师游之时日久，耳濡目染，遂亦喜欢学“步”，惜佳构殊鲜也。

《力报》1944年5月6日

照码八折

下走为本报治文，有时兴酣落笔，恒洋洋洒洒，长达千余言。此在文帚笔下，即是所谓“足尺加三”，今日文思不属，所作遂奇短，衡以“足尺加三”之例，此当为“照码八折”之类矣。

《力报》1944年5月6日

忆周美娟

他报《白门散记》篇,言秦淮有歌者周美娟,以假母迫使献身于大腹贾,女不从,则夏楚随之,周因仰药以死云云。初疑所指系吾友张昭绥义女,以文中言周系维扬籍,则似又不类。昭绥兄昔在沪上时,有两位义女,皆声名藉藉于时,一为舞人叶娟娟,一即女伶周美娟。昔娟在沪,犹能于道上覯之,嫁后光阴似颇不恶。美娟昔年以昭绥兄之介,一度入天一公司,在《荣华富贵》影片中演出,后以舞台银幕两不得志,遂僦装入都门鬻歌秦淮,为时未久,复嫁作商人妇。美娟父母胥癖于烟霞,美娟嫁人,父母之需索频繁,遂使美娟与其藁砧,亦未能相始终。战时予走汉上,及归来,昭绥兄已返其故里,至今消息杳然,而美娟亦存亡莫卜。《白门散记》中之周美娟,意者殆另有其人。特以此一文,乃使下走不仅睠怀故友,兼亦颇念吾友义女,不知美娟今日,毕竟飘零何许,近况又悉似也?

《力报》1944 年 5 月 7 日

油汆老鼠

一日下午,访程小青先生于其寓邸,徐碧波先生亦至。小青先生嘱女奴备点心飨客。既呈案上,则赫然油汆老鼠也。

少时,下走居于乡,乡间演草台班戏,吾母以铜元三枚授予下走。下走至剧场上,以一枚购油汆老鼠果腹,剧终而归,以所余二枚返诸吾母。母拊予之颈曰:“是儿节俭,可嘉也。”今吾母茔上,松楸成林矣!而此一幕童时情景,至今犹深镌脑海。

油汆老鼠一物,为下走幼年时所嗜,使非此物动下走食指者,当年之三枚铜元,或且原璧归赵,故是日在小青先生府上,骤睹此物,亦不觉连尽三枚。小青先生第以为下走健啖,不输狼虎会会员,不知盘中之餐,适投予所好也。所谓油氽老鼠者,以米粉绞成S形,投油锅中氽之,撩起后敷之以白糖,既松且甜,厥味弥佳。谓为油氽老鼠,实则与鼠殊不类。沪上售此物者罕见,亦不知在上海人口中,叫做什么名堂也?[①]

《力报》1944年5月11日

喜彩莲覆书至

蹦蹦戏女伶喜彩莲婚变之事,若干时前曾喧传于报间。不佞以与喜彩莲夫妇有旧,因驰函叩问真相。兹喜娘覆书,已自故都至,爰摘录其书中语如次:

(上略)

辱承关怀,感激异常,愚夫妇现仍出演华北戏院如故,并无不睦口角之事,不知何以有此谣传,实可诧异。我们结婚十一年,小孩已有四个,同甘共苦,现已小有成就,岂有劳燕分飞之理!先生有暇,尚乞在沪上报纸代为辟谣,不胜感激。

(下略)

此函为李小舫、李张菡香同署名(菡香即喜彩莲字),于婚变之事,固出自以否认者。特报间新闻,尝牵涉及一郭某,而此函则未

① 上海人称此为"糯米饺"。

作若何声辩，颇病其略而不详。喜娘夫妇，苟能和好无间，自是大佳，特恐隙穴来风，此中非尽无因耳。

《力报》1944年5月12日

五刻钟开打

尝拟一看天蟾舞台之《文天祥》，以剧本出朱石麟先生手笔，剧中当有精彩纷呈之台词，足以快人心意也。及睹报间有“开打五刻钟”之广告，乃为之爽然若失。平时看京戏，最憎厌的即是所谓“打连环”[①]，豁虎跳与翻筋斗，老是那么一套，即使加上《宝剑出鞘》一类节目，亦不过足与江湖卖艺者竞爽而已！根本不像是阵上交锋。曩年周信芳演《文素臣》，即好在开打场子简略，使人不致有“看活狲出把戏”之感。今日《文天祥》中，乃有长达五刻钟之开打，势非看得我头晕脑胀不可。剧本纵出高手，以此关系，亦不得不望而却步矣。

文文山为文状元，并非一勇之夫，纵娴韬略，亦止于指挥若定而已，初勿能驰骋疆场，杀敌致果。今在李少春饰演之下，殆将擐甲临阵，形成一文武兼资之人物，似此则殊不类于信国公[②]矣。

《力报》1944年5月13日

珠粒发网

女子拢发之网，最近有一种新式样流行，发网之上，缀白色珠粒，颗颗匀圆，远观之，乃仿佛一局棋枰也。谑者遂言，此种发网，

① “打连环”，为戏曲武行用词。甲、乙方共八人，轮流翻打，以表现双方战斗激烈，直到双方八人全部交战完毕，主要角色登场接打为止。

② 祥兴元年(1278年)卫王赵昺继位后，拜文天祥为少保，封信国公。

著系应付灯火管制而产生，在月黑星高之夜，娘儿们行于街头，每易为对面相逢之人所碰撞，于是有人创此发网，以粒粒珠颗代电炬，使行于暗隅者，睹之知所敛避。此言甚趣，特事实或有不尽然处，则娘儿们长街夜行，转恐为儇薄者利用机会，突施袭击，恣其摩挲之快，则珠粒发网之为用，又何殊“以广招徕”乎？

《力报》1944 年 5 月 14 日

小红行踪

有人自故里来，始悉女优姜云霞，迩尝与李仲林等合组剧团，出演于兰陵城，兹则已期满返沪云云。陈灵犀兄系念云霞，尝以云霞之行踪为问，因亟书之告灵犀，庶几知小红姑娘重上氍毹消息，并非妄传也。

《力报》1944 年 5 月 14 日

台卡

各剧院新戏上演，恒制就一种台卡，倩相识之酒家或咖啡馆，置于玻璃台面之下，以资宣传。不佞既与各剧院之宣传大员多数素稔，遂亦时有此类台卡，光顾我室。最近天蟾之《文天祥》，丽华之《白燕劫》，兰心之《武则天》先后上演，于是五色缤纷之台卡，遂有纷至沓来之观。幸大中华当局 TY 王，对戏剧亦有深嗜，于台卡之来，勿欲过拂盛意，乃于一日之间，悉呈诸卡于桌面，视之遂不啻举行一台卡展览会，闻邀请电影明星剪彩者，例须纳金若干，作为捐助慈善机关之用，此为华影当局所规定之章程。大中华不敢采此规则，请各剧院纳费，惟赠券一纸，实在不敷支配。嗣后各剧院若以台卡广告见委，还请附以入座券三五纸，则核其代价，亦不过三五百金，交易而退，各不吃亏，幸各剧院诸老友垂鉴焉。

《力报》1944 年 5 月 16 日

沙丽文

观《亚森罗苹与福尔摩斯》于绿宝①，女主角沙丽文，有健骨高躯之美。绿宝女演员有此丽质，不禁诧为奇观。大郎、柳絮诸兄笔底，尝力谓潘玉珍技术团中飞车女郎之美，若睹沙丽文，当有“既生瑜何生亮”之感。以沙丽文冶艳入骨之致，实不下于飞车女郎也。剧中饰罗苹者，不知是否为邵华。邵华亦剧坛有名人物，宜有沉着凝练之演技，而是晚在台上，则所睹为一吊儿郎当之角色，视演戏乃为儿戏，故疑系别一人所庖代，邵华断不如此也。

《力报》1944 年 5 月 17 日

《红楼梦》剧本

闻费穆、顾仲彝两先生，皆有编写《红楼梦》剧本之意。顾仲彝先生且已动笔，惟未蒇事耳。昨日，吴承达兄送剧本一帙来，附以一笺，谓是唐槐秋先生嘱转致不佞者。视之，亦为《红楼梦》剧本，出应明女士手笔，凡五幕八场，则已全部杀青矣。费、顾二先生之外，应女士已著先鞭。惜《春秋》向不刊载剧本，暂时犹不欲破此例，惟有辜负槐秋先生盛意耳。

《力报》1944 年 5 月 17 日

---

① 绿宝剧场，位于南京路新新公司四楼。

听欧阳飞莺唱《白鸽》

图 9　欧阳飞莺，刊于《电影》1947 年第 10 期封面

新都七楼自开辟万象厅后，尝邀欧阳飞莺奏歌其间，飞莺因请不可却，以客串之姿态帮忙若干日，即戛然而止。则以飞莺方从密昔司福研习音乐，密昔司福以为其未大成，不宜去而问世，故勿欲飞莺于公众场合日日轻展其歌喉。飞莺重逷师言，虽万象厅当局邀请甚虔，亦只得辜负雅意，所谓身不由己耳。惟万象厅当局悦飞莺歌声之美，罗致此人，乃有此志不渝之概，最近又一度与飞莺开谈判。飞莺初不料万象厅当局见重如是，遂亦微有允意。昨日下午，飞莺临万象厅小坐，唱墨西哥名曲立狄欧之不朽作《白鸽》，韵调之悲壮苍凉，聆之辄不禁心弦如颤。当年保罗・茂尼主演之《锦绣山河》一片，仿佛又展映于吾人眼前，盖《锦绣山河》全片之配音，即采取此曲韵节也。飞莺歌喉，以锻炼之曾勿[①]稍懈，益有控制自如之致，宜万象厅当局，必欲得之而甘心矣。

大郎、梯维、桑弧诸兄，组织星六叙餐会，欲飞莺亦参与其盛，庶几益尽东南人物之美。大郎嘱不佞征求飞莺同意，兹并以佳音报大郎，则事已得飞莺之诺，第愿叙餐地点择定后，大郎毋吝以电话通知耳。

《力报》1944 年 5 月 18 日

---

① “曾勿”，为苏州方言，“未曾”之意。

涵碧草堂之宴

海格路上，有周湘云氏之别业，尝涉足其间者，佥谓花木之胜，视法国公园为尤美。昨日之午，吾侪乃宴聚于是间之涵碧草堂，顾宴者多艺苑之隽，若来自北国之白玉薇，留居海壖之王熙春，远游归来之顾兰君，蜚声银幕之王丹凤，嫁得才人之金素雯，以及屠光启夫人丁芝，胥联翩参加。女歌手欧阳飞莺小姐，以大郎之嘱，下走之邀，亦欣然命驾，一时遂有玉笑珠香之盛。是日备酒达二十罂，盖准备作瓮头之醉者，顾兰君与大郎之义妹管敏莉竞饮最豪，两人所尽，都在二十盏以上，真女中刘伶也。兰君醉后，自言已成百花亭畔之杨贵妃，此人妩媚之态，向时睹之于银幕上，此日乃见之于私底下。

管敏莉犹初见，不仅酒肠宽，吐属亦弥隽，大郎誉之曰婉亮之儿，洵非腴词。桑弧兄平日不恒轰饮，是日亦频频举盏，可以想见此宴之尽欢。张爱玲女士及黄宗英、兰苓二小姐，皆未至，惟此为美中不足事耳。

《力报》1944 年 5 月 22 日

蚕豆

予于文字之间，尝记在南华就餐，未睹蚕豆登盘为憾。南华当局 TY 王，读报笑曰："婴宁谫陋，所见乃不广若是，粤菜肆中，安有并蚕豆亦不入馔者？"于是命庖人治鸡油蚕豆及葡汁焗蚕豆两器飨予，属予品评。啖之弥美，则惟啧啧称善，以健饭报之而已。其实予非不知粤菜中有蚕豆，特不欲斥资一尝，故示意于文字之间，使王当局知予所好，饫我谗吻，则下走之计矣。

《力报》1944 年 5 月 23 日

冰冻奶油杨梅

冰冻奶油杨梅，为大中华咖啡馆之新贡献，夏至犹遥，梅子未黄，故国产之杨梅，距上市之日亦远，此所谓冰冻奶油杨梅①，则为西洋之种，而播种于沪壖者，及今乃熟，视其颗粒，绝似乍熟之荔枝，皮外有棱如针，然嚼之即消，此物盛以冰盘，沃以乳白之液，入口啖之，真初夏隽味。予生平未尝知有外国荔枝，今实初尝，做咖啡馆老板，别无裨益，惟口腹之惠，实非浅鲜耳。

《力报》1944 年 5 月 23 日

西披西咖啡

上海静安寺路一四七号德胜咖啡进口行，系定海旅沪巨商张宝存氏创设，规模宏大，营业鼎盛，所出 CPC 商标(西披西)咖啡，色香味处处高人一等，本埠及全国各大公司、咖啡馆、食物号均有代售。又该行主人张宝存氏，年少英俊，长袖善舞，西披西咖啡有今日之广大市场，受无限顾客之欢迎，张氏与有力焉。

《力报》1944 年 5 月 23 日

飞莺重展歌喉讯

据新都方面传出消息，欧阳飞莺于新都之邀，业已正式接受，下月三日起，飞莺将重展歌喉于万象厅。新都之延致飞莺，万回千折，终底于成，亦可谓煞费心力矣。届时之万象厅，除飞莺登场外，乐队亦将更迭新人，其中若干鼓吹手，为飞莺所推荐者。飞莺稔知若侪之专长，故请新都网罗以来，至时当能收相得益彰之效也。

---

① 即草莓，彼时沪上称之为外国杨梅。

(今日无甚材料可供抒写,遂复以欧阳飞莺入我篇章,世不乏赏阅飞莺歌喉者,或亦乐闻此一消息耳。)

《力报》1944 年 5 月 24 日

壁角落

沪西僻处,有一小型之酒吧,西名译音为“壁克乐”。最近有友人以六十万金盘得之,拟改辟为咖啡室,以其地仅有西名,乃欲别撰一中文名称,问于下走,谓“必可乐”佳否?予以为“必可乐”三字,微病其俗且有影射“大可乐”嫌疑,终非佳选,苟欲符其原名,莫如径曰“壁角落”,以状其地有幽秘之趣。苟以为过于通俗,则无妨拈“壁克乐”三字,虽不可解,字面总比较雅驯耳。

《力报》1944 年 5 月 24 日

山中来简

眉子居梁溪之管社山,地滨太湖,景色瑰丽,以是足供眉子兄笔底抒写之资料,遂亦如江上清风与山间明月,有取之不竭之概。昨日,眉子有书来,记山居二三事,录其片段如下,清隽之趣,不在沈三白《浮生六记》下也。

……

夜听狗吠,一狗作声于前,数狗随声于后,院中二狗,闻声相应,于是山上山下,一片狗吠之声,汪汪汪汪,盈耳不绝。一种凄厉之感,猛袭而来,有如大难将临之前夕,并非神经过敏,应该说是惊弓之鸟,受不住吓耳。

……

烛火之光，与电灯大异。电灯完全是一副科学家面孔，烛光就含有些艺术情调，写此信时，白烛一枝，火蕊摇摇闪动，映瓶花上壁。壁上有画，画中又若有诗，别有一番意趣，颇为之触起一二年前走僻径，投荒村，宿冷店，捧粗碗，食硬饭于油灯光下诸回忆。梦悠悠如远在天边，忽忽然又像近在眼前。

《力报》1944年5月26日

与白玉薇片刻谈

继涵碧草堂之会后，天厂居士复于昨午宴原班人马于丽都花园，白玉薇小姐由其大姨妈护送而至，上次之宴，以玉薇席半即去，未及与语，是日乃得为畅谈。玉薇去岁在沪时，尝与潘柳黛女士同莅万象书屋，玉薇犹能记初识之时，惟谓暌别既久，又仅一面，故乍遇不敢冒叫耳。玉薇自言，向时以爱好戏剧，故投身梨园，兹则大悔，盖梨园中氛围特殊，颇不能谙其习惯耳。其实玉薇具冰雪聪明之资，所写文字，多有可诵者，菊部女儿中有此才调，良非易致，玉薇特故作逊辞耳。与玉薇谈话时，其大姨妈从旁倾听，绝似“看场”也。

《力报》1944年5月28日

与朋友论费穆

几个朋友聚在一起，由电影谈到话剧，话剧谈到费穆，我竭力推荐费穆先生编导的几个戏，认为费穆先生不失为今之有心人。

一个朋友说:“费穆先生待人处世,很有一些儿手腕。”他的意思,似乎说费穆先生善于用权术。于是我说出了“此不足为费先生病”的一番理由,这也许是我对于费先生太倾倒的关系,我说:“一个身为首脑的人,对部下自然不能不偶然用一些权术,权本来是从权的意思,不得已而始用之,权术如果用得其当,往往可以消弭无谓的纷呶,而使人力趋向于统一,所以用权术并非坏事。只有老板口口声声对伙计嚷‘蚀本’,希望伙计可以不向老板要求加工钿,这才是最愚蠢的权术!”我和费穆先生,向无深交,仅是在宴会间及卡尔登戏院会过几次面,不过从费先生之手产生的几个戏,其间无不充溢着一种纯正的热情,以此而窥测费先生的为人,无论如何觉得费先生是值得使我钦敬的。朋友的话,只是未能了解费先生胸襟的皮相之论而已!一个嵚崎磊落的血性男儿,他的胸臆之间的秘密,又岂是用寻常眼光所能窥测的呢?

《力报》1944 年 5 月 29 日

国际号

上海有两家以食堂为主要副业的大公司,一家是四大公司之一的新新,新新二楼有酒楼,三楼有咖啡室,六楼有新都饭店,七楼有万象厅,总计供人饮啖的地方,达四处之多。另一家是国际饭店,国际二楼有孔雀厅,三楼有咖啡室及酒吧间,十四楼又有宴舞厅,每晚都是座上客常满,樽中酒不空。最近,国际更拟开放十八、十九两楼,工事正在积极进行中,据曾经获得优先观光权的人说,国际十八楼的布置,系采取玛丽皇后号、康悌罗梭号一类的邮船型,其间有甲板,有长梯,有帐篷,宛似行驶于惊涛骇浪中的巨轮,因此这里的定名,便叫做“国际号”。至于十九楼,则辟为一种热带风光的场面,一如《荒岛英雄》中的布景,台脚和凳脚都钉上几块断木,着了短才及膝的旗袍的舞小姐们,坐到这些粗木凳子上去,真有扎破长筒丝袜的危险。据说国际当局对于这两个新天地,将采取门禁森严制度,力求避免品类庞杂的不良现象,详细办法则尚在厘订中。大概将来光顾十八九楼的客人,事先还得给他们审查资格呢。

《力报》1944年5月31日

丽人佳期

一个货腰之女,在舞海上浮沉了几年,最后觅取归宿,不外是做富家翁的姨太太,这可说是已经成了定例。所以有人会将跳舞场譬作“姨太太制造厂”,这虽然有些言之过甚,但例外者的确很少。因此,我就不能不再三为丽人庆幸。丽人与圈吉生的婚事,我以前曾一再记述过,现在,这一段姻缘已经大定,圈吉生在杭州工务局任事,前几天回到上海,将筹备婚典的事,交给了他的家人。这一件事,圈吉生已经通过了堂上二老,获得了允准,所以不至于好事多磨了。昨天,圈吉生到大中华咖啡馆来看我,据他说,婚礼已预备在下月中举行,他的意思,是要我做一个现成媒人。我当时没有表示可否,原因是深恐临时怯场,不过要是一定要我担任,当然我也是乐观其成的。丽人为人,向来忠厚,现在卸却舞衫,隐于良家,居然是大太太的身份,而且正式举行婚礼,更兼夫婿并非亚尔迈[①],而是一个标准小白脸,这不是不说是丽人的佳

① “亚尔迈”,英语 old man 之沪语音译,指老年人。

运了。

《力报》1944年6月1日

旧西装

前年置派列司西装一袭，今夏已微嫌其窄，并非下走身体发福，实缘从前裁制西装，讲究紧趁腰身，而比年则以宽腰博袖为贵，试着一过，遂有无法容纳之憾，不得不倩成衣匠为我放大之，虽两袖因足尺加三之故，折叠之痕可见，然以新衣之添置不起，只得暂仍其旧矣。昔羊叔子一敝裘三十年，下走窃欲与昔贤竞美焉。

《力报》1944年6月2日

笑旦编剧

大中华饭店之申曲场，近方演《张勋与小毛子》一剧，读其说明书，居然亦极尽哀感顽艳之能事，意座上女宾，当有抆泪不止者也。说明书上，列"笑旦编剧"之名，是盖大中华饭店之小开戴桂荣，人称小戴，"笑旦"正与"小戴"谐音也。此洋场十里之豪华公子，舍驰马从舞外，亦好孜孜矻矻于笔砚间，真好兴会哉。

《力报》1944年6月2日

生啤酒颂

大家举盏喝生啤，喝到颓然百不知。

但愿人人耽曲蘖，黍醅一样好充饥。

据案由来爱酒厄，今宵一醉请毋辞。

疗饥从此开新术，只要举杯莫举炊。

生啤酒之供应日见普遍，耽是曲蘖者随时随地，胥能获开怀畅饮之乐，真快事也。下走近时，亦恒买醉酒家楼，作现代之高阳酒徒，甚至抱定“每饮必醉，不醉无归”宗旨，以示拥护喝啤酒运动焉。

《力报》1944年6月5日

高楼再度起莺歌！

欧阳飞莺崛起于歌坛，为时不过一年，而歌喉之歆动海国人士，则为任何人所勿逮，自国际十四楼之约满后，小隐数月，念念于飞莺者殆不乏人。新都饭店当局知飞莺之歌，嗜之者且众，于是百计挽留，精诚所至，卒获如愿。四日起，飞莺遂又东山再起，展其歌喉于万象厅中。新都与飞莺立约，为一日间排三档节目，下午茶座时间为第一档，晚餐时间为第二档，夜咖啡时间为第三档，每档皆奏二曲。惟有人点唱时，则亦额外引吭，初不限于固定之六曲焉，万象厅于飞莺登场之日起，且为之更换新乐队，以示万象更新。乐队亦系飞莺携来者，此则犹睹剧院中名角儿登场，必自己带一副班底，庶几相得益彰也。乐队以“万龙”为名，非谓无所不工，特以“万”字当头耳。飞莺在万象厅奏歌之代价，闻为每月三万金，开海上女歌手包银之新纪录，惟飞莺女侣多，每天总转签掉皮尔[①]十数张，收支相抵之下，所得固亦无几耳。

《力报》1944年6月6日

① “皮尔”，beer的沪语音译，指啤酒。

白玉薇来唔

白玉薇小姐忽翩然过访，玉薇下榻于一品香，与大中华咖啡馆相距密迩，知不佞下午必在此间，故莅临小坐耳。玉薇有“文艺女伶”之号，所谈遂亦偏于文艺。玉薇谦巽，以如何求深造之道叩予，其实不佞不解文术，惟对之以“多看多写”而已。玉薇御叆叇，阅书时则去之，此与不佞之习惯正同，倘亦所谓不谋而合欤？唐突佳人，请付一笑。

图 10　读戏校时的白玉薇，刊于《立言画刊》1939 年第 38 期封面

《力报》1944 年 6 月 7 日

珍重珠喉

诣新都七楼万象厅，电梯中一女郎问司机曰：“欧阳飞莺果在此间奏歌否？”司机曰：“适间已歌二曲，兹则须俟晚餐时间矣。”女郎笑曰：“哎唷！倷倒还要拉伲一顿夜饭生意。”其语甚趣，而司机所言，则亦实情也。飞莺旧在国际十四楼奏歌无度，遂创其喉，今故与万象厅立约,每日以六歌为限,苟听众热烈要求者,亦可放宽一二支,盖深惧重蹈覆辙,不得不珍稀其歌喉耳。

《力报》1944年6月7日

看义务戏

老凤先生近来为了看义务戏,受了一包气。原因是邀他看戏的是戏院当局之一,结果则因此人健忘,没有关照收票人,遂使老凤先生看尽了稽查的嘴脸。也就为了老凤先生并不是自己要看戏,而是戏院当局之一殷勤邀请的,请人家看戏而叫人兼看嘴脸,因此使老凤先生按捺不下这口气。近年以来,我很少看京朝派角儿的戏,就是看,也宁愿搅落钞票,不愿"拿高凳"[①]。上海的几家戏院当局,尽多是十年老友,有时遇见了,也往往以"请过来看戏"为言,可是我总不敢领这份情,原因就是怕给收票或稽查之流瞧在眼里,肚子里咕哝一声:"这小子看白戏!"觉得实在有些犯不着。大概戏院子里所雇的收票稽查之流,多是都是狠巴巴的角色,据说这些人的好处,就是能够公事公办,即使是他的老祖宗光临,要是不照章购票,他们也会板起面孔不买账的。所以老凤先生的遭受侮辱,实在不足为怪,请老凤先生看在他们忠于职守的份上,马马虎虎算了吧!大爷有的是钞票,以后要看戏,干脆买票!

《力报》1944年6月9日

汽油灯

以电力以一再撙节,最近有若干家酒楼西菜社,已于室内装置

① "拿高凳",指戏院中的免费加座,多为"蹭戏"性质,因此颇为戏院方反感。

汽油灯，以备不时之需。识者遂谓今日之下，殆无事不在向复古之途迈进，为汽油灯一物，自电灯发明后，早为时代所淘汰，不谓犹有东山再起之日，要属意想不到之事，逆料历史上传为美谈之《囊萤照书》一类故事，或亦将重见于今日也。

《力报》1944 年 6 月 10 日

殳

小春兄在本报写《落霞记》，男主角曰“殳敏”，“殳”音“殊”，为兵器之一种，此字似不入百家姓，不知小春兄笔下，何以忽着此一字？或者本来写的是“艾”字，而为手民误植者，遂尔将错就错耶？

《力报》1944 年 6 月 10 日

问题诗一首

游子天涯作壮行，佳山佳水可陶情。
近来真觉材愈谫，何处烟笼芦子城？

逸梅兄以一箑授我，展视之，则杨子石朗所作也。石朗别署寸草游子，想见其蜡屐所经之广。画中作烟笼隋堤之景，而石朗则自叙曰“作于芦子城畔”。下走材谫，如顾传玠为明道先生之叔，“殳”亦在百家姓之列，竟一概茫然，兹又不知芦子城[①]是哪一个地方的别名，殆又将为高贤所笑矣。石朗近作山水三百余点，将于今日起

① 芦子城，在今上海旧城区西北吴淞江滨，本名芦子城，宋以后误指“沪渎垒”。据《绍熙云间志》记载：“沪渎垒，旧有东、西二城。东城，广万余步，有四门。今徙于江中，余西南一角。西城极小，在东城之西北，以其两旁有东西芦浦，俗遂呼为芦子城。”

在中国画苑举行展览。

《力报》1944年6月13日

飞莺怀孕谣的传播者

在无意之间,证明了关于欧阳飞莺怀孕之说,原来是由L姑娘的口中传播而出。L姑娘也是当今的一位名歌手了,如果换了别人,一定不肯招致“同行嫉妒”的嫌疑,承认这一个传说是自己所播送,而L姑娘却并不隐讳,因此我倒觉得这位L姑娘,真有些坦白可爱。从这一点,证明她实在是个直心直肚肠的人,她不是故意要道人之短,不过是听得了别人姑妄言之的话,照样姑妄言之而已。

《力报》1944年6月14日

闻万年桥倾圮有感!

前天,郑逸梅先生写了一篇《逭暑漫话》给我,其中一节说,苏州胥门外的万年桥,最近业已倾圮。对于这一件事,我微有些感慨。我并没有到过万年桥,但是在照片上,我是见过这一座桥的,此桥跨水绝高,其巍峨的姿态或不下于伦敦桥。在我们的“东方威尼斯”,它是和七十二孔桥(确否待证)的宝带桥同负盛名的。按理说,桥名“万年”,应该“亿斯万年,永宝用享”才对!然而现在却倒坍了。万年竟然不能永年,昔日高巍的姿态此时乃有“而今安在”之叹,这如果引证到人事上去,也未始不是一个殷鉴。

近来,眼睛里看到了许多的鸡虫得失之争,事情都极无谓,而在从事得失之争者,仿佛都将所争执的事件看作了“万世不拔之基”,践踏他人,满足自己,这是争执的目标,类似这样只知有己的自私自利心理，社会上几于到处都在展示着。

在历史上，不乏华屋山丘的例子，曹子建的“生长华屋里，零落归山丘”一诗，真是慨乎言之的，万年桥的倾圮，不过是属于华屋山丘的昭示之一而已！然而这样的昭示又未必能促人猛省，这就是我不无感慨的原因了！

图11　黄觉寺所绘苏州万年桥油画，刊于《江苏教育》1933年第2卷第10期

《力报》1944年6月15日

“难过”？

生平不好作辩论之文，因为辩难得结果，往往远离本题，不涉窍要。例如我记述L姑娘传述某歌手怀孕之讯，原文明明曾称道L姑娘的坦白可爱，以为如果换了一个胸有城府的人，一定不肯轻于自承的。然而昨天青子兄的《为爱而姑娘辩》一文，却完全误解了我的文字。青子兄代“爱而”姑娘声辩，说爱而姑娘在吉祥厅那一晚，仅是劝人不要瞎说，而非传播谣诼。那么青子兄一定只听清了爱而姑娘上半截的话，下半截还有“我也听得说起过的，不过陈鹤的话，我根本不相信他,不想各位仁兄(言时以手指立雪生),却在报上写了出来"这几句话,大概青子兄并未留神,而我的耳朵却没有聋。

《力报》1944 年 6 月 18 日

玲芝辍歌新都记

高乐歌人玲芝,兼在新都六楼奏唱。最近,玲芝尝一度受辱于吃客,因之在新都楼头,有好多日没有见她的踪影。关于她辍歌的原因,事实是这样的:(仿本报第四版社会新闻笔法)据说有一天,新都有两位食客,要叫玲芝陪他们坐一歇,吩咐侍者去传言。玲芝看了那两个人,有一个是不认识的,另一个虽然认识,却并不熟悉,于是置之不理。那两个人居然大光其火,非要玲芝坐过去不可。及至玲芝坐到了他们的一桌上,不知言语间怎样一来,玲芝的粉颊上,竟为巨灵之掌所掴。玲芝无端受辱,心有不甘,喊出老朋友来,于是引起了轩然大波。因为事情一时没有解决,所以新都楼头,玲芝之歌声遂杳。女孩儿家,要依恃着薄艺在外面混口饭吃吃,也正不是容易得事呀!(此文写竟,见报端新都广告中歌唱阵容,已列入玲芝之名。大概这一桩纠葛,已经叫开了吧?)

《力报》1944 年 6 月 19 日

中华书局的临时营业处

中华书局大部分毁于火,从昨天起,在世界书局[①]内设立了一

① 世界书局,1917 年由沈知方在上海创办。1921 年,从独资企业改组为股份有限公司,设编辑所、发行所和印刷厂,在各大城市设分局 30 余处。沈知方任总经理。初期,以出版小说为主,1924 年起,编辑出版中小学教科书,与商务印书馆、中华书局出版的教科书三足鼎立。1934 年,沈知方退职,陆高谊任总经理。1946 年,李石曾出任总经理。1950 年宣告结束。共出书约 5500 余种。

个临时营业处。世界书局与中华书局是同行,中华书局失慎后,世界当局并不抱幸灾乐祸的心理,而且予中华以协助,辟一隅之地给中华书局,使他们能够继续营业。此在世界当局,实充分地表现了人类互助的美德。

昨天下午,到世界书局去买几本书,见中华书局所占的临时营业处,达一长列,位于世界书局发行所的中心区。这也就是说,世界书局是将最优越的地位供给了中华书局。

说起来,事情本是极寻常的,徒以所谓"同行"间由来有嫉妒的习惯,过去中华与世界,处于相对的地位,两方面似乎并无联系,然而中华书局一日有事,世界当局能毅然摧毁"同行嫉妒"的传统恶习,而予中华书局以协助,此种崇高的互助精神的表现与树立,实在不能不叫人称佩。

从即日起,我对于世界书局当局陆高谊先生的宏阔的胸襟,开始有了新的认识。

《力报》1944 年 6 月 20 日

女侍应生领执照议

京华酒家女侍应生中,有何氏姊妹一双,服务已经多年,最近忽然联袂引退。引退的原因,是为了现在当女侍应生要领执照,何氏姊妹有些儿不愿意。何氏姊妹说:"吾侪亦好女儿,奈何以舞娃歌姬视吾侪?与其为人所鄙薄,毋宁不干!"于是相率引去。

别人家我不知道,单以南华酒家而论,他们的女侍应生,仅在楼下广厅中以及楼上的亭子间里服务,挂有门帘的小房间里照例是不进去的,从这一点上,可觇粤菜馆虽然雇佣女侍应生,但鸿沟之分却很显然。

照一般的情形,上海第一流酒菜肆的女侍应生,所司的只是捧簋递巾之役,食客们也从来不将她们当作舞娃歌姬一样看待。

对于当局颁布的女招待登记及领执照的命令,我们自然不敢妄加非议,不过每一种新的措施,至少应该研究其有否必要性。洵如京华酒家的何氏姊妹所说,女侍应生不乏好人家的女儿,她们为了生活,才出而执役,现在要她们像舞娃歌姬一般的去登记,在女孩儿们的心理上,自然难免要认为是委屈了。

《力报》1944年6月21日

抛却毛锥子!

近来神经衰惫,简直有与日俱增之势,什么事都不感觉兴趣,尤其是卖字生涯,只要一提起笔,就像手里捏的不是毛锥子,而是一副千金重担,时间不容许你构思,材料又因足不出户的关系而陷入枯窘,在如此情况下而企图写出饶有风趣的文字来,实在是"戛戛乎其难哉"的事。因此每天写些什么,在事先既往往连自己都不知道。写过之后,自己也就连看一遍的勇气都没有。横想竖想,觉得这搦管为文的玩意儿,于人于己,都是有害而无益。因此颇想抛却毛锥子,第一步我是预备交卸《春秋》的编辑职务,这本来是受人之托之事,说不干就不干,没有什么问题。第二步,则希望各报的主干人,准许我告老引退,事实上所谓身边文学,在我的笔下已经产生不像样的东西来,让我藏拙,也就是免得亵渎篇幅。年未届四十,而顶上的茎茎白发,却已经数见不鲜,如果再不亟谋憩养,恐怕不久就要变成皤然一老了。

《力报》1944 年 6 月 24 日

记丽人之婚

二十四日下午,丽人与其夫婿周子良君,相偕过访,始知此一双有情人,已成眷属于西子湖畔,婚期为月之十七日。周君言,当时曾在《新闻报》及《中华日报》刊载广告。而予乃未及见,否则或当拨冗诣杭护垣,看此一双新人,盈盈交拜情状也。两人言,结褵地点在中国酒家,此为杭垣新展幕之粤菜肆,规模略如上海之南国。婚礼举行时,匄杭州市长为证婚人,杭垣之豪士皆莅贺,当时之风光喧阗可知。予问丽人:“此来当为蜜月旅行?”丽人则曰:“为省视翁姑而来耳。小住若干日,便当遄返杭垣。”

向时游湖上,爱六桥三竺间水木明瑟,尝有“绝怜西子多殊色,我欲柔乡视此诹”之咏。今丽人嫁于武林,得晨夕挹湖山水之清芬,真不知几生修到?

是晚,款彼夫妇于南华酒家,馔数事,不丰,然当知婴宁片心,实至肫挚也。

《力报》1944 年 6 月 26 日

白玉薇过房大典预志

引凤楼主录白玉薇为义女,典礼将于七月二日举行,预定之三部曲,大致如下:(一)下午在凤楼举行“过房”仪式;(二)礼成后至新都展开盛大庆贺典礼;(三)晚间在凤楼举行若干届凤集叙餐。

二十五日晚,下走伴凤老诣万象厅,晤吴宣传主任承达,商洽场地及茶点事宜,大致非假万象厅即假新都六楼,待晤汤总干事作最后决定。凤老自言,生平未尝收过房女儿,以玉薇虽业伶而雅擅词翰,故破格录诸膝下。玉薇得此干爸爸,可谓一登“凤门”,身价十倍矣。闻玉薇俟大典举行后,将在凤老府上小住若干日,实行在“房”间里“过”几夜,然后北归焉。一笑。

《力报》1944 年 6 月 28 日

独身主义

柳絮兄屡次在文字中表示,将独善其身以终,永不作求凰卜凤之想。关于这一点,我猜测柳絮兄决不是单纯的为了“只因绝世人难得”,大概是对于婚姻的利害关系看得太过透彻了,遂以为与其得终身之忧戚,不如少寻烦恼,茕独以终得好。对于柳絮兄的内心之悲悒,我是深表同情的。

过去有一个时期,在报纸上看到人家的结婚启事,往往会本能地摇首太息。在我的眼光中,以为凡是夫妇,可说是怨偶居多,佳偶也会变成怨偶。夫妻间的恩爱,很少能够自始至终,保持到底的。如果开始即成怨偶,那所受痛苦就更不必说了。

我的见结婚启事而代人杞忧的心理之造成,即由于我就是一种冒失婚姻下的牺牲者,十数年以来,我也曾寄极浓厚的期望于配偶者之身,希冀获得绝对肫挚的抚慰,以及夫妇之间的敬爱,卒至希望成泡影。到了现在,使我不得不度着凄凉寂寞的独身生活。

我并不想劝别人抱独身主义,不过我个人是独身主义的赞同者(完全为痛苦的婚姻所造成),如果中国也有独身主义大同盟,我一定报名参加。

《力报》1944 年 6 月 29 日

短视

高乐歌人逸倩彩爨之晚，与欧阳飞莺小姐共往顾曲。坐既定，飞莺便自皮箧中出叆叇，御之远瞩，以所坐处与歌台距离甚遥也。以前未尝见飞莺御叆叇，此为第一次。曙天兄言飞莺患短视，实不诬。女作家中，如施济美与王秀小姐，无不患短视，惟必待观剧之际始御叆叇，平时觏之，固亦目波澄鲜，不类视线须打折扣也。

《力报》1944 年 7 月 1 日

李香兰语音

一日间三度晤李香兰。李女士奏歌之时，发音绝对准确，独与人谈话之顷，察其声调，仿佛带一些西洋风味，有如《万世流芳》中之燕子窠女主人。有许多人说李女士实扶桑籍，而下走目聆其语

图 12　李香兰，刊于《大陆画刊》1940 年第 1 卷第 1 期

音，则恒疑为西洋女子说中国话，不知别人亦有与下走同感者否？

《力报》1944年7月1日

荐贤自代

下走为《凤凰于飞》影片作歌词，歌未出，已经有人在报端发表批评："不外乎郎呀妹呀，花呀月呀一类的调子。"此君能未卜先知，殆刘伯温之后裔也。《凤凰于飞》插曲共十一支，下走已完成其八，检点一下，侥幸尚无"郎呀""妹呀"的调调儿，惟"花呀月呀"则确有"花月良宵"一句，真给某批评家一"批"弹着矣。

经此一吓，另有未完成的《慈母曲》《母亲的怀抱》《甜蜜的梦》三曲，遂不敢率尔操觚，顷已将此项差使转委施济美女士担任，一则三曲皆属女性的口吻，小姐们较能体会，二则施女士过去曾为《梅娘曲》作主题歌，对于作曲，经验视下走为宏富，有此二因，下走遂实行"荐贤自代"焉。

《力报》1944年8月1日

绝唱

据说，《讨厌的早晨》《不变的心》《五月的风》三张唱片，最近已禁止发行。《五月的风》的歌词我不甚稔悉，禁唱的原因遂亦无从揣知。《讨厌的早晨》据说毛病出在"旧被面飘扬像国旗"一句上，而《不变的心》则大概问题与"思想"有关。

其实"旧被面飘扬像国旗"不过是象征的描写而已！国旗应该是尊敬，人人具此常识，作歌者的本意决非意存轻蔑，此可断言，以此而遭取缔，当非作歌者始料所及。

除《五月的风》比较陌生之外，《讨厌的早晨》与《不变的心》两曲在奏出方面都相当动听，不能不数为最近流行曲中的佳构。据说百代公司在新出的一批唱片中，亦以《讨厌的早晨》《不变的心》与另一片《可爱的造成》行销最畅，一旦禁售，不但百代公司损失不赀，即主唱此三片的周璇小姐，版税收入当亦大受影响。

治事之室曾于旬日前购得《不变的心》《讨厌的早晨》《可爱的早晨》三片，目下三分之二已成绝唱，偶然开听，遂亦有物以稀为贵之感。

《力报》1944 年 8 月 2 日

请慕尔执柯！

小秋翁与赵健君小姐恋爱成熟，秋翁拟匄慕尔兄担任执柯[①]之职。昨晚于沧洲花园[②]晤秋翁，秋翁嘱下走代邀慕尔一晤，盖欲面颁月下老人委任状与慕尔也。

小秋翁今年二十四岁，已届花信年华，尝攻读于圣约翰，任学生自治会主席，固亦高材生，与赵健君并非跑舞场相识，而是在某次交际茶舞会中，同学介绍与小秋翁作派斗[③]者，故秋翁得悉其事后，非特不苛责小秋翁，且亲赴国泰相亲。相亲之后，以所得印象归告家人，家人亦莫不一致赞同。惟小秋翁于高堂之前，羞涩不肯承，诿称“时间尚早”。而秋翁则以膝下只此一子，亟欲了却向平之愿，故拟倩慕尔玉成其事，俾早日作阿家翁焉。

秋翁凡两度召赵健君侍坐，每次出手一千金，见面礼已不菲，他日一笔聘金，度必可观。慕尔兄有寻上门来的现成媒人可做，蹄

① “执柯”，指做媒。《诗·豳风·伐柯》：“伐柯如何？匪斧不克；取妻如何？匪媒不得。”
② 沧洲饭店，位于静安寺路（南京西路）西摩路（陕西北路）口。
③ “派斗”，partner 的沪语音译，“搭档”之意。

髈火腿之享受，当亦不虞匮乏，吾友可张开了谗吻，准备大嚼矣。

《力报》1944 年 8 月 3 日

扇约

今年写扇子的生意特别好，这是朋友抬爱我，事实上，我的字是不兴的(袭用老凤先生口头语)！好在我既未以书家自居，也没有订什么润格，朋友不嫌弃，我当然也不拒绝。

不过朋友们老是以最起码的白扇面叫我写，我实在不很高兴，我并不是怪朋友不肯花钱买较好一点的扇面，我也没有劣纸不书的名画家习气，为的是我的字太蹩脚，不能不借重较好的扇面，以掩蔽我笔下的“劣迹”。

现在，我想订立一个扇约：

这扇约很简单，以后朋友要我写扇子，钞票可以不要，扇面则非发笺不可。发笺的另一好处是没有油腻，挥毫时可以省却我的擦粉之劳。泥金扇面最要不得，比白扇面还要油渍难除。

为了字蹩脚，所以对于扇面要挑剔，说起来，也许将为方家所笑。然而时下尽有在对联上撇几笔兰花以冀相得益彰的书家，我自然也不必套什么假面具了。

《力报》1944 年 8 月 4 日

好景不常

孙景璐与吴景平离婚(见昨日本报第四版)，背景较陈燕燕、黄绍芬离婚案为复杂，而遗下的孩子暂归女方抚养，则情形相同。丈夫可以抛弃，孩子却舍不得离开，这也许是妇人心的慈悲的一面。

记得孙景璐曾宴请过一次，那时距离她和吴景平婚后不久，地点也是在湖南菜馆，代邀者是沈琪兄，在客人中我是第二个到(陆小洛兄先至)，当时曾与景璐谈及过去的中旅以及汉口情形。此宴距今亦不过四年，景璐与景平已由结婚演变至离婚，亦可谓好“景”不常矣。

据昨日本报第四版所载，景璐与景平的失和，是起因于景璐演《多夫宝鉴》回家之一晚，剧名偏偏叫做“多夫宝鉴”，倒也是一件有趣的事。

《力报》1944年8月5日

人在云霄

为柳絮兄书一箑，录旧作低徊词若干阕，其中有二句是“人在云霄我辱泥，等闲不敢启心扉”。柳絮兄在他报制文，误以为这是我的近作，又说“彼女郎者，闺名必有‘飞’字”，这完全是猜测之辞。因为前年的某一期《万象》中，此词即曾发表过，可以证明“人在云霄”一语，并不是对什么“飞”女郎而发。

其实，近年来下走所作诗词，差不多尽是以“香草美人”为寄托，若说我是有所指，我并不否认。若说所指的一定是女郎，则下走所倾心的女郎未免太多，简直成了见一个爱一个的登徒子了。

除“人在云霄”一词外，下走更有如下的若干绝句：

当楼缟袂不临风，蘡薁①花开又一丛。

① 蘡薁，也称山葡萄，叶藤本植物，枝条细长有棱角，叶子阔卵形，有三到五个深裂，圆锥花序，浆果黑紫色，可以酿酒。茎的纤维可以做绳索。

须向柔条舒妒眼，十年我未跻墙东。

琼楼十二峙云边，云外青禽飞不前，
抚到筝弦成怛惕，伤心岂仅为华年。

可以说我所想望的人，真是高不可攀的。然而值得下走向往的人，难道只有飞女郎之俦？

下走生平，知己朋友不算少，真能了解下走者则不多，此下走所以不能不与“华发飘萧囊橐轻，谁徒斠面识忠诚”之悲也。

《力报》1944 年 8 月 6 日

独觅悲凉

五日晚上，本报胡主干宴“东吴系”三位女作家于万寿山，昼间胡主干通知了我，要我忝陪末座。晚上，青子兄又代表胡主干电话“速驾”，而我是终于谢绝了。

近来，对于任何事都有些淡漠，尤其是热闹之场，往往不敢涉足。我之所以谢绝胡主干之召，原因不在忙碌，而是深恐以一人之愀然，使阖座为之不欢。

四年前，双鬟自北地归来，丁慕琴先生款之于其家。慕老巴巴的打了个电话给我，邀我作陪客，我也是婉辞谢绝了。结果是一个人跑到绿野花园去，坐在高柳之下，看了半个晚上的月亮。五日晚上，我辞谢了万寿山之宴不赴，独自在僻静的马路上踯躅了二小时，仰视天际，银盘也似的月亮朗照大地，正和当年绿野花园所见无殊。

“独觅悲凉谁似我？红楼处处闻笙簧”，这是我的近句，何以会造成这一种心情？我自己都不能解答。

《力报》1944 年 8 月 7 日

艺人风度

艺人的崇高性格之表现，显著的是见之于工作成绩(亦即艺术)，其次是见诸于平日的思想与行动。一个真正的艺人，一定知道尊重自己，同时也尊重别人。若夫率众行凶，则侮人等于自侮，不能不认为是遗憾。此等地方，我倒很佩服唐若青的气度，唐大小姐的私生活，由来是给人家当作话柄的，然而大小姐一贯的是我行我素，敢作敢为，对于舆论，大小姐从未斤斤计较，事实上这是大小姐给予自己的宽容，而唐大小姐的可爱处，亦即在此。

率众行凶的浅薄举措，不足以损人毫发，相反的是暴露了自己性格(包括思想与行动)的弱点，给人以尺寸上的估量，这在一个真正有艺人风度的人(如唐大小姐即是)，断不出此。

《力报》1944 年 8 月 8 日

旧赠王宛中诗

王宛中与其藁砧白门蒋，罹难而死，报间已记其事。予与宛中不甚稔，惟尝有一次，与吾友一夔坐大东，一夔为宛中老客人，此蜚声舞国之“高桥松饼”，应召来就吾侪之座，遂得畅聆其谈吐。翌日尝制一诗，以赠宛中，其时宛中犹名王珍珍也。诗近佻达，录之，以见宛中自有划梦搏魂之能也。

佯狂未敢后诸公，座有鬓丝辄动容。
人是绝妍宜做妾，生非同姓僭称兄[①]。
向知折节交尤物，今愿辩才居下风。
倘使采葑能及我，消魂断不惜微躬。

维时一夔与宛中，情意颇厚，下走局外人，了无分我杯羹之心，结句不过吃吃豆腐而已。

图13　王宛中(王珍珍)，刊于《影迷画报》1940年第4期

《力报》1944年8月10日

拼命第二章

对于酒夙具好感，然而不常酗酒，原因是不愿给人家目为酒鬼。自从在南华大醉一次之后，对于酒更具戒心，在南华醉后还有人代我呼车，送我归去，在别处烂醉如泥之后，人家或许要将我拖

① 蝶衣注：此字理应入一东。

向门外一掼，我究竟还没有做到“南京路上酒家眠”的那一份地位。

然而酒可以浇愁，对于酒实在割舍不得，现在我的办法是寝室中常备青梅酒两瓶，在情感来了的时候，一口气喝上几杯，自己觉得醺然有醉意了，便倒向床上一睡，实行“事大如天醉亦休”！

我不喜欢像余太白仁兄那样的喝慢酒，要喝便该喝个痛快。漫郎兄近为冯蘅兄题扇，书“大胆文章拼命酒”七字，大胆文章我无此魄力，对于酒，我倒是很能够拼一下子小性命的。

《力报》1944年8月14日

《凤凰于飞》试曲记

《凤凰于飞》插曲十一支，词与谱先后完成。昨日上午在华影一厂试唱《云裳队》与《感谢词》两曲，由于这是我的处女作，在方沛霖[①]、陈歌辛[②]两位速驾之下，我也怀了一颗惴惴不安的心，踏进了丁香花园，作试曲时的旁听生。

抵丁香花园时，周璇与十数位小姐已在开始练习，先是试唱《云裳队》，曲谱出陈歌辛兄手，之后试唱《感谢词》，则是姚敏先生作的曲，前者有十数位小姐助唱，后者由周璇独唱。歌词是平凡的，但作曲者都是高手，因此唱出的成绩异常美满。

试曲时，卜万苍、裴冲、周起诸位皆至，罗兰与龚秋霞、陈娟娟亦先后莅临，阿方哥给我介绍了担任录音的林秉宪、颜鹤鸣[③]二君，

---

① 方沛霖(1908—1948)，宁波人，美工师、导演，曾执导《夜长梦多》《鸾凤和鸣》《凤凰于飞》等影片。1948年12月21日，方沛霖乘坐由上海飞往香港的中国航空公司104号客机，因大雾而坠毁，机上人员全部罹难。

② 陈歌辛(1914—1961)，上海浦东人，作曲家。

③ 颜鹤鸣(1909—2003)，毕业于上海同济大学机电专业。曾任明星影片公司摄影师，参与拍摄《刀下美人》等无声影片。20世纪30年代初起致力于国产电影录音设备的研制，发明录音设备“鹤鸣通”。

此行又多了两位朋友。

历时凡二句钟，试曲终了，阿方哥、陈歌辛、姚敏[①]、周璇小姐和我一起在华影对面的一家食肆中进午餐，是阿方哥的东道主。周璇小姐告诉我，百代公司预备下月初灌录《凤凰于飞》的全部唱片。

《力报》1944年8月17日

试曲再记

昨日上午，再度踏进华影一厂，预定计划是试唱《前程万里》与《嫦娥》，临时变更计划，改唱《晚宴》，曲谱出侯湘[②]先生手，相当轻松。

周璇小姐号称“金嗓子”，但在录音时并不使劲，我站在她身后，相距不过三英尺，已是声细不可闻，原因是有扩声机帮助她扩大音响，所以不需要使劲。一般的想象，以为周璇在摄影场上唱歌，一定可以听得她的婉转嘹亮的歌喉，如果你抱此理想踏进摄影场，是要大失所望的。

两天试曲，皆由吾宗歌辛先生担任指挥，今天上午，将继续试奏《凤凰于飞》的第四支插曲《寻梦曲》，是鄙人作的词，歌辛吾宗制的谱。

《力报》1944年8月19日

集扇癖

友侪中有集扇之癖者，得二人，一为大中华饭店小开戴桂荣，

① 姚敏(1917—1967)，上海人，1950年移居香港，作曲家。歌星姚莉的哥哥。

② 李厚襄(1916—1973)，浙江宁波人。作曲家。曾在百代公司任职，1949年后赴香港，笔名有侯湘、水西村、司徒容、江风、高剑声等。

一为南洲主人徐欣木。

小戴于聚头扇[①]之集藏，无论古今人作品，胥不遗余力，近人之蜚声于艺苑者，或书或画，小戴几无所蔑有。稍远者，如陆廉夫[②]、沈寐叟[③]诸家之扇，亦充斥于案头笔筒中，在小戴直等闲视之，未尝珍之若拱璧，盖犹有价值更高于此者也。小戴往日，跌宕舞业，有跅驰不羁之目，而年来则惟潜心于书画之集藏，间亦临池作画，风雅如此，是为不同于寻常小开处。

欣木则癖好巫山云雨之图，尝为之代求江栋良兄绘两箑，兄以为有奇趣，更欲栋良为作二箑，一箑作漫画，一箑则饰以汉宫春色，此君洵可谓放诞风流，情有独钟矣。顾欣木所集扇，亦有隽品，尝见其持一箑，一面吴瞿安[④]书，一面某名家(已忘姓名)画，绝可宝。又有一箑，则扇骨嵌苏武牧羊图片，另一面刻白龙山人[⑤]题诗，此则且研求于扇骨，视小戴更进一步矣。

《力报》1944年8月21日

理想的对象

在万象厅与柳絮兄共进晚餐，柳絮叩询我“理想的对象”的意见，这是个非三言两语可以尽的问题，简略言之，我的意见如下：

一般夫妇所以不能和好的症结，厥为各抱“东风压倒西风”“西

---

① 折扇，又名聚头扇、聚骨扇、紧头扇等，以竹木或象牙为扇骨，韧纸或绫绢为扇面，用时撤开，成半规形，聚头散尾。

② 陆恢(1851—1920)，清末民初画家。原名友恢，字廉夫，号狷叟，一字狷盦，自号破佛盦主人，江苏吴江人。

③ 沈曾植(1850—1922)，字子培，号乙庵，又号寐叟。浙江嘉兴人，清末民初学者、诗人、书法家。

④ 吴梅(1884—1939)，字瞿安，号霜厓，江苏苏州人。曲学家。

⑤ 王一亭(1867—1938)，名震，号白龙山人。浙江湖州人，书画家、实业家。

风压倒东风”主义，因此很容易造成各不相让局面。两方面各不相让，争执即所不免，而闺房间也就不能保持和谐的空气了。因此，我认为理想对象的先决条件，第一是品性，至少限度，你的对象要能够理解“以别人的痛苦为痛苦”，一个真正懂得爱的妻子，绝不肯用一句话来刺伤丈夫的心的。她应该知道，使丈夫痛苦就是使自身痛苦，如果能理解到这一点，做到这一点，便是理想的妻子。当然，理想的丈夫也应该有此项理解。

夫妇之间的爱建筑于互相体贴互相尊敬上，遇事只许讨论，不许争执，这才可以保持家庭间和谐的空气。所以我的结论是：理想的对象以品性为第一！

《力报》1944 年 8 月 23 日

理想的家庭

昨日曾就“理想的对象”一问题，略抒管见。今天，再谈谈“理想的家庭”。

未结婚的青年男女，对于未来的家庭，大都各有美丽的憧憬，希望较奢者必持有“最好有一个小花园”的心理，希望较“俭”者，“明窗净几”的想念大概总是有的。这些关于各人的财力，财力够，希望不难成为事实。

这里，我所要谈的不是理想家庭的标的，而是理想家庭必要条件的提供。这一个必要条件，是夫妇分房制。西人多采取夫妇分床制，此为有裨于睡眠卫生者，办法甚对。但我以为分床还不够，必须进一步，采取分房制。

夫妇共处，最大的隐忧是“日久玩生”，由于弱点的逐渐呈现露，美好的印象不能永久保持，日久玩生的危险殆是无法避免。惟有分房制，殆能挽救于万一。分房的唯一好处是夫妇各居一室，可以互相保持客气，互相增加一种想念。

有一点必须诠释，所谓分房制，并不是夫妇绝对不能相处一室，在沉静的晚上，夫妇们尽不妨在灯火之下笑语生平，甚至各予对方以超精神的安慰。而正式就寝的地方，则必须隔离。在就寝之前，接一个甜蜜的吻，像恋人一样的送对方出门外，两人相对一鞠躬，道一声晚安，然后各自闭门安息。要是能够这样，夫妇间可说真是做到了相敬如宾的一步。而一个理想家庭的奠基石，也从此稳固了。

希望财力够得到的未婚夫妇们，尽可能办到这一点，这是笔者结婚十三年所获得的经验，也可以说是教训。笔者是此生已矣！希望未婚的青年男女们切勿漠视。

《力报》1944 年 8 月 24 日

黎锦光为《嫦娥》谱曲

认识黎锦光[①]先生，也应该远溯到十年以前了。那时候黎锦晖[②]先生还在“大丈夫得意之秋”，白虹小姐则正在“小白子”的时期。现在黎锦晖先生远适西陲，小白子嫁了黎锦光先生，已经生了好几个“小小白子”，说一句“流光如驶”，叫人真不能无今昔

① 黎锦光(1907—1993)，湖南湘潭人。黎锦晖之弟，曾任百代唱片公司音乐编辑，为上海各电影公司作曲。《满场飞》《夜来香》《香格里拉》《拷红》《采槟榔》《五月的风》《慈母心》《相见不恨晚》等流行歌曲皆为其作品。其中由李香兰原唱的《夜来香》一曲，被日本作曲家服部良一译成日语，流行于日本。

② 黎锦晖(1891—1967)，湖南湘潭人，毕业于长沙高等师范学校，被誉为中国流行音乐的奠基人。所创作的歌曲《毛毛雨》《妹妹我爱你》标志着中国流行歌曲的诞生。

之感。

战后，与锦光先生久违，我怀疑一旦相遇，大家也许要“相见不相识了”。然而在最近，我们却在无形中合作起来，那便是《凤凰于飞》的插曲。

《凤凰于飞》插曲十一支，歌词悉出不佞之手，曲谱有《嫦娥》《慈母心》二支，由黎锦光先生填制。《嫦娥》是歌舞剧，歌曲之外还有舞曲，得锦光先生制谱，奏唱时不仅音韵悦耳，而且真有一种飘飘欲仙的情致，仿佛使我的歌词也披上了一层华彩。

星期三下午，《嫦娥》的歌曲与舞曲，在锦光先生和梁乐音[①]先生的双重指挥下，已经在华影一厂录音完竣，主唱者周璇小姐的歌喉，自然是呒啥话头[②]，另有十几位小姐助唱，更增加了无限雄壮的气氛。

《嫦娥》不但录上了胶片，同时也收进了蜡盘，胶片有待于拷贝，而蜡盘则顷刻可听，当周璇的歌声再度播送入耳鼓时，不能不使人惊诧于科学发明的伟大。

在大功告成之后，我和锦光先生热烈地握了握手，疏淡了十余年的友谊，我们再开始联结起来。

《力报》1944 年 8 月 25 日

大腿表演

连日报间记载，周璇不愿在《凤凰于飞》中挥大腿，故歌舞场面将由利青云领导演出。此说甚奇。就下走所知，《凤凰于飞》虽

① 梁乐音(1910—1989)，作曲家。《博爱歌》《交换》《卖糖歌》《戒烟歌》《笑的赞美》等流行歌曲为其代表作。50 年代，梁乐音移居香港，后定居于台湾，培养了邓丽君、吴静娴等歌手。

② “呒啥话头”，沪语，“没有问题”之意。

属歌舞片，但并无“挥大腿”表演。是片之伟大歌舞场面凡三，为《嫦娥》《云裳队》与《凤凰于飞》，方沛霖为绝顶聪明人，深知肉感之大腿不易得，故三出歌舞剧，非御古装即御礼服，使载歌载舞时，有裳袂轩轩之致，而无露筋如柴之劣迹。周璇在片中所饰为一歌舞剧团之台柱，三歌舞剧悉由周领衔演出，事实上周亦无法回避也。

以《凤凰于飞》为歌舞片，故特约参加演出之歌舞女郎，达三十六众，迩方从事舞蹈之训练，他日正式上银幕者三十人，余六人则备而不用。仅此三十六宫之酬报，并服装所需在内，为数即达五十万左右，综合计之，此片固亦“百万金巨制”耳。

《力报》1944年8月26日

“分房”并非“废人伦”

下走创“夫妇分房”之说，文帚兄持反对论调，谓夫妇各居一室，以吵嘴后将互不迁就，势必以此种恶果。按：下走日前一文，标题为《理想的家庭》，理想家庭中之理想夫妻，根本不应有吵嘴那么一回事。下走更前一文《理想的对象》中，即曾以“夫妇间应互以对方之痛苦为痛苦，不可抱东风压倒西风，西风压倒东风主义”为言。若夫妇间以“吵嘴”为家常便饭，去“理想的家庭”已远，分房同房，胥无济于事矣。

文帚又谓，夫妇分房将影响亲热程度，更以“双方须同属清心寡欲”为难事，因知文帚实未详细审阅拙文。下走所谓“分房”，第指“正式就寝”而言，在正式就寝之前，“笑语生平”与“各予对方以超精神的安慰”，固在所不禁。文帚以为分房即是废人伦，误矣！

下走之倡导分房制，目的正是要保持夫妇间的永久亲热，与文帚兄之意，原不相悖。文帚兄反对之论，盖由于未认清拙文目标耳。

读文帚兄昨稿末节，颇疑文帚夫人“胃纳奇强”，故文帚兄于分房制未敢苟同。其实夫妇纵使各居一室，半夜里亦可“缓急时通”，文帚兄何必鳃鳃过虑哉！一笑。（附注：关于此事，以后不再有所论列，盖各人之主观不同，尽不妨各行其是也。）

《力报》1944年8月27日

并不头痛

宋艳先生作《女作家》一文，刊前日本报，文中涉及下走，谓下走年来闻“女作家”三字即感头痛。关于此点，兹拟略有所阐述。

宋艳先生作此说，系以“不赴有女作家参加之宴会”及《女作家书简特辑》两事为根据，其实当时万寿山之宴，下走以胸次郁塞，故辞而未赴，初非以有女作家在座，遂裹吾足。至于《女作家书简》，则以诸友助我，征集已有所得，仍将与《作家书简》先后刊发，惟邢禾丽女士索还照片，当时急如星火，确曾使下走大惑不解，寻亦知别有原因，非关柳絮兄一文。邢女士之照，系友人代为征取，故仍匄吾友还诸邢女士，吾友媵以一笺，有“未损毫发，原璧奉还”之语，微近雅谑，则亦足以为照片事件，赘一佳话焉。

总而言之，下走对于女作家，视之与男作家等，初无所谓好恶，至于“头痛”之说，则事实上下走固未吃过一片阿司匹林也。

《力报》1944年8月28日

朱子家训

引凤楼先生不许其过房女儿白玉薇小姐跳舞，过房爷规矩之重如此！现代之“朱子家训”，视古代之《朱子家训》似尤为苛刻，以古代之《朱子家训》未尝有“不许跳舞”之条也。

凤老生平，淫于赌而不淫于舞，遂但解方城之趣。其实纵博惟有使精力与目力两耗，而从舞则有血脉流畅，身心俱泰之裨。惟躚步必经过基本训练，庶几回旋中节，进退有序，亦惟如此始能得真正舞趣。胡乱躚步则犹诸唱皮簧而荒腔走板，见者不顺眼，自己亦无趣可得耳。

玉薇小姐为一九四四年之“文艺坤伶”，凤老在吾党中亦有“老年少成”之目，绝非《白雪公主》中之顽固先生，其禁止玉薇跳舞，殆正以玉薇未尝经过正式训练，故不欲过房女儿轻率下海，不则玉薇在舞台上演风情戏，冶荡处且有甚于躚步者，凤老苟亦以为不成体统，岂不将一一禁止其上演？凤老趣人，固不至如此煞风景也。

《力报》1944 年 8 月 30 日

红豆寄相思

南国酒家辟二楼为红豆厅，昨日下午展幕，宾客之莅止者，各馈以红豆一枚，媵一笺，裹玻璃纸函中，笺上录“红豆生南国”一诗，以红豆寄相思，傥亦招徕之一法。惜所馈红豆仅一颗，使得之者不免有单相思之苦耳。一笑。

红豆厅女侍，是日尽以红蝴蝶结束发。纤纤素手上，则各套红豆约指一枚，灼灼作殷红之色。识者乃谓，红豆厅女侍，殆尽属多情种子,盖红色为热情的象征,而相思亦则为男女互矢情好之信物,御之指上,良足以逗人情思。后此红豆厅中,相思病患者恐将充斥座上也。

《力报》1944 年 8 月 31 日

茗边手记

王映霞之新婿

眉子兄归自蜀中，据言，郁达夫下堂妻王映霞已于去春嫁一宁波人，其人曰钟贤道。按：郁达夫娶王映霞前，原有妇，及与王映霞矢爱好，始离其妇而与王映霞婚。王固有艳色，郁所以不惜驱其糟糠之妇，以谋夙愿之偿也。

战前，闽主席陈公侠辟郁达夫为省政府参议，郁一行作吏，遗王映霞于杭，遂为一显者所趁，鸠占鹊巢，遽以一顶绿头巾奉诸郁参议。郁不能堪，终与王映霞赋仳离。

维时，郁曾有《毁家诗记》之作，所道虽中遘之羞，而词极沉痛，今王映霞在渝，又重事一夫，不知彼钟贤道者，乃何取于此毁家之妇？

眉子兄言："钟年事在三十五六间，粗眉大眼，为一魁梧伟丈夫，在渝地轮船公司服务，而更前则供职于一书局云。"是殆商人而兼有书生本色者，其人又伟岸，或以是而邀王映霞青睐乎？

婴宁

《上海日报》[①]1943 年 9 月 2 日

---

① 《上海日报》，1938 年 2 月 5 日在上海创刊，由上海日报社负责编辑并发行，编辑部位于（转下页）

丽人退隐记

舞人张莉，货腰于国泰，原名“丽”。予初觌芳容时，方编发为辫，縢以彩结，垂两肩，视之才似总角初上也。趋与躚步，则柔婉知悦人，因稍稍于文字间揄扬之，而呼之曰“丽人”。

其所以易名张莉者，则在米高美以帮忙相邀时。米高美欲取悦丽人，为制霓虹灯之牌子，以“麗”字笔画繁，改为“莉”。丽人在米高美伴舞数日，以眷怀故旧之情深，卒重返国泰。后此国泰作广告，遂亦因袭而采用“莉”。

丽人既腾踔于舞业，以予微有揄扬之力，视予遂不似寻常人。绣阁高处，筠帘不卷，此中固恒许予踯躅盘桓，视其更衣掖舄，当前刘祯，初未尝奉回避之诏也。

春末，丽人知予经营咖啡室，奋然语予曰：“君视儿且渥，儿当为君效微劳。”越数日，为募股万金以畀予。受其金，辄喟然叹曰：“叔世风漓，不图乃有此女，犹知报予德也。”

去冬，丽人一度因病辍舞，以郭太华医师之诊治，数月而就痊，始重御舞衫，与人周旋于华灯玳席间。屈指至今，亦不过半载，而丽人复以退隐闻。

一晚，值刘郎笔下之“四川王”，以丽人消息叩予，因知四川王于丽人之隐，亦未尝洞悉其详。下走与丽人，迩来觌面之时稀，退隐之讯，方于三五日前传来，迄犹未遑一廉其实，因亦无从答“四川

(接上页)上海爱文义路169号，发行部位于上海汉口路293号，后由于战争原因馆址迁往天津路河南路口泰记街45号。《上海日报》作为上海地区发行的综合类小报，完整记录了自1938至1943年上海沦陷时期的上海城市社会所发生的社会和政治变化，对这一时期国民政府的动员政策、抗日战争战局的敌我态势以及上海社会的变化提供了可资参考的资料，具有相当重要的史料价值。

王”之问。

犹忆去岁之夏,丽人尝以电话速予,晚膳于其家。既罢,丽人靓妆刻饰,共予为顾家公园游。柳荫之下,临水设座,视星月微芒,闪烁于池沼之上,未尝无长生七夕之想。(就境地以言而已,非谓其他。)临歧,予辄语丽人曰:“越十年,愿卿以平安二字报我。”

兹者,丽人既隐,芳躅殆不复可迹。报我平安之约,在予原属戏言,目前并退隐之讯,且秘不令予知,况迢迢十年之距乎?

《上海日报》1943年9月3日

兰姑娘情奔之谣

兰姑娘歌于维也纳,其人有健骨高躯之美。一周前,兰姑娘忽失踪杳不知去向,而百乐门之小顾,维时亦有远行。以兰姑娘尝与小顾共游宴,遂盛传兰姑娘从小顾而奔矣。小顾之妇,于小顾行后,尝刊广告于报端,速藁砧返,于兰姑娘事,盖亦微有所闻也。

尝数于维也纳聆兰姑娘歌,视其丰容腴色,辄以为此固天人,宜得一浊世佳公子,以银屏金屋贮之。及得其情奔之讯,乃为之大扼腕,则以其所私之侣,不过一膏粱子弟,觉兰姑娘虽有殊色,而学养未足以济其美,遂终与陌上花草等类,所以为之惋惜也。

大中华尝计划装置一音乐台,于咖啡夜座时间,以音乐献唱娱嘉宾。歌场人选,予首以兰姑娘荐,兰姑娘亦数数莅大中华,议且垂成。而此女忽效红佛之奔,鸿飞冥冥,弋人遂有何慕之叹。

至昨日,兰姑娘又有旋沪讯,星五之夜,有人于百乐门见兰姑娘,方与一乐队领班共起舞。则兰姑娘之失踪,或系驾言出游,今已兴尽而返耳。情奔之说，当为误传。

《上海日报》1943 年 9 月 5 日

惠然身价

惠然阿九，尝一度任花国联合会主席，跌宕欢场者，若不识惠然阿九，其人即算不得出道。盖亦如舞国之有王文兰，芳声所播，几无远而勿届也。最近，传有人愿以五十万身价，纳阿九为小星。在此时会一掷万金无吝色之豪客，固到处皆是，了不足奇。所可怪者，则纳小星而属目于惠九，不能不谓为情有独钟。有以是事叩阿九者，乃作得色曰："凭我惠然这两个字，也值五十万。"惠九腾踔花国，为近年来有数人物，其语初非夸诞也。

《上海日报》1943 年 9 月 6 日

都城饭店见陈娟娟

陈明勋兄订婚之日，吴艺海携一女郎俱来，随侍者别有一妪，审视之，则陈娟娟与其婆婆也。娟娟昔登银幕，称小明星，兹则亭亭秀发，已无复当时稚气，而容色亦勿若当年之腴，骤视之，颇有几分似林彬小姐，盖纤弱不禁风，正与当代林黛玉同也。数载之隔，小明星已见成熟之象，无怪小妹妹与标准美人之俦，此日悉成投老秋娘矣。

《上海日报》1943 年 9 月 6 日

读《张丽消息》后

昨日的《重来偶语》，记丽人退隐消息，刘郎说，丽人退隐的情形，我并非不知，所以略而不尽言的，是有所顾忌。我这里可以向刘郎起誓："王八蛋才晓得丽人退隐的真相。"因为我虽然认识丽人已久，但从来不作兴我去找她，除非她有电话给我，我才应约而往。所以见面的机会，可说是甚稀，根本谈不上密。就是过去有时晤面，说句笑话，也是相敬如宾，不涉戏言。再说得透彻一点，是我与丽人，遇见了大家十分客气，转了背可就谁也不关心谁。所以丽人之隐，我至今还是不明究竟，原因就是丽人没有将这事告诉我的必要，我也根本不必过问她的事。刘郎说我明知而故讳，这是武断。至于刘郎以前诋毁丽人，我所以要愤懑，是因为由于我的介绍，刘郎才认识丽人，而刘郎忽然挟其风雷之笔，和丽人过不去，这岂不是太使我难堪？假使当时没有我挤在中间，那不要说是骂，就是打她两下，我也不会放一个屁的。至于现在丽人的退隐，是另一个问题，和过去无谓的笔争，似乎不必混为一谈。譬如刘郎以前捧金素琴，誉之为坤伶祭酒，现在金素琴万里寻夫，到桂林投奔小六子小七子去，谁又能管得了她呢？

《上海日报》1943 年 9 月 7 日

俞雪莉避却记

俞雪莉，今亦腾踔舞国之一人。月前，有弹冠客自西江来，止于沪堧兼旬，奔竞者争以粲者进。北里中人涎客贵，与作联床之欢者尤伙。俞雪莉既有艳名，亦有人为弹冠客介。客莅舞榭，招俞侍坐者数度，耗一万四千金，便授意为曹邱者，于子夜速俞至旅邸。俞知不可免，遣其弱妹诣客，宛委而言曰："宵深，姊例不出应客召，此际且寝矣。苟不以猥琐见菲，愿侍客作长夜谈。"客微愠，曰："汝姊果有定例耶?”女颔首曰:“然! 吾姊向日惟卖腿,身则不可夺。”客睨之曰:“如此良佳,愿汝即寄语于姊,后此善视其腿也。”言讫,挥女去,女归报雪莉,雪莉大恐,挽人乞恕于弹冠客,复治盛宴,款客并其友。客返旆之日,俞又市厚礼以为赠,核其先后所耗,则客之畀俞者,俞不啻悉以返之矣。俞平日非无艳行,独能不为威武屈,亦舞业人杰哉!

《上海日报》1943 年 9 月 8 日

徐訏夫人再嫁

新文人中,徐訏亦一枝健笔。曩年曾有《三思楼月书》之刊,月出版新书,皆徐自作,亦犹商务印书馆之有每周新书也。故彼一时期,徐之著作奇丰,《精神病者的悲歌》及《鬼恋》《吉卜赛的诱惑》诸作,胥脍炙人口者。《鬼恋》且尝搬诸银幕,即周曼华主演者也。徐于“一·二八”后,远在巴蜀,遗其夫人于沪。至最近,徐夫人乃

图 14 《吉卜赛的诱惑》,徐訏著,成都东方书社 1945 年 2 月刊行

图 15 《鬼恋》,徐訏著,夜窗书屋 1943 年 5 月刊行

有改嫁之讯，一说则徐訏离沪时，已与其夫人办妥仳离手续，徐夫人青春犹少，故寻亦适人耳。年来新作家之夫人，改弦易张者甚多，戴望舒夫人穆丽娟之嫁周黎庵，郁达夫夫人王映霞之嫁钟贤道（第二期《春秋》，有关于此事之详记），并徐訏夫人最近之于归，盖鼎足而三矣。

《上海日报》1943 年 9 月 9 日

新文人作旧体诗

新文人多有好作旧体诗者，远之且勿论，近顷若叶绍钧、夏丏尊及唐弢，皆有平平仄仄之作，发表于《万象》。夏丏尊且领衔作《羊毛》唱和诗，一时操觚而从者，达十数众，而缘缘堂主人丰子恺所作画，亦无不以旧体诗为题句，不知正统派文学家路易士先生睹之，亦将斥为鸳鸯蝴蝶派余孽否？

《上海日报》1943 年 9 月 9 日

温如玉之隐

温如玉鬻舞于大都会甚久，以柔婉能悦人，故腰业至茂。春间，如玉识一客，客愿斥巨金予如玉，纳如玉于金屋。如玉且诺之矣。一夕，如玉携舞券诣大都会，向舞场当局请兑现，得金，将从此隐于良家，不复供人搂抱也。不谓是夕场中，乃有一江姓少年，指名索如玉。江同座有友，与如玉固素稔者，乃为之作曹邱。如玉亟侍江郎坐，二人忽倾心相许，则以江郎仪态俊朗似玉山照人，如玉遂不觉情移也。自此如玉与江郎时时相往还，遂寒向日之盟，终且从江郎而隐，比闻如玉已孕，不久且为人母矣。观乎如玉之事，信夫姻缘之为物,亦如一饮一啄,胥是前生注定者也。

《上海日报》1943年9月10日

通家之好

每逢周末,大中华座上之客,辄倍蓰于往日,侍应生有时缺额,恒向南华酒家征调之,莅大中华增援。大中华与南华,盖同一当局,不啻有通家之好者,故能随时檄调人马。而南华之侍应生,奉召后亦往往衔枚疾驰,未有按兵不动者也。

《上海日报》1943年9月11日

夜读之影

街头有售影星照片者,睹周曼华夜读一影,置景绝妙,因以十二金易之。予非悦曼华女士之色,特以摄影之技巧佳,故购取以

图16　周曼华,刊于《永安月刊》1941年第22期

归,欲倩人为《夜读》篇,弁诸刊首耳。

《上海日报》1943 年 9 月 11 日

银幕重闻金嗓子

观《渔家女》于大光明,是片外景摄自太湖,水光岚影,取景绝丽,为年来国产影片中所仅见。展幕时渔歌四唱,歌声荡漾于浩渺烟波间,诗情画意尤富。

周璇于片中奏三曲,歌喉之嘹亮。似逊畴昔,惟疯癫后所唱之一曲,词意绝美,不知出于哪一位才人手笔也。

周璇自与外子仳离,匿居过房爷家中者二载,此日重上银幕,丰姿转不似往昔之腴,则过房爷之百般善视其干女儿者,似犹未能悦此小妮子之心意,不亦怪哉!

全片演出,尚无大疵,惟琼珠之父在茶肆中为索逋者所伤,琼珠竟弃之不顾,而随崔少爷等以去,此则不洽于情理,当为摄制时之疏忽也。末幕以张氏女幻想崔时俊与琼珠重逢结全剧,弥佳。

《上海日报》1943 年 9 月 12 日

罗兰北归

罗兰演《金丝雀》,在台上有活色生香之致,罗终亦因是剧而饮盛誉。顾在台下,则其人实纤弱多病。大中华咖啡馆展幕之日,邀罗兰剪彩,予匄其继袁老伯伯之后致一词,罗逊谢未能,而吐语绝细,迥不似在台上之清脆可听也。比闻罗已乘车归津沽,盖病腰甚苦,故北归疗养耳。话剧演员成名之速,自来未有如罗兰者,其人确亦能演戏,特不幸而为“病西施”,遂勿能以其妙艺,永餍吾人之视欲，是可憾耳。

《上海日报》1943年9月13日

孟丽君往事

舞人孟丽君，数旬前尝服毒自杀，后此即未闻其消息，不知情况如何矣。忆三年以前，孟货腰于国泰，尝有舞客，登坛歌自制之曲，语语为孟丽君发，詈孟负义，是孟因亦尝弃人如遗者。不谓此日孟乃食其报，至欲以身为殉，则其所受之刺激，当视向日制歌之客为尤甚，欢场女子，要不可以常理测也。

《上海日报》1943年9月13日

倾城之恋

《春秋》出版后，接得一女子电话，自谓姓张，问写稿如何计值。当时未遑叩其名，意者殆张爱玲耳。张近作《倾城之恋》，刊九月号《杂志》中，叙大家庭痴嗔贪怨之迹，颇有二十世纪《红楼梦》风味。惜此人写作，未能宁阙而毋滥，非然者，吾且造门以求，若有佳构如《倾城之恋》，纵千字索百金，亦当易之勿稍吝。

《上海日报》1943年9月14日

从写扇说到记忆力

今年写扇不多，曾为王定源先生书一箑，录本事诗六首，较可看。惟诗中有一“罤”字，乃为定源先生所难。予读书不求甚解，于僻字尤多但晓其意而勿审读何音，当时罤字出予腕底时，或不致茫然莫解，特日久乃遗忘耳。记忆力之衰退，予盖不自今日始，黄警顽博士与人觌一面，即能毕生不忘其姓氏，而予每于初会之友，重逢即勿能举其名。然亦幸而善淡忘，乃能无所措意于恩怨也。

《上海日报》1943 年 9 月 14 日

中秋杂感

眼睛一眨，又是一年一度的中秋节届临了。“月到中秋分外明”，在嫩凉飕飕的晚上，抬起头，仰望着天际晶莹皎洁的月魄，只要是一个进入中年阶级的人，在这样的情境下，往往会低徊往事，怅触旧情的。

已故杨杏佛(铨)先生曾经有这样的一句诗，“生憎好月不同看”。月色虽佳，骈肩无侣。这是何等凄凉的境地！以杨杏佛先生那样的显贵，尚且有此慨乎言之的诗，足见中秋之月，所给予多愁善感的人惆惘，是如何的深刻呵！

在我的生命史上，最使我不能忘怀的，当然是我栖迟汉上时期的一度中秋了。在我的诗篇中，当时曾因流留夜色，玩月无眠而留下美丽的纪录，而今呢？“又是一宵星月朗，一宵转侧数银汉。”我不禁黯然了。

“月有阴晴圆缺，人有悲欢离合。”坡老对于人世间事，是看得何等的透彻，安得亦如坡老那样的旷达呢？

癸未中秋，写于媠秋楼

《上海日报》1943 年 9 月 15 日

许锦春先生义行

许锦春先生逝世矣！许先生著侠声于海上，有朱家、郭解之风。吾友来岚声兄创《时代日报》，屡以正义感文字遭人忌惮，谋不利于报馆，胥以得许先生一言而解。岚声兄因时游于许氏之门，然未尝行师礼也。前年冬之岁且阑，岚声兄胆石之病作，蜷卧呻吟，痛楚至勿能转侧，其夫人大惶急，以电话告许先生。许先生已闭户寝，得讯，呼其公子起，驾车诣岚声家，盖时已逾子夜，汽车夫亦以祭灶归其寓，乃命其哲嗣代御者职也。既达，许先生坌息登楼，而岚声兄已气息仅属。许先生固知岚声有宿疾，故并阿芙蓉亦携至。岚声局蹐榻上，许先生即蹲于榻下，亲为岚声治烟。及岚声痛稍止，复载岚声送宝隆医院①，岚声终以是而获愈。既出院，感许先生德，请以师礼事先生，而先生但友之，谓勿敢当皋比之座也。其仗义而谦抑盖如此。许先生既以疾逝，岚声故涕泣而道曰："吾师犯夜寒，干宵禁(时宵禁未解)，活吾于垂危之际，吾有生之日，胥拜吾师之赐，今乃勿能殚吾之力活吾师，宁不痛哉！"许先生固任侠，而岚声亦蓄至性，故能见重于许先生前也。

《上海日报》1943 年 9 月 16 日

致灵犀兄书

灵犀兄足下：

《猫双栖楼》一记，弟读之且数日矣。当时固未尝不汗流浃背，自恨勿能竭吾力，以报足下之期望。然犹以为知弟如足下，或能谅弟力有所未逮，曲予宽容也。及读九公兄一文，始知纵能见谅于足下，犹不足以获恕于友朋，因请以一言剖陈之。

揆足下之不慊于弟言，凡二端，未能为《社日》写稿，其一也。

---

① 宝隆医院，位于白克路(凤阳路)，今为长征医院。

弟操觚十数年，志趣所寄，至今不渝，故虽因积愤而习贯，终犹未能与文字绝缘。《春秋》之辑，事极繁冗，凡征稿、发稿，以至校阅诸役，胥以一身当之。初无一人为弟助，弟之栗碌盖可想。弟于《社日》，三度任编辑，先后所贡，虽尽为翦陋之文，然试核字数，当亦不下十万言。若谓此犹不足以报命，弟亦惟有听从足下责怪而无怨，弟盖未尝不愿殚精竭虑，遍从朋友之所命。所苦者精力有限，题材复枯窘，虽欲戮吾之力以效命，亦不可得也。《上日》问世垂七载，弟未尝有只字之书，故雪尘兄嘱弟命笔时，弟即颔之而勿辞，亦以尝数为各报撰作于前，勿能偏枯《上日》耳！岂于《上日》有独嗜哉！此当乞足下谅其愚衷也。

其二，则为足下尝嘱弟以广告送《社日》，弟久久无以报，此在弟诚谦仄无似者。特大中华之广告，今所恒见者，亦惟《东方》与《海报》两家。《海报》以金雄白先生与大中华有渊源，而《新闻日历》又必于次日见报，此为《社日》所勿能办，故付《海报》刊载之。至《东方》所登，初非弟所居间，弟之职限，惟能秉命以行耳。足下与荫先兄，居于一庑之下，何难从而诘之，则当知咎固不在弟也。足下试为弟着想之，使弟而能慷他人之慨，以结好于诸旧友，在弟复何乐而不为？(盖诸开幕之时，各报俱有小广告点缀，弟固未敢独遗《社日》。)足下解人，知弟之为人且深，不谓亦以此见罪，则蒋九公先生拊掌称快，要亦无怪其然矣。何日有暇，乞贲临大中华，咖啡小东道，弟与足下有交情，断不敢吝。若广告则权限所限，弟实勿敢专擅也。秋风渐厉，愿珍摄不一。

弟蝶衣顿首。

《上海日报》1943 年 9 月 17 日

推荐《第二代》

在南京大戏院看过了《第二代》，过去对于国产电影，是看过一次懊丧一次，现在，这一个心理上的不痛快是给《第二代》打消了。

朱石麟先生毕竟是才人，在他的制作下的出品，毕竟不同流俗。《第二代》中并没有一连串莺声呖呖的插曲，它所昭示我们的，只有一句话："人类最伟大的意义是为人群服务!"然而银幕上所演出的，却是每一个画面，每一个镜头，都足以使人感动得涌出热泪来，它所给予观众的愉快，绝非仅以歌唱大腿为号召的影片所能及。

演员中，不仅刘琼、黄河、顾也鲁都好，就是向来对她没有什么好感的王宛中，在此片中也有不平凡的成就。这自然是因为《第二代》的导演并非庸手。

去年看过一部《暖流》，今年又看到了《第二代》，两片同样以医院为故事发展的中心点，但前者仅渲染私人之间的恋爱，而后者则纯粹以"为人群服务"为出发点，论意义，后者实远甚于前者。

谨在这里热烈地推荐《第二代》，因为它正是我们现在所要看的影片。

《上海日报》1943 年 9 月 18 日

飞黄腾达

灵犀兄于《社日》作丹翁一文，自是妙构，特其所以腹诽下走者，实使下走冤无可诉。灵犀兄以为下走今日，为大中华老板之一，支配广告，其易殆如反掌。此灵犀兄重我，未尝不可感。特灵犀兄局外之人，乃勿知大中华之组织，系属公司性质，初勿能以个人之意志为意志。是以灵犀兄之重我，适足以窘我。灵犀兄勿能怜老友,至以文字揶揄为快事,真使为小兄弟者啼笑皆非也。灵犀文中,复有“飞黄腾达”一语,下走所设一小肆,规模也不过差胜一贩摊,至今并一块招牌也无。陈灵犀过而睹之,必且笑掉了大牙。而灵犀则身为一报之当局,巍巍大厦,耸峙于爱多亚路上,气象之宏,以下走小肆与之拟,盖不啻小巫见大巫。若下走而可谓飞黄腾达,则灵犀兄且置身青云之上,终为下走所勿能企及耳。

《上海日报》1943 年 9 月 19 日

罗兰无过房爷

刘郎于《重来偶语》中记罗兰事,谓梅花馆主是罗兰过房爷,实误。有爱护罗兰者,属代向刘郎致一语,谓罗兰献身于话剧,与平剧女伶不同,不作兴拜什么过房爷,于梅花馆主惟尝以师礼事之,所存者盖师生关系耳。近来,与刘郎不常晤,因志数语以代简。别有罗兰照相一帧,绝美妙,其人属转贻刘郎,会当于日内送至卡尔登。

《上海日报》1943 年 9 月 19 日

咖啡馆末路

咖啡馆营业,亦已成强弩之末矣!咖啡在昼间,座上之客本罕有,所恃者惟晚间十二时以后,舞榭曲终,剧场人散,咖啡夜座之声容始渐盛,兹则当局有令,咖啡馆之营业时间,以晚间十二时为度,于是咖啡馆之命脉遂绝。而宵游之侣,亦有了无去处之苦矣。

近顷如新都①与七重天②,营业都不逾子夜。大西洋③、中

① 新都咖啡室,位于南京路新新公司六楼。
② 七重天咖啡馆,位于南京路永安新厦七楼。
③ 大西洋音乐咖啡茶座,位于福州路 710 号。

央[①]诸家，亦以厄于禁令故，向之恃音乐交际舞聚客者，兹渐有门庭冷落之象。惟国际十四层楼，则以附设于旅舍，独勿以为禁令所限，十二时以前，既有欧阳飞莺小姐奏唱其间，以为嘉宾作清娱，且有舞池可供躧步。即十二时后，管弦不竞，座客亦未妨逗留不去，故今日之上海，咖啡馆已趋于末路，其屹然无恙者，惟国际最上层楼耳。

《上海日报》1943 年 9 月 20 日

话剧演员的眉毛

话剧演员在舞台上，往往浓画其双眉，远视之，固足以显示轮廓，然使座位较近，则惟见剧中人眼睛之上，两条厚重的眉毛，几可与板刷竞爽，看了觉得挺不舒服。犹幸女演员画眉，模样并不如此，否则不将使人疑为“吃性极重”耶？

《上海日报》1943 年 9 月 21 日

发表欲

《春秋》出版后，颇有人以沾沾自喜之作，挽人授予，企图一刊者。使其文采果斐然，则下走之目非盲，初不待挽人介绍，予且求之而不得。若文无可观，而必欲使强人发表，是吾书固由是而毁，在作者亦不过徒贻若干年以后之悔。下走少日，尝以一诗投杭州某期刊，诗平仄胥不协，而编者遽加以采录，及后稍解诗，遂后悔勿已，至今且引以为大憾。故予虽掌一杂志编辑之权，初未尝动辄以自己作品占篇幅，盖不敢复存发表欲耳。

《上海日报》1943 年 9 月 21 日

---

① 中央菜社咖啡茶座，位于福州路跑马厅口。

丽人来访

二十日之夜，丽人翩然来访，御绯色短大衣，视之真似新嫁娘也。顾丽人一启口，即自辩初非退隐，特病牙甚苦，故辍舞就医耳。丽人言："匝月以来，疾病丛生于吾体，其初为心脏亏衰，诣蒲石路苏言真医师处就治，苏医师为我照太阳灯，谓必有相当时间之憩养，始能瘳吾疾，故不得不暂作小休。不谓未久而牙疾复发，痛楚至不可耐，数求治于祥康里邓医生，兹已拔去病牙之二，故痛始稍已。"丽人因复以病牙之情形告予，则与予八年前所患者，正复类似，而祥康里之邓医生，则曩年予固尝登门乞治者也。丽人于予向日所作退隐之记，阅之甚恚，曰："儿方苦于病，君奈何不知一存问，使人误以为儿尝嫁，他日孰复愿稍注其视线！"予笑曰："视汝此时所御，真疑汝方以新嫁娘之姿态，出现吾前也。所以不敢轻问询者，正以愿重叠疑云于吾脑海间，不欲洞悉真相耳。"丽人遂亦莞尔，谓方自同兴楼[①]吃其表弟之喜酒来，自己固未尝请人吃喜酒也。

《上海日报》1943 年 9 月 22 日

王吟秋联

有人赠乾旦王吟秋一联，张诸天蟾舞台前，联句曰："吟成冀北无双誉，秋到江南第一声。"王此来系与马连良偕，冀北不仅指地名，亦可谓指马，故有双关之妙。撰句者署蒲石居士，不知何许人也。

《上海日报》1943 年 9 月 23 日

---

① 同兴楼京菜馆，位于福州路中段。

粤菜别署

粤菜肆于所治之殽，往往好题别名，亦如文人墨客之中，有林屋山人、梅花馆主也。行客兄为《春秋》治一文，记粤菜中有名“光棍打和尚”者，初不知为何物，诘之跑堂的，原来是黄豆芽也，此为行客兄客贵定[①]时所见。海上广东馆子，惟曾满记[②]壁间，所张特殊之菜名最伙，有所谓“凤入罗帷”“霸王别姬”者，往往不可索解。一日，有人莅大中华咖啡馆，索肺脷牛排一客，及牛排奉于其前，客忽诃难曰：“奈何不见肺?”侍者为之失笑。南华酒家经理王定源闻之，遂曰：“幸而是西菜，要是在广东馆子里，客人定要来一客霸王别姬，势非打电报到北平去请金少山来不可。”此亦饕餮史上之笑谈也。

《上海日报》1943年9月23日

大众情人

觏路黛琳于咖啡夜座上，与偕者亦系一鬓丝。向闻路黛琳尝隐于良家，以为今日犹是私家情人，遂勿敢与语。及路黛琳见招，始知文旆方自汉皋返，因与谈汉上风物，黛琳言：“汉口在一月以前，犹笙歌如沸，兹则舞榭已为当局所禁，故不得不买棹东归耳。”叩其是否将火山[③]再起？则谓宿储尽倾，势固非仍循旧途不可。味其言，殆犹有“情人”重归“大众”之意。不知傅大可兄闻之，亦认为消息奇好否？

《上海日报》1943年9月24日

---

① 贵州省黔南布依族苗族自治州贵定县。

② 曾满记酒家，位于静安寺路(南京西路)跑马厅对面。

③ 火山，为舞场切口，指舞榭。

佳人与沙叱利

小女伶张文娟，将归吾友杨云天。芷香先生记其事，有“佳人已归沙叱利”①一语，知芷香先生殆不识杨云天也。云天昔尝以鲁大夫笔名，为各报治稿甚久，其人固雅耽文翰者，初非寻常膏粱子弟。以文娟俪云天，要不足以辱文娟。文娟生平固知者甚伙，以言门第，吾且为云天叫屈也。云天年少翩翩（并非翻翻），识之者罔不曰浊世佳公子，安得以沙叱利相拟哉！

《上海日报》1943年9月24日

乡土猎奇

弱妹自故乡来，探视若兄若嫂。灯下，述乡里一二事，有所谓“看电线”者，为乡下人之新营生。濡笔志之，读吾文者，譬如诵西方猎奇之记可耳。

南兰陵之僻壤，有村舍数椽，环舍皆绿杨高干，鼓翼蔽之，若慈父母覆育其群雏，唯恐为鸷鹰所攫也。《茗边手记》作者婴宁子，即诞生于是村。婴宁逐食于外，所得薄，不足以偿板舆迎养之愿。遂居老父于乡，而使弱妹侍膝下。战后，兜鍪之士植竹竿于孔道，贯电线其上，以通军中消息焉。竿自东徂西，婴宁诞生之一村，适亦当其冲。村人奉军符，于暮夜司守望之职，厥名曰“看电线”，以电线值钜，虑宵小拔竿而窃，且将为通讯之碍也。婴宁之父，少时尝游泮水，乡人尊之曰“老秀才”。老秀才年逾耄耋，须发皆苍矣！顾以令不限少壮，遂勿能蠲免其役。

---

① 沙叱利，为唐代蕃将，《太平广记・柳氏传》载有沙吒利恃势劫占韩翊美姬柳氏的故事，后人因以“沙吒利”指霸占他人妻室或强娶民妇的权贵。

乡间亦办理保甲，乡之人为电线司守望，犹海上自卫警团之值岗，不可须臾误。乡野溥旷，而线路亦绵亘如无尽，故司守望之责者，初勿止踯躅徘徊而已，必跋涉至二三里之遥，循路梭巡之不足，复效法击柝之夫，手持铜锣，行数武，则鸣锣以示警备，冀宵小闻鸣金之声，勿敢略存觊觎念，若是者彻夜往还，非而曙固未许稍稍憩足也。

商风起矣！老秀才皤然一叟，持锣曳藜杖，蹀躞于阡陌荒径之间，四顾杳无人迹，惟暮夜之风，撼丛篁如啸，间以露蛩啾唧之声，觉为境之可怖，殆无殊行于鬼墟。念此际有探丸袖刀之徒，狙伺击巡逻者，纵少壮且勿能御，况衰朽如我老秀才乎？于是既行且踬，并鸣金亦勿能按其节，盖惴惴然以为命悬顷刻间，正不知曙光之露，此日犹能目睹与否也。

弱妹之语竟，婴宁闻而涕泣，以父年高迈，恒时既勿能稍尽菽水欢，此日徭役之苦，复不获奋身以当之，乃使堂上有明镜之悲，此胥不孝儿之罪也。因长跪于老父造象前，欲乞恕于老父，而哽咽勿能成一辞。

《上海日报》1943 年 9 月 26 日

笑

有位朋友(他自承是我的朋友)在报上将我素描了一下，其中有一点，是说我脸上罕见笑容，这位“我的朋友”，他简直是将我当作陶陶巡长看待了。因此，我倒想起了一桩拍小照的旧事来。

有一年，已记不起是甲子还是乙丑，反正是有那么一年，我跑进一家照相馆去拍派司照，那位摄影师在对准了镜头的角度以后，关照我说:“请您带一点笑容。”这位摄影师,大概以为人生总是应该带一点笑容的。然而有什么事可以使我笑逐颜开呢?在笑不出来的时候也定要我作笑的伪装吗?

说得坦白一点,我当时是有一点愤慨的,你这位摄影师先生,太不了解别人的内心了!我为什么要笑?我充其量不过是麻烦你拍一张照,就是烦你拍照也不是叫你白费气力,一笔摄影费是预付了的,我为什么要向你装笑脸?我不但不需要向你装笑脸,我甚至不需要向任何人装笑脸!如果你吩咐我带一点笑容,我也许倒会敬遵台命。

于是我在他拍的时候,不但笑容毫无,而且格外的板起了面孔。

现在,为我素描的那位朋友,他的心理和上面所说的摄影师正是一样,他以为我应该向他笑,而在实际上,我对他简直只有哭!

我承认我是程笑亭[①],是裴斯开登[②],但是我只有“冷面”,却并没有“滑稽”。

《上海日报》1943年9月27日

关于女作家

秋水先生昨日在本报《东吴系女作家》一文中曰:“当婴宁先生辑《万象》时,独见女作家作品。”我怀疑秋水先生本人并没有读过《万象》,如果看过《万象》而作此说,那么秋水先生之所谓“独见”,当是“独具见解”之谓。

---

① 程笑亭(1908—1961),原名程文新,上海人。1928年后随好友刘春山、韩兰根演独脚戏,后与管无灵合作,演出于上海大世界、天韵楼等,自称所演独脚戏为“零头戏”,有“摩登滑稽”之称。

② 好莱坞演员 Buster Keaten(1895—1966),出生于堪萨斯州,美国默片时代演员及导演,以“冷面笑匠”著称。

无论我过去编《万象》，现在编《春秋》，录取的女性作品，充其量不过十分之一，这就是说，每期平均四十篇文稿中，女作家的作品不过占三五篇，这是有书本可以对证的。男性的作品与女性的作品成为九与一之比。这如果还说是“独见女作家作品”，那么读者的眼睛，未免专注于女子之身，而成为“目中无男子”了。

现在已不是重男轻女的时代，为什么不许女作家在文艺园地中占一席之地？这心理真不可解。

《春秋》中，郑家媛女士的一篇小说，我只是推荐她文笔的优美而已，并没有说它结构如何成功，因为郑女士是以新人的姿态出现，而目下则深感写作的人材难得，所以在《编辑室》中提了一笔，不外是鼓励之意。（“提拔”二字实不敢当），我也和秋水先生一样，对于时下的女作家，多数是素昧平生的呀！

《力报》1943 年 10 月 3 日

董天野妙绘

大中华饭店小主人戴桂荣，藏有一扇，作群儿嬉戏之图，阅之以法，则隐约皆天体成变之作也。因闻吾友董工仕女，乃以其扇示董。董阅而璧其扇，仅数日，别以一扇示下走，则所作曼妙生动，实远胜于戴扇。扇藏予处凡三日，见者胥欲夺之去，予曰：“董先生订有画例，一扇之值三百金，行乐图则倍之。扇为他人心血，乌可以不易而取乎？”董工于烟视媚行之笔，予见其作旖旎风光之图，不止此一箑，而画面且有尤胜者。一扇之值六百金，不过半只皮鞋代价而已！不可不谓廉也。（注：董君鬻画收件处，为大东书局及各笺扇庄。）

《力报》1943 年 10 月 4 日

蚀本生意!

有一位书贾喊出了“何为暴利”的口号,表示他的出版《袁中郎全集》完全是为了嘉惠读者,这真是书贾中不可多得的仁人君子!那位书贾又说,他出版《袁中郎全集》的结果,因为多销之故,所以并未亏本。

据我所知,那位书贾是一位大慈善家,俗语说:“千做万做,蚀本不做。”而那位书贾却是反其道而行之,专做亏本生意的。例如他出版的某杂志,就曾口口声声对人说:“我是蚀本的。”他的出版《袁中郎全集》而并未亏本,这该是一个例外的奇迹。

“打倒他人的暴利主义”,这尤其是一个动听的正大光明的题目,与抢生意的性质不同,实在是值得嘉尚的。据说幽默大师林语堂遁往国外,至今不敢回来的原因,也就是为了有以上的一段“打倒”故事,因而无面见江东父老之故。

至于别人家抱暴利多卖主义是奉送《路加福音》,而那位书贾的争先发行(也就是取而代之)《袁中郎全集》则是为了“普及文化”,这其间也有着泾渭的差别,更是不言而喻了。

《力报》1943年10月5日

狗与肖像

有人说:“春秋笔是标题旁的一个狮子犬,是编者的肖像。”自古道,君子交绝不出恶声。大概现在是小人交绝而并非君子交绝,所以更恶声相向吧。纵然我是一条狗,这条狗也曾给人家小心谨慎地看守过门户,流过不少汗,出过不少力,现在赏我一棍子,也许就是代表所谓酬劳。

用得着的时候，喊一声“道义之交”；用不着的时候，就骂一声“狗！”听说这也是人生哲学。

其实我戴着眼镜，詈人者也戴着眼镜；我穿着西装，詈人者也穿着西装；我的头上有些秃顶，詈人者无一而不肖鄙人，如果这狗是我的肖像，也未尝不可以说亦是詈人者的尊容呀！

当今之世，本来不乏外表衣冠俨然，而实际上是狗彘不若的东西。被人诬指为“狗”，在我倒也无所谓，只是让柯灵兄听到了，又该作何感想呢？

《力报》1943 年 10 月 6 日

木偶戏《长恨歌》

艺术家虞哲光于书画、音乐、歌舞、戏剧无所不能，近一二年，寄兴趣于木偶戏剧间，创设上海木偶剧社，先后演出《原始人》与《天鹅》两剧，为纯东方化之木偶戏辟一新途径，舆论莫不美之。近虞氏穷数月之力，又完成《长恨歌》一剧，所演盖唐明皇、杨贵妃故事也。全剧五幕，以《从此君王不早朝》《七月七日长生殿》《惊破霓裳羽衣曲》《宛转蛾眉马前死》《蓬莱宫中日月长》概括之。布景道具及偶像衣饰，无不极裔皇璀璨之致。益以《小宴》及《霓裳羽衣曲》诸插曲配音之美，盖不啻置身广寒宫阙间。下星期六起，将日夜两场献演于巴黎大戏院。此为新兴之艺术戏剧，有倡导之价值者，故乐为读者告也。

《力报》1943 年 10 月 9 日

张文娟文定礼

图 17　张文娟在《衣锦荣归》中之扮相，刊于《半月戏剧》1941 年第 3 卷第 9 期

"袖珍谭富英"张文娟，与吾友杨云章（一名云天）矢爱好，已于双十佳节举行订婚仪式于金谷饭店，盖金谷董事长金信民君，为杨张姻缘之撮合山也。予以丁慕老之通知，于下午三时往贺，报圈中人之闻讯莅止者，有严独鹤先生及凤老、雪尘、荫先诸君，评剧家张肖伧姻兄，与云章兄尊人为总角交，亦在座，而严华则与丁师母及一英小姐等先后至。证明人林康老，以戒严被阻，至五时始驾临，使文娟小姐望穿秋水矣。订婚礼进行时，文娟由人掖之出，垂首至臆，手提一钱囊，盖深恐怯场，赖此不至手足无措也。康老致辞，绝风趣。金信民君则以"将楊字，拆木易，匹配良栋"为言，尤诙谐。予聆此君之演词犹第一次，乃知此君亦甚擅词令也。

《力报》1943 年 10 月 14 日

麦米饭

自从第一二流酒菜肆禁止售饭以来，几家粤菜馆的营业，很受了一点影响。像新都、南华、红棉诸家，虽然用银丝卷代替，吃客却总是觉得不过瘾。一般人上馆子，差不多先要研究一下"有没有饭"？饭之在今日，遂显得特别名贵，大概也是所谓物以稀为贵的道理了。

最妙的是有许多患胃病的人，平时总避免吃饭的，到了现在，也喜欢吃起饭来了！有时候上本地馆子，吃到一两碗饭，往往认为是莫大的口福。

最近，南华酒家发明了一种麦米饭，已经试验成功，这几天在南华又可以吃到蛋炒饭与广州炒饭之类了，厥味和此前的白米饭无甚差别，预料继南华之后，别人家一定也会如法炮制的，从此大家所感觉不便的吃饭问题，可以藉此解决了。

《力报》1943年10月16日

恐惧流言

晤金雄白先生于大中华咖啡座上，我问他："为什么停止执行律务?"雄白先生说："一则吃力不讨好，二则流言可畏耳。"雄白先生是个爱惜名誉的人，所以要"恐惧流言"，而流言之为物，有时候的确也是相当可畏的。

即如鄙人，最近由于秋水先生在本报上偶然提到女作家，给人家借题发挥，将鄙人着实奚落了一顿，愤极时，真想摒绝了女作家的作品，一概不用。然而这样一来，岂不是反而成了一件笑话！如果每一个刊物的编者，都采取如此坚壁清野的重男轻女政策，那么庐隐、丁玲、谢冰莹之俦，试问又何从产生？而且，不是正有人在向女编辑大送秋波吗？这样一想，搁在我心上的一块石头也就放了下来。

惜乎雄白先生的停止执行律务，已是既成的事实，否则我倒要敦劝雄白先生："足下正人，奈何亦恐惧流言？流言之来，当先研究其出发点，若制造流言之人，亦与足下同执律务，则彼制造流言之目的自明，足下遽以流言可畏而罢保障人权之业，岂非适坠其计中乎?”

《力报》1943年10月18日

节约徽章

报载有节约徽章出售,每枚四金,朋友劝我买一个,我说:“第一,我已经节约得不能再节约了,根本无约可节,不买也罢;第二,节约徽章要卖四只洋一个,虽然不过四块钱,但是买了没有用处,毕竟也是靡费,还是节约一点,省省吧!”

《力报》1943年10月28日

自由的旗帜

吾友黄河、毛羽,就张园福致饭店旧址,开自由食堂。过其地,见门首及喷水池畔,遍张旗帜,大有司马懿大兵到此,“旌旗招展空翻影”之观,如以新文艺笔法言之,此当是“自由的旗帜”也。

《力报》1943年10月28日

贱躯顽健

曩时编《万象》,颇殚精竭虑于所事,往往就寝之后,靠着枕上,犹以翌日致书何人索稿,题目应如何装置诸事,盘旋于脑海,坐是恒久不能成寐。有一时期,且患失眠甚苦,日上三竿时,为予好梦正酣之际,非下午二三时不寤。维时友侪睹予,罔不道我消瘦。及交卸《万象》辑务,获小休者三月,今日虽犹未能与文字绝缘,然已下痛改前非决心,书间必谋若干时之闲散,不复如前之孜孜矻矻。晚间亦着枕即寐,翌日之事置诸翌日解决,更不欲以之苦我思虑。

是以近一时期，自觉精力绝胜从前。曾淹兄昨日文中，虑予病态之躯，不胜繁剧，厚意良可感。因以贱躯顽健为曾淹兄告，冀释故人锦注耳。

《力报》1943年10月31日

畛域之见

吕伯攸先生为《春秋》治稿，易署名曰“姜媌”，以其迹近女性化，虑为高贤所笑，以为予采稿方针，独厚于女作家也，因为之改署“白悠”。嗟夫！男女畛域之见，今亦横梗下走胸中矣！言之良可哂也。

《力报》1943年10月31日

听白光灌音记

昨日上午，白光小姐在百代公司灌唱《葡萄美酒》一曲，我做了两小时旁听生。白光小姐长发分披，大家都将桃乐姗·拉摩相提并论，然而她的打扮是纯东方式的，这天她穿了一袭绿色的旗袍，下面露出猩红的一角，当是衵衣。捏着歌谱站在录音机畔，是一个显示着无限妩媚的镜头。

灌唱的地点在第二灌音室，两面长窗透进了微弱的秋阳，窗外的树枝在风中摇曳着，就在这样幽静的秋之晨，播出了悠扬动人的秋之歌，歌词中有一句说，“忘去了这是什么时候”，使人想起了白光小姐在《桃李争春》中的演出。

一次两次的练习，我也一次两次的倾听，在观察室中的玻璃横窗中透视出去，白光小姐庄严得像一尊女神，而缭绕在耳边的歌声与弦音，仿佛已将我带到了圣·美罗的蓬莱仙境，我觉得荡漾在耳边的是凤韶莺音。

灌音完成后，瞬息即在播音机中播唱出来，成绩的美满是不用说的。

午刻，在万象厅举行庆功宴，白光小姐、作歌者吴承达、作曲者陈歌辛、黎锦光白虹伉俪、严折西、姚敏，以及摄影家秦泰来、杜鳌都参加，互举杯庆祝白光小姐录音的成功。

据白光小姐说，今天就要上南京去，作短期的白门之游。当本文和读者相见时，白光小姐也许已经在京沪车中了。

《力报》1944 年 10 月 20 日

现代潇湘馆问病记

周璇小姐最近患了严重的病，一是失眠，二是头痛。

昨日上午，会同了在《凤凰于飞》中与周璇合作表演舞蹈的黎乐鸣君，在华影剧务科吴先生的领导之下，驱车造现代潇湘馆——周璇小姐之居，作了一次问病之行。

周璇之居，在汶林路邻近泰山路的一角，虽没有修竹千竿的点缀，却也有一带槿篱，曲曲折折的作造访的指标。槿篱之外，更有绿阴如幄的许多大树陪衬着，显示了些许的乡村风味。这里是一个相当幽静的所在。

登楼叩门之后，周璇小姐出现在楼头，含着笑迎迓我们，将我们引进了会客室里。在柔软的沙发上坐了下来，以问病者的姿态叩问着她的安好。周璇小姐的双娥立刻紧促起来，但是她看到了问病者关心的神色，瞬息又展开了笑靥，诉说着她的病状。

因此我们知道，周璇小姐虽然起了床，但晚上仍以失眠为苦，头痛也没有完全好。最奇怪的是晚上睡不着,次日的头痛倒好一点,要是晚上可以熟睡,次日反而头痛更剧。周璇说:“这是奇怪的病症。”因此,她现在是每天在打针服药,打的针都是维他命C、维他命B和葡萄糖针,医生诊断的结果,证明她的主要病因是神经衰弱,此外是目疾。

说到目疾,周璇指着桌上的一副眼镜说:“我的眼睛验过了光,据说是散光,所以我现在已经配了一副眼镜,看报看电影,一定要戴上眼镜,否则就要头晕。我本来是戴着的,因为你们来了,我才卸下了。”

在女明星中,戴眼镜似乎是罕见的,周璇小姐忽然戴上了眼镜,这是电影圈里的新发现。

我凝视着周璇的脸,似乎比上次在丁香花园录音时所见,又消瘦了一些,这证明了她的病情之不轻。

以一个平常相当生疏的人,只能略致浮泛的慰问之词。而同行的吴先生,却带着使命而来,因为周璇小姐两星期的假期转瞬而届,他代表了公司,希望周璇早日销假。

对于神经衰弱的患者,这是一个残酷的请求。但周璇也自己显示了她的焦灼,事实上,《凤凰于飞》的摄制工作迁延已久,亟待完成。周璇小姐也知道有着盈千累万的观众,在等着这一部歌舞片的公映。

渐近晌午的时分,怕周小姐谈话过久要累,我们一行三人,在一番临别的寒暄之下辞出了这一座现代潇湘馆。楼头,传下了周璇小姐的“走好!走好!”的叮咛。

《力报》1944年10月24日

偶然的疏忽

与舞蹈家黎乐鸣及华影剧务科的吴先生同访了一次周璇，写了一篇《现代潇湘馆问病记》，其平凡正与偶然打一个喷嚏相同，不想因此也会给人家当作了豆腐靶子。

“自作多情”与“自命为贾宝玉”两语，是打靶子的箭材。关于此事，我承认是我的过失，因为我只记起了周璇在《红楼梦》影片中曾饰演林黛玉，忘却了在话剧舞台上，早就有了一位现代林黛玉。“现代潇湘馆”之称宜归专用，别人是不许妄僭的。而我却糊里糊涂的将这个名称应用于周璇之居，我真是太不小心，太疏忽了。

这里，我愿意向打靶者道歉，希望能原谅我的疏忽是无意的，更希望能原谅我的以影剧记者姿态访问影人，也是出于偶然的一次，并不是存心抢生意。

好在我仅是用了一个“现代潇湘馆”的标题，文字中毕竟未尝以“现代贾宝玉”自况，“现代贾宝玉”已经有人注了册，而多情也是真正现代贾宝玉的分内之事，我哪里敢妄图非分。自顾已是个哀乐中年的人，充其极，也只能扮演一个贾雨村之类的角色罢了。

朋友，你好自为之，和你的现代林妹妹多制造一些情切切意绵绵的材料吧。

《力报》1944 年 10 月 29 日

听维拉的“汉门”奏

星期二晚上，与柏纳先生、露意丝小姐，欧阳飞莺小姐进餐于喜临门，这一个机会让我认识了一位音乐家与一位女歌唱家，就是喜临门的演奏者维拉先生，和飞莺小姐给我介绍的密司露意丝·泰蕾。

维拉是上海所有音乐师中唯一能够懂得每一乐器中每一部分乐节的人，他所专擅的汉门风琴，尤其是誉播众口，被推许为东方第一名手。这一天，我初次瞻仰了这位音乐家的丰采，同时更以十足乡下人的姿态，倾听了许多由汉门风琴奏出的名曲。

汉门风琴利用电磁感应，经过真空管扩大而由扬声器发音，能同时奏出各种管弦乐器的音调，构造十分复杂，要完全了解它和运用它实在不是容易的事，而维拉却以唯我独尊的姿态把握了这一架特殊的乐器，以一个人代替了整队的音乐师，在喜临门单独演奏，或致了崇高的评价。喜临门所有的顾客，可以说几于完全是为了倾听维拉的动人的演奏而莅临的。

露意丝小姐过去曾在电台上作职业播唱，此晚在汉门风琴之畔，曼声低唱名曲三支，不仅让我听到了她的美妙的歌喉，同时她在奏唱时的一种情绪的表现之美，更在我的记忆里留下了深刻的印象。

好久没有听到飞莺小姐的歌，这一晚她也兴奋地唱了《斑鸠》《我要你》《夜来香》三曲，歌喉较诸赴青岛避暑前更有了进步，四座的掌声显示了赏音者正不在鲜。

这一晚，我完全沉浸在声乐的陶醉之中，忘却了这世界上还有烦忧。

《力报》1944 年 11 月 2 日

《倾城之恋》赞

《倾城之恋》的演出，我第一晚就看了的。这晚特别的奇寒彻骨，坐在戏院子里大衣都裹着没有能脱，而回家时且因踏在冰块上而摔了一跤。然而这冷与跌并没有冷掉或跌掉我对于《倾城之恋》的好印象。

有人病诟《倾城之恋》没有高潮，曰流苏个性模糊。而我对它是爱好的，这是一个并不搬弄噱头的戏，在我看来是一首诗，一支悲歌，它描绘出了破落户的衰飒气息，以及破落户子弟的丑恶的脸型。同时，它又讽诵出一个为宗法社会所詈议的女人的挣扎的史实。戏的表面是平静的，然而内在的是沉重的悲哀。这沉重的悲哀正与高潮一般的足以扼制人们的情绪。

而白流苏这一个女人，在罗兰的演出下更是完全成功了的。香港的电报来了之后，流苏从她的年迈的姑妈那里走出来，她环顾了一下周遭的环境，无可奈何地叹息了一声而往里走，没有说一句话，但无声的屈服无异代表了极度的悲恸，流苏的个性在这一瞥之间是表露无遗而绝不模糊的。

一般看过《倾城之恋》的人，认为第二幕范柳原与白流苏调情的场面(包括演出与对白)最好。而我更爱好的是末一场，范柳原与白流苏毫无顾忌地拥抱着作长吻，在他们的周遭是动乱的一群，他们作着惊诧的诽笑，而拥抱着的一对却是眼角里都没有容留他们一丝一毫，予鄙夷人者以更深刻的鄙夷。如果视这拥吻的场面是噱头，是生意眼，那恐怕是错会了剧作者的意思的。

我和《教师万岁》的导演桑弧先生坐在一起，他也不否认《倾城之恋》的文艺价值，只要是懂得情调之美的观众，我想都会对《倾城之恋》发出赞赏之声的。

《力报》1944 年 12 月 23 日

愚园之夜

久不作伊文泰之游，最近以韩森舞师的怂恿，去逛了一次，才知伊文泰已易名愚园咖啡馆[1]。本来乐台壁间有一扇形商标，现在也取消了，惟酒吧间里的扇形商标则犹存在。

说是逛，其实并不切合，我们一行六人，除了韩森舞师与其女侣由于来宾的主催(照字面解释)，偶然下池起舞外，大家只是团坐清谈而已。茶的代价是每杯八百元，据说视百乐门为廉。

女歌手金妮小姐，度曲于此间，闻予在座，来晤，又特地知照乐队，奏了一支《合家欢》，唱给我听。夜既深，更命侍者呼焖鸡烩面一器飨予，却之不可。其实过去我们并不认识，意外地获此款待，几于教人不知所可。金妮除了愚园的场子以外，兼在国际十四楼及三楼奏唱，此人给我的初期印象，是豪迈中有温婉，似乎是一位"女孟尝"。

《力报》1945 年 3 月 2 日

梁乐音并不组班

于万象厅楼头遇梁乐音先生，报间有记梁与陈璐组织明星歌唱班，将北上淘金者。梁否认其事，谓与陈璐久未谋面，安从与之组班耶？因知报间之记载为不确。

梁与其夫人琴瑟不谐，近已脱辐，膝下雏雇一乳娘抚养之，梁

---

① 愚园咖啡馆，位于愚园路 1238 号。

不恒归膳于家，辟国际一室以自处，兼为谱曲办公之所，其所度生活，与下走乃差相仿佛焉。

若干时前，报间又有载梁先生与影星利青云谈恋爱者，其实梁先生女弟子甚众，偶有纵之行者，未足据以言恋爱。梁先生艺人风度，涉言成趣，离婚后自不致如古刹老僧，郁郁以终。惟选择对象，利青云当非其俦耳。

《力报》1945 年 3 月 3 日

女歌手

有人以“歌女大班”之号贶下走，因志有关歌手之消息数则于后：

辍歌萝蕾后之顾若兰，以其过房爷之推荐，将于星期日起，参加碧萝厅之歌唱阵线。

欧阳飞莺退休后，歌坛上崛起一陈飞，一黎莺，仿佛平分“飞莺”。黎莺现在苏州鬻歌，有人自苏州来，言黎莺不惯吴门居，颇消瘦。

云云患腹膜炎，经割治后，已痊愈，惟尚不能奏歌，在憩养中。

唐媚向碧萝厅告假，远走高飞，其目的地为芜湖。

在爵士身兼歌唱、报告二职之菊隐，徇苏州鸿运咖啡馆之请，将于日内首途，前往作短期客串。

《力报》1945 年 3 月 4 日

游击歌手

女歌手萝苓、妲妮，本同隶于红豆厅，近忽联袂辍歌，亦别无他就。一晚，二人同莅碧萝厅进膳，同座有客，嬲二人登台奏唱，碧萝厅有陈曼丽小姐，司报告之职，是日乃不在，予遂以客串之姿态，就麦格风畔为二人轮流报告。事已属勉强应付，而别有一客，忽然开我玩笑，书一字条来，欲下走亦引吭一歌，无已，则登台作谢词，匄顾若兰小姐为代焉。

是夜，萝苓与妲妮俱歌数折，意兴弥佳。近时歌手纷纷厌倦其故业，惟好为业余之唱出，如韩菁清、郑霞与璐敏，胥已无固定之场子，而在游宴之地，则恒睹若侪翩然登坛，纵歌自娱。其所采之方式，乃亦大似游击战术也。

《力报》1945 年 3 月 11 日

冠生园分店

生平无他嗜，惟好吃糖果，往时恒西装袋鼓起如阜，攀登因风阁，自指两囊为“冠生园分店”，以此尝惹啼红夫人笑。昔曼殊上人亦嗜糖果，予不敢比拟先贤，惟有时文思不属，纳巧格力一方于口，稍一咀嚼，往往摇笔即是，因疑曼殊上人有同嗜，原因或亦在此也。

近岁糖价大昂，糖果之值亦扶摇直上，几使人不敢问津，偶斥百金市少许，以制作之劣，入口亦勿能有其甘如怡之快。于是予之两囊，遂勿复呈隆然如阜之观，冠生园分店盖关门大吉矣。

《力报》1945 年 3 月 12 日

喷烟技巧

烟卷很给文人雅士带来烟士披里纯[①]，有少年好弄此，则善用

---

① “烟士披里纯”，Inspiration 的沪语音译，“灵感”之意。

吸烟卷而表演喷烟技术,也可以视为游戏的一法。喷烟技术之精者,能够一连串喷出几个圈圈,后面的圈圈一个个从前面的圈圈中穿出,其情状仿佛是突围。

最近,我看到了标准舞专家陆莲琴小姐的一套喷烟技术,先是烟自口中喷出,再从鼻管吸入,而绝不咳呛。此外,又能吸烟一口,咽下喉咙,说一二句话,然后再将烟自喉咙喷出。

陆小姐本来不吸烟卷,为了练习喷烟游戏,才开始与卷烟亲近,待技术纯熟,卷烟也就吸上了瘾。她的喷烟表演,不取分文,纯尽义务。然而她自己是下了大本钱的。

《力报》1945 年 3 月 13 日

女歌手动态

据说写女歌手的文章我已经成为专家,那么,我就再写一点关于女歌手的消息:

孔雀厅因现任女歌手不足号召,托梁乐音邀请影星杨柳担任歌唱,代价每月二十万元。

顾若兰新认一过房娘,未得过房娘一袭旗袍之赐,转被噱去钞票一万,从此过房娘去如黄鹤,影踪杳然。

小灵雀文敏,日前赴杭州探"亲",大中华方面已由文敏委托其好友顾若兰小姐暂代歌唱。

璐敏辍歌百乐厅。

新新第一楼有邀请龚秋霞主持歌唱之说。

《力报》1945 年 3 月 14 日

女歌手动态

曾自杀而获救之紫影，现在苏州红宝咖啡室鬻歌，月薪六万金。

唐娟已抵芜湖，有函致海上女友，谓芜湖米价每石仅一万七千元。

菊云应苏州红宝咖啡室之聘，往度曲一周，获八万金，顷已返沪，向爵士咖啡馆销假视事。

碧萝厅基本歌手陈飞，新制西装一袭，耗九万金。

小云雀文敏赴杭探"亲"，已于昨日返沪，据云探"亲"之结果，并未极好。

退隐中之前辈歌手兰苓，对人声言，将与圈吉生结婚。

《力报》1945年3月15日

掩耳疾走

自己管理着一处的音乐歌唱部门，然而在听得不耐烦的时候，往往掩耳疾走。

这叫人掩耳疾走的当然不是女歌手的歌声，女歌手纵使并非个个是金嗓子，但至少不会像黄牛叫。而现在可憎的正是一批喜欢作黄牛叫的家伙。这些家伙自忘翦陋，仿佛自己就是平克劳斯贝，非跳上音乐台，引吭一歌，不足以显示其才能。有时候乐队不会敲，他们甚至于清唱都干！至于唱的是什么，人家爱不爱听，他们全不管。他们只知道逞自己的高兴。本是好好的场子，往往给他们吵成一团糟。尤其是喝醉了酒，那简直不像歌唱，与发羊癫风庶几近似。恨起来，真想在音乐台前树立一块"禁止男子登台歌唱”的揭示牌。

《力报》1945 年 3 月 16 日

自动发电

最近在大上海戏院看了一次《莫负少年头》，发现了一个奇迹，原来此片一部分是有声片，一部分是无声片。据说大上海戏院是自动发电的，可是当银幕上表演哑剧的时候，缺乏耐心的观众往往狂鼓其掌，间以“开汽水”①之声，似乎要争取被动的地位。然而大上海戏院装置的毕竟是自动发电机，而非被动发电机，因此掌声与汽水声虽然热闹，银幕上却依然毫无声息。依情理推测，此后影片公司或许有改摄默片，恢复字幕的可能。

《力报》1945 年 3 月 19 日

春灯谜与女侍袜

偶诣红棉小坐，始知此间之春灯谜犹未撤，柱间张谜面十二条，一曰“朝市人嚣喧”，射歌曲名一；一曰“过雨尘埃灭”，射字二。以为前者系《讨厌的早晨》，后者为“漉涘”，询之女侍者，果然，遂得茶点二客。其他有以四书及花间艳帜为谜底者，凡此皆非予所稔悉，遂无从问津。

红棉女侍，有袜已洞穿者，未免有损第一流酒家尊严。鄙人颇拟市丝袜半打，以馈此女，弥其缺憾。继念红棉当局未必以此德其顾客，而下走或转蒙“勿转好念头”之嫌，遂打消原意焉。

《力报》1945 年 3 月 20 日

---

① “开汽水”，为上海俗语，“喝倒彩”之意。

周璇歌唱会

图 18 周璇，刊于《影星专集》1941 年第 1 期

周璇小姐在金都举行歌唱会，闻有某电台届时转播其歌声，而于转播之前，由电台上人先致冗长之介绍辞，周璇小姐之见重于时，由斯可知。惟此仅得诸传说，确否不可知耳。

周璇之演唱会，由严俊司报告，于所唱之《银海三部曲》，仅报告作曲人姓名，于作词人则略去而不提，若下走固无足轻重，惟《不变的心》为李隽青先生不朽作，不为之郑重提出而一概抹煞，未免目中无人耳。

《力报》1945 年 4 月 1 日

周璇灌片

周璇于《凤凰于飞》所歌之插曲，择优灌片，前昨两日，在百代录收《慈母心》与《嫦娥》，予以丁慕老之邀，共趋一车而往，作旁听生焉。

二曲中，《嫦娥》有克拉捷克①情调，成绩较美，此曲与《慈母泪》俱金玉谷②先生制谱，曼勒第③现成，故先录音，余则尚须稍俟数日，始能收灌也。录《嫦娥》一曲时，别有参观者，睹周璇悃愊无华，脂粉不施之状，乃曰："此人乃不似周璇也。"周璇时患头晕，因之像亦

---

① "克拉捷克"，classical 的沪语音译，"古典的"之意。
② 金玉谷为音乐家黎锦光笔名之一。黎锦光，湖南湘潭人，湘潭"黎氏八骏"中的老七。
③ "曼勒第"，melody 的沪语音译，"曲调"之意。

病视，是日御叆叇，语予曰：“吾为此状，亦类陈先生矣。”

报间载周璇将二次举行歌唱会，周璇曰：“此讯不确，还当俟之一二年后耳。”

《力报》1945年4月9日

嫁后之雪艳娘

小北京雪艳，旧在高士满翾舞时，亦有脱底作风，自嫁谢郎，居然能摒华黜欲。一昨睹之于碧萝厅座上，怀抱婴儿，自哺其乳，初不假手于乳媪，俭约如此，要属难能可贵也。

《力报》1945年4月11日

田螺

觅食于五味斋[1]，呼田螺一器。予非于田螺有偏嗜，特目睹邻座方群啖此物，以为必美味，故欲尝鼎一脔。不意田螺之味，初不鲜美，而螺壳中又包藏小田螺累累，入口如嚼砂子，纵不已小生物惨遭鼎镬之烹而嗟叹“罪过”，也觉得不大好受用，于是尽半器而罢。

更寡趣之事为是日晚间，遽患腹泻，亘二日，泻犹未止。此口腹之累，原属自己找取，不必怨阿谁。所可憾者，为田螺之味，绝无鲜美可言，遂觉不值。勿若河豚，固足当盘篮隽味之称，与其吃田螺而腹泻，不如拼死吃河豚矣。

《海报》1945年4月12日

---

① 五味斋，位于静安寺路（南京西路）跑马厅对面。

巧格力

同文笔底，渐称道文多利[①]咖啡室情调之美者。予以尝一度至文多利，其地在亚尔培路回力球场以南，意轮康脱凡第号既自沉[②]，船上庖丁十九人，悉为文多利所延致，故治馔甚美，而予尤爱此间之巧格力，尽一盏勿能餍所欲。往往连啜二三杯。生平对巧格力糖有偏嗜，而此间之巧克力汁，厥味尤胜，盖得力于烹煮也。

《力报》1945 年 4 月 12 日

《大地之花》龚秋霞

图 19　龚秋霞，刊于《青青电影》1947 年第 6 期封面

关于卜万苍导演的《大地之花》的女主角，有数种不同的传说，据我所知，和李丽华谈判没有成功，祁正音经陈白石的推荐，一度准备量衣服，但最后又变更计划，《大地之花》的女主角，终于落到了龚秋霞身上。

十一日的晚上，《大地之花》已正式开拍。龚秋霞在此片中，饰一个小姑娘，梳两条小辫子，这会令人想到《蔷薇处处开》。《蔷薇处处开》的摄制，距今已经有四五年了！

《力报》1945 年 4 月 13 日

---

① 文多利饭店，位于亚尔培路(陕西南路)374 号。

② 据《太平》1943 年第 2 卷第 10 期载："意大利巴陀格里奥政权崩溃，脱离轴心，消息传来，停泊于黄浦江中之意大利豪华邮船康脱凡第号。即于九月九日上午七时〇五分，自行将船底舱口开放，沉没江底。该船凡一万八千七百六十五吨，战前航行于远东。"

苏州姑娘王渊

图 20　参加东亚运动会跳高项目的王渊，刊于《图画时报》1930 年第 649 期

若干日前，王渊女士一度过访，予初以为王系生长白山黑水之间者，及与晤，始知王之原籍，实山温水软之苏州，其旧家在苏州之天赐庄，王盖诞生于其地，及稍长，始随其双亲游哈尔滨，肄业于美国学校。以擅长运动，乃膺擢为东北之选手，南来参加远东运动会，坐是人佥以为北国女儿，孰知其竟不然耶？

其实王不仅肌理纤白，语音亦清柔不类朔方[①]女儿，正以其曾"生小江南住"耳。

《海报》1945 年 4 月 16 日

张丽失踪

张丽嫁后，已育有一女，而伉俪间勿甚洽，闺中时时生勃谿。张数来予处诉其藁砧之罔知爱惜，予惟劝慰之，以为夫妇居室，宜相互矜体，庶几能和好无间。张以不佞之未能为渠谋，辄复怏怏。其实清官难断家务事，况夫妇参商，第三者固计无可施也。近数月来，久不见张，以为已能从吾之劝，言归于好矣。不谓张之藁砧昨日忽来觅，谓张已失其踪影，欲予于报端著一言，速其来归。觇彼情状，实至殷切，似又不类勿能宝爱其妇者。而张之出走，毕竟托迹何所？殊不可晓。虑其或已返虞山原籍，则吾文虽揭橥，张亦

① 北方。《书・尧典》："北方申命和叔，宅朔方，曰幽都。"

未必能见耳。张在未归其藁砧前，予以为两人实佳偶，力赞其成，不谓此一双小儿女，乃勿能如胶似漆，真使为故人者，为之扼腕勿已也。

《力报》1945 年 4 月 17 日

天才歌唱家?

近时恒有垂髫之女，就酒家咖啡馆之麦格风畔，引吭而歌，居然一片“郎呀郎呀”之声，闻之真欲汗毛站班。非“郎呀郎呀”之词可鄙薄，特以出诸乳臭未干之小儿女口中，未免觉得不伦不类，而歌喉又往往若断若续，不知所云，是以可憎也。

小儿女之度曲于麦格风前者，大抵以父母溺爱，不知小儿女之歌不足听，惟欲炫之于人前，使见者知若侪所胚胎，乃为天下唯一神童，于是洋琴鬼皱眉，听歌者蹙额，间有一二吃豆腐之徒，怜其幼小，报之以掌声，则为父母者怡然自得，以为其膝下之雏真是天才歌唱家矣！此等为父母者，其他殆无希望，惟他日女儿出道，或可夺吴温如[①]辈“名妈”之席耳。

《海报》1945 年 4 月 19 日

宵禁

近日，重申宵禁之传说，惟传说不可尽信，若下走且为爱好夜行之人，更深冀此说之不确耳。

曩年宵禁未解除时，下走尝有一诗：

① 吴温如，为女伶吴素秋之母，以擅交际，有手腕而有盛名。

斗筲如海为朱唇[1],我亦好寻逐队春。
灵鹫非罴成幸会,平波欲起擅微颦。
约来腰不盈一握,断后酒能斗一巡。
休虑归途犯宵禁,人间到处可横陈。

以戒严入诗者,有杜甫之“乘兴南游不戒严”,宵禁则疑为前人所未道。

烽火初燃之一年,下走自香岛归沪上,尝以犯宵禁而被执,在静安寺捕房关了一夜,则以未审海堧有此禁例也。“宵禁”二字,在下走故有谈虎色变之慨焉。

《力报》1945年4月20日

欧阳飞莺患盲肠炎

得欧阳飞莺小姐患盲肠炎之讯,昨日视之于惠旅医院[2]。飞莺所居,为特等病房二〇六号室,设两榻,其母夫人伴之,晚即下榻于是间,破其娇女岑寂焉。

飞莺于十七日始患腹痛,至晚而剧,且下泻勿已。翌日诣其女友许,女友肄业于东南医科,审飞莺之痛在左腹,慰之曰:“是殆饮食不慎所致耳,当无碍。”及晚,则右腹之下亦痛,始断为盲肠炎。送投惠旅医院求诊,先检查白血球,果为盲肠炎,因施手术,飞莺窒困于麻醉状态中者凡半小时,始复苏,而割治之功亦竟焉。

---

① 蝶衣注:此为长吉句。
② 惠旅医院,位于北京西路130号。

予探视飞莺时，飞莺方支高枕而卧，缕缕为予述病状，虑其有碍于病体，戒勿多言，则以先一日云云小姐莅碧萝厅，已为予道其详也。飞莺割治盲肠炎后，热度曾高达四十度以上，昨已退至三十八度，以治疗经过之良好，故辗转反侧俱无碍。医言更越两星期后，即可出院矣。

飞莺原定月内假兰心举行歌唱会，一切俱已准备就绪，今以骤患急疾，只得罢其议。使爱好莺歌者，勿能一觇飞莺退隐以来埋首锻炼之成就，亦憾事也。

《海报》1945 年 4 月 21 日

飞莺之疾

欧阳飞莺小姐患盲肠炎，昨日吾报第四版已志其事，飞莺得疾之前一日，下走犹与之共进午膳于柏纳先生家，座上有名乐师洛平及乔克姆，复有飞莺之友云云小姐。不谓才阅一日，飞莺即疾发。最巧不可阶者，厥为云云小姐于若干时前，亦尝患盲肠炎症，割治后久久始愈。近一时期，飞莺与云云恒出入相偕，亲如手足。今飞莺亦患斯疾，飞莺遂自谓系奉陪云云。惟飞莺以就诊较早，经过又良好，不若云云，几濒于危，度不久当可出院耳。

《力报》1945 年 4 月 22 日

夫妇道苦

张丽失踪一文，刊布后，张与其藁砧周，皆数度觅予，下走为身受婚姻痛苦之一人，勿忍见他人家庭之分崩离析，因欲为二人谋言归于好，经数日来斡旋之结果，事已非不可转圜，特枝节问题犹勿易解决。家务事老吏尚且难断，何况局外之人，事之勿能迎刃而解，固亦在意料之中也。

下走笔下，涉及丽人者垂五年，及其既嫁，以为自此可搁笔不书矣！不谓时至今日，“丽人”二字犹不离吾腕，夫妇道苦，推己及人，辄不禁感慨系之耳。

《力报》1945 年 4 月 24 日

曲禁

报载《你不要走》及《桃李争春》二曲，有禁唱之说。这一个空气，不知是哪一位恶作剧朋友放的。《你不要走》与《桃李争春》两曲，流行已久，检查内容，既不涉诲淫，也没有什么思想上的毛病，何致遭禁！在捏造这一个谣言的人或许是和白光小姐开玩笑，但是居然也有人信任此说，则未免缺乏常识了。过去《桃花江上》一曲的明令禁止，已属绝大的笑话。《你不要走》是一个悲哀的调子，不涉暧昧，即《桃李争春》也将男女之私写得十分蕴藉，此而欲禁，则天下将无可唱之曲了。

《海报》1945 年 4 月 24 日

歌手诨号

文敏奏歌于大中华之日，制广告时为之上一嘉号，曰“小云雀”。云雀啁啾于高空，以之比拟女歌手，犹不失其崇高。及后金门称顾若兰为“热女郎”，已视之如舞娃。更有以“小夜莺”为逸敏诨号者(似发现于某舞厅广告中)，夜莺惟以之喻街头神女，最为恰当，歌手尊严，亦以小夜莺呼之，讵非亵渎？然而此中人之有诨号，始作俑者,实自下走,此则不能不引咎自责,内疚无已也。

《力报》1945 年 4 月 25 日

付之一叹

报端时常看见电影演员对京戏发生兴趣的消息,我总觉得很奇怪,为什么这些时代艺人的思想会如此开倒车?后来也就明白了!这些人对于第八艺术,本来是不懂什么的。譬如像某女星,不过是一块做姨太太的料,你要叫她懂得如何才是时代艺术,哪里能够呢?

直到现在,一句“金井锁梧桐”还有人当作大问题似的研究着,咱们中国就充满了如此这般的思想家,电影演员之对京戏发生兴趣,也就是无怪其然了。

《力报》1945 年 4 月 29 日

《丁格铃鼓铛》

近日酒楼餐肆间,酗酒之徒充斥,或则举箸击盎,发为一片叮叮当当之声,以扰乱他人清听。或则跃登乐台,不问音节,厉声纵歌,于是纵为第一流酒楼,以此等人之混迹,高尚气派亦扫地以尽焉。

《丁格铃鼓铛》一曲,近日颇流行于歌唱女郎之口。一晚,有人致一字条与若兰,句其歌此曲,书曲名曰“拎格拎裤裆”,则出于佻达少年手笔,其意盖在吃豆腐,非为欣赏歌喉矣。

《力报》1945 年 5 月 4 日

百万金

近日同文间纷传下走得百万金。按:此说事出有因,而查无实据,盖所谓百万金者,人家有这么一句话,而下走固未尝接受也。最近途遇旧日《新闻报》一同事,据谓《新闻报》一职员退职,有三百万金可得。今日小型报与大报篇幅无殊,大报之一笔遣散费且达三百万,小型报欲下走效劳三个月而仅畀百万金,宁非相形见绌? 故下走宁摒百万金而勿欲。在今日之下,百万金于下走实亦无济于事也。

《力报》1945 年 5 月 14 日

水果

我喜欢咀嚼糖果,同时也兼嗜水果,对于上海人所说的"麻栗子",尤为爱好。过去栖迟香岛时,曾大快朵颐,真有"日啖荔枝三百颗,不妨长作岭南人"之乐。现在局处沪堧,不要说荔枝没有指望尝新,就是普通的橘子、苹果,也绝鲜佳品。昨天以两千元的代价买了两只橘子,两只苹果。苹果已如鸡皮三少,缺乏水分,橘子则苦而不甘。想起九年前病牙之时,一元钞票买六十只橘子,只只酿甜如饴,恍如隔世。

最近一度回里,家中庭前的葡萄架,益发有绿荫如幄之观。据三妹说,到了夏天,葡萄结实累累,去夏曾吃了一个饱,劝我今年暑伏之时,也回家尝尝自己家里的土产。我当时诺诺连声,倒真想为葡萄而"一骑红尘"。可是现在划算一下,火车票白市卖到一万二千五百元一张,来回川资即需二万五千元。花数万金吃一餐葡萄,这享受未免太奢侈,只好罢了!

《力报》1945 年 5 月 15 日

王渊女士的风趣

王渊女士是一个风趣的人，她的风趣表现在她的谈吐里，表现在她的文字里。

与王渊女士正式对谈，是在她驾临碧萝厅找我的一次，我正在吃着音乐午餐，我用着最普遍的应酬话问她："吃过了饭没有？"她说吃过了。于是她坐在我对面，监视着我吃饭，这呀那呀的发表着她的话。她的话十句有九句是开玩笑，几于使我真的为之喷饭。

最近她在《语林》上发表了一篇《裸体男子》，写得和她的谈吐一样的风趣，因此我也去了封信向她索稿，她依旧以梁太太为中心人物，写了一篇《男同学》给我。看到完，我打了好些哈哈，原因是她不但文字写得风趣，而且还媵有信笺一纸，信上写上了另外两个预告题目，最后饶上了"你还高兴要吗？不知道我还高兴写吗？"两句话，这简直不仅风趣，而且顽皮，我想，要是王渊女士高兴写一个闹剧，一定会打倒杨绛女士的。

请让我做一次广告：王渊女士的《男同学》将在六月号的《春秋》中刊出。

《力报》1945 年 5 月 25 日

莺之歌

上月间，欧阳飞莺曾拟与云云联合举行歌唱会于兰心，日期且已简定，不幸突患盲肠炎，于是此一计划，遂未克实现。飞莺偃卧医院中凡三来复，以割治经过良好，故出院兼旬[①]，引吭已无大碍，因拟将向时所计议者，重负实施，比方与兰心接洽日期中，大致将

① 兼旬，指二十天。

俟诸下月尾。飞莺俟歌唱会举行后,容有再度出山重展歌喉可能,近时以白光之期满退休,郑晓君离沪他去,以及兰苓、玟瑛、梁萍辈之隐居不出,顿使歌坛情状趋于落寞。甚望飞莺真能投袂而起,茫茫坠绪,庶几可拾耳。

《力报》1945 年 5 月 26 日

张露的"客串"纠葛

延请女歌手是一件相当麻烦的事,过去顾若兰的过房娘介绍若兰进南华,事先我曾问过若兰是否还在萝蕾唱? 若兰说:"早已脱离了!"然而若兰加入南华后,终于引起了萝蕾方面的误会,据说是手续没有清楚。自经此麻烦以后,下走遂视延请女歌手为畏途。

最近,韩森舞师也遭遇了类似的麻烦,韩森舞师与女歌手张露素稔,最近因顾若兰赴苏州,韩舞师提议请张露客串,这事由韩舞师一手包办,我没有过问。及至韩舞师与张露谈判告成后,复引起萝蕾当局的不满,原因是张露不仅在米高美与时懋唱,也兼在萝蕾唱,南华当局与萝蕾的主持人,交谊素笃,为了此一纠葛,几乎弄得很窘。

大中华咖啡馆的音乐歌唱部分,本来也是我负责的,自从文敏不辞而别后,我不敢再多事,所以后期的潘秀娟与云燕,都非下走所罗致。最近又加入了一位菲律宾小姐,我是连名字都叫不出,也不想知道,盖"闲事少管,饭吃三碗",相传亦为金科玉律之言也。

《力报》1945 年 5 月 30 日

李杜

最近有两个不法警士，在跑马厅枪决，一个姓李，一个姓杜。在我国的文学史上，诗圣李白与杜甫并称李杜，过去东北又曾出现过一位李杜将军。李之与杜，倒是时常发生连带关系的。

《力报》1945年5月31日

唱片税

《凤凰于飞》的插曲，有十一分之八由周璇在百代公司灌了唱片，最近已经出版，每片两曲，共计四片。我有一笔唱片税可得，据丁慕琴先生告诉我，为数是三万余元。

我以为除了版税以外，唱片一套，总是“分所应得”的，谁知询问之下，回音是无此规矩。这一笔唱片税，我还没有去领，据说每一张唱片的白市价格是四千元，但白市不易购得。大概买四张黑市唱片，再加上领税的一笔车资，三万余元的版税恰巧可以收支相抵。

《力报》1945年6月7日

夜花园

王渊女士问我：“今年的夜花园，哪儿最好？”我一时简直回答不上来。上海的夜花园，除了僻处西区的以外，在中区不过寥寥三数家。西区的阿琴梯娜、伊文泰[①]之类，近来作何情状？我简直不十分清楚。中区的新仙林[②]与丽都[③]，最近又传出了打烊的消息。

---

① 伊文泰夜花园，位于愚园路1238号。
② 新仙林夜花园，位于静安寺路（南京西路）戈登路（江宁路）口。
③ 丽都花园舞厅，位于麦特赫司托路（泰兴路）爱文义路（北京西路）口。

除此之外,在中区的似乎就只有大都会[①]了。大都会的花园部分,规模较大,如果模样儿与去年无异,小坐纳凉是较理想的去处。不过老天靳我清福,这地方说远不远,我却还没有光顾过,原因盖在无冗可拨。新开幕的丽园[②]与香雪园[③],如果喜欢听听音乐,跳跳舞,应该上丽园去。要是您爱好清静,愿意静静地躺在藤椅上乘乘风凉,那么香雪园较为合适。王小姐,你自己挑吧!

图 21　夜花园广告,刊于《新闻报》1941 年 7 月 5 日

《力报》1945 年 6 月 14 日

冷面之值

冷面本是平民化的食品,即使丢弃露天冷面不谈,较高贵的在咖啡馆里,去年夏令的代价也不过是每客八十金。今年,西藏路某

① 大都会花园舞厅,位于戈登路 56 号。
② 丽园夜花园,位于威海卫路 926 号。
③ 香雪园,位于泰山路(淮海路)990 号虹桥疗养院巷内。

咖啡馆的冷面，上星期标价二千五百元，现在已涨到三千二百元，再加上捐小两项，就得溢出四千元大关，再也平民化不起来了！不过想一想，吃五只汤团要一千八百元，再加上两倍吃一碗三丝冷面，另外还有音乐、歌唱可听，毕竟还是便宜的。

《力报》1945 年 6 月 16 日

吴艺海两度进医院

吴承达兄尝辑《新闻报》之《艺海》，因得“吴艺海”之号。最近，承达兄患伤寒症入医院。尝与一友约往视之，友言当以三轮车来载我，顾候至数日不至。有人传言，谓承达兄已出院家居，以为兄殆幸占勿药矣。一度向黑子兄叩承达寓址，欲往问候，顾迩来尘事鞅掌，几无片刻暇，问病之行遂卒卒未果。比又闻兄疾转恶，复入医院，而医院之名非所悉，因之欲探省而无从。十年老友，相知非不深，而老友病榻之畔，初未有下走一语相慰问，下走之罪愆深矣！会当摒绝丛脞，诣吾友之家一问询，然后觅吾友于医院，为之作痊可之默祷。（也白[①]按：据黑子云，承达兄病况已好转。）

《力报》1945 年 6 月 20 日

心气宽柔

于女歌手中选殊色，予不取兰苓，而取韩菁清。兰苓躯体庞然，惟堪以之匹莽夫，勿若菁清之婉娈可喜耳。柳絮兄以“心气宽柔，其声温好”八字为菁清定评，予于后一语无闲言，惟“心气宽柔”

① 黄也白。

四字，则菁清犹不足以当之。菁清鬻歌碧萝厅时，为了一张照片，至唆使赳赳武夫，驾临动武，遂颇以为菁清气度，毋乃过隘。惟“心气宽柔”四字，柳絮兄以之谏菁清，藉代耳提面命，则亦殊用得其当耳。

《力报》1945 年 6 月 21 日

谈何容易？

王渊女士传达梁太太之言，说：“无花无园，不凉不静，都没有关系，要紧的是身旁要有一个谈得来的好朋友。”这倒和鍊师娘的“但使两心相照，无灯无月何妨”是英雄所见略同了。

我对梁太太的见解，既不反对，也不赞同，是个蝙蝠派。因为谈得来的朋友事实上是谁都需要，然而谈何容易呢？肺腑之言，未便乱谈，浮泛之言，则谈也无聊，所以如今的我，只是不谈不谈！

至于“随侍在侧”者，这大概是指女朋友，在我的眼睛里，现在的小姐们都是高贵的，只怕结果是反而要叫我做个随侍在侧者，那么，暂时我还没有这个闲情逸致。

不过我很愿意别人有谈得来的朋友随侍在侧，所以对于梁太太的主张，我并不投反对票。

《力报》1945 年 6 月 24 日

不袜

炎夏既降临，女子之不袜者渐多。特今夏女子之不袜，非尽为趋时，兼亦有关经济问题。盖一袜之值，动需万金，此在户头不多之女子，实不得不与其奢也宁俭也。

曩年南京市长刘纪文夫人徐淑珍，以十四元市袜一双而使舆论哗然，使在今日，当有诋舆论为少见多怪者矣。

予颇勿喜女子不袜，盖以若侪能“六寸圆肤光致致”者少，街头见露胫之女，往往瘢痕密布，一若梅毒已进入第三期，睹之辄栗栗危惧，使此辈而为欢场女子者，实非勾引狂蜂浪蝶之道也。

《力报》1945 年 6 月 27 日

为柳絮兄作伐

柳絮兄独处无耦，颇拟为之任蹇修，坤方亦兄所素稔，且旧尝致其缠绵之情者，顾窥测兄之意向，似欲欢场中弥绝色，而温婉达礼之名门闺秀，殊不为兄所重，遂踌躇而未敢执此斧柯。其实欢场女子，纵有殊色，然桀骜之难驯，又乌足为书生之耦？温文尔雅如柳絮兄，百年良选，还当求之于大家，而兄殊不此之图，得一知己，寻又置之，独好与无灵魂思想之一二女歌手，双车并载，浪掷精力，实不能不为贤者惜。窃愿兄能稍稍拓展其目力，以来日之闺秀静好为念，则红丝之系，下走固不辞一举手之劳耳。

《力报》1945 年 6 月 28 日

《战后晚上六点钟》

苏联影片《战后晚上六点钟》，在华懋饭店[①]八楼试映，已获先睹。是片之编剧者为顾歇夫，导演为彼里亦夫，司音乐者为赫仑泥科夫，摄影为巴甫洛夫。两位男主角，则为萨姆依洛夫与柳贝茨诺夫，大名中俱有“夫”字，殆苏联有“人尽可夫”之风俗耶？

---

① 华懋饭店，位于南京路 20 号。

片中有歌唱，有跳舞，有战争场面，亦有拥抱接吻镜头，模仿好莱坞影片，可谓不遗余力，故事亦略似《魂断蓝桥》，最后男主角践约于桥头，为尤肖焉。

空袭及克林姆宫场面，虽用模型，但看起来已甚伟大，惟全片用俄语对白，苟不加译华文字幕，虑不易为上海男女所了解耳。

《力报》1945 年 7 月 3 日

睡态

自来文人笔下，每以“海棠春睡”“睡莲”一类字眼，形容女人睡态。其实女人纵然是绝色，也未必睡态尽妍。向时尝见素负艳名的某女明星于街车上，时在凌晨，女星颊上仅留了些残脂剩粉，仿佛斗败的母鸡一头，为状乃觉奇丑。因想象及于此女宵来梦酣之时，说不定还有口角流涎一类怪模样，虽是臆测之词，然根据平生经验，此臆测虽不中亦必不远。

图 22 《贝壳》，袁犀著，北京新民印书馆 1943 年 12 月 10 日刊印

曾获得文学奖的华北作家袁犀所著《贝壳》一书，曾描绘及于人之睡态，这里且作一次文抄公：

> 睡态所表现出来的人，是那样愚蠢，那样难看，张着口，紧闭着眼睛，那相貌是何等丑陋，何等愚蠢。这时的他们，机智失去了，阴险失去了，而在梦中受到惩罚而蓦然惊觉的时候，

那神态真是可怜可笑的。睡态是很诚实的姿势，无论如何的大智者，他的睡眠的姿势一定非常可笑，非常不聪明的。与蠢人一样，这是很奇怪的。

他的话可说是最透彻的睡态不美论。

无论哪一位小姐，她要是反对睡态不美论，自认为她的睡态足与“海棠春睡”或“睡莲”相比拟，我总不信，除非她睡给我看。

《力报》1945 年 7 月 4 日

歌唱会中的献花

歌唱会中有献花节目，此俑作自李香兰。此次欧阳飞莺之歌唱会亦有之。第三日登台献花者，有一邵小姐，以花环授飞莺，其人盼倩淑丽，诧为生平所未觏。闻邵小姐为纱布巨子邵文楣先生掌珠。邵先生平日课子女严，宜其闺中之秀。

予于歌唱会之献花，不甚赞可，以为足以破坏优美之气氛。惟得一佳丽登场，出其纤纤素手，奉献花一束与歌唱者，则情调之美，又视为不在“泼露戏姆”①以内之意外收获焉。

《力报》1945 年 7 月 17 日

写扇

今年要我写扇子的人并不比去年减少，但是我一把都没有写。原因并不是懒，也不是怕热，主要的是在生活高压之下喘息不遑，实在匀不出悠闲地挥翰的时间，于是扇面原封不动地将抽屉视作

① “泼露戏姆”，programme 的沪语音译，“节目单”之意。

高阁,不过仅是搁置而未加束。

生平未尝临池,更不知我的字近于哪一种碑,哪一种帖,因此我总怀疑我的字怎么有资格上扇面? 然而写还是有人要我写,这是瞧得起我,我还能摆架子吗? 待天凉快了,或许我可以空闲一点,那时候一定一一报命,也许到诸位手里已经成了秋扇。不过我的字实在也是八月之花,本来不足以登大雅之堂,你们把它捐弃了最好。

《力报》1945 年 7 月 21 日

爬得快

有人在酒楼宴客,席间谈笑风生,一客以谀之者众,忽自谦曰:“我也想不到爬得这么快。”邻座某甲,素不识其人,聆其言,以为此人非新跻高位,亦必是银行界巨头,因与之交换名刺。一看之下,那人的名刺上有头衔一行道“××区第×联保队队长”,因为之哑然失笑。

事后,某甲从同座者口中得悉此人原是一爿肉店老板,操刀而割的屠夫出身,在这个“蜀中无大将,廖化作先锋”的时代,此人也由肉店老板一跃而为联保长,无怪他要有“想不到爬得这样快”的得意之言了。

“爬得快”之言,殆不能为肉店老板娘所闻,否则难免要耳提而詈曰:“我又没有挑你做乌龟,什么叫爬得快?”

《力报》1945 年 7 月 25 日

我咬你

女歌手某以妖冶佚宕著声歌坛,风流韵话传播于人口。一日,聆其在麦格风畔唱《我要你》，厥声乃绝似“我咬你”，为之失笑。或曰，此女于推襟送抱，情不自禁之顷，固有“咬”之习惯，“我咬你”盖为本人写照也。然而以歌坛之星而具虎狼之吻，未免使人闻声惊怖耳。

《力报》1945 年 7 月 28 日

误会

翻译作品取径偶同，这仅能说明是巧合，与抄袭盖截然有异。过去我编《万象》时，曾有读者来函举发抄袭，那是指沈某的一篇短篇小说而言。当时为了姑存忠厚，仅节刊原函大意而未揭露篇名人名。谁知因忠厚一念，却累了盛琴僊生了一肚子闷气，直到现在。这真是想不到的事。

原来是盛女士误会了！盛女士曾为《万象》译过一篇《希特勒的罗曼史》，上篇刊出之后，盛女士来信声明坊间已有译本出版，嘱将下篇掷诸字簏。

我以为译文不妨各存其真，所以下篇依旧续载。再下一期，恰巧发表了举发抄袭的来函，于是盛女士以为是指她的译作而言，一直怀恨到现在。

生平曾屡次给人衔恨着，而事皆出于别人的多疑。关于盛女士的误会，要不是也白兄告诉我，又是一件无可昭雪的沉冤了！

《力报》1945 年 7 月 29 日

不参与博局

过去也偶然参加博局，厥因在于视死如归，藉此可以排遣一部分无聊的光阴。现在摆脱了家室之累，一颗心安定下来，于是不再想参与博局，工作后的需要厥惟酣眠。

赌博的结果永远是一个未知数，心理上的要求则是侥幸，这与证券市场中的投机无异，而更坏的则是共博者无非友好，赢朋友的钱未免不道德，输则对不起自己的血汗之资。所以从理智方面说，赌其实不足为训。

丢开胜负不谈，在精神上亦仅有百脉偾张的刺激而无身心舒泰的享受，在高血压者且不无脑充血的危险(过去不乏摸得一牌和了辣子而大笑身亡的例子)。我的血压虽不高，但宁愿花一注有限额的钱在咖啡馆消磨若干小时，却不愿耗费精神及思想于博局。不过我并不反对别人赌博，在缺乏正常娱乐消遣的上海，偶然来脱八圈解解闷是情有可原的。但卜昼卜夜，沉溺其中，就不足为训了。

《力报》1945 年 8 月 1 日

观《大饭店》

看《大饭店》于大上海，对于此片中的新人演技，我不欲予以苛刻的批评，因为我是准备失望的，不过有两点瑕疵，似为编导者所未觉，第一是董事长未经董事会议决而擅自宣布解除经理职务，似乎不合公司组织法。第二是工读学生升任领班，领班照例须全日服务，如此岂不将影响于“济”?

对于此片，我应该寄予好感，因为广告主任有升任经理的希望。不过我们的经理律己与御下同样甚严，并非周起所刻画的那样一流人物。

《力报》1945 年 8 月 2 日

聚餐

据说星社现在还时常举行聚餐，方法是每人自携菜肴一器。由于酒菜肆的筵席取价奇昂，采取此项各人自备的 picnic 方式，是甚合于经济原理的。

我也是星社一分子，但战后从未接到聚餐的通知，据说现在参加星社聚餐的也仅是有限的几位，人数并不多。事实上在今日举行大场面的聚餐诸多不便，采取小组织的原因或即在此。

凤集的聚餐会也许久不举行了，凤集分子庞杂，以适可而止为宜。不过像星社那样小组织的聚餐，似乎不妨提倡。

《力报》1945 年 8 月 3 日

上海病

听说大郎兄患了严重的病症，倒很替他担忧，后来才知所患得不过是上海病，这在我倒是过来人。上海病的实际名称是登革热，病发时竟体乏力，有高度寒热，我往年患此病时，曾进医院，困了一星期，病也就好了。当时吃了些什么药已不很记忆，总之并非特效药，因为这病是没有特效药的。

有人说："患了上海病，只要憩养，不吃药也会好的。"这话也许是实情，但是患了病不请教医生，未免不放心。所以这一笔医药费，只好硬伤①。

《力报》1945 年 8 月 13 日

① "硬伤"，沪语，"硬着头皮上"之意。

蹇先艾

蹇先艾先生寓书下走，信封上写“贵州花溪蹇先艾寄”，花溪盖贵州大学所在地也。重庆有海棠溪，贵州有花溪，但看名字，便可以想象其地风景之美，为之神驰。

行道上，一人挥臂赶路，手触一妇人之臂，妇人以其魁梧，詈之曰：“烂浮尸！”予视妇人，甚肥，脸上密布着脂粉，遂如鸠盘茶[①]，以为此肥丑之女，而詈人曰“烂浮尸”，倘亦所谓明于责人，昧于责己也。

虹口街屋，墙上犹有“利比儿”“万人油”之类广告可见。香港路上之“亚兴仓库”四个大字，亦至今未除。山海关路上育才中学墙外，则“工部局育才中学”之原名犹存。凡此令人睹之，几犹身处敌伪盘踞时代，而租界亦未收回也。

《海燕》[②]1946 年第 1 期

应云卫

应云卫先生从汉口回来了，我还是在抗战初起的一年，在汉口的杨森花园，和他见过几次。那时他正在拍《八百壮士》一片。屈指算来，也有八年契阔了。很想找他叙旧一下，苦于不知道他鸾栖何度。有一天晚上，忽然在中电摄影场不期而遇，虽然是八年契阔，总算还不至于相见不相识。他是和他太太同来的，看来风采依旧，和八年前没有两样，只是门牙却脱落了两颗。他笑着说：“我成

---

① “鸠盘茶”为一种食人精气的鬼类，形如瓮状，为南方增长天王所统领。由于该词被认为是“冬瓜”的梵文鸠摩拏的转讹语，因此此鬼又被称为“冬瓜鬼”。此外，又作魇魅鬼或瓮形。此鬼相传为引起鬼压床的真正原因。

② 《海燕》周刊，1946 年 3 月 1 日创刊于上海，属于综合性刊物，由海燕周刊社编辑并发行，地址在南京西路 96 弄 F2 号，自第 12 期起搬迁至上海公馆马路笃行里 16 号。

了无齿之徒了!”此公是个风趣人,八年的艰苦生活没有磨灭掉他的风趣,这真是可喜的事。

我以为应先生回来了上海,总有个长时期的耽搁,知他隔一天就要走,原因是他领导的中华剧艺社的全体人马都留在汉口,要在汉口的文化会堂上戏,就等候他去。于是我们以在道契阔始,以话别终。应先生为话剧而奋斗,至今依旧努力不懈,因此越发使我觉得《戏剧春秋》一剧的纪念意义的可宝贵了!

《海燕》1946年第2期

欧阳飞莺上银幕

欧阳飞莺小姐将上银幕,有人知道是我的推荐,笑着对我说:“你再捧下去,也许她要更骄傲了。”另一位说:“也许有不认识你的一天。”朋友们的话自然是好意,我自己也知道自己有好管闲事的毛病。不过朋友们如上的论调,在我的感觉上,认为仅是一种感觉。

第一,一个艺人有一点骄傲,在我看来是不足为病的,十年窗下,一旦有了成就,这是谁都可以骄傲的,为什么不能骄傲呢?骄傲的本身是无罪的,问题在是否有值得骄傲的地方。第二,我欣赏一幅石涛的画,赞美画笔的神化,目的原不在要那幅画认识我。同时,只要是一幅画笔神化的画,即使是出于一个无名画家之手,即使是悬挂在别人家的厅堂里,我也是一样爱好欣赏,一样会发出赞叹之声的。

对于朋友们的带一些玩笑性的忠告,我想作如上的解释。同时,我倒很希望飞莺小姐真的能够更骄傲,甚至不认识我,因为如果当真有这么一条,我的推荐便是成功而非失败了。

《铁报》[1]1946年3月15日

参议员的高论

自从胜利到现在,我所目睹的一切的一切,都是很自然的,合理的,似乎没有什么怪现状。不过,有一天晚上我做了一个梦,倒觉得有些儿怪,因为在梦中,我忽然做了一个速记员,在会议席上担任速记工作,下笔很快,俨然是一个技术熟练的速记员。而事实上,我对于毕德门派或是格里格派的速记术,都是向无研究的。

梦是飘忽的东西,醒来之后往往是无从捉摸的,然而这一次的梦中速记,却并没有从记忆中溜去。必须说明的是我的担任速记工作,是在某一个城市举行的一次参议会席上,而我所记录的,也就是几位代表民意的参议员的高论。以下,就是我的记录:

甲参议员提议(大声疾呼):"电车非增加票价不可!你们瞧,乘客是那样的拥挤,再不设法限制,电车一定要挤破了!"

乙参议员附议:"对!对!电车要是给那些蚂蚁一般的乘客挤破了,势非添造不可,这未免损失太大了!非加价不可!"

众参议员鼓掌。上项提案一致通过。

丙参议员提议(笑嘻嘻地):"现在顶一个亭子间,也要讲条子,这完全死因为房租太便宜了,才造成这种风气。要消灭条子顶房子的风气,非普遍增加房租不可!"

---

① 《铁报》,1929年7月7日创刊于上海,由上海铁报馆编辑发行,馆址初位于上海新闸路1013弄4号,后迁至上海南京西路580号。1932年"一·二八事变"后停刊,旋复刊。1937年抗日战争爆发后又停刊,1945年10月10日复刊,号数另起。该报为《铁报》的复刊号,由毛子佩创办,日出一大张,四开四版或六版,内容主要为国内外政治新闻、上海社会新闻、影剧花界珍闻和文艺作品。

丁参议员附议:“对呀！而且,房租普遍增加以后,房捐的收入,也可以大量增加了呀！这真是有助于市政的贤明计划。”

众参议员鼓掌。上项提案一致通过。

戊参议员提议(理直气壮地):“我觉得,娱乐捐征收百分之五十,这实在太便宜了！现在好些地方都闹着饥荒,好些人在啃树皮过日子,而我们这些城市里的人还有娱乐,享受上真是太写意了！我主张应该多捐一点,增加到百分之一百。”

己参议员附议:“对！对！他们有钱娱乐,要他们多捐一点也不要紧,百分之一百不算多!”

众参议员鼓掌。上项提案一致通过。

会议终了后,我迅速地放下速记笔,扯住一位参议员,问他为什么在开会的时候打瞌睡?他用手指向他的嘴指指,发出了“哇哇”的声音,我明白了,原来他是个哑子。

我又赶出门去,抓住甲乙丙丁戊己六位参议员中的任何一位,请他们解释一下,因为我虽然将他们的高论记录下来了,但心头实在有些疑惑。不料当我追到门外时,那几位参议员大人,都已经钻进了他们的自备汽车,我拉住了一辆汽车的车门,口还没有来得及开,汽车“woo”的一声,已经像箭一般的射去,我来不及放手,一个龙钟,给摔倒在地上,接着后面的一辆汽车,便在我身上碾过,我骤然觉得一阵剧痛,就在剧痛中惊醒过来,吓出了一身冷汗。

我张开眼睛看看,房间里一片漆黑。我不知我是醒来了呢,还是依然在梦中?

《铁报》1946年4月25日

讨厌的胡琴

我对于胡琴的憎厌实在由来已久，童年时代就因为里弄中的胡琴声打搅我的睡眠而厌恶着它，因此对所谓“京戏”也缺乏好感。京戏里的胡琴左不过西皮、二簧、南梆子、四平调那一套，固定得几于像扬子江的航线，简直说不上旋律。而里弄中的操弦者，更始终停留在“公公四尺长”的阶段，你要是百年以后能够再世为人，听到的保险还是“公公四尺长”呢。

胜利以后，盟军到了上海，胡琴获得了“中国梵华铃”的别署，在胡琴的本身是荣誉，而荣誉的本身则是耻辱。人家的乐器已经进展到电器时代了(管钥着整个乐队的汉门风琴即利用电流，吉他亦有通电流而弹奏者)，我们还停留在竹器时代，怎能不气沮？

因此，在胡琴小贩得意地赚美金票的时候，我更憎恶胡琴。

又是夏季了！晚上，里弄中响起胡琴声，今年的“公公”还是“四尺长”，想来体重也不会增加。然而，我对于古老的丝竹并不是完全憎厌，如果里弄中能偶然走过一个卖糖的老人，吹起一支饧萧来，我是会俯首窗前倾听的，可惜现在的巧格力糖、留兰香糖充满在街头的小型玻璃窗柜中，一缕由饧萧带来的淡淡的古典的情趣，不能在原子时代的深巷中找到了。

《铁报》1946 年 6 月 30 日

还珠楼主南来

还珠楼主李寿民先生，以《青城十九侠》《蜀山剑侠传》说部蜚声南北，去岁一度莅沪，以百新书店主人徐少鹤先生之介，共樽酒于市楼，聆先生谈吐，知先生足迹遍西北诸省，游屐且远至青海，见闻既广博,宜其纵笔所至,乃多诡奇之故事也。此后又一度聚首于大中华咖啡座上,未几而先生北归,原约于秋凉重来,而日人泥其行,坚挽先生合作,不则禁止著述,先生遂废笔耕。及胜利,遂又以文字与读者重相见。此且二度南来,存问故人,因又获与先生聚首。先生以友好挽请,有久居海上意,下走遂代《大众夜报》及《茶话》月刊,各匄先生治一长篇,先生慨然诺,故向往于先生武侠说部之读者,不久且可讽诵其新著矣。先生仪容伟岸,有裘马轻肥之概,而操吴语至清柔,则又不类燕赵慷慨悲歌之士也。

《铁报》1946 年 7 月 20 日

如何对得起朋友?

大中华咖啡馆将以五千万金出盘,而分配于各股东者,才五百万金,盖亏欠达三千万,职工解散费又需一千数百万,于是可以摊还股东者,遂只及十分之一耳。大中华初创之时,颇获盈余,其后经理部改组,事遂不可问。最滑稽者,厥惟一度取消西菜部,庖人各给三个月薪金遣散之。三个月以后,西菜部又恢复,仍延旧庖人主持其事,是无异请他们在家纳福三个月,而工资则照给也。又有“不能不用”之职员,向经理部陆续借款百数十万,这笔宕账,现在亦欲归公司承诺。凡此治绩,以主持人胥大企业家,要自有其坚强之理由,下走不敢置喙。惟大中华发起之初,下走集股款七万金,七万金在当时,宜及今日之三百五十万,而兹则一万金仅能以五万金偿还之,真不知将何以对朋友?计惟向朋友哀告曰:“足下譬如投资于华影,今日乃分文无着,则大中华之五倍还本,犹差胜于无耳。”

《铁报》1946 年 8 月 31 日

送白玉薇北归

文艺坤伶白玉薇小姐，北归有日，赋诗送之，以代饯行，亦经济办法也。

此来暑气恰如蒸，难得汝犹台照登。
演戏何分京与海(注一)？谈情却怪爱兼憎(注二)。
昨宵大陆徒通电(注三)，何日新都再饮冰(注四)？
但愿鸾笺常见觇，休教鱼雁久无凭。

注一：玉薇演海派本戏，评剧家著文论之，辄期待以为不可，真迂夫子之见也。

注二：玉薇与石大城医士谈恋爱，爱其诚笃，而又憎其木讷，最为滑稽。

注三：昨晚打了一个电话到大陆饭店，始知白小姐已迁居。

注四：白小姐此来，仅一度邂逅于新都，请她喝了一杯冰汽水。

《铁报》1946 年 9 月 16 日

刘航琛誓不吃芡实

曾任四川财政厅长之刘航琛，其夫人陈玉英，以吞服安眠药逾量而死，吾报已数记其事。闻诸人言，刘夫人在仰药前一小时，尝手剥新鲜芡实(沪人俗称鸡头肉)，煮熟后进刘充饥，伉俪情深，于此可徵。故刘夫人逝世后，刘氏乃立誓不复食此物，盖虑触景心伤也。

刘夫人生前极好客，胜利前，刘氏夫妇居重庆南岸之汪山，刘氏友好，有天晚不及回北岸者，辄下榻刘宅，刘夫人每殷勤招待，礼数甚周。刘氏友好，罔不盛称其贤，以是刘夫人大殓之日，趋车往吊者綦众也。

《铁报》1946年9月25日

陈伯庄视察机厂另一说

日前本报尝刊《陈伯庄观潮挂专车》一文，记两路局长陈伯庄赴钱塘江观潮事，与下走所闻，略有不同，据服务于两路局之一友人言：陈伯庄之赴杭，实系与墅堰机厂之郎厂长，并工程师等一行八人，往闸口视察机厂情形，及其返沪，其堂妹陈延荔始附车同行，陈延荔小姐服务于铁路医院，诚为事实，惟赴杭则早于陈局长，盖为另有公干而去，非陈局长携之而往也。按：两路局长有事出巡，例得另挂专车，此次陈氏之行，恰值潮汛之前，闻者殆以此而误为观潮耳。

《铁报》1946年9月26日

满城风雨近重阳

在长时间的燠热之后，继之以陵雨盲风，连绵不断。天怒，人亦怨。重九佳节，转瞬即逝，满城风雨近重阳，也许风风雨雨正是时令的正常表现。但愿重阳一过，暴风雨不要来临，否则上海要变成东方威尼斯了。

《铁报》1946年9月28日

赠姚萍

风姿谁似汝轻扬？况复人前工引吭。

装束何妨求冶艳，鬓丝真好染金黄。
舞腰倘许擐三匝，歌曲不辞写一章。
未敢遽存交换想，如蒙首肯定相当。

有人称姚萍小姐为歌坛一怪，亦不过以其饰貌特异而已。其实少艾之女，何妨靓装刻饰？下走于姚萍小姐，颇存倾倒之想，则以其腰肢纤细，以为擐之而舞，定有奇趣。苟姚小姐而许我躚步三匝者，会当写歌一章，以代赞美之诗，使姚小姐引吭于管弦乐中，倘亦一时佳话也。一笑。

《铁报》1946 年 10 月 2 日

冒舒湮双十节结婚

名作家舒湮，为如皋水绘园主人冒辟疆公子之后裔，诗人冒广生之哲嗣，原名孝容，过去曾上过舞台，演《明末遗恨》中之孙克咸，编过《岳飞》《浪淘沙》等几个剧本。胜利后由大后方回沪，任职敌产处理局。最近，他已经觅得了新对象，名吴玉润，将于双十节在南国酒家举行婚礼。

《铁报》1946 年 10 月 8 日

一日两嘉礼

予先后辑《万象》《春秋》二杂志，得徐慧棠、沈毓刚二兄助力甚多，二兄一就读于震旦，一就读于之江，胥青年学子，而爱好文艺，初时各以稿来，文笔俱流畅，遂通缄札，终定为文字之交。今毓刚兄任《申报》记者，慧棠兄则主《前线日报》笔政，俱活跃于新闻界，而交亦相契。最巧不可阶者,则月之二十日,二兄同成嘉礼,慧棠兄与曹秀菊女士,结褵于万象厅,毓刚兄与雷兰女士,结褵于上海酒楼,选择良辰,不谋而合,下走是日遂成两面赶场之贺客。先诣上海酒楼,坐片刻,复至万象厅,则以徐曹之婚,予忝为介绍人,遂不及观沈雷成礼,是为憾事。两新娘中,曹秀菊女士旧曾见之,是为前岁春日,集《春秋》文友为近郊之游,曹女士与慧棠兄共参加,曹女士娴摄影,尝为游侣留影于江湾之叶家花园,而其人亦秀润如玉,足为慧棠兄佳偶。惟毓刚兄与雷兰女士谈爱时,秘不使人知,及嘉礼举行之日,予又分身乏术,遂不获一觇雷女士风貌。以意度之,兰为国香,当不让傲霜之菊专美。稍俟数日,会当款宴二兄伉俪,看兰菊竞爽耳。

《铁报》1946 年 10 月 24 日

丁芝的襟度

过去,我想象中的丁芝小姐是“在家庭中她是丈夫”,及至和丁小姐数度晤对之后,才知我过去的臆测犯了绝大错误,因为丁小姐的个性,和我的想象适得其反。她是那样的柔婉仁恕,无论在谈吐中,作品中,都流露了她的温良的性格。举一个例,最近丁小姐看过了琪恩·泰妮主演的《狂恋》,她对于女主角的暴虐的爱的占有欲并不同情,她在所写的批评文字中说:“何必做这种损人不利己的事呢?”即此就反映了丁小姐秉性的纯良。说实话,我起初对于那位女主角是寄予同情的,读了丁小姐的文字以后,我才内疚起来,丁小姐的那一份优美的襟度,我实在自叹不如。

外形的美,徒足炫耀于一时,惟有内心的美,才是使家庭间增加和谐气氛的因素。要是我做了屠光启,我宁愿放弃欧阳莎菲,选择丁芝。

《铁报》1946年11月29日

失恋后的情书

有一位音乐家失恋了,在他的恋人结褵之日,将一束旧时情书派人送到酒楼上,交给正在化妆的新娘手里。失恋固然是悲哀的,但当自己的心上人背弃了自己而和别人结婚的时候,以掷还情书而搅乱她的心曲,这一种悻悻然的举动我并不赞成。

一个大情人的唯一信条应该是:"爱人的人只有爱,没有恨。"而最伟大的爱则是"牺牲自己,成全他人",眼看着自己倾心刻骨的女侣和别人涓吉成婚时,即使自己有无限辛酸,也应该为她的踏上幸福之途而庆幸,而代她快慰。

如果我有一个倾心刻骨的女朋友,一旦她和别人缔结了鸳盟,我一定会将我们的恋情埋诸心底,同时检出她写给我的缄札,燃着了燐寸将它付之一炬,然后在登堂拜贺之隙悄悄地对她说:"你给我的信札已经投入了熊熊的火焰中,此后再也不会在这一个世界上发现了! 你可以放心。"

我相信,她对于我的感谢将是永恒的,纵然我成了陌路人。

《铁报》1946年11月30日

香格里拉

在《莺飞人间》中,我写了五支插曲,有一支是《香格里拉》,许多朋友问起我"香格里拉"何所取意? 实际上我的采用这一个名称，是得之于偶然的。有一天，我在 *Reader's Digest*[①] 里看到一篇关于《新几内亚的奇遇》的记载，叙述一队美国空军在新几内亚的中部，因飞机失事而降落在一个山谷里，因此发现了一片风景绮丽的世外桃源，这一个地方就叫香格里拉（Shangri-La）。由于这四个字读来很顺口，于是我就将它采作了曲名，在《莺飞人间》中列为舞台演出之一。

后来，徐苏灵先生告诉我，罗斯福总统在世时，某一次向日本广播，曾称："我们的太平洋航空基地在香格里拉。"又有人告诉我："考尔门主演的《桃源艳迹》，故事的发生地点也叫作香格里拉。"大抵"香格里拉"一语，是一个想象中的乌托邦的代名词，等于陶渊明笔下的桃花源。

在最近的无线电中，以《香格里拉》一曲为最流行，其实只是伦巴的调子感觉到热闹而已，比较可喜的应该是《春天的花朵》，由于它更富于情感。

《铁报》1946 年 12 月 4 日

只要我爱你

有一位退隐中的女歌手，不甚漂亮，不甚著名，但是她也有使男人麻醉的魅力，因此有一个广告商迷上了她，每天陪着她吃喝玩乐，更有酒肉朋友和在一起起哄，背地里还给广告商起了一个别号，叫"一曲难忘"。但也有比较忠实的朋友，见广告商所费不赀，向他进谏道："人家对你，完全是假情假意，回头是岸，你还是和她疏远了吧！"广告商听了，只是向那位忠实同志笑笑，对女歌手恋恋

① *Reader's Digest*，美国的《读者文摘》杂志。

不舍如故。

我对于此事的见解，介乎酒肉朋友与忠实同志之间，因为广告商并非三尺之童，他也是在社会上打过滚来的，女歌手对他缺乏诚意，他不会不明白。他之对女歌手刻骨倾心而至于执迷不悟，在我是深致同情心的。《桃李争春》之歌词不云乎？"只要我爱你，不管你爱我不爱！"这在一个哀乐中年的人，原也是无可奈何的心境呀！

《铁报》1947 年 1 月 3 日

饯别飞莺

欧阳飞莺小姐到马尼拉去了！此行决定于临时，就在动身的一天，她打了个电话通知我，到了晚上，我和崇文兄给她在百乐门饯别，她忽然悲从中来，淌起眼泪来了。我倒觉得劝又不是，数说又不是。

飞莺在近几年来，凭着她自己的努力，在社会上争得了一点地位，然而磨难也就跟踪而来。这孩子涉世未深，人太老实，有些事她应付不来，往往涕泣随之，有时候甚至为了莫须有的舆论，也会气得怆然泪下。我曾经劝过她说："你得向周璇小姐学习学习，这些年来，人家对周璇小姐的事，这样那样的，提得多极了，她可从不理会。到现在，周璇还是一个高高在上的周璇。"

可是，飞莺不大懂得世故人情，遇事太认真了一点，因此她还是时常郁解不开。这一晚的饯别，她有着一种凄楚的去国心情，于是哭了！我也知道她的别泪是发乎至性，然而总觉得她的孩子气太重，我太息着对她说："旅行对于你会有帮助的，你还得多磨炼磨炼。"

《铁报》1947 年 1 月 5 日

潘树藩南京撑市面

市政府接收物资管理处的标卖敌伪物资舞弊案，最近在地方法院一度开审，主角潘树藩未到，原因是他在南京出席参议会，原来他也是一位参议员老爷，这和万墨林的出席国大而不理会粮贷案的传讯，可谓异曲同工。

潘树藩在物资管理处副处长任内，据说是住在海上名件之一的小马家里的，关于物资的接收及标卖，小马曾是潘树藩的智囊，给他尽过不少的力。当时物资管理处名义上的处长是沈士华，但实际上沈士华对于处务是不大过问的，一切都由潘处理，因此他才能上下其手。潘树藩在未下台时，外面即有种种风传，有人曾向沈士华报告，促其注意，沈未加理会，现在舞弊案发，沈遂亦牵涉在内，沈士华不免后悔不迭了。

现在，潘树藩是交通银行的专员，南京中汇银行分行经理。在上海有案未结，在南京则正撑着很大的市面呢！

方式[①]

《铁报》1947 年 1 月 17 日

自琢新词韵不娇

范烟桥先生为《长相思》作歌六阕，灌片后取得酬金三十万元。烟桥先生为此写了《作歌代价》一文，深慨乎获酬之菲(见二十七日本报)。而我则有和烟桥先生相反的感想，去年我也曾为《莺飞人间》作歌五支，这五支歌在银幕上唱出了，每一种《歌选》的小册子也都选进去了。甚至灌成了唱片，到处唱着了！我有时往往对着

① “方式”为陈蝶衣笔名之一。

自己的作品騃想:“这样浅薄的东西,也有家弦户诵的价值吗?”我的自我菲薄绝非矫情,第一是自己只会作词,不能作曲,先不成其为作曲家;第二是歌曲与词章不同,歌曲要有血肉,有灵魂,而词章则虽风花雪月也未为不可。试一检讨我们所作的歌曲,血肉在哪里?灵魂在哪里?在一个方家面前,正恐犹不值一哂,哪里还能够沾沾自喜!中国无欧文柏林,遂使吾辈廖化作先锋耳!歌五阕,中电给了我五十五万元的酬报,我总是心里说:“太丰富了!”百代公司灌唱片后,黎锦光先生屡次托人带信。催我去取酬金,我至今未往,实在是觉得受之有愧呀。

《铁报》1947 年 2 月 1 日

鸿门宴

丙戌岁间,曾在吴惊鸿小姐的香闺中,叨扰了一顿年夜饭,时间是午刻,说“年午饭”比较恰当些。惊鸿小姐是福建人,因此所吃的也是福建菜,虽然不是惊鸿小姐亲入厨下,洗手烹饪,但盘簋所陈,都是平常不习见的菜,倒也别有风味。其中有一种蛋饺似的东西,惊鸿小姐说是“阎王”,于是我们在挟之入口的时候,都说“吃阎王!”“吃阎王!”到底也没有知道“阎王”两字应当怎样写。还有一种红烧鸡,是用红乳腐煮的,鸡汤呈绯色,可说是名副其实的红烧。

平常在广东馆子里,有一种鱼皮馄饨,皮子是用鱼皮做的。这天在惊鸿小姐府上,却吃到了一种肉皮馄饨,据说皮子是用肉做的,滋味和鱼皮差不多,不过更爽脆一点,倒有些像海蜇,不知道这种透明的裹馄饨肉皮,是怎样的做法?

在座者四人,连惊鸿小姐在内,都不大会喝酒,但却喝了个尽兴,惊鸿小姐因此红晕双颊,摇摇如玉山将颓。我说"惊鸿小姐在银幕上,一定要走红了!双颊之红便是走红的象征。"这是对主人婆的善颂善祷之词,同时也是我的酒话。

《铁报》1947 年 2 月 2 日

笔

打从开始写作起,我就经常用钢笔,唯一的理由是写作便利。不过我向来不大谨慎,过去风靡一时的真空管笔我曾在看电影散戏时丢掉一支,当时三只手的绝技曾使我惊诧不已。另有一支女友贻赠的金笔,则失落于某一年作吴门之游时,那却是我的自不小心。也就是为了这两次的教训,使我不敢更用好笔,现在经常用的一支是新亚牌子,朋友见了总是笑我寒酸,我往往以提倡国货为掩护。

最近,有挚友以 51 型的派克一支见贻,遂使我的襟上增加了无限光辉,不过因此我也多耽了一份心事,为了唯恐有失,我得时时照顾着它,简直成了怀笔其罪。同时为了这一份礼太名贵,我舍不得动用它,51 型的派克有些人本是视之为装饰品的,我现在亦复如是,它别在我的上装口袋里,我将它当作了胜利勋章。

《铁报》1947 年 2 月 3 日

脱辐后的丽人

丽人打了几次电话给我,我始终没有践约,因为她需要的是麻将搭子,我对于这个缺乏兴趣,只好敬谢不敏。有一次她在电话中告诉我方城之戏已开始,对我的期望仅是袖手旁观。但我连这一点的随侍在侧的胃口都没有。自此以后,丽人遂不复以电话抵我。

一度在报上看到她行将重披舞衫的消息,但尚未见诸事实。

丽人嫁于二年之前,夫婿年少而多金,我曾误为是一双佳偶。然而也就为了小两口年事尚轻的关系,不免有一点意气之争,在日积月累之后,终因互不相谅而闹翻了。红舞人嫁后复出的例子很多,其毛病大抵出在"缅想纷华,不甘岑寂"上,当丽人与其夫婿诟谇之日,曾哭诉于我,我劝导了她。我为她设想,大抵除了重上火山以外,也不易觅得较好出路。报上传说可能有实现的一天。

曾经为丽人写过一首诗,最后两句是:"我自持心如皎雪,何堪说与货腰人。"今天又雪飞六出,因此想起了她,也许她还是在一百三十六只骨牌中消磨她的花样年华吧?

《铁报》1947 年 2 月 5 日

觐芝记

之江大学在情人桥畔获得的灵芝,这几天正在青年会公开展览,在这个战乱频仍的年头,而有此瑞草出现,洵属奇迹。为了想一觌芝颜,遂亦一度诣雪赓堂。

这一株身价五千万的灵芝,植之以盆,承之以素缎,贮之以玻璃橱,隔了玻璃透视,是一枚巨型之蕈,但仔细看起来,自然是与蕈不同的,蕈面光而背毛,芝却面有云纹而背光;蕈是柔软的,芝却是坚韧的。虽然没有"五德絪缊,九光团聚"的异象,但它至少给了我一种古趣盎然的感觉。此外较奇特的一点则是有稚竹数竿,穿芝而生,现在虽已经剪去了竹茎,但枝叶却还是挺立在芝笠上面,为观奇趣。

有几个之江大学的女生守护着这一盆瑞草,为参观者作种种的解答。我问她们:"还没有人订购吧?"她们点点头。上海尽多挥金不吝的豪客，但他们所喜欢的是活色生香的女人，以五千万金易灵芝一本，便没有人具此雅骨了。

灵芝是无言的植物，但在我的视觉里是：它庄严美丽，也具有不朽的智慧。我对它神往，可是没有购置的能力，只好以一万金买了一张照片，我预备给它配一个玻璃镜框，视之为案头清供。

《铁报》1947 年 2 月 7 日

谈瑛征婚

在一次宴会席上遇见了谈瑛小姐，这一位曾是蜚声银幕的熠熠之星，也为了居处无郎而深感苦闷，她说预备公开征婚。我问她应征的条件，她说："一，年在三十五岁以上，四十岁以下；二，有自立的能力；三，有相当学识而谈吐不俗。"她说最憎恨的是开口条子闭口条子的商人，因此她的条件中没有洋房汽车之类。

谈瑛小姐在银幕之星中一向有神秘女郎的雅号，那是由于她有着富于魅力的黑眼圈之故。谈小姐说："其实我的生活，平凡的不能再平凡了！我希望生活能过得戏剧化一点，但是缺乏对象。"我问她："你的步高呢？"谈小姐说："他还在香港，我们之间是遥远而没有爱，这是由来已久了！"从谈小姐谈话时的表情上，可以看出她的苦闷是事实。

谈小姐的三项条件并不苛刻，像她那样艳光四射的女人，要找一个适合条件的对象似乎并不困难，但事实上恰是并不容易，原因在于女艺人都是热情的，而在中国则缺少的正是日常生活中扮演戏剧配角的男子，于是谈小姐的理想对象便"迄无当意者"。其实不仅谈小姐一人而已，许多云英未嫁的女艺人，正有着同样的材难之叹啦!

《铁报》1947 年 2 月 13 日

写剧本

直到现在,还有人以为《莺飞人间》的剧本是出于我的手笔,其实片头上明明写着秦复基先生的大名。或许大家对“秦复基”三字有些陌生。以为是谁化名,其实秦先生就是过去的“多产编剧家”陶秦,秦复基是他的真姓名。现在,他是丽都花园饭店的经理。

其实,我是绝不会写《莺飞人间》这样的一个剧本的,因为《莺飞人间》的故事涉及师生恋爱,我虽然不敢好为人师,但欧阳飞莺小姐对我是执弟子礼的,我写那样的故事,岂不成了笑话!

关于电影剧本,徐苏灵、方沛霖、屠光启几位倒都曾劝我写过,我自揣没有这份才情,第一是我最怕动脑筋,而故事的结构则是必须动脑筋的。根据西洋剧本改编比较容易,但迹近剽窃,我又不愿意,因此对于剧本的编写,我始终不敢尝试。干脆还是做一个观众吧!

有一位同文屡次说:“我预备写一个剧本。”可是说了三年,还是没有动笔,其人之不长进,和我也没有两样。

《铁报》1947 年 2 月 14 日

悼舞师韩森

韩森兄为病魔所摧,终于与世长辞了! 他的噩耗给我带来了茫然的哀思。在舞的方面,韩森兄曾指导过我,在一个时期,我们又在南华酒家共事甚久,论交谊,我们是师友兼而有之的。沦陷八年中,凭韩森兄的交游,他很可能在浑水捞鱼的队伍中扮演一个角色,可是他并没有如此做,只是硁硁地守着他的一片万国舞专。生活渐渐的清苦,但是他不怨。后来舞校遭遇了取缔的厄运,于是他仅有的一点基业也摧毁了。我跑去慰问他,为了对于舞有一点爱好,因此对于当时的此种秕政也有一点愤慨,韩森兄笑笑说:"魑魅横行,末如之何也!"过了几天,他悄悄的将万国舞校改作了健身房,我知道他心中有着无限的郁悒,但是他绝不形诸词色,正像每一个深深地爱着祖国的子民一样,在沉静中潜蓄着一种期待。

终于天亮了!捷报传来的一天,我们热烈地握着手,韩森兄说:"我们可以吐一口气了。"于是他创制了联合国胜利舞,要我给他写一支舞曲。我在三天之内缴了卷,可是胜利带来的是一片混乱的局面,希望一天天消减,失望一天天加重。韩森兄藏起了他的胜利舞,我的舞曲也掷入了火炉,化为灰烬。为时不久,韩森兄病了,终至郁郁以殁。

韩森兄仅是一个舞蹈的研究者,他不一定要跻身于爱国志士之列,可是在沦陷八年中,他确是做到了对国家"俯仰无怍"的。现在,他悄悄地离开了人间,结束了他的一生!像是枯枝上飘下一片黄叶,对于这一个世界似乎不相关涉,可是当他生长在枝头的时候,他的颜色是葱绿的,他的生命是光辉的,世界并不惦记他,他却没有遗忘了世界。

对于这一位有着人生的热情的艺人之死,谨致最崇高的敬礼。

《铁报》1947 年 2 月 18 日

丁芝的写作速率

丁芝小姐的十三万言长篇创作《情海浮沉》，半个月前就全部脱稿了，她的写作的速度曾使我惊异，而更可惊异的是继《情海浮沉》之后，她又完成了一个电影剧本《自由恋爱》，自构思以至写毕全部对白，不过短短的一星期。

当《情海浮沉》在本报发表之始，丁芝小姐不信她的作品会有读者，理由是写长篇小说缺少经验，她怕写不好。我说："中国还没有乔治·桑，也没有赛珍珠，你有的是天分，很可以从这方面努力。"丁芝小姐以为我这是俏皮她，但她到底由于我的鼓励而潜心著作了。丁芝小姐有一份写作的聪明，这是我能够想象的，但她的写作能力之迅速，却是我始料所不及。编一个剧本并非易事，而她却似乎很随便，真像她在旬日之间学会了探戈、伦巴、华尔兹的舞蹈一样轻而易举，这使我想起了我的可笑的经历来：

前年春间，为了要写一个歌剧，材料已经收集好了。特地跑回故乡去，想在静静的环境中从事编写，结果是在乡间住了三天，我又回到上海来了，一个字也没有写成，原因是乡村里的春之气息松弛了我的神经，使我只是觉得需要休息休息，每次总是提起笔来又放了下去。我的写作精神之懈怠，和丁芝小姐的勤奋比较起来，真有点相形见绌。我想，大概我是缺少一个鼓励的人吧？

《铁报》1947年3月4日

杏仁

在消闲食物之中，我除了爱好巧格力之外，有时候也喜欢嚼杏仁。杏仁的香味胜过西瓜子，而且也比较清洁。有一位朋友曾经忠告我:“杏仁与银杏同一弊病,多食易致中毒。”我在少时曾目睹一个邻女为了贪吃热白果而口吐白沫,因此深具戒心。但杏仁则由于偏嗜的缘故,我还是拼死吃杏仁。

有一位小姐叩问我喜欢杏仁的理由,我将捻去了衣的一颗杏仁放到她面前道:“这是一颗纯洁的心,现在呈献给你。”她将这一颗心投入了樱口,然后说:“一颗还可以,多吃了未免太多心。”我说:“我倒还好,总算没有生过多心病。”(注:本文仿造柳絮兄笔意。)

《铁报》1947 年 3 月 6 日

钞票何必印号码?

中央银行的钞票发现奇迹,有的是一张钞票两个号码,有的是两张钞票同一个号码,这种钞票倒像是从科天影的手里变出来的,大概那些印刷厂的印钞手,都是科天影的门徒,魔术训练班的毕业生吧?

国家银行印发钞票,竟出之以吃豆腐态度,此种情形,也许可以说是打破世界纪录了!最奇怪的是此种钞票,从印就而发行,央行当局竟没有发觉,直待本报揭发以后,才手忙脚乱的从事检点,不知央行负责人,所司何事?

这里,敬向央行当局提出一个建议,以后印钞票,大可取消号码,免得一误再误,出乖露丑!过去粗制滥造的中储券,也是没有号码的,有例可循,何不仿效一番呢?

《铁报》1947 年 3 月 23 日

为郑宗景呼冤

国医郑宗景惨死事,吾报昨已有新闻稿记之。宗景粤人,与予有葭莩亲,岁首,予犹尝一度踵其居,存问之。盖宗景悬壶于平乐里,处境不甚裕也。宗景语予,谓二房东屡肆咆哮,欲逐其阖家去,以其室别税于人,如是盖可以得金条耳。因托予觅屋,然觅屋非金条不可,宗景之力,终不能任也。不幸才阅三数月,宗景卒以是丧其生!宗景素暗弱,死之前,尝为二房东所殴,复堵其门,不令就诊者出入,将欲绝其生计,宗景用是大怨,外出竟夕未归,不谓遽死于水。其家人得凶耗时,犹以为彼特自沉于江,冀一死以避二房东凶焰也。及成殓之时,乃发现疑窦,尸体未尝浮肿,不类赴水而死,一也;项间有红勒痕,二也。有此迹象,遂疑宗景之死,实遭荼毒,及彼绝命,始投尸于江耳!二房东邵昆山,并其妇某氏,俱凶悍,蓄雏妓数人,役之供人泄欲,此种地头蛇与恶鸨母,留之于闾阎间,遭轹轹者又岂止一人?宗景特不行赁其居,又懦怯勿敢抗,遂含冤负屈以死耳!沪上自不乏正义之士,案既发,电台广播其事,闻者俱发指。粤人尤多愤不能平者,将谋为死者昭其冤。诚以此辈桀骜之徒,苟不加以诛戮,则暴戾恣睢且无极,里中人将不可宁处也。

《铁报》1947年3月30日

“生活”的担子

毛社长有一颗为文化事业而努力的雄心,除了经营本报之外,最近复拟创办《生活》月刊,要我和文宗山兄共同编辑。我曾一再固辞,但毛社长不允许,定要我勉为其难,于是只好挑上了这一副“生活”的担子。

过去编《万象》，编《春秋》，那时我是个有闲之身，除了孵咖啡馆以外别无正业，所以能够专心致志编辑一个刊物，现在则是时少事烦，又兼心绪不佳，因此便十分踌躇。编本杂志的工作并不单纯，仅是一篇作品的题目就得重复写六次，即此已感头痛，何况还要设计，还要阅读十数万言的文稿，我现在又缺少耐性，对于这一份差事，实在视为畏途。所幸挑大梁的还有文宗山兄，只好请他偏劳一点，多出一点力了。

工作已经捏上了手，由此可以多收入一笔生活费，这也许是足以鼓励我的唯一动力了。

《铁报》1947 年 4 月 19 日

本报新址

本报自三日起迁入了新址，地点是过去的张园，也就是最早的大陆游泳池。张园的大门有如古罗马的城头，我们的《铁报》巨型霓虹灯遂亦自迁入之日在城头亮起，入晚闪耀着鲜明的光芒。我们的办公室掩有张园东部的一角，入门是发行广告部，进内分为四室，是记者室、会客室、编辑室及社长室。编辑室窗外有夹竹桃数株，枝头已有嫩蕊，在春光渐老的时候即将作花，它在我们的眼前增添了无限生意，而明窗净几之胜也使我们忘却了案牍劳形。我们的会客室足够供给二十人相聚一堂，举行任何性质的座谈会，现在所缺少的是一方图案美丽的北平地毯。我们另有一个计划是每日烹煮一壶上好的咖啡，以飨枉顾的嘉宾，我们欢迎朋友们随时光降，最大的愿望是“凡我同文，千万不要过门不入”。

《铁报》1947 年 5 月 6 日

科学奶罩

林森路[1]上的万红公司，有一种科学奶罩出售，奶罩以绸制，里面衬垫的是一种胶质的化学制品，有别于寻常的棉花圈。“科学”两字可以当之而无愧。

这一种科学奶罩，对外发表是来自好莱坞，实际上是国人的伟大发明，为了迁就太太奶奶们的购货心理，不得不借重 USA 的名义，此项商人心迹盖是爱用洋货的同胞们所造成，论情自属可原。

据说市上已有赝品的科学奶罩发现，万红公司为此在报端刊出了谨防假冒的广告。仿制品传闻出自犹太人之手，犹太人仿冒美国货玻璃皮包是一绝，现在又从而制造冒牌的科学奶罩，可知科学奶罩有和玻璃皮包同样的吃价。

在科学奶罩之外，万红公司还有另一新献，则是大衣西装的肩衬，同样是胶质制品，柔软而轻松如科学奶罩，它的好处是虽经洗涤而肩胛不坍，这一种出品应市时决定列为国货，不再假借 USA 的名义。站在提倡国货的立场上，对于科学肩衬的发明，倒很愿意促其实现。因为从此黄牛肩胛的朋友可以减少一点了。

《铁报》1947 年 5 月 18 日

冤枉了潘玲九

潘玲九鬻舞于百乐门之日，尝数数觏之，气度风华，舞人中不作第二人想。及其既隐，遂不复见。一昨，殷四贞小姐招宴，始又睹玲九，睽隔数年，风貌未改，真绝代丽姝也。玲九嫁孙武后人，后

① 即今淮海路。1906 年，西江路、宝昌路统称宝昌路，即今天的淮海中路。1915 年，宝昌路更名霞飞路，以法国名将霞飞命名。1943 年更名为泰山路，1945 年更名为林森路，以西藏路为界，分别称林森东路和林森中路。1950 年更名为淮海路。

人絷狱,不遑顾玲九,而玲九矢志靡它,惟临池作画,复延宿儒授《孟子》,不为无益之事,但读圣贤之书,闻者无不太息称其贤。而日来报间,忽有记玲九追踪说书人顾宏伯之事者,实铸一大错。盖恋顾者实别有其人,报间所志,盖张冠李戴耳。玲九以事属无辜,辄大恸,曰:“吾方以藁砧絷狱而深自韬晦,奈何复有此不白之冤耶?”玲九脱身风尘,而能自属冰霜,又复知力学,绝代有佳人,幽居在空谷,其人自可敬可爱。报间记载偶失实,洞悉其谬者自众,固无损玲九清誉也。

《铁报》1947年6月20日

国际三楼的包座客

天时渐燠热,国际三楼的纳凉之客亦渐众。最近数次诣国际三楼小坐,发现转角靠窗口的最佳座上,有人横陈假寐,而且老是那位先生。昨天我赶了一个早,下午一时即抵达国际三楼,则最佳座虽无座上客,却已预置咖啡杯,因此我才恍然于这个最佳座,是经常有人定座的。

事实终于给了我证明,在三时左右,那位先生又驾临了,照例躺进沙发里,假寐一番。他一个人叫了三四杯咖啡,占座而并不使国际三楼蒙受营业损失,这是国际三楼并不憎厌这样的客人的原因。估计此人每天打一个瞌铳,其代价当达六万元以上。

我们只知道欢场女子可以包月,不想国际三楼的座位,也会和欢场女子一样的吃香。

《铁报》1947年7月4日

大华门前的牛马

大华大戏院开映五彩片《玉女神驹》，同时物色得黄骠马一匹，使之站立在门口，英文的片名写在布鞍上，作为广告。这方法迹近平剧院真马上台的噱头，不能算是新奇，但在电影院则属创举。大华门口向来多的是黄牛党，现在又加上了一匹黄骠马，牛马荟萃于此，大华门前的人行道成了畜牧场了。

可憾的是看守这一匹神驹的是一个男孩子，勉强可说是金童，却非玉女，似乎与片名未尽符合耳。

《铁报》1947 年 7 月 5 日

乾隆年制的咖啡壶

有一个朋友恋爱成熟，将要举行结婚大典，我在公司里买了一套咖啡壶和杯子送给他，作为贺礼，耗费了五十万的代价。

这一套咖啡壶杯，是江西景德镇的出品，因此知道我们的瓷器商人已经迎头赶上了时代，并未故步自封，这一点是可喜的。

但，滑稽的是壶底与杯底都烙“乾隆年制”的字样，乾隆时期虽已欧风东渐，但咖啡一物似乎尚未输入中土。景德镇的手工艺匠人做的是新器皿，脑子里却还蕴蓄着旧思想，这和明版《康熙字典》的笑话，倒有些异曲同工之妙了。

《铁报》1947 年 7 月 6 日

且谈风月莫谈诗

朋友觌面时，往往有作如下问话的：“近来还写诗吗?”我的答复只有摇头，诗这样东西，在文学中毕竟是落伍的玩意了！由于现在已经是原子时代，这时代不再许可我们诗酒啸傲。胡山源先生曾说："诗已经不能适应时代，也无裨于时代。"这两句话给了我绝大的启示，因此我立誓不再作诗。

许多读者以为本报在取材方面比较郑重，因此时常以诗词投寄，以为这是符合本报体裁的。其实大谬！除了寓讽于谐的打油诗，我们愿意择优刊登之外，一本正经的诗实在并不欢迎，尤其是投芍赠兰之作。这里我想向读者及作者提出一句口号，是"且谈风月莫谈诗"，我们愿意作者们多写一点轻松而辛辣的文章，让读者们在茶余饭罢之时，燃起一支卷烟，拈起一份《铁报》，在悠闲中读一点风趣的小品文，获得一点聊且快意的反应，行文不要太严肃，同时并希望尽可能用语体写，因为我们不希望《铁报》成为一部《古文观止》。

《铁报》1947 年 7 月 9 日

看《龙凤花烛》拍戏

屠光启导演的《龙凤花烛》，已近于结束阶段，最近我曾去参观可一次，正拍摄陈燕燕扶病起床，对着她的孩子讳言疾病的一幕。试了几遍之后正式开拍，陈燕燕双目蕴泪，说到凄楚的时候，眼泪便夺眶而出，这是她的绝技，我就看到了她发挥绝技的一刹那。导演的一声"克脱"，她已经破涕为笑了。因为大家都赞她演得好。

《龙凤花烛》的故事，大家知道是根据《玉梨魂》改编的，其实已经完全脱离了《玉梨魂》的范畴，留下的只是《玉梨魂》的一点影子而已。报上曾看到一篇对于《龙凤花烛》的批评，不以拍清装戏为然。其实《龙凤花烛》的故事发生于民初，剧中人完全是民初装束，绝无辫子之类，"清装"云云盖与事实不符。好莱坞至今尚在拍十八世纪题材的片子，那么拍民初装束的片子当未可厚非。陈燕燕在《不了情》中给予观众的印象是胖，但在《龙凤花烛》中，她穿的是长裙短袄，因而掩蔽了她的腰围，给予观众的印象可能视《不了情》为佳也。

《铁报》1947年7月10日

写扇子

溽暑既临，友好渐有以书箑见委者，这是人家瞧得起我，理宜恭敬从命，无如天气太热，伏案挥毫实在是个苦差事，而更苦的是我的字太拘谨，写一把扇子要耗费许多时间。此外既无书童分责擦扇磨墨的工作，甚至扇板印泥之类的道具也付诸阙如。我并不想做一个书家，所以一切都无准备，友好以书箑见属，在我遂不能不嗟叹虐政。我生平从不向朋友征求墨宝，就为的是深知此中甘苦。

这几天，我手里也有一把扇子，是无字无花的白纸扇，若论挥汗，它有着同样的功用，一旦失落，则所值戋戋，也不必为着它而伤悼痛惜。然而自有雅儒风流的朋友，观念不同于我，定要采及葑菲，真叫人啼笑皆非。现在我的决定是，旧债当分期清偿，新的最好能够许予免役，否则我也有个办法，我接受下来了，送到笺扇庄去，挑一位名书家请他代写，如此则朋友遂了收藏之愿，书家做了一笔生意，我也算是有了个交代，可谓三全其美，干脆就这么办！

《铁报》1947年7月12日

三片先睹记

最近获得了三次优先的机会，看到了三部未上映的影片，一部是《龙凤花烛》,一部是《青青河边草》,一部是《假凤虚凰》。

《龙凤花烛》的开始有着《浮生六记》第一幕同样的喜气洋洋的调子,之后是悲剧的气氛一步一步地加强,银幕上的演出是对旧礼教的诅咒,全片极冗长,也极细腻,对白的恰到好处是最大的成功。陈燕燕充分发挥了她最优良的演技,我对她开始有了一份喜欢,而冯喆也出奇的好。

《青青河边草》没有带给我类似《魂断蓝桥》的思想,它是另一个完整的故事,但主题思想的悲凉音节则足以与《魂断蓝桥》一曲永垂不朽。由于外景的瑰丽,给这个作品添上了一分诗情,一分画意,王丹凤的演技显然是可以语"洗练"了。一个好的导演是会帮助一个演员的成功的。

《假凤虚凰》的整个演出完全是好莱坞作风,剪接明快,国产影片中有这样的一部成熟的作品是难得的。因为是喜剧,不免有夸张之处,但立意绝不是侮辱。不过有几个镜头,删去以后不致损害全片的和谐,也许更紧凑。我以为香烟嵌在耳朵上,当了上装付账之类的噱头,不妨割爱。而"师""匠"的争执则大可不必。另外我觉得提出抗议应该是报馆信差和警察,样子太猥琐了!至少两个警察应该找气宇轩昂一点的演员。佐临先生似乎是喜欢采用方言的,苏北话之外夹杂一二句上海白,在完整中这也是微憾。

《铁报》1947 年 7 月 24 日

十三

金都大戏院事变之夕,屠光启兄宴《龙凤花烛》工作人员于新雅,柳中浩最后一个到。数一数在座诸人,他恰好是第十三个,于是他皱着眉对周伯勋说:“我们到外面去对酌好不好?”大家以为他嫌挤,其实他是为了十三数不祥。经他说明了以后,大家还笑他迷信,一致挽留他。他却一本正经的说:“我是有一点忌讳的。”后来又来了一位李先生,可是他已经吃过了饭,坐下来陪着我们谈天,才算将这一点不愉快揭过去。餐罢,柳中浩上金城大戏院去,我和光启、莎菲伉俪,又到南海花园[①]坐了一回。不想就是这天晚上,发生了宪警冲突事件。翌日,金都甚至给打得落花流水,回想起新雅之宴的十三之数,仿佛真暗示着一种不祥征兆似的,这就不能不教人诧为奇事了!

《铁报》1947 年 7 月 30 日

无稽闲言

李芳菲小姐处身银海,而能自保其贞,已由苏贞祥女医师的一纸检验而获得证明,因此遂使媒孽其短者无法文过饰非,反而暴露了他的信口雌黄之有亏于道德。

信口雌黄也许正是某一些人的禀性,同文中即有不乏其俦。最近,某同文忽然在一位出版家之前发为无稽烂言,谓下走曾扬言与李芳菲小姐荡过马路。出版家正与李小姐论及终身大事,谗言可能使出版家不慊于下走。幸而出版家知我有素,还能理解我不致作如此无聊的标榜。而某同文的所以要造谣生事,揭穿了其实不值一笑。原来他正怂恿出版家发刊一本杂志,意欲谋得编辑一席,由于下走与出版家素稔,遂不无嫉视。其实我对于《生活》月刊

① 南海花园菜馆,位于静安寺路(南京西路)830 号。

的辑务,尚是固辞不获而勉强接受下来的。哪里还有闲工夫参加蜗角之争?某同文未免太小看了我,而他的一番摇舌鼓唇的心机,也徒然是鳃鳃过虑,拆穿了惟有益形其卑劣而已!

《铁报》1947 年 8 月 4 日

红花一朵念勋劳

父亲节经阛阓名流颜惠卿、严独鹤诸氏的倡导,到今年已行之三载,节日定在八月八日,“八八”与“爸爸”谐音,双八连缀又像“父”字,实在很有意义。世间既有母亲节,就该有父亲节,而政府对于此一提议,竟暂不通过,真是太煞风景了。

父亲节的前一日,街头稚童有持红白绸花求售者,花是梅花,五个花瓣印上“庆祝父亲节”五字。下走且喜高堂犹健,便如往岁之例买了一朵红花,缀在衣襟上,一花的代价为五千金,虽然并不便宜,但一则为了义卖性质,二则为了纪念父亲的勋劳,五千金遂亦略不吝惜。

《铁报》1947 年 8 月 10 日

凤尾虾

九如酒家[①]的湖南菜,近来大大有名,文艺圈中人目有排日进餐于此者。九如的菜肴,不乏别出心裁之作,在九如也许拿出来的是极普遍的湖南菜,但在吃惯粤菜、川菜的食客,则以少见多怪之故,往往觉得与众不同,也别有风味。

九如佳馔中,有一样是凤尾虾,虾非巨型,身长仅寸许,去其头

---

① 九如酒家,位于六合路 16 号大新公司对面。

壳,保留尾部,和咸菜同煮,烹饪方法十分简单,但厥味甚佳。而凤尾虾之名,也很有一点雅韵而流的情致。

一晚,一行数友为了要吃凤尾虾,又专程结对诣九如,同行者有位是舞国中的第一流红星,对于凤尾虾一般,也是赞不绝口,下走因得句曰:“且携一捻纤腰女,来吃九如凤尾虾。”倘亦可与于髯翁之“多谢石家鲃肺汤”同垂不朽乎?一笑。

《铁报》1947 年 8 月 11 日

舞海采珠

不作舞场孝子者已亘数年,对于舞国中的名雌遂十九不识,偶然为了助朋友的兴,进入舞场小坐。若者是“洋囡囡”李珍,若者是交际花夏丹维,还有待朋友的指点,见闻之寡陋,由此可知。

最近,有一位欧阳云珠小姐在仙乐[①]下海,我却在她下海之前就认识了。一位朋友在筵间为我郑重介绍,我的朋友其实不详她的身世,而我却觉得十分面善。悄悄一问,果然是故人之女,不过三数年不见,她长得又高了,已是芳华双十的成熟少女,而不再是个跳跳蹦蹦的孩子了。

朋友的介绍词十分俏皮,他说:“足下对于复姓欧阳的小姐,应该加意培植。”对于朋友的调侃,我并不介意,遗憾的是中年哀乐,豪气渐消,兴致已经提不起来了。

云珠小姐除了在仙乐做夜场之外,今日起将参加大沪[②]的茶舞阵线,我想还是转为介绍给读者中嗜舞之士,让他们去舞海采

① 仙乐舞宫,位于静安寺路(南京西路)444 号。
② 大沪舞厅,位于静安寺路跑马厅畔。

珠吧！

《铁报》1947年8月20日

孙了红削发谣

《侠盗鲁平奇案》作者孙了红兄，报间曾屡传病危之谣，其实了红体弱多病则有之，他的病时发时愈，已有二十年以上的历史，阎王迄今尚未签发传票，因此他的病体，也一直撑到现在，最近而且已健步如常了。若干日前，报间有一篇新闻，记述了了红兄削发为僧的事，说他已经进了吴淞某寺，做了和尚。据我所知，吴淞根本没有寺庙，我也知道这一个消息，与"病危"之讯同样的出于误传。日昨了红兄过访，依然穿着在家人服装，证实了我的揣测并无谬误，不过了红兄剃了一个光头，虽然没有做和尚，削发倒是事实。

《铁报》1947年8月29日

乍浦之游

休沐日，曾一度作乍浦之游，坐的是两江汽车运输公司的团体客车，于凌晨出发，循沪闵公路而行，路上过了一关又一关，数次缴纳养路费，同行者佥谓无异买路钱。但沿途仍不能免于颠簸，车行宛如蛙式，盖路面虽不废修葺，究非是平如砥的沥青大道也。

车抵闵行，有大江(其实是海)拦住去路，于是下车摆渡。渡船是利用铁驳改装而成，数分钟即抵达彼岸，则已是奉贤县境的西渡口。登陆后在小茶馆里打尖，吃面包与冷狗。餐毕，登原车续向乍浦进发。抵达目的地时已近十一时，屈指行程，所费的时间达三小时以上，相等于从上海乘火车到无锡。

将抵目的地时，车已驶上山道，初时大家不知山名，同行者有丁芝小姐，我说："也许是丁香山吧?"及至下车以后，看见了山巅的"黄山饭店"墙头大字，才知道叫作黄山。自山巅下瞰，下面是海滨浴场，一行人循山径而下，租了一个支在山坡上的大帐篷，憩息了一会，携有游泳衣的都跃跃欲试，更衣后陆续下海。下走不习水戏，则踯躅于海滩之上，寻觅贝壳。蔡西泠兄怂恿我到海水里去浸浸，我说："我是习惯在澡浴缸里游泳的，浮在海的玩意只好敬谢不敏。"

海滨有一堆可以拾级而登的石垒，丁芝小姐在上面站立甚久，海风飘动着她的长发，遥望乃如一尊庄严的女神。后来，她缓缓地下了石垒，一步一步的走上山坡，回到帐篷里来，我说："你要是再在那一堆石垒上逗留下去，怕要变成化石了。"她告诉我，她真有"但愿此身成化石"的那么一点感想。我暗忖："要是真成了化石，应该是望夫石了。"

十二时，黄粱熟矣！一行人重上山巅，在黄山饭店进午膳，喝啤酒，又喝汽水，陈善政兄说："啤酒与汽水同饮，要发脾(啤)气(汽)的。"但同游者意兴甚好，谁也没有发脾气。

餐已，一部分迷恋海水浴者继续走下坡路，消磨下半日的假期。下走则归心如箭，集十余众登车诣乍浦镇，采购糟蛋、糟鱼等土产，然后再经三小时许的行程，而遄返上海，可谓去也匆匆，来也匆匆。

这一次的乍浦之游，一切都是由两江汽车运输公司招待，诗人冯亦代先生担任了我们的领队，今年我还没有出过远门，此游在我是一次可纪念的旅行。

《铁报》1947 年 9 月 6 日

施丹蘋初睹记

施丹蘋小姐既噪艳誉于沪壖，下走辄拟谋一见，为的是丹蘋小姐籍隶兰陵，而下走又曾以“丹蘋”两字为笔名，不仅同里闬，抑且名相如。只是蓝桥有路，而请觐未由，这一个心愿，也就只好藏在肚子里。周六的下午，偶然向一个朋友提起，朋友与丹蘋小姐固素识，于是打了一个电话给丹蘋小姐，欲为下走偿谋面之愿。丹蘋小姐居然报可，因此于晚十时，约晤某一夜花园。凤三兄与丹蘋小姐谊属义兄妹，得讯，且亲挈丹蘋小姐以俱来。这一位风貌甚都的社交之花，遂获初觌。展问邦族之下，才知丹蘋小姐系出婆罗巷施家，这正是吾邑的名门。略叙乡谊后，继之以躧步，丹蘋小姐腰肢纤细，环之，真有身轻如燕的感觉。可憾的是舞榭的打烊时间业已提早，才两舞，乐工已奏送客之曲，于是这一个“历史性的会见”，也就只得宣告结束。此晚，丹蘋小姐玄裳粉履，灯下觇之，越显得她肌理纤白，虽然晤对的时间甚暂，但印象至佳。不过此会匆匆，不能使人无“别时容易见时难”的怅惘耳。

《铁报》1947 年 9 月 9 日

秋翁病目

秋翁忽病目，近来遂不得不摒绝写作，《秋斋笔谈》已多日不见于本报，原因在此。奇怪的是作家之中，病目者不止秋翁，不久以前，严独鹤先生为了李浩然先生之死，恸哭过哀，曾病目多日，现在幸已痊愈。此外则有还珠楼主李寿民先生，以及王小逸先生。寿民先生现在写小说，采取自己口述，别人笔录的方式，本报的《蜀山剑侠新传》就是如此办理。小逸先生病目未久，有时写得太多，视线就感觉模糊,但写稿尚能应付,不过吃力一点而已,还没有到另请“捉刀人”的地步。

秋翁与还珠楼主,平日写惯蝇头小楷,积之既久,遂不免目有眵焉。小逸先生则完全为了著述太多,因此损其目力。但愿此后同病者继起无人,不要成了“作家目疾年”才好。

《铁报》1947 年 9 月 20 日

飞车走壁

皮德福的飞车走壁的绝技,已一度见其预演,倒的确是惊险的演出,仙乐的露天花园中,现在已搭起了一座高台,四周围栏杆,栏杆之下以木板箍成桶形,观众拾级登台,凭栏俯视。皮德福即表演飞车走壁于桶中。所谓飞车,其实就是自由车。自由车平常仅能行之于平地,此则绕桶疾驰,由下面旋转而上,宛似凌空飞舞,惟车轮着壁而已。据说车行的速度达四十码至五十码,止以迅疾之故,遂能支持而不坠。

胆小朋友宜于欣赏此种表演,由于表演至最惊险的时候,飞车去壁之边缘密迩,几将破壁飞去,表演者履险如夷,看客则不免忧心忡忡,可能吓出心脏病来。

《铁报》1947 年 9 月 26 日

龙凤因缘

王凤珠小姐已辍业四姊妹①,不久将作新嫁娘。忝为凤珠小姐

① 四姊妹咖啡馆,位于大上海路(延安东路)1454 号浦东大厦。

叫名头[1]的老师，应该向她道喜。在职业女子中，我没有见过像凤珠那样德性之美的，这孩子不仅聪明韶秀，抑且治事弥勤。战前几个朋友创办大中华咖啡馆，自开幕以迄改组，历时垂四年，侍应女郎屡易其选，独凤珠自始至终留恋未去，直到易主以后才转入四姊妹。从这一份轻易不辞故枝的品性，即可觇知她为人的谨厚。

凤珠的未来夫婿是过去大中华咖啡馆的座上客龙小开，苦恋凤珠垂五载，卒以锲而不舍的精神感动了凤珠，成就了这一段龙凤姻缘。男的多情，女的温婉，他日之闺房静好，可以预卜。

凤珠过去曾为我编的《春秋》杂志写过一篇《侍应手记》，希望她在结缡以后，更有《新婚日记》之作。

《铁报》1947 年 10 月 10 日

鸳湖游程

双十节，偷得浮生一日闲，逛了一次嘉兴，同行者除本报同人外，有洪谟、韩非二位。晨附西湖号车行，抵禾后即诣船埠，雇舟游烟雨楼，《嘉兴商报》记者朱崇平君，适于是日结缡于此，朱君竭诚招待我们，于是我们做了临时贺客，叨扰了他的一顿喜酒，以此并获识县中校长沈宗堙、《禾报》主人庄一拂先生以及“菱大王”(南湖菱运销上海的托辣斯)黄菊老。其中庄一拂先生过去在上海是赵景深先生的曲友，神交已久，客地相逢，真是幸会。餐已即泛棹南湖，我们一行数众，分乘瓜皮艇子三艘，自己打桨，表演划船竞赛。著誉于时的船娘，初见之于船埠，再觏之于烟雨楼，其中享名最盛

---

① “叫名头”，沪语，“名义上”之意。

的阿九,亦粗鲁无佳致,余更自郐以下,我们遂没有敢请教。之后我们又趋车至三塔,谒茶禅寺及血印禅师祠,访客帆亭,游苗圃,最后并参观《民国日报》。此日的报上刊出了我们游禾的消息,盛意可感。晚餐于临水一酒家,凭栏可眺河上景色,大有望江楼的情味。座上有庄一拂先生,《民国日报》经理,以及东道主黄菊老。鱼虾蟹之味极美,据说嘉兴有自斟自酌的规矩,于是我们只得人尽一壶酒。餐毕已八时,遂匆匆向主人告别,趋车诣车站,诚九点钟一班的特别快车回沪,在车站上临时买了几盒栗酥、两筐南湖菱,也可以算是满载而归了。

《铁报》1947年10月12日

歌后之晤

韩菁清小姐自膺"歌后"封号后,酬酢忙了,人也似乎变得矜持了。于是有时在游宴之场偶然遇见,除了彼此一颔首之外,不再有通辞的机会,显得是那么的疏远。

意想不到的是,菁清突然会枉驾过访,她得悉我的会客室在国际三楼以后,找了来,虽然谈的尽是些无关宏旨的话,但清言霏玉,处处都显示着歌后的肫厚。我感谢她的那一份念旧的好心,因此多喝了一杯咖啡。

为了恐惧流言,菁清近来已不似过去那么活跃,除了在家勤练歌喉外,复以余事临池,未必一定是绚烂之后归于平淡,但渐知自惜羽毛则是事实。

曾经问起她关于一樵词人诗篇投赠的事,菁清只是微笑不言。凭菁清那一份娟好的风致,招致一个有着书生气质的冠盖京华客的倾倒，实在也是无怪其然的。

离国际，菁清复以飞车送我，揣想起来，柳絮兄必然是数为车中佳客的，而下走此日，似乎也是忝陪末座了。

《铁报》1947 年 11 月 18 日

瑜伽精舍应制诗

平素未尝谒帝乡，偶应宣召觉心恇。
如探奇险朝丹阙，自拟倖臣窥绣房。
仪范曾经迷木客，纶音略似啭莺簧。
濒行赉赐还当谢，妙笔簪花字一张。

图 23　韩菁清字，刊于《铁报》1947 年 12 月 2 日

最近，曾以歌后的宣召而一度谒之于瑜伽精舍，歌后迩来以临池为闺课，倒真是相当用功。歌后的椒房中，邺架琳琅，书籍之外更有碑帖无数，歌后临的是欧阳通的《道因碑》，下走看着她搦管挥洒，写得实在不坏。陛辞之际，她送了一张给我。这是御笔，其价值当无输于慈禧太后恩赐群臣的福字之类也。一笑。

《铁报》1947 年 12 月 2 日

看新疆歌舞的初演

新疆歌舞团访问上海，六日晚上在皇后大戏院看到了他们的预演。他们的歌舞并非完全没有规律，双人以上的演出显然也是在力求其和谐的，但从整个的演出上说起来，他们侧重的是节奏的协调，而不是动作的协调。他们习惯酣歌于高原之上，配合着的是“手之舞之，足之蹈之”。他们的炽热的情绪完全从载歌载舞中表达了出来，那种原始的爱，纯朴的喜悦，都仿佛是未经雕琢过的，因是也就感觉到了可爱。他们的歌舞没有抑郁的成分，带来的是一片愉悦。

我还特别爱好他们的音乐，是中西乐的糅合，但传递的是静穆的情趣，很少激越之音，它所挑动的是一种温熙的情感，尤其是那一管小笛子，据说擫笛者武斯德是新疆的名笛手，笛音的宛妙说明了他真是一位高手。

演出的节目大体无甚显著区别，但流声投袂之际，给予我的印象却是深刻的。演出者与观众之间未通语言，但他们的目光和我们的掌声，显然已将两个民族联系起来。

最后我想起了王渊女士，我们有一位精娴舞蹈的王渊女士，有机会也应该让远来的客人欣赏欣赏她的舞技。

《铁报》1947 年 12 月 8 日

《情海浮沉》问世赘言

丁芝小姐的个性是柔和的，她有着一种谦冲而又雍容的气度，但她的一支笔却似挟有雷霆万钧之力，她一口气写成了一部十万言的长篇巨著《情海浮沉》，去年在本报上所陆续发表的，但实际上她完成这一部巨著所费的时间，不过一个多月。

图 24 《情海浮沉》，丁芝著，上海铁报出版部 1947 年 10 月刊印

丁芝小姐的魄力不仅表现于舞台上，同时也表现于文学，当新闻记者，当

编辑各方面,她的在极短时期内完成一部十万言的巨著自是不足为奇,但,当《情海浮沉》的预告在本报刊出的前夕,她却是一无准备的,她不但有匆促之间构成一个故事的智慧,同时行文的速率也特别快,这一份才情在我是由衷地自叹不如的。

《情海浮沉》的单行本出版了!我从头至尾看了一遍,她所写的故事虽浩如烟海,但叙事却是那么的简洁明快,综合起来是一部完整的小说,而分别雒诵则又是绝好的散文。

希望我们的乔治·桑能够依旧有良好的情绪,继续产生第二部使人回肠荡气的作品。

《铁报》1947 年 12 月 16 日

闻王玉蓉觅我

京朝大角觅师兄,遂使鄙人感盛情。
报社已曾蒙枉驾,禅堂又复问行程。
看来缘会分明浅,因此晤谈总不成。
得暇还当重置酒,与君灯火话生平。

我的师妹名女伶王玉蓉,她目下在上海,我还是最近才知道,有一天晚上,她曾轻车简从,枉驾过访,偏偏我不在报社,因此有失迎迓,连得向她说一句“望乞恕罪”的机会都没有。前些日子,听潮兄在吉祥寺为其尊大人设奠,我恭往稽首,餐后匆匆即行,不想我走了,玉蓉却又来了,于是二度相左,真是遗憾。承玉蓉向听潮兄问起我,盛情可感,谨此致谢。得暇当置酒南华,柬邀玉蓉师妹贲临，一叙契阔也。

《铁报》1947年12月21日

最好的侦探小说

国内的侦探小说作家，程小青、孙了红之外尚无第三者，创作固不多见，即译作亦甚少精品，这实在是爱读侦探小说者的遗憾。

文坛知名之士中却很有几位侦探小说的第一流读者，如张天翼、萧乾等，但入迷得甚至于用了研究态度来读着的却是另外三位：姚苏凤、邵洵美、钱锺书。

这三位对于侦探小说都有极丰富的储藏和极精辟的认识，姚苏凤所读尤多，十年以来，他的侦探小说已经足够办一个小图书馆，凡是欧美一二流名家新旧作品，他都一一搜集。朋友跑到姚家去的，就不难看到他的侦探小说书的俯拾即是，据他自己统计，共有八百种以上，真可以说是国内侦探小说集藏之王了。

据他说，所有的朋友都喜欢问他“最好的侦探小说是哪一本？”他的答复是：“英国彭德莱所著的《屈伦德的最后一案》，那是全世界的批评家所一致推崇的。”又有人问他：“这本书难道比《福尔摩斯探案》更好么？”他笑着说：“《福尔摩斯探案》早成老古董了，现在的侦探小说实在已进步到了福尔摩斯所无能为力的程度。”

因为小报正想刊载一篇真正好的侦探小说，我就请他把这一本最好的侦探小说翻译出来给《铁报》刊载，想不到他已经是译好了的，于是我立刻拿了回来。

从明年一月五日开始，这本小说（已由苏凤先生改名为《豪门血案》），将在《铁报》上排日连载，愿爱好侦探小说的诸位读者拭目以俟。

《铁报》1947年12月30日

赵丹的忧郁

十年前下走浪迹汉皋时，赵丹也率领着业余剧团到了汉口，我有时候到他们的栖息之所去玩。其时赵丹和叶露茜是一对，顾而已和杜小娟是一对，陶金和章曼蘋是一对，陈鲤庭和赵慧深是一对。他们有团体的热闹，也有着家庭的乐趣，在流亡中紧紧的握着团结之手，那一种融融泄泄的情形，我是亲眼看到的。

之后，赵丹去新疆演戏，忽然陷于缧绁，长时间的幽禁使他失去了妻子。胜利后，赵丹回到上海来了，他已经剩了孑然一身。我和他在中电的摄影场上相晤，谈起往事，他有的是忧郁，多的是牢骚，他的幸福的家庭是为了抗战而毁了的，这一位艺人的遭际使我往往为之唏嘘慨叹，对他有着甚深的同情。

最近，电影圈里传出了赵丹与黄宗英互恋的消息，我为老友的获得隽侣而庆幸，认为他们的确是最合适的一对。但大郎兄和我有相反的意见（见前日本报《牛粪》一文），这就是所谓见仁见智了。

《铁报》1948年1月8日

饯行之宴

名导演方沛霖先生有香港之行，在动身的前一天晚上，我在国际十四楼设宴为之饯别。方导演和我是喝咖啡的老搭档，在电影歌曲方面又屡承采及葑菲，我感谢他的不我遐弃，因此我自己坐了主位，推他也坐了主位。此外更使我感奋的是，屠光启兄与欧阳莎菲伉俪、周璇、梁萍、屈文洁、杨碧君四位小姐，黎锦光、陈歌辛、李厚襄、严折西、姚敏、金流等几位作曲家，都应邀而至，我发出的请柬没有一个缺席，这也是我的莫大的光荣。周璇小姐与歌辛兄日内亦将飞香港，因此我同时敬了他们一杯酒，祝他们一路顺风。

国际十四楼此晚恰巧有摸彩赠品的举行，我们这一席上既有熠熠之星，又有著名的歌唱家，于是执行摸彩的任务经过十四楼管理员的邀请，我们公推梁萍小姐担任，她在司泡莱脱①的照射下，姗姗地走向舞池，来宾们给予她一阵热烈的掌声，而梁萍小姐却给我带来了幸运，第三奖恰巧为我所得，于是我们又大家干了一杯。

方导演已于八日之晨首途，周璇小姐则将于十一日成行，此去有《花外流莺》《歌女之歌》两部歌场片要拍，十二支插曲的全部歌词我在极短的时间内赶出，由于缺乏思考的余绪，自然难有佳构。但我相信在方导演的处理下，周璇小姐一定会有良好的演出的。

《铁报》1948 年 1 月 9 日

疲矣菁清

小妹子韩菁清，迩来以事多拂逆，又兼医生诊察的结果断定患有心脏病，因此懊丧欲绝，短时期内也许将离开上海，觅地疗养。

一晚，菁清对我叙述她的胸怀郁塞，几于盈盈欲涕。我劝告她说："你本来也应该休息休息了。纷华不一定能够带来欢愉，绚烂之后归于平淡原是一句颠扑不破的话。"对于一位不快中的小姐，我只好如此说。

---

① "司泡莱脱"，为 spotlight 的沪语音译，"聚光灯"之意。

菁清在外表上，是个养尊处优耽于逸乐的女孩子，但事实上任何人都不能没有烦恼，撇开恋爱未成熟不谈，在树大招风上菁清就有足够的麻烦使她忧心如捣。社会是个艰险的社会，应付艰险需要果敢，需要胆魄，菁清在这方面的技术毕竟还嫌不够，于是她痛苦。我在劝告一番之外又给予她四字赠言，叫做“付之一笑”，我相信这四字不仅能解除一切烦恼，同时也许不无帮助。

《铁报》1948 年 1 月 27 日

手帕交

历年来女侣之以手帕见贻者甚夥，如果积存至今，也许可以开一爿手帕商店了。约略计之，女歌手中陈飞与唐媚都曾投我绣花手帕，她们得之于客人的馈赠，数以打计，抽一条转送给我，无非是“拔一毛以利天下”而已，此中并无投芍赠兰的成分在内。

舞人中张丽曾以小手帕折叠四角，塞在我的西装口袋里，我曾视之为嘉禾勋章，其实在张丽鬻舞国泰时期。后来她嫁了，这一方小手帕也不知去向了。

此外，有一二位小姐以手帕与领带作为圣诞礼物，她们的盛情为我所深感，她们的姓名则恕秘。

周四之晚在凤老府上喝寿酒，杯子里的酒因不慎而泼翻少许在桌上，我以自备手帕拭抹，小妹子韩菁清说：“帕上有酒，不能揩眼睛了。”于是她从皮包里抽出一条手帕送给我，我说：“这样一来，我们不是盟兄妹，倒成了手帕交了。”

《铁报》1948 年 2 月 1 日

丁静夜行遇歹徒

丁静重入美高美伴舞之前二夕，观《夜店》于卡尔登，剧终人散，丁静践其姊妹淘之约，诣黄河路某里，将以手谈遣良夜也。不意乍入里弄，忽有一人自暗隅跃出，欲褫丁静之衣。丁骇极而号，逻卒闻声而至，歹徒闻革靴橐橐之音，乃逸去。丁静障身之裘，乃侥幸保全焉。

初识丁静与起士林[1]座上，丁举其夜行遇暴事告予，曰："苟失大衣，且将蒙剥猪猡之诮，今了无所损。乃幸免猪猡之恶名。"习闻丁静容止甚美，见之果然，及聆其谈吐，则似又妙擅词令者也。

《铁报》1948 年 2 月 23 日

龙华半日游

八日下午，放弃了国际八仙厅的咖啡不喝，而逛了一次龙华，游侣中有两位女性，是舞女代表孙致敏与金美虹，遂使此行平添了不少佳致。首先到龙华寺，孙、金两位买了香烛，在大雄宝殿虔诚地礼佛，焚化了楮敬不算，管理缘簿的和尚还拦着要我们随缘乐助，于是又孝敬了一笔救济特捐。龙华寺里的稽征所几于每殿皆有，我们一路随喜，一路纳税，所幸为数无几，所费不多，我们还能负担。

春风已袭襟袖，但龙华之春色未丽，我们在寺旁的花园里踯躅了一回，树上挂着"请勿攀折"的标语牌，但枝头则一花未著，因恍然于春游的为时尚早。出寺，登舍利塔，我们又纳了一次登塔税。循梯级而上，至三层即止，凭栏眺望飞机场，载客机的滑行及下降

---

① 起士林糖果公司，总店位于赫德路(常熟路)225 号，分店位于静安寺路(南京西路)72 号。

情景，历历可睹。为了风势甚劲，高处不胜寒，稍事逗留即下塔。之后又绕镇一匝，小憩于罗兰茶室，啜茗移时，仅是下午的四点钟即相将赋归。此游未见桃花，只是同游女侣在一路嬉笑谑浪中，时复红晕于颊，乃为态甚丽耳。

《铁报》1948 年 3 月 10 日

单骑救美

有一晚喝完夜咖啡，送丁静小姐归去，同车的是如花姹女，但获得的不是片刻温存而是片刻惊恐。原来有一位仁兄从咖啡馆门口开始就盯牢三轮车，我还懵然无知。丁静小姐先发觉了，她告诉了我，我问她是不是舞客，她摇摇头。我的胆子就壮了起来，我说："如果是你的舞客，也许要将我当作情敌，既然是陌生人，有我保驾，保险无事。"其实我回头看过，后面尾随者穿得是一身皮夹克，这种人是无理可喻的，但是在丁静小姐面前，我不能懦怯，只好以"单骑救美"的好汉自许。总算送到了目的地，一路并无动静。我待丁静小姐跑进了弄堂，原车回寓，看见那家伙在对面马路旁付车钱，倒又使我好笑起来。今日的十里洋场，居然还有此等无聊的人，玩这一套陈旧的盯梢把戏，如果是有钱的大爷，看上了丁静小姐，不会到米高美去坐上一只台子吗？这位仁兄舍此而勿由，看来不过是一位起码人。

《铁报》1948 年 3 月 11 日

歌谱

接方沛霖导演香岛来书，用信笺五张，文长逾千言，估计方导演缮此一函，耗费的时间殆可摄片一千尺有奇。函中除报导《歌女之歌》的摄制完成，《花外流莺》正在开拍的消息，并兼叙香港的一般情形，并代周璇小姐向我问候之外，又告诉我："歌谱尚未印就，稍迟数日即寄上。"

《歌女之歌》《花外流莺》两片，有插曲十二支，歌词尽出我手，覆瓿之作，虑将辱观众清听。我向方导演索取歌谱，非欲敝帚自珍，而是为了穆一龙兄有一位朋友拟出版《歌选》，损书采及葑菲，而我却没有留底，大中华影片公司对于影片的插曲，向有歌谱印赠，因致书方导演，请他寄一份给我。方导演的覆信许我稍迟数日即寄，但距今已逾一来复，歌谱尚未递到。方导演向来是急性子，去港后忽然作风一变，开起慢车来了。

《铁报》1948 年 3 月 17 日

表

我不喜欢戴手表，十五年前置备过一只，束诸腕间，肌肉竟会得发痒，于是倏戴倏弃，终至损坏。数度修理，还是不可救药，戴着它成了虚有其表，遂一怒而掷诸垃圾箱，从此罚咒不再戴手表。

最近，我的囊中有了一只挂表，表面可窥机件的转动，无殊真空，而背面的表壳则刻有古老的花纹，衡其年龄，当是百年以上之物。朋友问我是从哪里买来的，我说："来自江西，所谓江西老表也。"问者大笑。其实我的习性，是惯于随遇而安的，往往久坐不倦，寝忘其时，我不会想到表的需要。这一只古表，徒因是美人之贻，却之不恭，遂只得置之于襟袖之间，总算也是一表人才了。

《铁报》1948 年 3 月 23 日

烟斗

凡为文人，应该与烟卷有缘分，惟有我是例外的，尼古丁的麻醉不为我所爱好，但我却有一只板烟斗，经常与我作伴，其为用等于道具，摆摆样子而已。出外时携与俱行，我又将它当作雏形司的克[①]。我不十分留心牌子，但最初的一只我记得是意大利出品，代价不菲，当是上品，不幸在吴市长被殴的那一天失去，与市长的烟斗遭遇了同一命运。不同的是市长之烟斗既毁，立刻有许多人物色名贵的烟斗奉赠市长，其中还有什么跌不碎的烟斗。而我的烟斗之失落，则未经报纸公布，因此也没有好心的群众购以见贶。我只好自己向新新公司买了一只，为了唯恐再度遗失，我以最低廉的价钱买了一只最起码的，不但没有牌子，甚至呼都呼不通。好在我的烟斗永远不冒烟，呼不通也没有关系。

前日下午，晤大雕刻家穆一龙兄于国际八仙厅座上，他问我的烟斗是什么牌子，我说："正要拜托你呢，你给我刻上一个三 B 吧！"龙兄立自囊中出铁笔，给我的烟斗奏刀，倏忽间三 B 已成，于是我这一只烟斗，也俨然是名厂出品了。

《铁报》1948 年 3 月 30 日

失眠

若干年前，因心有所属，而声容难接，坐是曾苦失眠，当时有"愿将终夜付徘徊"及"昨宵一纸缄红泪，持与故人辨寐醒"之咏。近年来渐能约束身心，不再自寻烦恼了，入晚着枕成梦，失眠之症爽然若失（此四字照字面解）。

---

① "司的克"，stick 的沪语音译，"手杖"之意。

近数日来,不知怎的忽然又艰于成寐,有一天在国际八仙厅喝了一杯咖啡,又到西青喝了一杯咖啡,是晚辗转反侧,及曙始入梦。我怀疑是多喝咖啡所致,次日遂戒饮,但晚间失眠如故。实际上我没有魂牵梦萦的事故。失眠症的重犯使我诧怪,说句笑话,也许是我的头脑太清醒了,因此不容易蒙眬睡去。有人劝我吃安眠药片,我说:"吃得少不生效力,吃得多又怕不但安眠,而且长眠,那还不如让它失眠的好。"

《铁报》1948 年 4 月 6 日

杜骊珠的委屈

最近在国际八仙厅数晤杜骊珠。杜来自北国,有着修长而苗条的身材,谈吐极温文,甚似江南女儿。杜自莅此间,颇慨叹于社会的缺乏同情,所谓同情盖指舆论而言。她告诉我报上一段关于她的记载,她忧郁地说:"我以为我应该洁身自好,假使动辄偿别人的相思之债,一定又要指责我太随便了。你说做人难不难?"她对我叙述的一段话,又委婉,又委屈。我说:"别说是你了,我总算是报圈子里的人,一向不肯得罪人的,前天还给《新民报》骂上一段呢!"我告诉杜小姐:"你付之一笑好了,不要太认真。"

杜骊珠在《天桥》一片中演出,有良好的成绩,南来后尚未在银幕露脸,原因当是没有适合个性的戏。中电徐厂长苏灵,夙爱擢拔新人材,且复工于编剧,希望徐厂长能够给杜小姐写一个剧本,使她有一展长材的机会,别让这位北国女儿带着江南的忧郁回去。

《铁报》1948 年 4 月 9 日

我喜欢写恋歌

屡为电影插曲制歌词，这都是人家采及菲葑，才试写着聊以应命的，有些是导演先生指定的题目，而下走则借题发挥，芜词俚句，自不足以渎高贤清听，但至少不致有毒素，这是我敢断言的。

最近某夜报上有一节文字，谈到周璇小姐的《歌女之歌》，涉及下走，一语之贬，使我很不好受。其实周璇小姐最近主演的《歌女之歌》与《花外流莺》两片，都没有“郎呀郎”的插曲，退一步说，“郎呀郎”的歌曲也未见得一定是罪恶，《圣经》中尚且有所罗门情歌，而冯梦龙搜集的民歌更无一不洋溢着男女之恋的热情，只怕谁也否认不了它在文艺上的价值。

关于此点，可以写一篇长达万言的论文，我这里不过举其崖略而已。我承认我喜欢写恋歌，不写恋歌难道要我喊口号？事实上，电影故事脱离不了恋爱，周璇小姐的歌喉也只适宜于唱情意缠绵的恋歌。

可告无罪的是我写过《前程万里》，我写过《梅花操》，对我的歌曲发为詈议者徒见其识见之陋而已！

《铁报》1948 年 4 月 12 日

我的恋歌

我喜欢写恋歌，最近为电影插曲所写的歌调。可以称之为恋歌的是《天魔劫》中的《牛背情歌》，原文如下：

太阳落在西山下，黄昏的树上闹归鸦。郎呀郎哟妹呀妹，我们也骑牛转回家。

郎住东邻妹西舍，朝耕田来晚种花，不贪富贵不图荣华，清清白白过生涯。

门外有青山，天边有晚霞，青山晚霞似图画，永远不变化，永远不变卦。

过了秋冬到春夏，郎呀妹呀都长大呀，倘若郎呀你不另娶，妹妹也守着你不另嫁。

我之录此歌词，并无敝帚自珍之意，只是认为这样的“郎呀郎”的歌曲，其间也不无至情流露。如果高攀一点说，视冯梦龙的《挂枝儿》之类殆亦未必多让。若说写一首这样的恋歌即是罪恶，则亚当与夏娃亦属罪人了。

仿佛有一支叫做《天涯歌女》的歌曲，其中有句曰“郎是线来妹是针，穿在一起不离分”，甚至还有“嗳呀嗳嗳呀”那么一句，由周璇小姐歌来，极尽情意缠绵之致，而这一支歌正是出诸当世高贤的手笔，岂即足以为高贤诟病？其实连最时髦的《秧歌》，也十九都富于恋歌气息。下走之作犹未能规抚其万一，我希望我能够“可告无罪”。

《铁报》1948 年 4 月 16 日

怀刀其罪

为了爱好吃水果，三年前买一把小洋刀，刀壳上有双箭牌的标记，虽然不能削铁如泥，吹毛立断，但用了三年而迄未生锈，在我看来也就不啻宝刀。自文光廷案发生后，下走遂深惧“怀刀其罪”之戒，因为我这一把小洋刀，刀锋既利，在这个动荡之秋一旦被搜出，可能蒙行刺之嫌，于是我不再携带在身旁，我想给他配一个红木架子，将它当作案头清供。

《铁报》1948 年 4 月 24 日

墨闺聆曲记

C 小姐归自香岛，周六之晚在项墨瑛香闺，有一个宴会，是 C 小姐的东道主，因此遂获见此一海上名雌。出乎意料的是项墨瑛竟那样的年轻，过去我看见过她梳了个头的一张照片，以为她年龄已逾三十，谁知她还只有二十五岁，而且是那样的孩子气。我的估计真是大大的错误了。

墨瑛负艳誉于社交场中，但也颇有心胸，在吴门她办了一个春生小学，那是为了纪念她的为国牺牲的藁砧而设立的，她经常负担着这一个学校的经费，兴学的责任由一个弱女子来负，她的这一份伟大，真使我磬折。

酒阑，墨瑛抱琵琶，拨鹍弦，弹唱《黛玉焚稿》开篇一支，情致是那样的缠绵。恨我非白太傅，不能写《新琵琶行》以状其妙，实为无上憾事。之后，C 小姐又弹着钢琴，墨瑛和舞后管敏莉引吭纵歌，这些女孩子们，不仅丰于貌，抑亦博于艺，真无愧为乱世佳人也。

《铁报》1948 年 4 月 27 日

白门晤菁清

二十六日展白门游屐，在京逗留了整整的一天，上午游中山陵、灵谷寺及谭墓，下午逛玄武湖。小妹妹韩菁清接得了我的信，绝早即莅下关车站迎接。这一天她和她的秘书陈小姐,为着我奔波了一整日,我仅是十年前由沪赴汉时,道出白门,因候轮而逗留了一宵,对南京一切都是陌生的。而菁清则屡游其地,于是麻烦她做了识途老马,我暂时算是她的从游弟子。

谒中山陵时,菁清与陈小姐争先登阶,一路上跳跳纵纵,顽皮得像两个孩子。逛玄武湖时曾舍舟登陆,浏览五洲公园景色,菁清又在树荫中绕来绕去,躲避着我的视线,要和大哥哥玩捉迷藏。她这天穿了一袭翻领衬衫,御西装裤,束发成小辫子两条,我说:“你今天真成了小妹妹了!”当晚夜车回沪,菁清又送我上车,车开时始下车别去,小妹子的心地是纯良的,但愿她在旅中,能始终像这一天那样的愉快。

《铁报》1948 年 4 月 28 日

玄武湖与多瑙河

暮春三月的玄武湖是最美丽的,但它的美丽也给我带来了一重忧郁,由于翠虹堤的夹道浓荫太像维也纳森林了,于是使我陡的想到了多瑙河。我觉得玄武湖已不再是玄武湖,我躺在一号游艇的藤榻上,有年轻的船娘为我们弄篙,游艇缓缓地前进,我仿佛置身于蓝色的多瑙河上。若干日前,一位女侣于邑地向我诉说她的诚款,她说:“我将效法柯派,走向那远远的地方去,希望时间能将你的记忆冲淡。”而今我来到了多瑙河,我怅望着一片宽广的水,搜索着柯派的影子,但是没有,她真的消失了。于是我要求身旁的小妹子韩菁清,为我唱一支《蓝色的多瑙河》。她点点头,轻轻地唱了起来,我沉醉在她的歌声中,一阵悲凉袭上了我的心头,我不是琼·史屈劳斯①,但却留下了相同的泪。

《铁报》1948年4月29日

冒雨游苏州

才展白门游屐,又于劳动节偷得浮生一日闲,逛了一次苏州。登车时还是极好的天气,车过南翔后忽然阴云四合,下起雨来,自此即淅沥不停。抵苏后趋车访女作家俞昭明小姐,为了下雨,游兴至此已沮,幸而昭明小姐给我们设法借到了一辆吉普卡,于是先至松鹤楼午餐,下午在短短的数小时之内,乃得畅游拙政园、狮子林、沧浪亭、虎丘诸处。雨中揽胜,倒也觉得别有情趣。我还是战前到过一次苏州,除了虎丘与狮子林是旧游之地,风景依稀如昔,旧梦尚堪重寻之外,拙政园过去仅在巷口稍事踯躅,并未深入,所以看到的只是一架文衡山手植的紫藤。而此次则遍览后园诸胜,倒觉

图25 苏州沧浪亭,刊于《妇女时报》1915年第16期

① 即约翰·斯特劳斯。

得这地方比苏州的任何一处园林都值得留恋，盖饶有水榭风廊之趣也。沧浪亭的窗棱形式不一，据说也是一绝。但我却觉得章法杂乱，实无可取。倒是美专的罗马式建筑，气魄十分雄伟，十四根廊柱更象征了这座艺术之府的不可一世。惜值假期，欲晤颜文梁校长而未获，缘悭一面，乃深以为憾耳。

《铁报》1948 年 5 月 3 日

贺作协成立

上海小型报作者协会，定于今日举行成立大会。从此小型报同文有了一个组织，有了一个联系机构，站在同文一分子的立场上说，这实在是一个可喜的现象。

今天是文艺界，作协选在这一个日子宣告成立，在可喜的现象之外，更具有深切的意义。五四运动给新文化开创了万世基业，三十年来，新文化发扬光大，已经开出了灿烂的花朵。小型报是文化事业的一环，年来更能从提高水准，剔除腐蚀方面努力。小型报本身有了新生，此后当不难负担起一部分推进文化建设的责任。

力量系于团结，团结即是力量，作协的诞生已弥泯过去的一盘散沙缺陷，而紧紧的携起手来。面临着这一个实施宪政的新时代，笔者对于作协所愿寄予的希望，是巩固本身的团结，珍视自己的责任。

谨以此两语为作协贺，兼以自勉。

《铁报》1948 年 5 月 4 日

我的国语

小型报作者协会成立之日，下走以国语宣读会章草案，同文诧为闻所未闻。其实我的国语，是受过非正式训练的。远在二十年以前，下走尝从林屋山人步章五先生游，先生门下多粉红弟子，她们都说的是一口道地京片子，下走杖履追随，习闻莺嗔燕叱之声，有时和她们闲话家常(谊属师兄妹也)，间亦采用国语对白，这是我讲国语闲话之时。

后来，与语言专家严工上先生，又曾同住在一幢房子里，闲来亦偶向请益。前年更亲炙于丁芝小姐之门，我的国语因此遂获得了长足的进步，抑且兼有话剧作风。不过平时我不喜欢卖弄，故不为同文所习知耳。

《铁报》1948 年 5 月 6 日

不食何妨

四川发现了一个九年不吃饭的杨妹，于是卫生局长、医院院长一流人物大起忙头，将她请到了重庆，留出了特等病房，准备全部免费为她诊治，而新闻记者亦纷往访问。李伯兰先生来华收集《信不信由你》[①]资料，九年不吃饭的杨妹当是他的珍获之一。

依照学理，人体不增加热量便无法生存，而杨妹的九年不食，却是铁一般的事实，的确值得科学家的研究。但如果说要将杨妹剖腹检验，那简直是将她作原子弹试放时的羊与鼠同等看待了。实是虐政。

更荒谬的是医师与卫生局长之所以要为她诊断检验，并非研究如何可以不吃饭，而是将她的不吃饭当作病态，要给她治疗。一

① 1918 年，美国漫画家罗伯特・瑞普利(Robert Ripley)以漫画的形式创作《你不信由你》(*believe it or not*)专栏，刊载于《纽约环球报》上，风行一时。

个人能够辟谷，那应该是求之不得的事，多么好！偏有那么一群魔鬼，将她当活狲般的搬弄，说不定弄得她终有一天要感觉腹枵而进食了，那岂不是害了她？

《铁报》1948年5月13日

无限的歉疚

最近对某一位小姐十分抱歉，我经常以国际八仙厅为会客室，某小姐偶或降其芳踪，仅是极寻常的探视而已，但浅见之徒以为异性晤对于咖啡座上，其间必涉儿女之私，于是著为文章时，将我写成了一个登徒子，真叫人为之啼笑皆非。我不敢咒骂这些浅见之徒的肺腑的龌龊，我只是归罪于我的襟怀未能为尽人所了解，当是我自己的学养未到之过。

自揣非圣贤，原不必自鸣高洁，但行年已叩四十大关，两鬓且皤，自惜羽毛似亦有此必要，因此对于小姐们的枉驾过访，我只得飨之以冷若冰霜的嘴脸，在我，心底里实在有着无限的歉疚，但社会是这样的社会，怀着小人之心的浅见之徒尚未死尽死绝，我不得不有恐惧流言的戒心，我不单是为了自己，实在也是兼为别人着想。

十年以前，下走有"不因红粉垂青眼，何以低眉分热肠"之诗，这一种豪情盛概，现在已归于消灭，足征我是衰老了。假使在十年前，我是会无视这些蜚语的，但是在今日，我却只能让这一位善良的小姐诅咒我的不近人情了。

《铁报》1948年5月15日

娇侄女演戏

师妹王玉蓉，早岁以痛下苦功而成京朝大角，享名于红氍毹上者十数年，现在她是功成身退了，代之而起的是她的掌上珠贞观。贞观幼承家学，对平剧有颖悟，年来经过她母亲的指授，以及梨园叔伯行的教导，不仅能戏甚多，而且戏路也比她母亲来得宽，青衣之外，更兼花衫、刀马戏。玉蓉对她这个孩子，喜欢得不得了，提起来总是笑。清冰出于蓝水，玉蓉的一脉从此有了传人，无怪她要喜溢眉宇了。

自今日起，贞观将在律师公会彩爨三晚，剧目是《四郎探母》《得意缘》《法门寺》，青衣、刀马、花衫戏全部出笼，这一份能耐在后起坤旦中是罕有的。好些年不看平剧了，为了娇侄女登台，我将暂时打消憎恶“古中国之歌”的观念，欣赏一下她的演出。

《铁报》1948 年 5 月 24 日

燕云楼

上海的京朝派馆子，目下以国际丰泽楼为巨擘，今后起而与之抗衡者，将有南华燕云楼。南华向售粤菜，近年来粤菜已不为饕餮家所喜，南华为了顺应潮流，于是也有改弦易辙，以北平菜飨客的计划。主持人王定源兄就商于下走，意欲另外拟一个楼名，作为南华的别署，主要的一点是要人家一望而知是京朝派馆子。我说：“有成语曰‘北望燕云’，命名燕云楼如何?”定源兄颔首称善，回去向董事会提出，一致的鼓掌通过，南华燕云楼之名于焉乃定。

燕云楼的厨下工作，延京朝派庖人权威牟占山主持之。丰泽楼初张时，耳牟占山之名，曾专人北上，重金罗致，牟不欲离北地，仅命其一弟子南下应聘。燕云楼在部署之际，重要决议之一是非敦聘牟占山本人到来，决不开张。此一决议终乃如愿以偿。顷牟已携带填鸭二百头南下，看来这一位京朝派庖人权威的治馔之美，此后殆将脍炙于海上人士之口了。

图 26　南华燕云楼开幕广告，刊于《申报》1948 年 6 月 9 日

《铁报》1948 年 6 月 3 日

上生意

在结婚典礼中，我做过两次介绍人，一次是徐慧棠兄结婚，我和柯灵兄同时应邀为媒老爷，柯灵兄代表乾宅，我代表坤宅。一次是刘同绎兄与“处女明星”李芳菲之婚，我又客串了介绍人一角，代表的也是坤宅，而“刘媒婆”则是周启范先生。

月之二十七日，我的女弟子王凤珠小姐将在美华酒家举行婚礼，凤珠幼年失怙恃，她的长兄日内将有沽上之行，来不及参加婚礼，凤珠要我给她做主婚。由介绍人做到主婚人，我的生意似乎越做越广了。

同文瘦腰郎最近有喜讯传出，我对他说："有什么事用得到我吗？我已经有了两次介绍人的经验。"瘦腰郎对于他的初婚，却矢口否认，看来这一脚生意，我是上不上了。

《大风报》1948 年 6 月 20 日

吊八阵图

叶子咖啡馆的卡座采取隔离式，有人目之为八阵图。青年男女谈恋爱，八阵图是最适宜的去处，由于座位隔离，不虑有人偷窥，此中人便可以为所欲为。叶子咖啡馆有此特点，营业赖以鼎盛。

煞风景的是，最近此中隔离式的卡座，已遭警局取缔而拆除了！八阵图遗迹乃渺不可寻。取缔的理由无非是妨害风化。风化固然要整饬，但咖啡馆至迟晚间十二时即须关门，而号称八阵图的卡座亦才能容两人骈坐，为所欲为有个限度，风化也不至于妨害到哪里去，此而亦须取缔，旅馆简直不应有房间了。

八阵图之设，赖之成就的姻缘不在少数。而今突遭取缔，下这一道命令的人在冥冥中是阴功积德呢还是伤阴骘？正恐未易言也。

《铁报》1948 年 6 月 20 日

可怕的情感

听到了任问芝自杀的消息以后，曾到共济医院去探视她。她住在五楼四〇七号室，我去的时候她正熟睡，不愿惊动她，站在走廊里和她的侄女儿冬宝小姐谈了一会，她说不出自杀的原因，我也避免寻根究底,没有多问。

半个月之前,任问芝正在接洽顶房子的时期,我曾在她的天乐坊香闺中吃过一次饭,发现她妆阁中的小摆设有瓷器的母鸡,一幅立轴也画的是鸡,我猜想她的生肖一定是鸡。问之果然,她今年二十八岁,恰巧比我小一周,我曾说过一句笑话:“我们今天是公鸡与母鸡的会见。”她听着也笑了起来,笑得很妩媚,不想她却有太多的忧郁。

一个颟顸的人不会自杀,惟情感过度丰富者始有无可消弥的郁伊。任问芝的轻生,必然也是为了太重视情感。今幸无恙,深愿她此后能培养理智,理智是可以克服一切困难的。

说也奇怪,在相识的名女人中,连任问芝在内,自杀过的竟占六位之多,情感真是个可怕的东西。

《铁报》1948 年 6 月 22 日

嫁凤记

王凤珠小姐,在名义上是我的女弟子,前天是她的结缡佳期,婚礼在美华酒楼举行,经过了一番化妆,她比从前更美艳了。电影歌曲有曰“春天是一个美的新娘”,此日的凤珠就仿佛春天,因为她也是一个美的新娘。

新郎屠恒兴,小名阿龙,我曾称之为“龙凤姻缘”。新娘是美的新娘,新郎也是英俊而又诚恳的新郎,凤珠择偶有眼力,应该为她庆贺。

在女性的贺客中,发现了曲樊英小姐,她堆着一脸的笑,也有点喜溢眉宇的样子。不知道曲小姐哪一天请我喝喜酒?

《铁报》1948 年 6 月 29 日

蟪蛄不知春秋

有人在报上谈及燕云楼的北平填鸭，每只售六百万元，以为奇昂。我和燕云楼的王定源先生，是比较熟悉的，据他告诉我："填鸭从平津运来，单是托轮船装载，已费尽心力，这一笔旅费，自然为数不赀。既抵沪上，还要车送江湾的填鸭别墅去饲养两旬，飨之以麸粉、小麦、高粱等混合食料，再派四个人负责管理，种种成本加上去，只鸭所耗，即需四五百万金。待到填鸭得相当肥硕了，又要专车接驾，管接管送管吃管住，完全当它角儿看待，在四管之下，卖六百万元一只还是做做牌子而已，端的无利可图。假使不是远道而来的白羽毛填鸭，而是一只野鸭，那么六十万元也可以卖了。"我对王先生说："这是内幕新闻呀，为什么不在报上刊载广告，俾众周知？"于是前天的《新闻报》上，遂有《北平填鸭说明书》广告出现。

今日之下，担石之粮涨到二千万元以上，皮鞋卖到一二千万元一只，这不是物价腾踊，而是钞票不值钱。六百万元吃几盆填鸭，诚然豪华，但在街角小摊上吃两客牛肉三明治，喝一杯咖啡，也得三十二万金，你说它贵，那真是蟪蛄不知春秋了。

《铁报》1948 年 6 月 30 日

签诗

小妹子韩菁清在庐山小住之后，飞回上海，我在南华燕云楼设宴为之洗尘，请她尝尝牟占山部队烹饪的京朝派菜肴。

菁清一去三月，倦游归来，多了一样收获，那是挂在胸前的一颗金鸡心，足有奉化水蜜桃那样大小，上镌"菁清"二字，是小妹妹的亲笔，我说："这倒像是杨柳树上挂着一个大招牌了。"菁清为之喷饭。

菁清在汉口时，一日曾渡江至汉阳，在归元寺求神问卜，顺便也给我求了一档签，菁清将签诗带给我看，乃是七绝一首，句曰："金风吹动桂花香，巧鼻难闻在哪方。著意推寻始终见，不劳多力众忙忙。"这诗倒像是说我在追求一位阿桂姐，而且还得"著意推寻"才能成功，岂非太费力了？又签诗下注"第十三签上吉"，十三是个不祥的数字，意者"上吉"殆是不吉之误。

《铁报》1948 年 7 月 3 日

二仙鬻扇

夏日挥毫写扇，在我是认为无上苦事，原因倒不是怕热，而是我实在不喜欢自己的字，我的字没有经过临池练习，不成章法，写上扇面只是糟蹋了扇面。也就为了自己惮于书法的缘故，当代书画家熟稔者虽多，却从没有以"敬求墨宝"为请。

例外的是，最近见二弟勤孟为几位海上名雌写的泥金折扇，倒有一点爱不忍释，很想请他写一把。勤孟临《曹全碑》而得其神髓，自胡展堂逝世，以《曹全碑》著誉当世者，惟勤孟一人而已。我最怕写蝇头小楷，写扇子从来不写双行，而勤孟则于此独工，他写给项墨瑛的一把小扇子，工整得无以复加，使胡展堂犹在人间，睹之亦当自叹勿如。

现在，勤孟正与小妹子韩菁清合作鬻扇，菁清的花卉翎毛，具有南田笔意，也很难得。每箑售千万金，实在不贵，现在我不想轧闹猛，一俟秋凉，二仙合作之箑，愚兄是一定要求上一页的。

《铁报》1948 年 7 月 8 日

却扇

去年曾写过一篇不写扇面的小文,这一篇文字给予朋友们的印象似乎并不深,今年依旧有以便面索书的,于是旧债未清,新债又来。朋友们是瞧得起我,应该感谢,可是他们完全不了解一个非书家的痛苦。写扇子应该有扇板,这一种道具我没有;扇面要擦过,砚台要洗涤过,墨要研起来。我的身边既无书童,更没有红袖添香的侍婢,这些工作都要我自己动手,我的性子又特别躁急,研墨研得过火了,往往扇面上溅满了墨渍,而我又没有画桃花扇的本领,势必赔上一页扇面。有时候擦扇面用力过猛,扇面也有粉身碎骨之虞。即使突破了重重难关,扇面写好了,说也惭愧,我连印泥这东西都没有自备的,只好借用报社里盖回单用的通俗印泥,胡乱一用,钤记敲到扇面上,简直是一团糟。此外还有写些什么,都是个问题。我自己的覆瓿之作,仅是那么几首,写别人的诗我手头又无古本,所以朋友们要我写扇子,我不敢不识抬举地敬谢不敏,但基于上述的种种困难,我实在无法报命,扇面来者不拒,收下了只好干脆搁置起来,束诸高阁,谁叫你们造屋邀请箍桶匠的呢?

《铁报》1948 年 7 月 17 日

一家不道德的商店

星期日下午,大票尚未发行,但黑心的奸商已准备改码。这一了的奸商,南京西路一〇一七号的美华公司,可以推为代表。

太太的旧皮包损坏了,要买一只新的。也算是我出门不利。第一家就跑进美华公司,拣了一只标价一千五百五十万元的皮包,谁知他们的女职员,竟然将那张标明价目的纸签立刻藏过,要我付二千五百五十万元代价，倏忽之间涨起了一千万元，标明的价目竟是作不得准。做生意以不道德为原则，美华公司殆是首创第一家。

女职员说："这价目是标错的。"我问："那么所有橱窗里的标价都是标错的吗？都作不得准吗？"她们说："别的都没有错，就是这一只错了。"我本来想教训她们一顿，但我这个人是不惯寻相骂的，一想，算了吧，她们临时要涨价，无非是为了希望多卖一点钞票，女职员也可以多赚一点胭脂花粉钱的，而我则第一遭看到了奸商的鬼蜮伎俩，总算也开了眼界了。

《铁报》1948 年 7 月 20 日

翁仲惨劫

翁仲拆卸，我是目睹者之一，拆卸时斧凿交加，其一终遭腰斩惨刑，其一虽侥存，但底座已毁，也失去了完整。看来宋教仁烈士墓前的一对卫士，是无法就职了。

翁仲无言对夕阳，道旁有这么一对偶像，原也无伤大雅，愚夫愚妇焚香膜拜，则国内寺庙遍地皆是，此种情形司空见惯。不要说文明先进国家仅有教堂的建立，仅有耶稣的信徒，即使迷信为中国所独有，又何妨让它自生自灭？而我们的当局却偏要对这两个翁仲瞧不顺眼，不惜兴师动众，架起了机关枪鸠工拆除，实属小题大做。

拆卸手法不灵，翁仲杀身成仁，赢得的是一片诅咒之声，已经显得这一件事做得有点弄巧成拙。最滑稽的是翁仲虽去，香火依然，善男信女仍有在原处顶礼膜拜的，这对于翁仲的拆卸，更是莫大的讽刺。

《铁报》1948年7月22日

谢四贞赠印

谢四贞从北平回来,送了一颗购自玉石肆的圆章给我,事先她来了一个电话,说:“我是千里送鹅毛,你不要见笑。”我谢了她的好意。次日到报社,一颗圆章已专足送来,放在我的写字台上了。

关于印章之赠,在我的生命史上有一段可资回忆的往事。某年S小姐归自皖南,也给我带来了一颗石章,上有兽纽,外承锦盒。这一颗石章我藏了好些时候,没有敢刻上我的名字,为的是要保持它的完整。直到S小姐遣嫁,这才请石羽先生为我奏刀,经常将它带在身旁。当时我曾有如下的一首小诗:“当腰玉玦佩成双,解佩人居天一方。不是声容轻可接,门前一带阻横江。”即是为石章而作。

四贞从北平带来送给我的一颗圆章,是玛瑙质的,内蕴云纹霞彩,极晶澈可爱,而体积则又娇小玲珑,以物喻人,倒很像四贞自己,这一颗圆章,虽异环佩之赠,但盛情可感则一,因此我又想藏诸椟中,表示我的“不敢毁伤”了。

《铁报》1948年7月28日

慰项墨瑛

项墨瑛病了,她不在她那焕若神居的家里休养,却进了医院,为的是医院里比较静一点。我不想打搅她,同时我也欠缺问病的资历,因此只是打了一个电话给她,向她慰问了一下。在电话里,她倒是发了一点牢骚，仿佛有着无限的忧郁。女孩儿家有什么忧郁的呢？除非是为了婚事，才会恹恹的闷出病来。

不久以前，项小姐打出了一张支票，说到了金风送爽的时候，她将结票，这是我在报上看到的记载。项小姐开得出这一张支票，显然是有了把握的。同时我也知道，项小姐已觅得了理想对象，其人既有声于时，又是少爷班子，论个子，也和项小姐不相上下。这一段姻缘如果成就，倒的确是佳偶，现在项小姐病了，又是一肚子的牢骚，倒像是好事多磨，起了什么变化。我向来是个好事之徒，很想闯到赛维纳去，问问那位执戟郎，究竟何事叛楚？（项小姐的理想对象，正是我的熟朋友。）在未晤执戟郎之前，我这里狗拖耗子，先向项小姐慰问一下，您的终身大事，我这个不相干的人，倒也许可以从旁赞助一下啦！

《铁报》1948 年 8 月 1 日

女子宿舍的狠房东

威海卫路三二〇号的勤园女子宿舍，房东是一个年约四十余岁的妇人，叫陈琴华，过去曾因向房客勒索种种费用，引起全体房客反感。不久以前又发出通告，房租自七月份起改以公教人员指数计算，每一铺位分十三元、十四元、十五元三级，比六月份要涨起十三倍之多。勤园女子宿舍二、四两楼的寄宿者，多数是商店女职员，有的每月仅底薪三十元，如果要付出十余元的房金，不啻去掉了收入的一半，如何能够生活。现在她们已采取一致步骤，房金至多改为每月五元，照公教人员指数计算。但陈琴华不答应，最近已经将电话封锁，不许通话；第二步则抛弃租赁人的箱笼物件，增加铺位。全体房客对于陈的压迫，自是不堪忍受，亦已准备向妇女会陈述，请求援助。旅馆性质的宿舍房租改按生活指数计算，勤园女子宿舍殆是首创第一家了。

《铁报》1948 年 8 月 1 日

木偶奇遇记

从大光明看了一场《蓬岛仙子》走出来，循着南京西路向西，为了骄阳如炙，过仙乐舞宫我就跨越马路，拣阴僻的一面走。当我正在欣赏某一家商店的橱窗时，一位女郎也踅了过来，站在我的左肩，窗中遂映双影，我回过头去看她，她的红唇膏抹得非常浓。我看了一回开步走，她居然在后面跟，走了一段我再越过马路，她也跟着越过马路，大有亦步亦趋的样子。如果我还有一点豪情盛概，这以下就可能有节目，她是个抛岗女郎[①]，那也是上驷之才，可惜我对猎艳太缺乏勇气，最后我终于踅进了报社，放弃了这一个傥来的机会。

在文人笔下渲染起来，这该是奇遇，无如我却是一个木偶，只好让那位好心的女郎诅咒我不识抬举了。

《铁报》1948 年 8 月 4 日

连朝宠召谢婵娟

连朝宠召谢婵娟，时有珍馐飨上仙。

① “抛岗”，为海派俗语，形容女人在外面拉户头，就像警察站岗一样，抛在那里。有在舞场中的，有在茶室中的，有在戏馆里的，最多的是晚上在马路上拉客的。

人出灯前皆绝后，频于酒后更奇妍。
昨宵才识笋蔬美，此夕重看莺燕颠。
一自肺肝湛琬液，长疑身在大罗天。

近来时常叨扰小姐们的酒饭，一晚，项墨瑛小姐打电话给我，要我们到她家里去吃便饭。项小姐这天有应酬，她在外面吃了一只冷盆就赶回来了，招待我这个独一无二的客人。菜肴摆满了一桌子，项小姐还说是家常小菜，在我已经有“食前方丈，味兼珍馐”的感觉。这一桌子上，就坐了我和项小姐两个，我很想说：“如果上一对绛烛，这就是吃和合夜饭了。”但我毕竟没说出口，人家恭而敬之的，我怎么好意思口没遮拦？

在项家一饭之后，次晚又承康敏小姐招饮，在座者有管敏莉、姚枫、苏璇、顾梅琳几位小姐，也有项墨瑛。姚枫、苏璇两位小姐都说，过一天要请我吃饭，而管敏莉则要我定一个日子，宴请洋场八仙[①]全体人马。看起来艳福与口福之中，我倒是占了一福，吃运似乎很不坏。这一首诗，写于康敏小姐招饮的筵间，在座的几位小姐，她们都嗲得要命，因此我这一首诗，也不免带有一点“嗲”的成分了。

《铁报》1948 年 8 月 9 日

蛾眉热肠

十四日晚上，翡翠谷夜花园开幕，揭幕的几位小姐，有的我自

① 1948 年 1 月 18 日，在歌星韩菁清的提议下，陈蝶衣与潘勤孟、顾志刚、冯凤三、谭雪莱、席曙天、黄彰才、韩菁清八人，在韩菁清寓所瑜伽精舍佛堂举办了结拜仪式，被戏称为“洋场八仙”。“八仙”以年纪序长幼，陈蝶衣为长，自称“张果老”，韩菁清最幼，众皆以“何仙姑”呼之。

己邀请,有的托朋友代邀,不仅都俯如所请,而且小姐们和朋友们都原谅我的忙碌,异口同声的说:“不劳迎送,当自行报到。”她们不仅亲劳玉趾,有的还邀了许多朋友来,捧翡翠谷的场,这一份盛情实在太使我感动,原因是有几位小姐虽都熟稔,却说不上有什么深交,朋友们代我奔走,还可以说自有交情,若夫热肠竟属娥眉,则出诸意外,这怎不叫人感奋。

翡翠谷僻处郊外,远是远了一点,但环境的优美,则实在使我爱好,生平无奢望,惟有园林清趣却极爱领略,现在有这么一个地方供给盘桓,还有着我的一间办公室,这太合我的理想了。自即日起,每晚九时我一定在翡翠谷,欢迎朋友们枉驾纳凉,只要认为我是个朋友,小兄弟没有不竭诚招待的。

图 27　翡翠谷夜花园开幕广告,刊于《申报》1948 年 8 月 14 日

《铁报》1948 年 8 月 15 日

女子宿舍纠纷续记

关于勤园女子宿舍女房东陈琴华,通告各房客,房租自七月份起改按生活指数计算,较六月份增加达十余倍的消息,本报于八月一日即曾揭载，其后勤园女子宿舍来函声辩，要求更正。原函亦曾摘要刊载十二日本报。现在这一位女房东向房客压迫加租的纠纷，已经闹到社会局，事态显明，完全证实了一日本报的记载，同时也证明了勤园女子宿舍上次来函要求更正，实属狡辩。据二十一日《大众夜报》载："勤园系汉奸吴永华之逆产，因交由宁波妇人陈琴华开办女子宿舍，始免于被政府没收。最近陈欲将该宿舍完全占为己有，以任性加租为手段，逼使无力付租者搬出，手段恶辣，寄宿者乃有请求社会局调处之举。"可知关于勤园女子宿舍的房产，很有问题咧！

《铁报》1948 年 8 月 23 日

柬管舞后

宠召旧曾颁凤翰，椒房许我小盘桓。
自知下吏难忘倖，每喊阿哥总羡乾。
襟角除香成滞渍，尊前夙约待轻寒。
舞腰但愿终英健，长得君王带笑看。

舞后管敏莉拟款筵洋场八仙，要我定一个日期，就在她的寝宫中聚餐一次。前天在仙乐遇见她，又以是为言，我总觉得不好意思，对她说："待天气风凉一点再说吧。"舞后的香闺在复兴中路桃源邨，一度曾蒙招饮，她的房间里，一只梳妆台上摆满了各式各样的香水瓶。她曾打开了一瓶香水的瓶盖，倒了几滴在我的衣襟上，这就是上面一首诗第五句的由来。第四句是指舞后对大郎兄的称呼，一声声叫着“阿哥”，比小妹子韩菁清口中的“大阿哥”亲热得多了。

《铁报》1948年8月24日

无视那些“打击”！

有一位朋友受到了磨难与打击，灰心地要循归山林，与麋鹿为伍。我拉他去皇后看了一次《孔夫子》，当银幕上映出孔子的雪人像，被奸佞之徒与无知顽童用泥块打击时，我悄悄地对朋友说：“这世界原是个缺乏理性，缺乏同情的世界，但我们应该无视那些打击，你总能感觉到，孔子的伟大人格绝不会被泥块所打倒，而可鄙的毕竟还是奸佞之徒与无知顽童。”走出影院后，我看到了朋友脸上的笑容，那是坚毅的笑，他热烈地和我握着手，兴奋中和我告别。

我看过舞台上的《倾城之恋》，当男女主角经历了一番磨折后拥抱而吻时，梯级上站着动乱的一群，发出揶揄的讪笑。这一幕戏给予我的印象极深，给予我的影响也很大。数年以来，我也曾饱经忧患，屡遭侮谩，但我从不灰心，一切打击加到我身上时，我只是付之一笑。我以宽拓的胸襟应付人事，我确信惟有真诚才能感动别人，当我看到我的朋友终能由颓废转变而为兴奋时，更感到我的信念并非无效。

《铁报》1948年8月30日

男女之私

有几位同文写到女人，尤其是欢场女子，往往将她们骂得体无完肤，仿佛这样就显示了他是个英雄。我时常会惊骇他们的心狠手辣。其实人非圣贤，谁能保得住自己是个俯仰无愧的完人？尤其是男女之私，我认为各人可以有不同的见解，也各人应有自由的特权，实不劳第三者置喙。尝见某同文为了某名雌的恋一优伶而在报上大肆诋娸，使人不无“吹皱春水，干卿底事”的反感。

我就有这么一份怜香惜玉的心情，崇奉恋爱至上主义，不管是何等样的恋爱，除乱伦以外，一概视之为正常，虽荒诞如“至尊宝”王文兰，也从不在笔下作一语之贬，她喜欢爱谁就爱谁，谁可以斥责她不该？天地间不能无至情，而对于“至情”的解释，也是可以因人而异的。说老实话，像我这样木讷的人，有时候也难免维摩之室，忽来天女，我就不敢明于责人而昧于责己。

《铁报》1948 年 8 月 31 日

鸡尾茶

有人购自杭州的茉莉花干馈 T 小姐，T 小姐转送一盒给我，我还搁着没有动用；一昨 H 小姐归自吴门，又给我带来了玫瑰花干与黛黛花干。此后我将三种花干都带到凯司令，命侍者冲开水一壶，掇茉莉、玫瑰、黛黛各少许于杯中，美其名曰“鸡尾茶”。化妆品中有名隽的脂粉曰“三花牌”，我的茶也是三花牌。

同座某小姐好谑，将她剩余的一片柠檬投入我的杯中，又给我放了一匙糖，于是这一杯鸡尾茶，除了清香之外，甜、酸、苦诸味皆有，幸而案头无生姜，否则再加上了辣，我的舌本真要麻木不仁了。

我并无卢仝七碗之癖，爱好的只是咖啡，但此晚的鸡尾茶我终于喝到干杯，则以杯中物固美人之贻，遂觉别有风味耳。

《铁报》1948 年 9 月 7 日

东方的墨法小姐

项墨瑛为了小学的房屋纠纷，跑了一趟苏州，终以得有力者奥援，事遂顺利解决，侵占校舍的部队撤退后，墨瑛亦忻然言旋，已于日前返抵上海。

春生小学是墨瑛纪念她的先夫范春生烈士而创设的，她对于这一所学校费了许多心血，也花了许多钱，差幸桃李盈门，成绩不恶，他日说不定有不少俊髦之士，出自此一篁舍。尝观《春风化雨》影片，叙述墨法小姐作育英才的故事。墨瑛的毅力不输墨法，最巧的是两个人名字中都有一个“墨”字，而饰演墨法小姐的蓓蒂·黛维丝，又复双睛特巨，如墨瑛。墨瑛致力于教育事业，其志可嘉，她该是“东方的墨法小姐”。

我有一首未完成的打油诗，系为墨瑛小姐而作，其中有两句是：“兴学招牌尊亚父，追韩主角换重瞳。”后者纵横如愿，但前者毕竟已有建树，精神亦可有所寄托了。

《铁报》1948 年 9 月 8 日

贺柳絮兄

柳絮兄求艾不止三年，近始觅得倾心之侣。数日前从穆一龙兄处，得悉柳絮兄将订婚，一龙兄正受托镌刻鸳鸯双印。昨日柳絮兄的《小病》文中，也说明了将定名分，可知不久，将来我们有喜酒可喝了。

以柳絮兄择偶之苛，可以揣想他的未来夫人，必然是倾城之选。最近我曾一度晤及柳絮兄，和他在一起的一位女侣，脸型是浑圆的，脂粉擦得极浓重，与柳絮兄的仪度清华，迥不相侔，因疑将定名分的对象，未必是这一位小姐。则以无论选色选德，在大家闺秀与小家碧玉之间，柳絮兄必取前者，而我所见到的那位小姐，从气度上看起来，却属后者。

“窈窕淑女，君子好逑”，柳絮兄是今之君子，过去我又曾一度为柳絮兄作伐，因此极关心他的终身大事，但愿儷君子者正是淑女，敬以此为贺。

《铁报》1948 年 9 月 9 日

若瓢之扇

最近我买了一把扇子，一面画兰，一面书行楷，皆出若瓢上人手笔。我之购此一扇，并非性耽风雅，企图收藏什么名家书画，只是为了喜欢若瓢这个人——一个终年憨笑与世无争的和尚。

若瓢旧居吉祥寺，虽御缁衣而不唪经，惟以临池作画消遣岁月。过去我有着一份闲情逸致，时常到吉祥寺随喜，有时若瓢也到万象书屋来找我，我从来没有问起他的身世，但我感觉到这一个和尚与众不同，他是个乐天派的人，不像是为了消极而出家的。

有一个时期，我曾蓄意遁入空门，但瓢上人不肯收我这个弟子，因此直到现在，我还是只好抗尘走俗，在烦恼中打转。假如当初他答应收录门下，让我跟着他写写字，学学画，那多好。

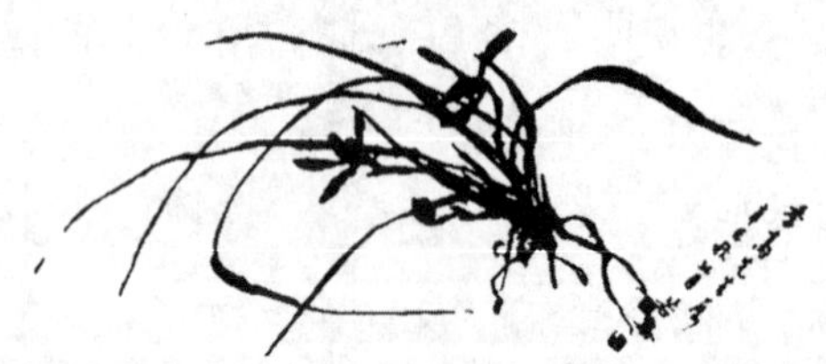

图 28　若瓢所绘墨兰，刊于《社会日报》1942 年 7 月 24 日

这种清福他不肯分一点给我,不知是不是为了我尘缘未尽,尚有绮障?

现在,我买下了他的聚头之扇一叶,虽有异于杖履追随,但亦能时挹清芬,他笔下的香草数剪,画得潇然出尘,使人真有如见其人之感。

《铁报》1948 年 9 月 10 日

听电话的天才

柳絮兄在《问病的电话》文中说,有位小姐打电话给他,声气很陌生,要柳絮兄猜猜。柳絮兄和她谈了半天,还是不详其姓氏。按:这一位小姐先打电话到《铁报》来询问,是我将柳絮兄的电话号码告诉她的。

对于这电话,我却很有一份天才,只要对方一开口,我就可以听出是谁,但以女性为限,男性声气重浊,不若女性的容易辨识。有一位小姐打电话,具有"猜猜看"的癖好,其实不待猜测,我就知道她是谁,我在说出她的名字时,她往往惊异地说:"你怎么听得出我的声音的?"我说:"我别无其他女友呀。"这是迷汤,但当之者可能发生麻醉作用。有一位朋友遇到女侣,在电话里请他"猜猜看"时,他习惯以"你是我的家主婆"①作答。我不敢如此儇薄,但如对方比较熟稔,则讨一点口头便宜,也许正是亲善之道。

《铁报》1948 年 9 月 11 日

---

① "家主婆",沪语,"老婆"之意。

小姐们的彷徨

有好几位小姐年逾标梅，尚未出嫁，原因略近于择偶奇苛，她们憎厌飞机头少年的浮嚣，以为不足为偕老之侣。中年人比较醇厚，可与共晨夕，但大都已有太太，做人家的外室又不甚愿意，于是芳华虚度，势成搁浅。

S小姐和我讨论婚姻问题，慨叹着选婿之难，她的所谓难，情形正如上述。她问我“何以自处”？我说：“你永远做一个大众情人吧！”S小姐太息着说：“能够永远做大众情人，倒也好了，只恐红颜未老恩先断，他日大众情人岂不将变而为老处女？”她说的倒也是实话，我想有几位待字未嫁的海上名雌，殆与S小姐有着同样的彷徨。

《铁报》1948年9月20日

司马音会见记

图29　司马音(左)与叶敏合影，刊于《天下》1948年第68期

司马音小姐为了探视母病，最近归自香港，这是她参加选美获隽，荣膺一九四八年香港小姐尊号后第一次衣锦荣归。二十一日下午，她特地到国际八仙厅来看我，其人高躯健骨，身材的长度极适合世界选美标准。她能够在香港小姐竞选中压倒群雌，当是由于体态健美的缘故。

司马小姐告诉我，香港的中英影片公司请她主演一部粤语片，关于她的部分则用国语对白，她对此一邀请尚未允诺，她的远望是想在上海电影界谋发展。如成事实，那么上海小姐谢家骅到香港去拍片，香港小姐到上海来拍片，倒也是一桩佳话。

司马小姐操国语甚流利，又有着天赋的歌喉，上银幕条件具备，但愿她有志者，事竟成。

《铁报》1948 年 9 月 23 日

识荆记

荆逢小姐鬻歌于高乐，饮誉甚盛，而恨未一见。昨晚，其义父蔡兰言兄挈之过访，遂获偿识荆之愿。果然柔曼韶秀，名下无虚。

据兰言兄告诉我，他的娇女除寝馈于平剧、歌唱之外，亦曾演唱话剧。可知荆逢小姐不但丰于貌，抑且有着多方面的才华。如此美材，正该向更广大的艺术领域发展，而今则局蹐歌场，无殊栖鸾凤于荆棘，我为她惋惜。

过去，我曾以大陆饭店为傅舍，居之凡一年，现在荆逢小姐亦下榻于此，鸾漂凤泊，随处为家，她的身世之悲凉，由此可窥测一二。正因和她有一点"前后同居"之雅，于是倾谈之下，不禁又为这一位天涯歌女黯然了。

《铁报》1948 年 9 月 27 日

适性而歌

《新民晚报》有一篇文字詈议黄色歌曲，株连及于《香格里拉》，一位朋友阅之不平，意欲代我策书反攻，下走则笑却之，原因是那篇文字中指出，《香格里拉》为欧阳莎菲所唱，鉴于执笔者的皂白未分，可知他的齿及《香格里拉》，仅以曲名耳熟能详而已。在我正该感且不遑，憾于何有？

我爱好恬静，无视一切争执与龃龁，带有火药气的歌曲我未由握管，偶有所作，多数以春秋佳日，天地至情为咏叹对象，兼爱歌颂大自然景色，《高岗上》与《香格里拉》差堪为代表作。若说此而为黄色，则《古文观止》应删除《桃花源记》，而《圣经》中亦不当有《婆罗门情歌》。

不过话得说回来，对提高歌曲素质一点我绝对同意，创作战斗性积极性的歌曲，我也不反对，惟当期诸高手，前面说过我是爱好恬静的，请容许我适性而歌，至于制造黄色，则谨饬如我，自信还不至于。

《铁报》1948 年 9 月 30 日

小生日

今天是我的四十诞辰，在欧美，四十岁还只是人生与事业的开始，因此我也认定今天仅是小生日，实在不足以言寿，何况世乱中年，羌无好怀，哪里有称觞祝寿的兴会？但友好与盟弟辈不我遐弃，定欲有所点缀，这盛情极可感谢，我自然也未便不近人情的深闭固拒，凑巧的是此日恰逢双十节，备杯酒而为国家寿，倒也不无意义，遂亦不辞“鄙人四十大庆”之嫌，期与诸君子谋一醉，不过时值非常，只能一切从简，除聚餐外别无节目，就是请柬也仅印少许，发完了即不复再版，沧海遗珠，必然难免，惟愿知我者勿罪。

《铁报》1948 年 10 月 10 日

恕帖不周

我的四十岁生日宴，虽然力戒浮华，一切从简，请柬也未尝遍发，但还是惊动了许多朋友，纷纷贲临参加，有几位才于先一日展游屐，及晚亦匆匆赶回，登堂作贺，他们的热忱真使我感谢。

是日以花篮见贶者，多至二十余起，在下非名角，然亦大有登台彩爨意味。最使我过意不去的是言慧珠、华香琳、潘秀娟三位小姐，我都漏未以一柬通知，她们却先后送了花篮来，华香琳小姐且绝早就亲降玉趾。及晚，项墨瑛、苏璇、任静娴、管敏莉、朱芍英、陈慧敏、汪瑛、郑爱珍以及刘德明诸位小姐，也都翩然莅止，我只有一再道歉，请她们"恕帖不周"而已。

小妹子韩菁清在汉口，厄于二竖[①]，未能赶来，但她的一封祝寿信却恰巧于双十节递到，附照片两张，手帕一方，成了不远千里而来的最特殊的贺礼。殷四贞小姐在无锡游览，也很诚恳的打了个长途电话来，向我道贺。生平交游，不及于达官贵人，却不乏红粉知己，亦未尝非快意之事也。

《铁报》1948 年 10 月 12 日

隐名氏的蛋糕

在洋场八仙中我忝居仙长，此次我的生日，七位义弟妹联名定制蟠桃献寿蛋糕一座，重四十磅，我于事先得讯，曾致书二弟勤孟，请他取消定议，以节物力。但诸弟不接受兄长之命，及期，蛋糕还是专人专送而至。此晚，我捧了这一座蛋糕回家，竟至两臂酸痛，几于不举。二十年前尝欲从杜心五先生习武，有志未成，今日遂致手无扛蛋糕之力，实属遗憾。

---

① "二竖"，病魔之意，语出《左传·成公十年》：公梦疾为二竖子，曰："彼良医也，惧伤我，焉逃之？"其一曰："居肓之上，膏之下，若我何？"医至，曰："疾不可为也，在肓之上，膏之下，攻之不可，达之不及，药不至焉，不可为也。"后用以称病魔。

除了这一座蟠桃献寿蛋糕之外，还有人送来一盒巨型蛋糕，下款大书“隐名氏谨贺”五字，想来想去，我与陶启明或徐百齐均无来往，他们绝不会送这一份礼物给我，送蛋糕的主人故弄玄虚，倒叫我猜疑了半天。后来我到承制蛋糕的那家食品公司去探问，据他们告诉我，送糕的人是一位极漂亮的小姐。这一打听，更使我坠入了五里雾中，生平所认识的小姐，漂亮者不在少数，但大都是止乎礼的朋友，一经隐名，事态就比较严重，而我却怎么也猜不透这位送糕人是谁，也就只好悬为疑案了。

《铁报》1948 年 10 月 13 日

香草之贻

我手里的一只板烟斗，本来略同于告朔饩羊，摆摆样子而已。当初仅是一念好玩，初非有羡于“吃板烟的鱼”，及至既成习惯，遂亦不啻丘吉尔的雪茄，仿佛成了商标。自知玩物丧志，古有明训，但板烟和我，已成形影不离之局，也就只好长置襟袖，不忍捐弃了。

最近，郑爱贞小姐送了两罐烟丝给我，都是名贵的牌子，可惜明珠暗投，不得其生。郑小姐平时习见我捏了一只板烟斗，却没有留意我的烟斗并不冒烟。对于这两罐烟丝，我也就感到了处置为难，煞费踌躇，有一个办法是转送别人，庶不致投闲置散。但香草之贻，正自美人，投赠者的美意未可辜负，实际上我也不忍割爱，于是预备下一决心，即视郑小姐之珍遗为劝进，开始尝尝板烟的滋味，自己定一个尺度，即尽烟丝两罐为限，浅尝即止，庶几亦无背为节约。生平无不可戒绝的嗜好，我相信我手里的板烟斗，能够终为道具，不致上瘾。

《铁报》1948 年 10 月 14 日

夜长人不寐

最近两度与言慧珠小姐共饭，她都谈到失眠问题，深以“夜长人不寐”为苦，我缺乏医药常识，对此未能有所贡献，但失眠则是过来人，“细数更筹”的滋味我也尝过，的确不大好受。

我之所以失眠，仅是由于思虑太多，原因极单纯，故于一旦憬悟之后，失眠症便不再困扰着我，从此着枕即能成寐。我的方法是“明天的事搁在明天再讲”，使脑海里澄清无滓，罔所萦绕，实在是最良好的安眠药，至少在我是行之数年，颇著成效的。

就我猜测，言小姐的失眠，大抵事业方面的牵系较少，恋爱方面的烦恼较多，“事大如天睡亦休”的方剂，自非对症良药了。

《铁报》1948 年 10 月 15 日

汪瑛生日宴

后于我生日四天，是汪瑛小姐的廿四岁诞辰，我的生日她曾贲临道贺，她的诞辰我亦前往答拜，譬诸外交礼节，其情形固略同于“报聘”也。

当下走登堂作贺时，一档申曲堂会刚成尾声，女主人旋即招呼同伴拍摄大团圆群照，入选者都属娥眉，计之得十八众，于是莺嗔燕叱之声，喧腾一室，影响所及，摄影师亦为之神思不属，扑落[①]一再脱落，电炬一再熄灭，更使摄影师心慌意乱，几无所措其手足。

① “扑落”，plug 的沪语音译，“插头”之意。

大抵像这样玉笑珠香的大场面，他也许从未经历，难怪他要吃慌。

当电炬失明时，仅案头的绛烛发其光华，幸而在场男宾都是诚笃君子，否则汉口的派对舞会事件，或将重演于今夕了。

摄影之后的节目是开桃觞之宴，下走以四日前的寿翁身份首先举爵，为今日的寿婆晋冈陵之颂。同座者依次敬酒，女主人酒肠虽宽，但终亦不免醉颜微酡，也就越显出她的"颊于酒后更奇妍"了。

《铁报》1948 年 10 月 17 日

代客点菜

最近上酒菜馆进餐，往往有无从下箸之叹，食无鸡固然已是普遍现象，偶然有走油蹄子、糖醋排骨之类吃到，已经觉得物以稀为贵了。至于西菜，猪排等断档即属常事，如果不是吃整客的菜，则土司亦往往拒售，盖配货不多，店方不得不靳而弗与也。

就在此种缺货情形下，发生了一个奇特现象，即是食客就座以后，点菜之责辄由侍者代负，则因"阿拉卡"①上的菜肴，大部分恒为厨下所不备，惟侍者则能知其所有，你要吃什么东西，事实上可容不得你做主。

苏州人称"吃"曰"触祭"，上酒菜馆而偏劳侍者点菜，也可以说是"政由宁氏，祭则寡人"了。

《铁报》1948 年 10 月 18 日

看与学义演

我曾说过，对始终停滞于旧阶段的平剧我不感兴趣，但在最

① "阿拉卡"，la carte 的沪语音译，"拿菜单点餐"之意，此词汇来自法语，在旧时上海被广泛应用。

近,我终于又看了一次项墨瑛小姐的《四郎探母》,那是她的一份兴学毅力感动了我的。

在兰心的台上,我看到过许多演出,话剧、歌剧、歌唱会、音乐演奏,我的情感会一次次被那些演出激动过。只有这一次,听觉仿佛告诉我,这是唱诗班在吟哦着一首庄严的圣诗,于是我不以为呈现眼前的是旧剧的场面,演唱的是古中国之歌,我的情感静止了,就像是浸沉到了演出者的圣洁的精神里,她们——包括项墨瑛、叶剑秋小姐,及其陪演者——是那样沉着稳练地在固定的节奏中,将沉淀了的古老故事神化起来,搬演于观众之前,这是工作,而不是单纯的戏,因此它能使一个平素不爱好平剧的人,很自然地给了它另一评价。

"莫泊桑在生前,曾受尽揶揄与打击,但这些揶揄与打击毁损不了莫泊桑的文学价值",我会如此设譬,藉此鼓励项小姐。看了这一次的兴学义演以后,我更愿意对项小姐说:"对!你这样做是对的。"

《铁报》1948 年 10 月 24 日

拍戏通告

《杨贵妃》搬上银幕,屠光启兄任导演,开拍之日,我也接到了一份通告,我不是演员,仅为此片作《楼东怨》歌词一阕而已。惟开拍之前,尝略贡献于剧情方面的刍荛之见,光启兄遂欲以顾问名义畀我,这一份通告的来由如此。

顾问的名义自不敢承,但对于电影的制作,我夙具爱好,过去方沛霖先生曾教了我许多诀窍,只是他太谦虚,不肯开一个山门,收我这样一个弟子，因此我纵然饱聆理论，却没有上摄影场实习的机会。现在，《杨贵妃》的拍戏通告派了我一份，我也就不再因不敢当而离远，盖正欲藉此时机，向光启兄请益也。我这个顾问，不是别人向我讨教，而是我向别人“顾而问之”，总算也有一点名副其实。

《铁报》1948 年 10 月 26 日

涮羊肉

最近在同和园[①]吃了一次涮羊肉，据说这是京朝派美味，有些人憎恶腥膻之味，不爱吃羊肉，而下走则绝嗜之，但亦仅以红烧羊肉为限，以为厥味腴美，为任何肉类之冠。而涮羊肉则有类“鱼生”，色香味三者都谈不上。还有一点，就是作料多至十余种，舀在一只碗里，使人有薰莸同器之感，若饕餮家兼亦为卫生家，必不敢下箸。而我则是看了那种作料的颜色就要恶心的，所以这天的涮羊肉，我仅是浅尝即止，倒是吃了好几块火烧，在这个大饼断档的时会，火烧应为珍品。

是晚在座者，有方导演沛霖与孔包时、吴铁翼、周伯勋诸兄，都是《同心结》影片的工作者，而做东者则是言慧珠小姐，只是我报到较迟，“狼主”已食罢先行，所以我是“羊肉虽吃着，未惹一身骚”。一笑。

《铁报》1948 年 10 月 30 日

饥不择食

舍间久不举炊，午晚两餐经常在外面吃，我的胃口不大，平时

① 同和园羊肉菜馆，位于云南路 38 号。

一客猪排或红煨鸡就可以果腹，近来鸡与猪排难求，已接连吃了半个月的牛肉，累积计之，可能已“腹有全牛”了。

一晚，在七重天晚餐，菜采取配给制，客满后全堂开席，一客快餐吃了三小时，为了“乞食”不易，也就只好枯坐以待，然因间歇进食之故，肚子也更不易饱。所谓荒年大肚皮，真有这样的感觉。

国泰大戏院对面的老大昌，奶油泡芙及蛋糕必待下午四时始有供应，四时以前，则听任苍蝇恣其口腹，而不允飨客。然而尽管是苍蝇叮过的东西，食客还是啖之弥甘，此种饥不择食的情形，已充分显示了世乱年荒的景象了。

《铁报》1948 年 11 月 2 日

且食蛤蜊

陕西南路长乐路口，有一家红房子餐肆，占地虽不广，但极幽静，就餐者以黄发碧眼之侣为多，国人较少，知道有这个地方的人恒携女侣俱往，盖不易为熟人发现也。

此处有名肴曰烤蛤蜊，以文蛤剖开，去壳之半，用菜肉与蛤肉捣和，再加作料，以铅盘承之，就火烘烤，烤熟即以之飨客。这一种铅盘是特制的，有十二个窟窿，每一窟窿纳蛤蜊一枚，吃起来以打计数。一晚下走尽二打，我的朋友徐家涵吃了四打，又各尽考克退尔[①]二盏，代价六十余金，这是五天前的事，现在自然又不止此数了。虽然并不便宜，但厥味则殊鲜美，没有吃过的即使吃穷人家，也有一尝的必要。

在欧美宴会中，吃列为大事之一，事先必郑重发柬，犹诸中国

① “考克退尔”，cocktail 的沪语音译，“鸡尾酒”之意。

筵席吃排翅，席上备此一味，足以抬高主人身份，在上海有单独的可吃 oyster[①] 可吃，我还是最近才知道，不敢自秘，特公诸同好。"莫谈国事，且食蛤蜊"，盖亦古有明训也。

《铁报》1948 年 11 月 13 日

说长道短

为了旗袍的长短，竟然双方各执一词，引起纸上论争，在人心厌乱的今日，窃以为修文亦有偃武的必要。事态很明白，长旗袍的复活，目下初不普遍，大抵闺阁名媛出席宴会，不乏御长旗袍者，但质料必极华贵，御之者无疑系视长旗袍为礼服，至于平时居家或出外购物，穿长旗袍未免不良于行，而寻常的质料制为长旗袍，也绝不美观。所以，长旗袍此后可能成为礼服，常服则断不会舍短取长。

新时代的少女以健美为贵，玻璃丝袜即是为了配合健美而诞生，一个爱美的少女穿了一只六十六型的玻璃丝袜，绝不肯穿上一袭长可及踝的长旗袍，以自障其美。就科学的原理论，长旗袍固然很难取短旗袍的地位而代之，即以经济言，长旗袍比较伤料，这一点也足以阻碍长旗袍的发展。

下走非法官，但此处可以作一定论，即长旗袍可以为礼服，不致有人作常服。

《铁报》1948 年 11 月 15 日

题燕释疑

冬宝小姐下海伴舞，以"李晴燕"为其艺名，报上指出题名人是

① Oyster，生蚝。

我，于是有人向我追讯“何所取义”？甚至武断地说：“足下题名燕云楼于前，今又为李晴燕肇锡佳名，两者皆不脱‘燕’字，意者必有所指。”一时倒叫人几于无从措答。

其实，冬宝小姐原名静娴，她为了“静娴”两字闺门旦气息太浓，不甚惬意，遂尔征名及我，我随便给她拈了“晴燕”两字，正好燕云楼的命名一样，在我同是无所用心的。燕云楼的前身是南华酒家，店主东决定改弦易辙，辟为京朝派馆子之际，招牌亦谋改元，垂询及我，指定要带一点北方色彩，我说：“这容易，有现成的‘北望燕云’语，可资运用，即以‘燕云楼’为名如何？”店主东首肯，名遂定。实际上燕云楼的“燕”是燕赵之“燕”，而晴燕的“燕”则是呢喃之“燕”，两者诠释有异，固不仅是偶得之已耳。

还有一件可发一谑的事，是白虹小姐对我也有同样的怀疑，因为我给《风月恩仇》影片写过一首《待燕曲》，在百代公司灌音之时，白虹小姐说：“陈先生此曲，必为纪念远人而作。”她扯得更远了，也让我更不容易辩白，事实上我自己也很诧异，何以近来凡有所作，会如此的“适逢其会”？

《铁报》1948 年 11 月 22 日

想当然耳

周璇小姐由港返沪，我在和她通了一个电话以后获得证实。电话放下，我对几个朋友说：“我可以断言，此后一周内的报纸上，必然有下列种种记述：一，谓周璇此来，将与石挥谈终身大事；二，谓周璇与严华的新夫人并为一谈；三，谓上海各影片公司纷邀周璇拍片。”事实证明了我的预测绝非神经过敏，日来各报述及周璇，题材大都不出以上三者范围,真有“人同此心,心同此理”之慨。而最最准确的一点,则无人道及。

此类想当然耳的文字,我不敢说它不足为训,处此时代,吃的是草而欲挤出牛乳,事实上亦属强人所难。造谣不及于国家大事,已经算是忠厚的了。

《铁报》1948 年 11 月 23 日

半长旗袍

为了长短旗袍的问题,在本报引起一番论争,有一位时装专家告诉我:“此项论争有一点错误,未来可能流行的应该是一种半长旗袍,其长度约及膝下三五寸,比短旗袍长一点,比长旗袍则短一点。”

此种半长旗袍的可能流行,盖亦有所依据,则因最近所流行的世界时装,其长度正复如此。此种时装创自法国的巴黎,渐及风行于美国。柳絮兄说,吸毒妇大抵穿长旗袍,这是指宽博的旧式长旗袍而言。现在的半长时装,则与短旗袍一样的有胸脯,有腰身,故无愧于“时装”之称。

舞后管敏莉归自香港,几个朋友在碧罗饭店①为之洗尘,她穿的是一种三色横条子的黑地丝绒旗袍,这种料子上海还没有见过,旗袍的裁剪亦属半长。据管敏莉说:“现在香港就行这一种半长旗袍。”可知世界时装的流行,香港已得其风气之先,上海的时髦女郎不久自会群起仿效。旧式长旗袍不可能复古,紧趁腰身的半长旗袍则殆将风靡一时。而同文之间的长短旗袍之争,亦可以此为息

① 碧罗饭店,位于延庆路 A7 号。

壤了。

《铁报》1948 年 11 月 27 日

店家的贤不肖

言慧珠向一家皮货店定制大衣，货款一次付清，及期取衣无着，店家还诬陷她“索酬”“打店”，同样是一家服装公司，在这种地方就显出贤与不肖来了。

在限价时期，太太以薪给所得，向南京西路三五六号吉士公司定制卷毛大衣一袭，当时我伴之而往，意外地在该公司遇见了谢庚年先生，与谢先生素来相稔，但我并不知道他在吉士，正在计值之际，他瞧见了我，过来招呼，于是不仅抑其衣值，甚至定洋也不要我付。匝月以后，限价开放，物价正不断上窜，但取衣时，他们仍照旧值收款，既不作追收之图，还另外加送袖筒一只，不另取费。这在公司方面，说不定是一笔赔本生意，但也正因此而显示了他们的道德之美。

这里，我愿为言慧珠小姐作介绍人，以后要做什么新装，您可以去找吉士公司的谢先生，他们是绸缎呢绒与皮货皆备，可以尽着您的意思挑。别的我不敢保证，至少花了钞票不会让你怄气。

《铁报》1948 年 12 月 3 日

谈何容易

报社颁发通知书，谆谆以“只谈风月”为嘱，同时在香港报上，也看到了“辅导新闻记载”的政令，因知报社的告诫固有所本，文字贾祸，即使在承平之世也该知所戒备，况当龙战玄黄之日，自以“火烛小心”为是。所苦的是只谈风月亦非易事，今日的黄歇浦旁，虽然繁华未散，香尘可逐，但毕竟不能人人尽如陈叔宝，征歌选色的豪情胜概很难提得起来，“只谈风月”也就有“谈何容易”之嗟。

明郑明选（万历乙丑进士，官南京刑科给事中）有感怀诗曰：“莫以鞭与辔，能使疲马驰。莫以刑与戮，能使风俗移。”这一位明代的刑官，显然也是深以“闭塞言路”为憾的。但此类诉愿之难邀矜鉴，则决不会因时而异。我辈今日，遂亦不能免于“阁笔费平章”[①]的踌躇了。

《铁报》1948 年 12 月 8 日

淡淡的招呼一声

最近在西青喝咖啡，数数邂逅 X 小姐，有时候她也是咖啡座上客，有时候则自外而入，跑进电梯，自玻璃窗外窥，可以看到她那动人的身影。和她在一起的，总是个碧眼黄发之俦，我心里暗暗奇怪，可没敢说出口，而一位朋友却忍不住了，嚷道：“怎么，某某做了吉普女郎了吗?”这“吉普女郎”四字，真是恶刻！

X 小姐有着漂亮的面貌与身材，她的艺事又曾为许多人所倾倒，有人阿司所好，说白光是“中国的邓肯”，我认为这一个头衔，以之移赠 X 小姐更为恰当。我记得 X 小姐有位博士丈夫的，而现在则经常与西人交游，我怀疑她也许和她的博士丈夫仳离了。朋友说她做了吉普女郎，语气间有“卿本佳人”的叹息。过去，X 小姐曾在文字方面帮过我不少忙，她的艺事与文才，都足以使我磬折，我也颇有憾于她跟手背上都长满了毛的洋鬼子在一起，怎么会过得

① 出自卢钺《雪梅》：“梅雪争春未肯降，骚人阁笔费评章。梅须逊雪三分白，雪却输梅一段香。”

惯？然而我们在相见之下，只能淡淡的招呼一声，我没法叩问她一言半语，于是我也叹息起来："唉！这世界快要进化到天下一家了，你应该恨你自己生不能为外国人呀！"这话，我不知是答复朋友的，还是对我自己说的？

《铁报》1948 年 12 月 14 日

缴白卷

最近，我对方沛霖先生十分抱歉，方先生受香港永华影业公司之托，将导演《仙乐飘飘处处闻》一片，我答应他写全部插曲的歌词，现在方先生首途在即，而我却迁延月余，未能缴卷。方先生愿减轻我的责任，只要我写两支歌，我想勉力一试，许以三日内交货，结果一字无成，依旧曳白。

方先生是歌舞片导演权威，而在歌曲方面则我一向是他的合作者，这一次曳白打断了我们之间的合作，我十分难过。过去我对于"适性而歌"有着极大的兴趣，而现在则心绪恶劣得连"借歌当哭"都不高兴了，方先生最后一次来找我缴卷，我正和几位朋友在玩"向天宝"①，方先生对于我的颓废，感到十分惊奇。由于我终于衍约，他只得太息而去。生平对朋友的嘱托，无不乐于从命，使老友失望这还是第一次，"方命"竟成"方命"，知必不为老友所谅矣。

《铁报》1948 年 12 月 15 日

催妆曲

一位相识的小姐遣嫁在即，一昨远道惠书，竟然是满纸哀怨，

① "向天宝"，1948 年自香港而来，风行沪上的一种扑克游戏，不限人数，比沙蟹更刺激的博戏。

言词间似有"相见恨晚"之意,真叫人有点受宠若惊。这位小姐在乍相识时,就谈起《翠堤春晓》的故事,她未尝以柯派自况,我也不足以与伟大的《蓝色多瑙河》的作者相比拟,然而她的弦外之音,我是不能懵然无知的。于是我写了一支歌曲,藉以寄意,兼亦相等于风向袋的指示,这指示她总算接受了。事实上,这应该是她最好的抉择。

她的来信,犹不能免于幽怨,我自然也感谢她那一份好意。此外,她又鼓励我勤于作歌。事实上,我对于这一项工作已感到倦怠。此后苟有所作,则被之管弦的当是《催妆曲》了。

《铁报》1948 年 12 月 19 日

圣诞卡

一年一度,我总会接到一张精美的圣诞卡,从我编《万象》月刊起,亘数年未辍,这一位圣诞卡的投寄者,厥名与 Christmas 有联系,因此每当展缄得卡时,总不免为之悠然神往。

对于小姐们,我向来不敢孟浪,即投寄圣诞卡亦然。往年我总是既接来鸿,然后报之以去雁。今年,当商店橱窗里乍睹圣诞卡陈列时,我曾发生一种错觉,以为今年的圣诞卡殆将中断,原因是对方已出阁,情势故当有变。不想二十一日的晚上,圣诞卡即邮递而至,比往岁到得更早,因知年当旧规,迄犹不废,与云英未嫁时出无二致。

今年接得的圣诞卡,画面是绛烛双烨,烛泪初熔,仿佛可从烛焰中窥见碳粒的燃烧。但就象征而言,则正无异于一幅《惜别图》耳。

《铁报》1948 年 12 月 23 日

不写歌词写悼词

空中霸王号失事，传来了方沛霖先生的噩耗，数日前犹共晤对，而今是觌面无从了。一个有着深挚友谊的十年老友，转瞬忽成永诀，伤逝之痛，盍有其极。

我之开始为电影写歌词，为方先生所授命，从《凤凰于飞》一直到《歌女之歌》《花外流莺》，只要歌唱片，我总是无役不与，惟有这一次的《仙乐飘飘处处闻》是例外，最初方先生要我写一个戏的剧本，我不敢用违所长，婉辞之而仍许以负责歌词的撰写，但最后是使方先生失望的，因为我未能如期缴卷，而方先生则亟欲赴港，我无以从命，只好曳白。在临歧之际，我一再向方先生致歉，旋复草《缴白卷》一文刊本报，不想文中的“这一次的曳白打断了我们之间的合作”一语，竟成恶谶！此日搦管在手，写的不是歌词而是悼词，又岂是始料所及？

方先生一生尽瘁于第八艺术，正以忠于所事之故，而牺牲了方当盛年的生命。噩耗初播时，还希望这仅是一个幻梦，但铁一般的事实使希望毁灭了。我无法遏制我的哀恸，我诅咒杀害方先生的中航机，什么空中霸王？真是空中魔王而已！嗣后，我将告诫我的子子孙孙，永远不许作飞机乘客；其次，我的歌词写作从方先生授命始，今当从方先生而终，自此搁笔，藉志哀思。

《铁报》1948 年 12 月 24 日

不祥的征兆

空中霸王号失事消息传来之日，下走曾耗九十五金的代价，拍发加急电至香港，向张善琨先生探询，其时犹冀方沛霖先生或能侥幸免于难。昨日覆电来了！噩耗终于完全证实，一个新鲜活跳的人，突然从这个世界上消失了！这是怎么一回事？

方先生的罹难，现在试加追溯，则事前竟有若干征兆，第一，方先生此去，携有三个剧本，其中一个是唐绍华先生写的《天外天》，故事略似舞台剧《荒岛英雄》，开始即是叙述一架飞机失事，掉在一个荒岛上；第二，我不知如何，总觉得《仙乐飘飘处处闻》这个戏，未必能够摄制，我对吴铁翼先生就曾说过“拍不成功的”一语，我非邵康节，自无“前知”之术，我之认为“拍不成功”，盖指戏的本身而言，初非谓方先生将罹意外。然而现在竟是不幸言中了。

以上两点征兆，绝非事后附会，而是百分之百的事实，你说怪不怪？

《铁报》1948年12月25日

得失寸心知

若干年前，曾有《笑的赞美》一歌之作，由周璇小姐在银幕上唱出。张耀翔先生作《情绪心理》一书（商务印书馆出版），引证拙作，承赐评骘曰：“近人陈蝶衣的歌词有‘笑是愉快的前奏’一句，令人叹赏。”（见原书四十六页），展读至此，使人有“一字之褒，荣于华衮”之感。

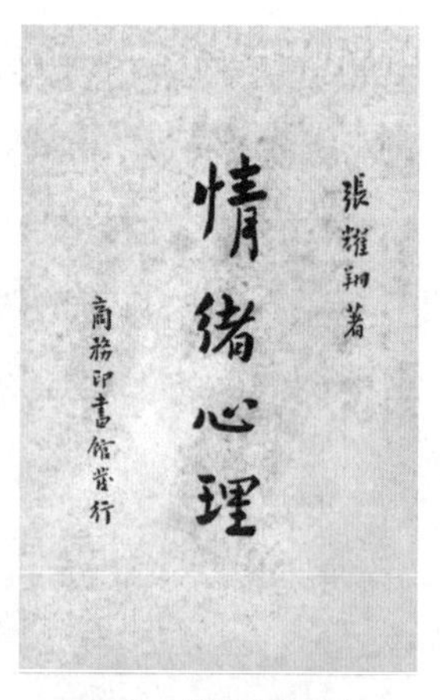

图30 《情绪心理》，张耀翔著，上海商务印书馆1947年10月刊行

歌曲的灵魂在于 mdlody，如果旋律动人，则纵属芜词俚句，亦能化腐朽为神奇，反之，即使绝妙好词也会被埋没掉。

一个歌曲的写作者,在此等处就不无“得失寸心知”的慨叹。而一般批评家则往往采取一笔抹煞的态度,动辄以“黄色”两字相加。真足使人气短。最近《仙乐飘飘处处闻》歌词的终于曳白,亦不外坐此原因。方沛霖先生一死,少了个鼓励我的人,更促成了我的绝意写作的决心。所幸覆瓿之作,犹有许为可观如张耀翔先生者,真赏非尽无人,此则差堪自慰耳。(附此志谢)

《铁报》1948 年 12 月 29 日

有所不能

海鸥先生在《力报》著一文,提到我早年为《社日》所写的《秋闱痛语》,意思之间,是希望我的一支笔,能够开纵一点,写一点缠绵悱恻的文字。这好意我很感谢,但我的答覆则是“有所不能”。

过去写《秋闱痛语》的时期,我还是个惨绿少年,写一点情意缠绵的东西,自然不要紧,而现在则已进入哀乐中年阶段,豪情胜概差不多消磨殆尽了,提起笔来,哪里还能够卿卿我我的自得其乐?前几天,我连接写了《贺年卡》《催妆曲》两文,事后看看,自己就觉得有一点“肉麻当有趣”。这几年来,给人家“蝶老蝶老”的叫都叫老了,我也只能自己约束一点。所以,过去我会写“宁留悱恻供来日,定觅缠绵付此人”的艳体诗,此日则文字佻达,渐苦未能。事实上,我的一生尽多绯色的故事,只是绿鬓已潘,绮语当戒,兼之有一部分事关机密,自然更不便笔之于书了。

《铁报》1948 年 12 月 31 日

湖上之游

趁了新年中的三天假期，上了一次杭州，正目的是喝本报驻杭州记者马智行兄的喜酒，副目的是重探湖山之胜。同行者有穆一龙、蔡西泠二兄。一龙兄做了此行的摄影师，西泠兄带了两位女伴，则使此行增加了许多热闹。

抵杭后，下榻大华饭店，当晚不及出游。次日上午趋车诣灵隐，至韬光而未上北高峰；下午赴天香楼向马智行兄道喜，四时许买舟游湖，访三潭印月，于暮色苍茫中谒岳王庙；三日上午游紫来洞，登玉皇山。这些都是旧游之地，风景依旧，和十年前没有什么两样，所不同的只是博览长桥不见了。昔年曾在此桥留影，有"博览桥头留一影，盈盈春水鉴斯盟"之咏，因此不无怅触旧游之感慨。

在杭逗留二日，得与杭垣新闻界同文欢晤，为此行一大快事。三日中午，诸同文坚欲邀宴，为再三道歉而辞谢了。此日下午匆匆乘二时三十分车回上海，大概是为了假期的缘故，一往一返，车中皆极拥挤，去时不得座，来时亦不得座，站着还有周转不灵之苦，因此遂有颖悟，大抵"火车站"的定义，就是"乘火车本来应该站立"之谓了。

《铁报》1949 年 1 月 6 日

聪明的女店主

南京西路有一家绸缎店，主顾多海上红舞人，每成交易，往往为数甚巨，事实上店中可以供客挑选的，也不过普通的绸缎呢绒，初无精品，但有许多舞小姐却信仰有自，非指定向这家买不可，此中盖自有故。

原来这家绸缎店的女店主，与舞人们有默契，舞人登门选购衣料，少不得有户头随侍在侧，代为付账，店方即故抬高价。成交以后，舞人照例留下地址，命店方派遣专差，送抵香闺。店方则于所剪衣料之外，更附现金，这就是舞人应得的一笔回佣。货款愈巨，佣金亦愈多，舞人们财货两得，绸缎店的营业亦赖以不替。

这一家绸缎店备货既平常，规模亦不宏，但营业则正复弗恶，这就不能不佩服女店主的机杼别出，经营有方了。

《铁报》1949 年 1 月 9 日

“格拉却”的谐谑

新兴舞蹈中我不喜欢“圣巴”而爱好 Little Fox，圣巴不过图一个热闹，联袂行进时有一点像过去流行皇家滑行舞，而 Little Fox 则比较有舞步，且美，惟后者病在冷静，少年朋友是必然爱好前者的火爆的。

格拉却与圣巴同属南美洲舞蹈，故亦属火爆一路，在舞场中，跳格拉却得比圣巴还要多。一日，坐新仙林，邻桌一个飞机头朋友对他台子上的舞侣说：“侬阿喜欢掰牢却？我可以奉陪。”此一新兴舞蹈，在儇薄少年的口中，盖已成为调笑资料矣。

《铁报》1949 年 1 月 10 日

昨宵恨煞梦轻回

梦虽无凭，但有时偶得好梦，也颇能弥补情天的缺陷，虽然在“一枕红蕤梦此宵”之后，仍不免“觉来又涌泪如潮”的悲哀，可是当梦境酣适之际，片刻的温馨究亦足以“慰情聊胜”。

下走生平即多好梦，宛转投怀者且不乏柔曼侧媚之女，其中自然也有平日心向往之，但可望而不及的人，一旦入梦，则依依襟袖之侧，仿佛就是我的人了。杨杏佛诗曰："纵使已忘花下约，也应时向梦中归。"我倒是无此缺憾的，我认为唯一恨事的是梦境往往太短暂，以是尝有"云山迢遰，梦魂长在云山里"及"只盼宵来，再向云山诣"。(《一斛珠》起讫句)

昨夜又得一梦，梦中人是旧识，奇怪的是我并未日有所思，不知何以会夜有所梦？她在梦中欲言又止，有点"含情欲说宫中事"的神气，我正要叩问她时，梦倏忽醒来，于是又成了个未完成的梦，真是所谓"好梦由来最易醒"了。

《铁报》1949 年 1 月 14 日

内家谈口红

本报同文曾论及口红的褪色问题，有一位内家告诉我："口红入水(冷水)不化，只有格外增加其鲜艳，所以夏令在游泳池畔，看到那些入水能游的小姐们，她们的樱唇往往殷红欲滴。但，另一定律则是遇热即褪，当拥着轻轻吻的时候，口红就随着热度而融化了。"这一段经验之谈，足以为凤三兄所写《梁氏姊妹的红唇》一文释疑。

小姐们，红唇对异性是一种诱惑，但我则是憎恨口红的，认为这无异两道障碍物，铁丝网。此见解成为某小姐所笑，她说："你没有做贾宝玉的资格，贾宝玉是喜欢吃口红的。"于是我写了两句诗给她："只为口红无癖嗜，不应轻易爱鞶卿。"她读后不仅唇朱燦然，连双颊也红云滃起了。

《铁报》1949 年 1 月 15 日

金色履

行于道上，有一位女郎御灰背大衣，足登金色履，和我擦身而过，有一个男子挽之而行，时间是下午。晚礼服不宜在白天穿着，金色履亦然。这虽然没有什么明文规定，但仿佛已成为自然法则。揣想此女郎的金色履，所以昼现之故，当是垂晚还要赶一场茶舞，跑出来的时候便着上了它，省得再花一趟回家换鞋的车钱。

金色履惟大家命妇与璇闺丽质，御之始合身份，始无愧色。欢场女子大都身无雅骨，纵使将整个身子铸为金人，亦徒见其冥顽不灵而已！

《铁报》1949 年 1 月 16 日

又一双鬟

十年以前，下走尝数数以"双鬟"入诗，事实上未必有双鬟其人，无非是取瑟而歌，自遣闲情而已。不想凤寿称觞之日，忽睹又一双鬟，则是荆逢。

是日，荆逢挽秀发成双鬟，与平时之雾鬓风鬟不同，显得别有一种风致。年轻轻的姑娘往往喜欢打扮得老气一点，而中年妇则又爱作是时装，这都是反常的心理。但也不尽无故，前者正因年少，遂欲求气度的端庄；后者则怀于"夕阳无限"之诫，始谋于装饰上取胜，两者皆不足詈议。不过荆逢却又当别论，她平日就是挺凝重的，实在应该济之以活泼。

"楼阁起春山，穗护双鬟，玲珑月色照清寒。欲语上清三万尺，高不容攀。"这是我的旧作，今日可以移赠荆逢，在歌场女儿中，端庄如荆逢者尚不多见，她也是有一点高不可攀的。

《铁报》1949年1月19日

《八仙上寿》与“一品当朝”

凤寿之日的彩爨，开锣戏是《八仙上寿》，登场者非名角而为“班串”因此缺乏号召力，上座仅得二三成。一位朋友说：“这个戏应该由你们洋场八仙来演的，沈提调怎么没有想到这一点？”我说：“大概是不好意思叫我们唱开锣戏吧？”其实我们的小妹子不在上海，八仙人数不足，否则即使是开锣戏，说不定我也会打起精神来领衔主演的。

《八仙上寿》之后是《加官进爵》，梨园演此，夙有“赏喜封”之习，沈提调推举秋翁为献金代表，当加官手中的“一品当朝”锦旗展现时，秋翁将喜封一包掷向台上，完成了“贿赂公行”手续。秋翁说：“一品当朝，也要钞票，这真是现实的讽刺。”我说：“这一笔孝敬，大概也是平衡费吧？”秋翁大笑。（注：秋翁就是平衡大律师）

《铁报》1949年1月21日

项墨瑛的眼睛

项墨瑛娇小如香扇坠，而双睛特巨，又往往睨人不稍瞬，当之者遂无不色授魂兴。大家都说，项墨瑛这一双眼睛，水汪汪地简直是一泓迷汤，此说要不为虚。最近有一位烟草商，对项墨瑛极度迷恋，因之引起了家庭风波，烟草商夫人几演自戕惨剧。这一位烟草商就是跌进一泓迷汤中的一个。

有一天晚上，舞后管敏莉在寓宴客，餐罢，大家坐在敏莉的椒房中闲谈，墨瑛正与我相向坐，我说："我也有一点目不稍瞬的功夫，我们且比赛一下，看谁的道行高。"墨瑛颔首立诺，于是目斗开始，结果我几于败在她的手里，要不是我采用了"乱以他语"政策，胜利即不属于我。生平对"刘桢平视"[①]一道，略有研究，保持的记录是十五分钟八秒，但项墨瑛小姐的持久力，实胜于我，至少女子冠军的锦标，当属之于项小姐。

《铁报》1949 年 1 月 23 日

告阿方哥在天之灵

阿方哥：

我现在是坐在 CPC 咖啡馆里，这是你过去经常到的一个地方，我给你叫了一杯咖啡，放我的对面，我只当你还活着，只当你仍坐在我的对面，我们仍是在聊着天。

阿方哥，我要告诉你，在二十日的下午，天蟾舞台有一台义务戏，那是为了纪念你而演出的，你的许多朋友，都不待召唤而来了，演戏的演戏，检场的检场，催戏的催戏，没有一个端起大角儿的架子，横在他们面前的是"义不容辞"四个字。没有登台演唱，没有在后台帮忙的，则掮下了推销票子的责任。这一天千千万万的观众，哪一个不是为景仰你这位好好先生，以及被朋友们的热忱感格而来的？

所认为微憾的是，这一天缺少了一位大明星兼大导演石挥先生，他没有来，但是阿方哥，你得原谅他，他为了要伺候童葆苓小姐

---

① 《三国志》卷二十一《魏书·王粲传》附《刘桢传》："桢以不敬被刑，刑竟署吏。"（南朝宋）裴松之注引《典略》："（桢）为诸公子所亲爱。其后太子尝请诸文学，酒酣坐欢，命夫人甄氏出拜。坐中众人咸伏，而桢独平视。太祖闻之，乃收桢，减死输作。"

看试片，实在分身乏术。死者已矣，而生者是需要安慰的，你应当体念他们，同情他们的伟大的爱情，在冥冥中助一臂之力，促成他俩的一段姻缘，你在九泉之下，假使并不忙着陪什么小姐看试片的话，那么你就阴功积德，做做好事吧！

《铁报》1949 年 1 月 25 日

蟹与牌九

近来有好几处俱乐部，已有牌九登场，显示了赌风渐炽，论时令犹是残腊未尽，但赌徒们迫不及待，仿佛年夜饭一吃过，就是赌局当兴的时候了。

有一点非常奇怪，平常聚赌，总是作沙蟹之戏者为多，惟有阴历新年，则十九赌的是牌九。牌九比较爽气，利于豪赌，不像沙蟹那样的有许多做作，这大约是牌九占优势的原因之一。另一原因则有关经济，盖牌九之为物，傲骨经磨，一副牌九可以用许多时候，而扑克牌则一天打过，就非换新的不可，目下骆驼牌的市价，已逾二百金圆，好一点牌子甚至上千，成本过昂，如果日以继夜的赌，单是扑克牌的支出，便将占赌注的大部分，就经济原理言，自然不如牌九的易受欢迎了。

《铁报》1949 年 1 月 26 日

借了头寸才过年

往岁腊残将尽时，辄能囊有余资，不必因年关难过而焦虑，今年独不然，小除夕的前两天囊中仅有现钞四十元，几使一日一盏的咖啡都喝不成。结果碰着了杏花楼的李满存先生，他替我会了账。

太太怀孕将产，凸了个大肚子，行动都不便，家中又未能僮仆成群，于是连谢年也豁免了。下走生于忧患，年过得寂寞一点并不萦之于怀，只是年关度过了，新年里的红封包总得预备一点，捱到了小除夕，实在不能不动脑筋了，总算告急文书奏效，头寸在三小时内别齐。古代诗人是插了梅花便过年，我是借了头寸才过年，其间心情之轻松与沉重，相去实在不可以道里计。

朋友在回信中说："足下奈何亦有何以卒岁之叹？奇哉！"不要说朋友不信，连我自己也怀疑自己是故意装穷啦！

《铁报》1949 年 1 月 28 日

《碧水良缘》

我的新年娱乐是看电影，第一张片子选了大华的《碧水良缘》[①]，男主角范·强生[②]挂头牌，美国人对雀斑似乎有深嗜，所以小雀斑琼克金会走红，大雀斑范·强生也会走红。我的欣赏目标则在伊漱·蕙莲丝[③]的游泳，此片游泳场面虽不多，但她的大腿以至整个身子的线条，毕竟是够诱惑的，然而她的牌子竟挂在"好莱坞关宏达"之下，我为她叫屈。

图 31 好莱坞影片《碧水良缘》剧照

片中对黄色新闻及小报记者颇致讽嘲，但小型报记者绝不会

① 即 1946 年上映的好莱坞影片 Easy to Wed。
② 即好莱坞男演员 Van Johnson，代表作《开罗紫玫瑰》《伦敦上空的鹰》《居里夫人》等影片。
③ 即好莱坞女演员 Esther Williams，代表作《出水芙蓉》《百万美人鱼》等影片。

兴师问罪，此可断言。盖小型报记者崇尚民主，不致与理发师一般见识也。

我敢预测，我友“浅薄大王”胡佩之兄，新年里必然不看《碧水良缘》，则以大王好赌，“碧水”与“必输”谐音①，将犯大王之忌耳。

《铁报》1949 年 2 月 2 日

柳絮兄失钻

新岁中，柳絮兄的钻戒一枚忽失窃，钻戒的分量是一克拉又三十五分，虽非巨钻，但衡之时值，亦可抵大条一根半左右，这在一个书生，自不可谓非损失惨重。

我还没有晤及柳絮兄，失钻详情无所悉，但知柳絮兄是将钻戒放置写字台的抽屉里，因而被窃。柳絮兄有家，也有未婚的太太，钻戒一不藏之于椟，却随处乱丢，这说明了书生之不错意于财宝。如果旷达一点说，此类身外之物，原不必以得失萦诸心，但物力维艰，来处不易，疏狂结习实在还是要不得的。

以余蠡测，柳絮兄的公案抽屉，如未撬损，则行窃者必曾配置钥匙，此可就邻近五金肆或铜匠担，侦其线索。虽然并无把握，但舍此别无他法，姑且一试，或犹可冀珠还耳。

《铁报》1949 年 2 月 3 日

舞人书简

忽然接得梦云伟小姐的来信，信中除了问候之外无他语。这一封信来得有点兀突，然亦可见梦小姐璇闺多暇，才有这样擘鸾笺

① 在沪语中，“碧水”与“必输”发音同，故蝶衣有此言。

搦象管的闲情逸致。

我接得舞人书简不在少数，而第一封则是出诸吴文倩之手。十余年前吴文倩鬻舞大都会，一日忽以书抵我，笺末绘一人面，作垂泪之状，两颗眼睛特别大，这是象征她自己，函中作何语已不能尽忆，依稀记得的是颇有哀怨之词，事实上我并没有跳过她，只是我有时到大都会去，她从姊妹淘的指点认识我而已。她的作啼妆于纸上，也是有点兀突的。

此外，张丽亦曾数度损书，有的寄自她的虞山故里，最近的一封则是迁居大西路以后所发，邀我参观她的新居。而下走则以人事卒卒，始终未遑践约，辜负了她的一番盛意了。

《铁报》1949 年 2 月 4 日

纪玉良的惧内

尝与纪玉良[①]、许美玲伉俪共樽酒，纪老板几杯酒下肚后，兴致甚好，他谈到他的太太，极言其御夫之严，而自承为一惧内者。他说："不单是我太太，就是我们的那个孩子，也是一头小老虎，我真见她们害怕。"纪老板此言，显然合上了两句老话，叫做"其词若有憾焉，其实乃深喜之"。

许美玲尝为名舞人，自适纪玉良后，伉俪之情弥笃，认得他们两口子的都知道。我几次在宴会席上遇见她，她经常笑眯眯的，模样儿非常温婉，要说她会对丈夫疾言厉色，实在不大可信。但纪玉良的自承惧内，则必然不假，娶得了这样一位美丽的太太，又安得

① 纪玉良，北京人。京剧演员，工老生。曾师事陈秀华、瑞德宝、张少甫、钱宝森等。1971 年入上海戏曲学校任教。

不由敬生畏呢?

我曾经说过,太太而能使丈夫畏惮,当是丈夫的幸福,因为能使丈夫畏惮的太太,必然是美而且慧,具备着发嗲的条件。只怕娶的是一位不足畏惮的太太,则为其良人者,正恐欲求闺房之乐而不可得了。

《铁报》1949 年 2 月 6 日

电话贺年

过去有电话购货,现在有电话贺年,今年我就两接贺年电话,其一发自钱任问芝,其一发自华香琳。新年里大家忙于拜年,这实在是最无聊的酬酢,如果平时并不疏隔,那么觌面时除相互致祝贺之词以外,便将乏善足陈,像我这样不擅长摆龙门阵的人,即视为莫大苦事。所以电话贺年之举,倒是大可提倡。

人人都出门拜年,不凑巧起来便会上门不见土地,不仅徒劳往返,一笔车资亦属硬伤。电话贺年则不但省了车钱,连茶包和压岁钱都可以不必两败俱伤了。在这个世乱年荒的时候,偶然打打算盘,应该是无伤大雅的。

有人为了拜年,特地借了汽车兜圈子,阔是阔的,若论雅俗之判,则远不如一只电话的饶有情致了。

《铁报》1949 年 2 月 8 日

喝咖啡难

我唯一的消耗是喝咖啡,每天下午在咖啡馆孵三小时,数年来已成必修课,限价时期的咖啡每盏售三角,以后逐步递增,旧历岁尾售四十金，现在涨到二百元，处此米珠薪桂时期，不仅是吃饭难而已，连喝咖啡也渐有不胜负担之感。

西青的侍者非常体恤顾客，账单与咖啡俱来时，照例将账单覆置案头，不让你看到账面上的数字，想是防止顾客嚇了一跳的缘故。我是颇能深体此意的，不到付账的时候，我也不去动那账单，免得因吃惊而泼翻了咖啡，那是我的损失。

自己当过咖啡馆老板，现在喝一杯咖啡也要发愁，这真是所谓“历史是残酷的”了。

《铁报》1949 年 2 月 9 日

晴雪堂元夕开盛宴

益生堂主人谢文奎，早岁尝一行作吏，既遂初服，乃设药肆于邑庙之邻，德业足以活人，痌瘝在抱，可以觇主人平生行诣也。元夕，主人设宴于内园之晴雪堂，折柬相邀，遂为主人座上客，卢冀野

图 32　宋真宗像，刊于《故宫周刊》1932 年第 118 期；卢冀野像，刊于《光华年刊》1930 年第 5 卷

(前)前辈先我而至,已题诗于册,始识姓名,亟投刺自介,慕前辈词翰风采已久,无意间获共樽酒,欢快不可名状。先生相貌魁梧,蓄髭并须,绝似阎立本笔下帝王像。偶以是为言,先生笑曰:“昔游燕京,故宫博物院院长马衡,谓我与宋真宗御容无稍异,故宫向禁摄影,是日破例招一摄影师至,为我与真宗画像合摄一影,并视之,真宗固极似我也。”是夕之宴,先生有诗记其事,即录之于册者,并录于此:

神鬼狰狞殿陛前,重来邑庙尚依然。
两行银烛人如海,一角桃源月正圆。
历劫徒看吾辈老,祈天莫为小民怜。
内园今夕犹元夕,感旧伤春十二年。

《铁报》1949 年 2 月 14 日

交际丈夫

有一位先生娶了个名女人,名女人多的是姊妹淘,因之时有酬酢,而先生亦往往同在被邀之列。这位先生对我说:“她们三日一小宴,五日一大宴,我也只好陪着太太交际了。”这话,在他也许真是“其词若有憾焉”,假使换了我,我必然是“深喜之”的。

我的太太适得其反,时常对我说:“你也带了我去,让我认识认识她们呀!”我就叙述了某先生的一段话,对太太说:“只怪你的女朋友太少了,不让我也做个交际丈夫,真是憾事。”太太想,这是她自己社交方面吃勿开,于是她自己也幽默了两句道:“真对不起你,我不是个名女人。”

《铁报》1949年2月17日

花外流莺

最近在四院上映的《花外流莺》，是洪谟先生的剧本，而为方沛霖导演遗作之一。方导演生前常和我讨论片名，“花外流莺”四字，亦为下走所题，歌唱片大抵脱不了莺莺燕燕一类的字眼，倒并不是我对于莺有什么偏爱。

片中插曲六支，尽是下走贡拙，过去我对自己的电影歌曲很不满意，《花外流莺》诸作，则比较的差强人意，这应该感谢黎锦光、林枚几位先生，由于他们将我的腐朽化为了神奇了。

香港称街头神女为“流莺”，因之片名，一度拟更改，我又提供了“花底莺声”四字，终以周璇小姐不避忌讳，支持原名，遂仍其旧，这是《花外流莺》的一个小掌故。

《铁报》1949年2月20日

由深入浅

过去玻璃皮包盛行一时，玻璃皮鞋也跟着出过风头，但用审美眼光看起来，玻璃皮鞋毕竟太恶俗，讲究气派的小姐们大都摒而勿用。现在，以上两者都落伍了！代之而起的是食盒式的皮包与浅口皮鞋。

最近参加一次派对，吕恩与苏曼意两位影星都在场，她们穿的同是浅口高跟皮鞋。次日我留心第五街的橱窗，陈列的女鞋亦以浅口为主，我这才恍然于吕、苏二位所御，都是新流行的式子。

记得三年以前，曾流行过深口皮鞋，口是尖形，现在的浅口皮鞋则是圆口，两者恰成反比例。论其式样，则无论深浅，并皆入时。不知怎样，我总觉得女人着了高跟皮鞋，当她蹀躞于道上或是回旋于舞池的时候，看上去总像是《红菱艳》里的魔鞋一样地富于魅惑力。

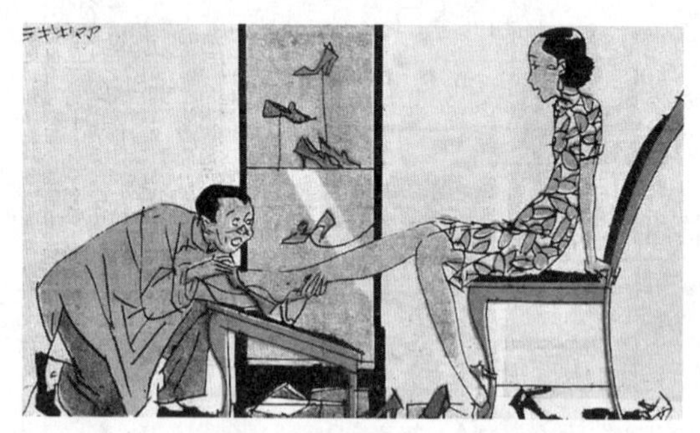

图 33　女人与皮鞋，叶浅予绘，刊于《时代》1930 年第 5 期

《铁报》1949 年 3 月 2 日

尺素书中有片鱼

菁清归自香岛后，仅一度通电话，而未尝见到她的面。最近接得她的手简，才知她又到了台湾。这孩子飞来飞去，倒和“和平歇斯底里症患者”吴裕后[①]同样的忙碌。

这一封岛上来书，寥寥数语，未述其鸾漂凤泊之由，函中附寄台湾鱿鱼一片，黏着笺上，布如藤蔓，若非函末有跋，我还当是什么植物标本啦！

---

① 吴裕后(1910—1990)，浙江浦江县人。1948 年底，吴裕后与苗迪青、宋国枢、邓季雨等在南京组织“中国各大学教授国策研究会”，商讨反对内战，和平统一事宜。1949 年 2 月 6 日，与邱致中组织“南京人民和平代表团”，首飞北平商谈和平解决国事，吴裕后以代表团秘书长身份偕同。

小妹子由来顽皮，偶通缄札，亦不脱跳踉之习，她不出门则已，出门必寄一些匪夷所思的东西来，或是角票一张，或是手帕一方，我这个大哥司空见惯，也不以为奇。猜想她下次来信，说不定要附上寄居蟹一只了。

《铁报》1949 年 3 月 7 日

旧诗

龚硕平兄录示下走旧诗若干首，皆过去曾在报端发表者，其中有一首是《九日旅怀》，句曰：

江城一夜落严霜，物候悽然说已凉。
容易悲秋缘作客，无端中酒更思乡。
祸知非可登高避，花尚不忘送晚香。
旅次艰虞负佳节，疏风冷雨度重阳。

当年萍飘蓬转的生涯，宛然在目，若非硕平兄录以见示，我早已忘了有这么一首诗了。

我虽然也写写旧诗，但并无深嗜，记得五年前访问胡山源先生，见他的案头有几部诗集及《绝妙好词》。我就叩问他："胡先生当亦擅为韵语？"他笑笑说："偶然看看而已。这东西无补时艰，研究研究不妨，但以不浸淫其间为是。"当时我受这几句话的影响甚深，所以年来极少写诗，不过一定要像张鸣春那样的提倡"清算旧诗"，也大可不必。君不见章孤桐先生北游时，也有人向他索诗吗？

《铁报》1949 年 3 月 8 日

李珍的率真

在上海的名女人中，洋囡囡李珍是胸无城府较为率真的一个。前日下午，她到西青找她的妹妹，但姗姗来迟，比约定的时间晚了一小时，结果是趋访不晤，于是我的一桌上忽然座有鬓丝，她坐下来和我聊天。

我问她："既绝旧雨，是否已有了新知？"她说："我倒真想择人而事，可是比较诚实一点的生意人，听见我的名字就要吓的。"我说："你名气太响了呀！"她叹了口气道："所以我又想起遁迹山林，去度红鱼清磬的生涯了。"我说："那你应该到嘉兴去，参加那里的空军。"她自然是懂的，于是忍俊不禁，捏了手里一根麦管笑了起来。

一忽儿说亟欲嫁人，一忽儿又说要削发为尼，这一个洋囡囡，她就是这样的想到什么说什么，你说她率真不率真？

《铁报》1949 年 3 月 12 日

息灾法会的骂声

最近有一个"乙丑年度亡利生息灾法会"，在电台上举行空中祈祷，发起人十位，其中且有民意代表在内，此类求神拜佛勾当，若就"但求目的，不问手段"言，原也无可厚非，可惜是未见成效，先闻骂声。原来该会邀请越剧名旦袁雪芬参加播音，袁未尝应召。她是以吃长素著名的，以此遂大受攻击。其实吃素未必一定信佛，该会引为同调，已属大误，而一面祈祷息灾，一面大骂山门，三昧真火一动，法会与战场何异？

更奇怪的是该会建议禁屠三天，以迓天和。市政当局居然予以核准,我真怀疑我们过的日子已经倒退了一个世纪了。

《铁报》1949 年 3 月 14 日

丁芝的否认

丁芝小姐远道损书,附来广告一则,内容是否认某一刊物所载《出了轨的爱情列车》一文,出自她的手笔。丁小姐有一个时期是一支健笔,但年来则极少写作,她来信说:"我需要韬晦,播音写稿一概谢绝,别人的著作我也不愿掠美。"从这几句话,可以看出她心情的恬淡。昨日的《前线晚报》载一消息,谓丁芝将参加《日出》一剧的演出。此事自不可能,盖丁小姐方作远游,短时期内不致归来也。

《铁报》1949 年 3 月 16 日

你禁屠我吃肉

昨天是禁屠的第一日,我却在家里大吃其肉,原因是我的孩子恰巧满月,有几个亲戚驾临舍间,我留他们吃饭,不能不略丰盘篚,其中便有红烧肉与炒肉丝。

我是个最安分守己的人,但于一切不合理的法令,则辄欲顽抗。当社会局下令禁售玻璃丝袜之日,有一个单帮客适以玻璃丝袜兜售,我向我们的薛财长借了一笔钱,将玻璃丝袜买下,一买就是一打。我对内人说:"你就是在家里,也不妨穿上玻璃丝袜。"我自己有志刚盟弟从香港携回见贶的两双玻璃丝袜,本来藏诸椟中,未欲御用,这时也翻出来穿上了。我就不信颁禁令的大人先生,他的太太小姐会懔遵禁令,绝不穿玻璃丝袜,人民应有穿袜子的自由,此而欲横加干涉,像我这样子生有傲骨的人,便第一个不服气。

禁屠,这是一个叫做什么“度亡利生息灾法会”向市政当局建议,而由市长核准施行的,我不甘心做愚民,于是又犯了他们的戒律,禁屠第一日我就大吃其肉,奇怪是禁屠之令虽下,肉肆仍有门售。在《六法全书》尚未修正以前,我想还不至于食肉与卖肉同罪吧?咄!

《铁报》1949 年 3 月 18 日

断后酒能斗一巡

玉蓉师妹邀宴之夕,姚吉光兄亦在座,有人要他干杯,吉光兄说:“如果蝶老喝,我也奉陪。”辱承不弃,点将于我,我不能不卖勇举杯。吉光兄见我一饮而尽,诧异道:“不豁边了!”

事实上我的喝酒,真是所谓“量不胜蕉叶”,吉光兄的臆测倒并非浅视,只是此夕我报到较迟,又兼与玉蓉暌违已久,故于入席之际,就准备开怀畅饮。吉光兄的挑战,在我是来得正好。还有一点,为了朋友高兴,我有时也真肯舍命陪君子,所谓“断后酒能斗一巡”,这勇气我是有的。嗟夫!十载乱离,啼痕处处,我们要是没有这一点勇气,怎么还能活下去呢?

《铁报》1949 年 3 月 19 日

梅影妹妹的代歌者

梅影妹妹著声于花间,亦能歌,然所长者惟小曲,最近妹妹忽跃登银幕,于《年年如意》中歌《四季如意》一折,则配以弦管,固流行曲而非小曲。闻诸人言,当此曲在摄影场录音之日,妹妹立麦格风下,试其歌喉,忽瘖不成声,他日播诸银幕,殆难清晰可闻,幸指挥录音者为黎锦光。黎夫人白虹随其外子在场参观，临时乃央诸白虹，请代歌一曲，始臧其事。故他日《年年如意》公映，梅影妹妹虽引吭作歌，实未出声，庖代者固别有其人也。

梅影妹妹之上银幕，得力于陈嬿之引荐，妹妹与陈为素稔，由陈言之于韩兰根，遂偿夙愿。顾在片中所饰者，仍为一侑酒之倡门女，倘亦所谓“君子不忘其旧”欤？

《铁报》1949 年 3 月 21 日

柳絮兄的婚期

柳絮兄自名花在握以后，还没有定出百辆迎归的吉期，前晚兰言兄在燕云楼宴请吴莺音，筵间与柳絮兄相值，我向他讨喜酒喝，柳絮兄说：“择吉开张，当在下月。”

这几天虽然乍暖还寒，晴雨无定，但毕竟已是仲春，距离风日和丽的日子不远了。春色恼人，未堪独宿，结婚正是最理想的时期。而柳絮兄的未婚太太，亦已梦熊有兆，形式上的典礼未许再拖，于是我们遂有喜酒可喝。就目下的成绩看起来，贤伉俪殆并为多产作家，继喜酒之后，红蛋的分飨，或亦将源源而来也。

本报读者中不乏关心柳絮兄终身大事的人，报此喜讯，以代众乐。

《铁报》1949 年 3 月 22 日

第一难尝西北风

奉劝休当店主东，不如文字作劳工。

经商也有诸般苦，第一难尝西北风。

大郎兄想开一爿小烟纸店，以为这是士不逢时勇退耕的办法，有一爿店，就可以混一辈子。这里我要奉劝大郎兄，你如果开烟纸店，就应该开一爿大的，小烟纸店实在比摊头好不了多少，未必能够吃上一世。我这是经验之谈，因为区区正是业中人。

安南路上一爿烟纸店，我是独资老板，但是我没有在卷烟业公会跑进跑出的胃口，因此也向不过问店务，只是由家人在那里经营着。这一爿店开了六七年，我这个老板不但一个钱赚不着，甚至至今还不断地投资，原因就是规模太小了，成了名副其实的烟纸店。不过买卖香烟、草纸之类，你想哪里能够赚钞票呢？

所以我要奉劝大郎兄，要开就得开一爿规模大一点的，做批发带门市，那么除了开销以外，也许还可以有两钿摸摸。如果店面小得像我那一爿宝号，柜台上连窗牖也没有，寒冬腊月站在柜台里，纵然你有的是西风面孔，只怕也吃不消那西北风的味道。

《铁报》1949年3月24日

重门叠户

苏璇小姐在她的私邸请我吃饭，去时坐的是专车，转弯抹角绕了一段路，最后驶入一条修巷，止于一幢高楼之前。我坐在车子里，也不知经过的是些什么路，下车的地方又是个什么所在？这情景很有些像宫闱小说里所描写的黑车意味。进入苏璇小姐的香闺之后，遂亦有刘阮入天台的感觉。

苏璇小姐之居，是种英国式子，门户特别多，她领导我参观会客室，卧室以至厨房，我统计了一下，共有十一道门，都是一式的，连衣橱亦不例外，拉开两扇门，里面尽是挂的旗袍、大衣。我对苏璇小姐说："你这里倒和山西大同差不多，颇有重门叠户之胜。"她笑了起来。

苏小姐请了一位西厨在家里，请我吃西菜，家厨的制作当然与众不同，此日的菜又特别丰盛，女主人劝进甚殷，让我吃得饱而又饱。最后一道是北都隽闻中所说的"苦药"，更增加了精神上的刺激。

饭罢，坐谈移时，辞女主人出，我自己找寻归路，这才又回到了人间。

《铁报》1949 年 3 月 26 日

扭秧歌

去年新疆歌舞团访沪时，在皇后大戏院演出，下走曾一度往观，有《扭秧歌》一幕，两儿童挽臂踏歌，为状十分天真，因此获得的掌声也特别多。降至今日，《扭秧歌》忽悬为厉禁，这与过去的支持新疆歌舞团演出，似乎显得有点矛盾。

就秧歌本身而论，这一种玩意起自田间，庄稼人家在叱犊耕耘之余，作歌自遣，正可为陇亩丰收，岁兆大有之征。不过当局的疾恶秧歌，殆非因秧歌有罪，而是为了此种歌舞兴自某方，深恐北风南渐，将影响及于人心向背，故欲阻其传播。因此有人说："何不别创一种'扭稻歌'，庶几可与扭秧歌互争雄长。"事实上，禁止的确不是一个好办法，所谓揠苗助长，昔贤已有明智之见也。

《铁报》1949 年 4 月 4 日

外国三毛

儿童节下午，到大新画厅去看了一次三毛画展，参观的人实在太多了，只好挤在人丛中亦步亦趋。一位朋友说：“即使雍和宫开放，恐怕也不会有此盛况。”画展中，陈列张乐平兄所作《三毛流浪记》原稿二百二十幅，另有彩色者若干帧，是为了这次的展览而特地画的。我却偏爱《三毛流浪记》的原稿，则因画中刻画一个被折辱的孩子的遭遇，充满着一种辛酸味，实在是饶有意义的。

在西洋漫画中亦有类似三毛的人物，则是二次大战时期美国贝克少尉所作，名为《一个可怜的小兵》，连续刊载于 Yank 杂志，胜利后我编《西点》半月刊，曾转载数幅。日前觅出三册，以贻乐平兄。贝克少尉之作，皆以军中生活为题材，则颇似乐平兄笔下之《三毛从军记》也。

图 34 《一个可怜的小兵》，乔治・贝克绘，刊于《西点》1945 年第 1 卷第 2 期

《铁报》1949 年 4 月 5 日

硬滑稽

在小型报作者中，已故蒋九公是唯一的科学家，他在生前，曾开过一爿无线电电器行，他自己能够制造小型收音机，也会修理，这一切都是无师自通的。他的科学天才，当年曾使我为之惊诧不已。

九公兄写小型报文章，以“硬滑稽”出名，善以成语作新解释，胡佩之兄的“胡派滑稽”，实即导源于九公，“浅薄大王”的尊号，应效唐虞之揖让，赠与九公兄的。

九公兄爱唱余派须生戏，一度在黄金大戏院登台，于《狸猫换太子》中饰八贤王，唱的时候，他的头须摇之不已，时号“摇头老生”。现在追想他当时的声容笑貌，觉得弥复有趣。而今摇头老生的余腔已成绝响，倒是他的硬滑稽小品文，则继起有人，流风余韵，赖以不坠，九公兄亦可瞑目于地下了！

《铁报》1949 年 4 月 8 日

最难过的事

每逢影片公司试映新片，我总有一份赠券配给，但总是转送给别人的时候多，实在是失望的教训受得太多了，因此很少看国产影片的勇气。这不能怪我不爱国，只怪国产影片不争气。

我想，天下再没有比看一部坏影片更难过的事了。我看过不少国产影片，起初抱了满怀热望而去，结果总是恨不得中途逃席，银幕上的演出往往觉得满不是那么一回事，最可笑的是一些叙述地下工作的片子，老是把地下工作者演成一群笨伯，全不懂得什么叫机警。有时候看得光火起来，真恨不得跳上银幕，打他们两个耳刮子，问问他们为什么那样的蠢(其实蠢在导演，不能单怪演员的)。

最近又抱了万一的希望，看了一部新片的试映，依旧是叫人看得肚膨气胀，难过万状。我想，以后要是有什么试映券，干脆就扔掉了，转送给别人让人家难过，也是伤阴骘的。

《铁报》1949年4月9日

咖啡一杯

上期的生活指数统计，加入了女袜一双，《大团圆》的剧词中有语曰："现在谁不是为着太太的几双丝袜子在奋斗？"我怀疑将女袜列入指数统计项下，是受了这一句剧词的影响之故。

如果统计长官不欲招致重女轻男之嫌，我吁请这一项能列入"咖啡一杯"，我可以提供一些资料，即是西青的咖啡在限价时期，每杯售二角七分，昨日则为五千元，上涨达一万八千倍强。

以我个人而论，女袜倒不一定要月置二双，咖啡则日必一盏，成了我的生活必需品，若说上海市民并不人人喝咖啡，则我亦有辩：盖上海市民亦不能人人穿女袜，以咖啡代替女袜，我想至少有二百万市民会投同意票的。

《铁报》1949年4月11日

无锡一日

因两路局的招待，逛了一次无锡，我只是到了蠡园和鼋头渚，梅园没有去，原因是前者我往岁虽到过无锡，却未尝登临，后者则是旧游之地。

在大队人马作梅园之游时,我参加了另一小组,趁车至崇安寺,吃糖芋艿及煎饼,倒真是别有风味。

垂晚,访《导报》社诸君子,意外晤及张伊雯小姐,原来亚后正以甜甜斯[①]的邀请而驻跸无锡,甜甜斯即在《导报》楼下,惜乎我们即晚就要回上海,来也匆匆,去也匆匆,遂未及听亚后客地作歌。旅行而只有短短的一日程,不仅游不能畅,即访晤故旧,亦惟有才相逢,便握别,真是憾事。

《铁报》1949 年 4 月 12 日

名胜之玷

名胜之区而有路牌广告,当是恶劣的点缀,他处不能尽忆,无锡则鼋头渚的船埠有一块某药房的路牌广告,湖对面的小山上也有一块,大书"白兰地"三字,谑者因曰:"那一座山,就叫白兰地山。"

路牌广告树立在名胜之区,如能匠心独运,髹漆常新,或许也足供赏鉴,无奈事实辄适得其反,例如其药房的一块路牌,破损污秽,几欲使人掩鼻而过,名胜之区着此一伧,湖山亦为之减色。

在理,名胜之区属于国家,不同私产,何致贪图一二块路牌广告费?此等处也显出了中国的一副穷相,大抵管领湖山者鹤俸微薄,不足养廉,故亦赖此路牌广告收入,聊资贴补耳!为之一叹。

《铁报》1949 年 4 月 13 日

菁清的玄虚

菁清的婚讯,今已证实其不确。这孩子何故要弄此玄虚?无

---

① 甜甜斯咖啡茶室,位于无锡市光复路大上海戏院对面。

从悬揣,而她的行事之乖张,则众口一辞,我也实在无法代她辩护。

当雪莱五弟以电话报告我菁清的婚讯时,我就未敢遽信,曾一再问他是否可靠?我之所以怀疑,是有原因的,为的是上月间菁清放了一个烟雾,谓有白门之行,而实际上则游踪所至,乃在杭州。据我所知,雪莱五弟曾与偕行,事后我问雪莱"曾否同车晋京"?雪莱以"未与作伴"为言。所以对于这一个婚讯,我也只当他和菁清通同作弊。如今终于证明了我的臆测,初非神经过敏。

菁清这孩子,不能说她不聪明,但亦正因聪明有余,遂不以正常生活为满足,一定要玩些花样出来,聊以自娱。菁清天性肫厚,而言行悠谬如此,实可矜悯也。

《铁报》1949 年 4 月 14 日

舞后不竞选舞后

李敏娟既归自香岛,不数日,舞后管敏莉亦接踵而至。过去报间有传说,香港《中英晚报》主办的舞后选举,敏娟与敏莉均拟夺后。她们两位回来后,却证实了传说的不确。敏莉说:"我还会那样傻吗?顶了一个皇后的头衔不够,再做个皇后的皇后,岂不累赘?"其言盖极风趣。而李敏娟亦谓:"他们将选举票印在报上,要一张一张的剪下来,我没有那么多的工夫!"敏娟平时不拘小节,亢爽如须眉,捏了一把剪刀,耐心地做剪报工作,迥不似这位巴蜀佳人的行事。由此推测,大抵所谓香港货腰女郎竞选舞后之说,是出诸主办者的自我宣传了。

《铁报》1949 年 4 月 16 日

闲话唐虞

西哲有言:"只有最没出息的人才迷恋于回忆。"话自然说得不错,但生活在现在这样一个局面之下,却是虽欲不缅怀往事而不可得了。

近日朋友间聚谈,几于无不向往于过去承平之日的生活,一致认为日子越过越不像话,以今例昔,自有不胜枚举的例子。以下走而论,战前在《新闻报》供职,赚月薪一百八十元,又兼编《大》《平》二报,每月进益在三百元以上。现在则一个月的收入还不够买"大头"十枚。以言享用,战前每与灵犀、大郎、一方诸兄,征逐于歌台舞榭,不啻夜夜元宵,其时下走且属包车阶级,出入有钢丝包车代步。此类老话,在今日言之,盖亦有闲话唐虞之感矣!

《铁报》1949 年 4 月 18 日

从一则新闻看官场

在报上看到一节新闻,女伶杨玉萍在汉口搭班,其藁砧郭玉崐拟排演《万世流芳》一剧,但为当局所禁。后由贤内助出而斡旋,禁令终获取消,不过改了一个《林则徐》剧名。由上面一件事,不难想象今日的官场,其泄泄沓沓之风为何如。类如的情形,在上海亦不乏前例。沦陷时期,有人在沪西开设夜巴黎咖啡馆,为了钞票没有摆平,临时竟不获展幕,女影星孙景璐是夜巴黎的合伙人之一,终于凭藉着她的一番笼络,始得开业。孙小姐曾以"折冲樽俎"的经历当作笑料讲,将当时沪西伪警头子的色霉丑态,形容得淋漓尽致。

以跳梁小丑例今日的官场,或许有些儗不于伦,但李伯元笔下的现形人物，则固一脉相承，代有传人也。

《铁报》1949年4月21日

未做成的月老

程小青先生的掌珠育真小姐，为东吴系女作家，早年曾拟为之作蹇脩，促成一段翰墨姻缘，寻因男的一造不作此想，我也就没有敢提。也幸而未曾冒失，否则倒是障塞了育真小姐的上进之路。

前岁，育真小姐以东吴大学的保荐，放洋赴美求深造，为时不久，就听说她攻读之暇，荣任了一张报纸的编辑，到了去年，又有在纽约结婚的喜讯踵至，良缘缔自海外，可以悬揣为其藁砧者，必非等闲之辈。最近消息传来，育真小姐复膺位东吴大学纽约同学会的执行委员，足征这一位扫眉才子的为人所重。如果当年我的月老做成，育真小姐即断无今日的辉煌成就，新大学的辉煌成就也充其量仅能萦诸梦寐。

奇怪的是我的那位朋友，求偶偏舍淑女，此中当有原因，只是我未能猜透。要是换了我，也许就会有“鲰生自福薄耳”之叹的。

《铁报》1949年4月22日

看话剧听咳嗽

希望剧社在兰心上演《阿盖公主》，我看了三幕而遁走，原因是吃不消院子里此起彼伏的咳嗽声。

《阿盖公主》即是《孔雀胆》改名，出郭鼎堂手笔，剧情极紧张，演出也很努力，置景、服装都不坏，但有些观众不肯忍咳须臾，台词给咳呛之声一冲，十九湮没无闻，我看了三幕，只得逃出了这个“肺病疗养院”。

还有一个使我不安于位的原因，则是我看的是日场，楼座上武装同志特别多，他们兔起鹘落，忙碌异常，看话剧碰上一片咳嗽声，已经煞风景，加上我是个怕兵的秀才，自以走为上策了。

《铁报》1949 年 4 月 26 日

来宾致词

在婚礼过程中，照例有来宾致辞节目，结婚是喜事，致辞者只宜善颂善祷，苟涉谐谑，亦以乐而不淫为宜，煞风景的话自在悬为厉禁之列，这是不待晓喻的。

最近有一位朋友结婚，以时值非常，来宾致辞遂多抓取当前环境为题材。及至想到这是办喜事，于是讷讷然不能自圆其说，听的人固然代为着急，新郎新娘鹄立在那里，听一些徒增不快之感的话，当然更窘。

我曾两次做过介绍人，事前辄与司仪咬耳朵，请他在报告时豁免“介绍人致辞”一项，盖自审不善辞令，与其不能讲得头头是道，不如免开尊口之为愈也。

《铁报》1949 年 4 月 29 日

向咖啡座告别

当西青的咖啡售至八十六万元一杯的时候，我这个风雨无阻的座上客，从此裹足了！原因是八十六万元足够一天的家用了，以之喝一杯咖啡不无肉痛。

处此时会，每天还喝咖啡原也迹近奢靡，不过我并没有其他嗜好,连早出晚归总是习惯于步行的,个人开支极省,喝咖啡是我唯一的消耗,这一点享受,该属情有可原。但一杯咖啡连踢破死[①]要花费近百万元,却成了浪费,我不得不从此遂废常课。

过去曾为咖啡馆老板,今则连一个咖啡座上客的资格都取消了!度日维艰固然是每一个人的事,但在我则实不能免于王小二过年之感。

《铁报》1949 年 5 月 5 日

向夜航机呼吁

寄语夜航机,人民胆魄微。
天街宽阔甚,千万莫低飞。

我自幼即富于胆识,若干年来又历尽艰险,更养成了我的罔无畏惮的性格,虽不敢以"泰山崩于前而目不瞬"自诩,至少我并不是个胆小如鼠的人。

但,近来对于夜航机则颇恐惧,大抵以夜阑人静之故,夜航机的声浪总觉得特别的响,有时候低飞而过,更担心着它会带翻屋脊。我的出世才逾两个月的孩子,嚇得直哭。因此我想向航空公司的驾驶员们呼吁,在深夜驾机掠过市空时,千万请你们飞得高一点,不要惊扰小市民。须知小市民们多数曾经饱经忧患,对于空中霸王之类,是未必有什么好感的!

《铁报》1949 年 5 月 6 日

---

① "踢破死",tips 的沪语音译,"小费"之意。

不醉无归

我没有到过成都，有一位朋友对我谈起成都的气候及盘篁风味，使我向往不已，深悔抗战初期在汉口的时候没有溯江西上。

据说，成都不像重庆，平时既无酷热，亦无严寒，尤其奇怪的是雨，白天从不阴雨连绵，要下雨必在晚上。我生平极憎恨雨天，原因是我爱好步行，蹀躞于滂沱的雨中毕竟不舒服。

在上海，一个人上馆子只好吃乏味的客饭，在成都则有供应小碟子菜肴的馆子，有一家以四碟子出名，在这个时候四碟子便是：粉蒸牛肉、竹笋蚕豆、卤肫干、小排骨，其分量比粤菜馆的半卖还要少，约为四分之一卖，价钱极便宜，吃四碟子不过花费一碗鸡丝面的钱。

成都的此类小吃馆子招牌大都很特别，有一家叫"不醉无归小酒家"，你看了这样富于诗意的招牌，也就足够流连忘返了。

《铁报》1949年5月8日

梦想

每一个人都有他的梦想，我自然也不会例外。我的唯一的殷切期望是，有一天战争停止了（我想总有一天要停止的），我将以轻松的步伐回到我的故乡，在祖上遗下的一块土地上，建筑一座砖屋，砖屋的四周都开启着一排玻璃窗，让阳光可以通射进来，屋子里有着卧室、书室和一间厨房，壁间点缀着我喜欢的书画与其他壁饰，屋外则遍植花木，有层次地排列着，成为一个小小的花圃。暮年的我便带着我的妻子和孩子，生活在这一块土地上，我希望之以后是一个永恒的承平的日子。

我的故乡有着很好的适宜于隐居的环境,河道、树木、邻近的村庄、质朴的庄稼人,住在这里不会感觉到寂寞与无聊,我将以我的剩余的精力用在稼穑方面,同时更可以写歌曲自遣——我希望那时候能够自己作曲。

我不应该有这样一个梦想吗?也许这是一个奢望,我不可能得到它。但,事实上这仅是一个极寻常的梦想呀!每一个人都应该得到这样的赐予的,唯一的阻碍只是一笔足够建立这个梦想的基金,因此在我的梦想之前还得安置一个先决的梦想。

唉!在这一个世界上,正不知有几许人为着这个先决的梦想在困扰着,喘息着呵!

《铁报》1949 年 5 月 9 日

音符的领域

我不时倾听着无线电播送出来的歌曲,那些美妙的旋律与歌声是一种动人的引诱,有时它还使我感觉到亲切——我时常听到的有些歌词是我自己写的,虽然不好,但我应该有种爱抚自己的孩子一样的喜悦。

这世界不尽是丑恶的,有许多值得歌颂的事物可以让我们随时发现,我感觉歌曲对于需要颂赞的工作做得还不够,这样就使我体会到有一种遗憾亟待弥补,至少我可以在歌颂的工作方面尽一点力。但是我不能作曲,我缺乏如此的修养。

现在,我下了一个决心,我要学习,我喜欢那些跳动的音符,惟有它们才能和诗与戏剧一样地创造至善至美的境界,我要跨进这一个领域里。我买了一部分足够足够增益我的知识的有关音乐的书籍，虽然因马齿徒增而使我的记忆力衰退了，但我还可以耐心地读，吸收，研究。

我发见有一个补习性质的组织，它可以指引我走上补给修养的道路，我今天就要去报名，从幼稚园学生做起，但愿我能够在不怎样遥远的时期里明了那些音符的组织，从而实现我的理想，我的奢侈的目标是——我要创造配合着歌词的长篇叙事乐章。

《铁报》1949 年 5 月 10 日

塔前留影

生平不喜摄影，原因是我的仪表并不上照，但近年来游踪所至，则往往被动留影，这些照相，我都黏贴在一本 Photo Aldum 上，一昨翻阅之下，发觉我的留影，竟是与塔有缘，倒成了一个奇迹。

我的摄于塔前的照片，计有三帧：一是摄于龙华，二是摄于杭州灵隐寺，三是摄于无锡蠡园，其中后二者的背景其实是经幢，但形式与塔近似。可惜的是前岁游嘉兴与三塔，去岁游苏州虎丘，都没有留影，否则裒集起来，若再假以年月，殆可蔚为大观。

由于此一偶然发现，或许将列为心愿，假使承平有望，蜡屐可展，我将遍游各地有塔的所在，留影塔前，庶几与《塔里的女人》媲美。

《铁报》1949 年 5 月 21 日

听"讲话"后记

五日下午，上海市人民政府柬邀文化界人士，在青年会九楼举行茶话会，下走曾躬与其盛，因此听到了有生以来第一次听到的最长的演说。陈毅市长的讲话历时凡三旬钟，他一面讲，一面不停地抹汗，后来连领子都敞开了，衣袖也捋起来了。听众见市长是那样的脱略行迹，兼之以他的演词中，又时时间以妙喻，于是大家都无法严肃，忍不住笑声时纵。同时也听得久而忘倦，陈市长的讲话，是叫好而又叫座的。

此日之会，名伶梅兰芳、周信芳均在座，也都站起来讲了话，信芳提议，过去演讲到了末了，习惯用“完了”二字，认为是不祥之兆，主张改说“好了”。但他讲到最后，仍以“完了”一语作结，自己的提议并未躬自实践，殊亦所谓“积习难返”耳。

《铁报》1949 年 6 月 9 日

荆逢嫁

鬻歌高乐的荆逢小姐，不久将嫁，从此这一位天涯歌女获得了归宿不必再为转业发愁了。荆逢在歌场中，以洁身自好为人所称道，许多人都奇怪她的甘于蠖屈，以为鸾凤栖于枳棘，未免埋没了一表人才，其实她也有自己的想法，她的鬻歌是为了仰事俯畜，处身于小型的歌场中，周遭的人物应付较易，兼可无所萦心于纷华。如果投身舞榭，地位自然较高，但挥金之客的颜色仰承匪易，说不定更有匹夫夺志之虞。荆逢是聪明人，她的深谋远虑说明了她绝非没有见解。

时代转变，歌台舞榭都非托足之地，荆逢在这个时候急流勇退，选了择人而事的道路，虽有异于“从消费转向生产”，但她的毅然跳出淤泥，总算是不可多得的。

《大报》1949 年 7 月 18 日

南征序

我的一个表弟参加了南下服务团,出发在即,前天特地来看我,与我话别。他带了一本小册子,要我题几个字,我就给他写上了朱鼎兄的一首《鹧鸪天》词(见十一日本报)。

表弟在一家铁工厂任事,铁工厂的老板特别慷慨,不但答应我的表弟以后工资仍按月照付,而且一次先发给三个月,俾作安家费。这对于我的表弟是一种绝大的鼓励,他可以因此毫无顾虑地踏上征程。表弟的体质素来孱弱,但他绝不以此后的长途跋涉为可畏,他的壮志使我万分感动。临歧时,我握了握他的手说:“我要是还像你一样年轻,我会跟着你一起走的!”这不是姑妄言之,实在是我的由衷之言。

《大报》1949 年 7 月 20 日

“海宝贝”志异

最近,舍间蓄养了一只海宝贝,本来仅是薄而又小的一片,现在已膨胀得满钵皆是。据一般的说法,此物能治肺痨、胃疾、气喘诸症,传说或许不可尽信,但我有一个亲戚的胃疾服此而愈,则是事实。舍间的海宝贝就是那位亲戚见贻的。

海宝贝,顾名思义,当是海产,我不是生物学家,对这方面的常识愧无所知,使我感觉奇异的是,此物不但会自己膨胀,而且可以移植,撕下一片后放到别的盆中,饲之以红茶(要冷的,稍有一点热就足以制此物死命)及冰糖,它就会日益膨大,服者并不是吃海宝贝的肉,而也是喝红茶冰糖汤。还有一点是,发自此物之身的是一股酸味,酸得难闻之至。如果说此间真有什么望夫石的话,那么此物就是善于撚酸的妇人的化身。

《大报》1949 年 7 月 21 日

一日一扇

有位爱好集藏的先生收藏着一百多把扇子，书画皆出名家手笔，在这位先生还是一笔巨额财产。入夏以后，这位先生按照年常旧规，今天梅兰芳，明天吴湖帆，一日一扇，捏在手里摇进办公室，有时还要展而示人，带一点炫示侪辈的意思，因此却遭到了批评。

原来这位先生服务的办公室，室犹是也，环境却今昔非比，他的遭受批判，判语是“豪门资本的玩意”七个字，原来不仅使梅兰芳、吴湖帆，有几把扇子还是过去的达官贵人的墨宝。其实，这位先生倒也并非昧于世务，只是此公生来有一股倔傲之气，一时间扭不过来罢了。

《亦报》1949 年 7 月 25 日

咖啡座谈

女侍应生

大中华咖啡馆一女侍，为一登徒子所绐，馆方廉悉其事，遂褫女侍之职。或以为如此处置，未免太严峻了一点，其实在大中华当局，初非不知矜怜此女也，特有所以不能姑息者，盖姑息一人之过失，势将勿能部勒余众，遂惟有解除其职务，庶全体女侍之清誉，不致为此一人而有玷。论其情形，亦犹诸葛武侯之挥泪斩马谡也。大中华王总经理定源，事后尝晓喻全体女侍应生曰："吾侪之所以延致女侍应生，厥因有二：一以女子心细，二则易予顾客良好之印象，初勿欲若侪以美色惑人。"其语乃铮铮如铁，诸女侍应生以当局尊视若侪之地位，罔不兴奋万状。夫饮宴之场雇女侍孰非以吸引色迷迷朋友为目的？独大中华之作风乃异是。女侍有荡检踰闲之行，且以整饬风纪为急务，宜使闻者为之耸异耳。

丹蘋[①]

《力报》[②]1943 年 12 月 1 日

① "丹蘋"为陈蝶衣笔名之一。

② 《力报》1937 年 12 月 10 日创刊于上海，1945 年 9 月 18 日停刊。由力报馆发行，馆址位于上海虞洽卿路 330 弄 3 号。主编为王瑞华、胡力更，编辑为金小春等。

朗诵小说

从前唐霞辉小姐在电台上，除了“阿是！”“阿是！”之口号，为人所习闻外，复□□朗诵《滕王阁赋》《吊古战场文》之类，朗诵之可闻之于无线电台中者，当以此为最早。比闻女作家张爱玲，亦日在无线电台中朗诵其所作小说，惜下走府上，迄今犹无一架无线电收音机之设备，乃勿能于空气中一聆爱玲女士謦欬，不知吾报读者中，于爱玲女士播音时，亦有洗耳恭听者否？

《力报》1943 年 12 月 3 日

巧格力糖

五年前居香港时，日日购巧格力咀嚼于口，巧格力作方砖形，绝巨之一块，亦不过售一二元港币。一二元港币在港地，彼时可以购印度绸旗袍料一件，故巧格力之值，说便宜又并不便宜。不过以昔列今，总是廉之又廉耳。今日则巧格力之名贵，几与金鸡纳霜不相上下，小颗之巧格力糖，每只已须售至一二元，遑论“奥华利”矣。若冠生园及泰康公司，号称糖果业之巨擘，然巧格力糖之制，迩时亦已渐懈，盖原料缺乏也。所可见者，惟一种干士牌巧格力糖，作圆裹形，诸大公司及糖果肆犹有售，巨价之巧格力，吃大不起，惟干士牌之巧格力糖则犹廉，迩时遂又咀嚼不去口矣。

《力报》1943 年 12 月 7 日

送礼

陈明勋兄之喜柬，报间调侃备至，明勋兄寝馈艺术圈中，为人固富于文艺气息者，其喜柬偶弄笔头，犹是情理中事。所不可解者，则下走饬人送礼至高士满，高士满不收；改送至永康公司，永康公司亦不纳。而以上两处，固喜柬上列为代发地点者，礼金虽不丰腆，何至竟一介不取？徒使送礼人奔波两趟！意者明勋兄忙于筹备婚典，于收礼之处，遂疏于叮咛耳。

《力报》1943年12月9日

咖啡馆夜市告终！

自当局颁布酒楼餐室晚间十二时打烊之令后，首受其影响者为咖啡馆，盖咖啡馆之主要营业时间，全在十二时以后。舞榭人散，歌台曲终，枵腹者觅进食所在，咖啡馆始有宾至如归之观。一旦限制于十二时打烊，生命之线即垂绝，惟近一时期，以当局执行不甚厉，故在同一区域内，颇有秦越之分。直至昨日，经咖啡馆同业一度集议，决定采取一致行动，遵从当局之命令，于十二时一齐打烊，不得稍有参差。于是咖啡馆之夜市，昨日起遂一律告终，平时孵惯咖啡馆之侣，此后殆不无“如此良夜何”之嗟矣。

《力报》1943年12月10日

食堂计划

波罗兄以下走与来岚声兄并称，目下走为“陈计划”，其实予乌能望岚声兄项背，岚声兄之计划重实行，而下走则徒有空谈耳。关于餐室计划，事实甚简。下走以为就新世界餐室之地位，大可辟一食堂，西菜咖啡之属，规模较宏之咖啡室甚多，不复与之较短长，则不如退而售零食，若油豆腐线粉、猪油汤团、百叶结，以至鱿鱼、馄饨、年糕之类，凡属于小吃范围内者，宜应有尽有。司肆炉者，亦当整洁其服装,使顾客来此有“派头一络”之印象。寻常油豆腐线粉之属,惟街头巷尾摊子上有售,此为衣冠中人望而却步者,若食堂亦煮以飨客,则口腹之嗜,人有同好,行且门庭如市,虽小吃大惠钞,亦在所不吝矣。波罗兄尝有创设食肆之拟议,敬以此一计划,贡献波罗兄之前,则波罗食堂之声势,或且夺乔家栅之席。波罗兄倘亦以刍议为可采乎?

《力报》1943年12月13日

急惊风

袖珍小生顾也鲁,获麟未久,忽而夭殇,也鲁之于邑可知也。也鲁与黄妩群女士,去岁结缡于梅龙镇俱乐部,下走尝叨扰一杯喜酒,期年而也鲁得子,下走犹未遑道贺,今乃闻其子以惊风而夭之讯,惊风未数日即殀,其为急惊风可知,大抵延医之时,碰着了一位慢郎中,以是不救耳。恨未早遇也鲁兄,否则福熙路上,有少妇精推拿之技,下走一雏,生四月而患惊风,医者已束手,得少妇推拿数度,寻即痊愈。厥后戚邻中有小儿患惊风者,恒以是妇为荐,往往奏奇效。设也鲁兄亦为其麟儿延此妇,或者解救有方,不致遽有丧明之痛也。

《力报》1943年12月14日

留好念头

新流行之卷烟,高乐牌仿白锡包,纪念牌仿大前门,皆绝肖。纪念牌之路牌广告,以“创新纪录,留好念头”为标语,纳“纪念”两字于其中,撰此词句者,殆已煞费心机,而“留好念头”一语,终病其不甚通顺。盖香烟燃之于口,顷刻即成灰烬,纵余烟尾,亦不过弃作捉蟋蟀之材料而已,有何好念头可留?香烟广告标语之浑然可喜者,十数年来所见,惟美丽牌之"有美皆备,无美不臻"而已。

《力报》1943 年 12 月 22 日

菱清有子蓬莱有女

女相士菱清,嫁苏福畴律师有年,吾从未闻菱清尝诞育,但菱清膝下,已有一子承欢,厥名小麟。此子肄业于黉舍,闻来亦好弄笔,近尝迻译《故城的末日》一文,投寄某杂志,文即由菱清转去。此一退休之前辈女相士,相夫教子,晚境殆弥甘也。

当年与菱清齐名之蓬莱,则有一女,即蜚声舞榭之女歌手秦燕是也。秦燕亭亭玉立,测其芳华,殆已在十八九之间,则蓬莱此日,当为四十许人矣。蓬莱藁砧曰秦鹤年,秦燕盖秦鹤年与蓬莱之亲生女儿焉。

《力报》1943 年 12 月 25 日

适得其反

凤雏生携两舞人自躚步之场出,欲觅食于餐肆,邀下走与俱。一舞人为凤雏生所嬺,欲为凤雏生惜虚靡,主张就餐于本地馆子。愚曰:"本地馆子取值,未必廉于粤菜肆耳。"舞人不信,遂共诣老正兴馆,点数肴,餐已,侍者以账单来,视其结数,达九百七十金。舞人始咂舌,凤雏亦诧曰:"不意本地馆子菜肴,索价之昂如此也。"诸肴中有雪菜炒冬笋一味,价八十金,鲫鱼汤一器,则达一百三十金。复一日,复与凤雏餐于南华酒家,则凤爪冬菇汤之值,不过七十五金，复如冬菇炒冬笋，宜视雪菜炒冬笋为胜，顾亦只售六十五金，与正兴馆所索之价，相去胥不可以道里计。恒人之心理，殆罔不以为粤菜肆装潢气派，近于贵族化，菜肴取价，必视本地馆子为巨，不知乃适得其反也。

《力报》1944 年 1 月 7 日

市招与风窗

设小肆期年，至最近始有余款制市招，广不盈三尺，所费乃达八百金，字则袁希濂[①]先生所书，百中堂主人郑世农先生素以贻赠者，犹未花分文钱也。朔风既厉，尝欲于柜台之上，装置玻璃风窗，倩人核其值，需二千数百金，以年关在迩，小店银根奇紧，遂只得暂从缓议。下走逐食于外，不遑宁处，店事悉以委吾妇，吾妇长日度立柜台生涯，为状已弥苦。天寒岁暮，犹勿能使吾妇免于喝西北风之役，言之真可酸鼻也。

《力报》1944 年 1 月 12 日

从商罪言

从商垂一载，不幸所经营及参与者，悉“国人皆曰可杀”之事，其一为烟纸店，在吾报执笔者，恒历数烟纸店老板之罪，如昨日胡言先生一文，犹以配给香烟潜售黑市为言。胡言先生第知香烟有黑市，不知香烟配给，每期付款与出货，都须跋涉于长途（下走所设小肆在安南路[②]，而所指定之卸卖商则在法大马路[③]外滩，为程之

① 袁希濂，字仲濂，上海宝山人，与李叔同、张小楼、许幻阁、蔡小香结金兰谊，称“天涯五友”。
② 安南路，即今安义路，位于上海展览中心西侧。
③ 法大马路，又称公馆马路，即今金陵东路。彼时还有英大马路，即今南京路。

遥，直如充军)，外此则加入公会须纳费，向经济局领一纸登记证，亦非咄嗟可得。而每期配给烟售罄后，又须填具表格，呈诸警局，请其备核。凡此种种，都非“垂拱无为”可应付。予与吾妇，自设此肆，几于奔走喘息，勿能得一日之宁处。而袖手旁观者，则无不以为烟纸店之老板，钞票可以唾手而得也。烟纸店之外，咖啡馆与舞场，以友好之怂恿，皆使下走厕身其间，而咖啡馆之消耗物资，迩亦为明达之士所非议。至于跳舞场，则青少年攘臂一呼，且成为众矢之的，寖至友好讪笑，亦以“足下之舞场股票，大概也跌价了吧”为言。书生原只合贫薄，妄思以懋迁苏困厄，而结果则三桩“事业”，皆为世人所唾骂，因拟于他日改弦易辙，思维抉择，惟书局大可开得，则以古人尝以“书香”为言，纵以《杏花天》为牟利之具，亦可以博得一声“为文化努力”美名耳。一笑。

《力报》1944年1月16日

记顾凤兰

读《云庵琐语》，悉大郎兄方倾心于顾凤兰。凤兰诚舞国美材，曩年凤兰鬻舞国泰时，吾友韦陀，亦尝视为铭心镂骨之侣。“坐台带出，日无虚夕”，当时舞文中习用此语，吾友于凤兰亦如是。下走彼时，屡与韦陀共游宴，因亦屡与凤兰共躚步，其人瘦腰一搦，而颇复工媚，下走尝有绝句曰：“横波一笑见梨涡，似孕云情雨意多。倘许我为卿撮合，红丝请系活韦陀。”(注：即为凤兰而作也。)

同文之中，南宫刀与凤兰有肌肤亲，故韦陀久亦与凤兰绝。惟南宫之事，亦第得诸传闻，未足据为信史。凤兰弱骨盈盈，似不胜衣，而工愁善病，对人眉峰恒蹙，以意度之，殆由于未获怜香惜玉之侣故。幸大郎兄能善视其人，后此当能使凤兰稍豁眉尖矣。

（注：当时共舞台《济公活佛》广告中，有“活韦陀卜卜跳”之句。）

《力报》1944年2月4日

“包”的代价

止于枇杷门巷，有一小阿媛犹“花径未曾缘客扫”，吾友戏谑有顷，与小阿媛议开苞之代价，问阿媛曰：“小姑居处，不若大先生[①]之有情味，汝苟有意于此者，请示最低之条件。”小阿媛曰：“是易易耳！但吾需灰背大衣一袭，外此金银首饰，则豁免亦可，妾不斤斤于此者。”吾友闻小阿媛言，不禁咋舌，谓灰背大衣一袭，需万金也。小阿媛以吾友有难色，辄纵声笑，若谓吾友寒酸，乃并一件灰背大衣亦送不起，还想开的什么苞也。十年不履花丛，乃知今日之北里娇娃，尽是金镶玉嵌，花十万之数开一个苞，尚是起码交易，谓非金镶玉嵌而何哉？

《力报》1944年2月15日

三尸神暴跳

观《蔷薇处处开》于国联[②]，此为一二年前之旧片。观此片之目的，在一听片中之数支插曲。不料在紧要关头，银幕人物往往要“三尸神暴跳”，往往不待一人竟其词，另一人即急于接口，致歌唱亦如冷摊孤本，残缺不全。国联对号券售□十元一纸，便宜的确是

① “大先生”，青楼切口，指长三书寓中开过苞的女子，未曾开苞的女子被称为“小先生”。
② 国联大戏院，位于静安寺路（南京西路）477号。

便宜，然片子恒非全璧，看亦等于不看，以后诅咒不再跑进此等起码戏院了！

《力报》1944年2月21日

少壮派脱出凤集

凤集第七届聚餐，少壮派诸子忽全体退出，少壮一系，向时以魁派文章擅胜场，今忽然脱出凤集，讵不将被人目为少壮派衰落之征，乃并二百元之聚餐费亦缴纳不起，尚何"魁"之足云？为少壮派体面着想，纵不参加凤集，亦当另组一硬柴之会，以示并非囊中羞涩。否则悠悠之口，殊可畏也。

《力报》1944年2月21日

酸噎之言

一生谨愿，不欲与人轻启争端，顾横逆之来，有时亦有不堪忍受者，则亦惟有姑与周旋，以求事理之直耳。吾妇以丹青妙手，放弃画笔，屈为一小商肆之主妇，集老板娘、小伙计之役于一身，已觉深苦吾妇，不意略无愆尤，忽遭凶击，而行凶者复为一警士。警士食禄于民，应视蚩蚩之氓如赤子，今乃以一己之躁妄，遽肆殴辱，人为刀俎，我为鱼肉，事之狂悖，一至于此！是而可忍，则后此升斗小民，将何以安枕席？虽欲置不与较，不可得也。

当案发之初，亦尝欲委命于天，饮恨不言。迨闻吾妇涕泣而道，始审吾妇不仅理未得直，抑且迫于情势，转欲向行凶者道歉，如是而后，始获释放。夫三木之下，已使膺创者流血盈面，眼鼻皆紫肿如瘠，情状之惨刻如此，犹欲强被创之人，向行凶者道歉，枉直漏恶，视民间懦稚如蝼蚁，吾苟不攘臂而起，为吾妇呼冤屈者，又将何以对吾妇？

瞬息之间，横遭折辱，在身受者抚膺酸噎，不可忍受，起而呼吁，以求事理之直，此为人情之常。窃愿怙恶鸱张之徒，能设身处地，扪心一叩也。

《力报》1944 年 9 月 20 日

缺陷美

李香兰项间有瘢痕，然不减其美，韦锦屏且因左颊有缺陷而得"刀疤美人"之号。女人的缺陷，有时转成为美的商标，但胫部因生冻瘃，缠以纱布一环，则惟有使人望而作呕！

在餐厅或咖啡馆里，起舞于打蜡地板上的女人们尽有风度不恶的，但煞风景的是丝袜之内，往往发现贴有膏药似的纱布一方，不但六寸圆肤的"光致致"因此大打折扣，更推想及于纱布内层的血肉模糊景象，隔夜饭也将无法保留于胃囊之内。这不是缺陷美，只好名之曰"美的缺陷"了。

《力报》1945 年 3 月 9 日

充分运用了我的情感！

《凤凰于飞》公映后，报端和刊物上曾屡见批判拙作歌词的舆论，大抵对《笑的赞美》与《前程万里》二阕，颇有好评，而于其他诸曲，则有一位先生（笔名已忘）说："缺少丰富的情感。"

事实上，我为《凤凰于飞》编制的十一支插曲，除了《笑的赞美》完全是我自己的意志，不为剧情所束缚以外，其他都得遵循着故事的发展,与之配合呼应。有此限制,其难以讨好实在是必然的事。但我的文笔之拙劣,或许也是构成不能讨好的因素之一。

不过在构思之时,凭良心说,我是充分(或者说是尽可能)运用了我的情感的。例如在主题歌中,我曾一再地说:“莫把流光辜负了!”要“珍重这花月良宵”,要“珍惜这青春年少”。在《慈母心》中我说:“只因你们是新生的第二代,需要你们创造未来的社会。”又说:“但愿你们奋发有为”,“但愿你们光大门楣”,甚至在《晚宴》中也说:“今宵的欢宴不寻常,碰一碰杯儿才显得情意长!”情感虽不丰富,也不能算欠缺。至于《嫦娥》,因为题材并不现实,于是我只能寄之以幻想。但如《寻梦曲》一阕,方沛霖先生最初是知照我采取《催眠曲》的形式的,我为了《摇一摇小宝宝》之类已成滥调,经提出申请之后,才制成现在《寻梦曲》的格调。

至于《笑的赞美》与《前程万里》,前者因不受剧情束缚,后者因题材较易发挥,所以还能够差强人意。其实在我的制作过程中,这是最不费力的作品。可怪的是《霓裳队》一曲,我认为情感最充沛的应该是这一支,然而事实上是抹煞了的,而且外间也最不流行,倒是无足轻重的《合家欢》,反而有许多人爱唱,这真是不可思议的事。

《力报》1945 年 3 月 30 日

阿 Q 之言

都市是建立于烦嚣中的,生活于都市中当然也不可避免烦嚣的侵扰,应付之道只是头脑镇静一点,情感冲淡一点而已。柳絮兄曾经很郁结地和我谈及“骂”的问题,我送了四个字给他“付之一笑”,请他照计而行。

我的个性自承是缺乏斗争性的,过去突然有许多人对我围剿,我对之只是默不作声,因为我不知道他们的围剿动机是什么。后来有人告诉了我,我不是付之一笑,而是为之哑然失笑了。因为事情完全是起于误会,在围剿我的人当时很花了一番气力,而我却未损毫发。近一时期,还有一位俞良洪先生时常和我开玩笑,俞先生过去曾为《万象》《春秋》写过不少文章,我很感谢他的协助,但终于因为一次的稿酬单寄递失误,而引起了俞先生的不快,一有机会就揪住我冷嘲热讽。他的冷嘲热讽的文字是化了名的,起先我不知道是谁,后来得悉是俞先生,我格外心平气和了。因为他过去帮了我不少忙,我是应该感谢他的,稿酬单的失误非我之罪,俞先生一定也知道,但是他泄愤的对象只能抓住我,这一点我原谅他。在这种情形下,不要说俞先生仅是造作蜚言,即使要打我二个耳刮子,我也肯将左右颊迎上去的(完全由衷之言)。因为这样一来,就可以兵气消为日月光了。

世乱如此,琐尾流离是人民莫大的苦痛,化干戈为玉帛是众望之所趋,我们为什么还要斤斤于口舌之争,或是逞笔端一时之快呢?对人类多寄予一点同情,减少一点挤轧,岂不大家幸福。

说起来,这是一种阿Q心理,未免为英雄气概的人们所不齿。但是我需要闲适,我不喜欢剑拔弩张,因此我宁愿做阿Q。我不敢强柳絮兄以我为法,但是我要奉劝柳絮兄,对一切的诋毁不如置之度外,闲来喝喝咖啡听听歌,忘去了气愠。在这个苦杂的时代,我们要学得坚忍一点。

《力报》1945年7月24日

低眉人语

雾中行

接连下了两天的雾，深宵归去，坐在人力车上瞻望前途，只见一片迷蒙，像给大地罩上了一层轻纱。

虽然不至于伸手不见五指，但是丈许以外的景物，却完全瞧不清楚它的真面目。我感觉到雾的伟大，它像烟幕似的向大地一喷散，便使你们坠入了它的迷惘之阵，瞧不清楚是身在何处。

雾虽然隔离了我的视线，然而它也是可爱的，我们平日所瞧得清楚的事物，瞧惯了不足为奇，一旦坠入五里雾中，这便给了你一个研究和辨认的机会，正如你明晓得离此不远是一座私人花园，记得白天走过还瞧见墙内伸展出苍翠的常绿灌木的枝柯来的，现在因为隐约在浓雾之中，你便少不得要极目望去，仔细看看它毕竟是什么样子，一旦到了邻近，看得清切了，你便会有一种发现新大陆似的有味的感觉，甚至是兴奋。

怪不得古人要以“拨云雾见青天”为幸事，实在雾给予我们的视觉方面的障碍，正是催促我们去仔细辨认每一件事物的真相，及至真相明朗以后，自然要欣忻莫名了。

低眉[1]

《繁华报》[2]1943 年 11 月 7 日

韦茵之玄虚

十月号《春秋》中，有韦茵作小说一篇，曰《苏小姐的记事册》。此君作品，以分析青年男女心理见长，向时此君之作，惟发表于徐百益主编之《家庭》，只此一家，并无分出。予读其所作甚夥，若《路上行人》《嫁》诸篇，予下走之印象甚深。有时小说中以第一人称，则往往自拟为女性，因疑此人为一女作家，然不闻有识此韦女士者。及读《春秋·编辑室》谈话，始知韦亦一带柄女士，其自拟为女性，殆故弄玄虚也。

《繁华报》1943 年 11 月 8 日

叶莉莉喜讯

跷脚记者张超，曩在沪上时，为某报治一文，标题曰《谈谈姊姊娟娟》，双声叠字，一时传为妙文。稿为代其过房女儿叶莉莉作，莉莉之姊叶娟娟，鬻舞大东时，以张力捧，膺选为十大舞星之一。娟娟感张热忱，以父礼事之。其后乃妹莉莉，亦出而伴舞，张复力为延誉，其后娟娟嫁，则张超已不知去向矣！比闻莉莉亦将随一清河生而隐，若干日前，尝双携作金阊之游，盖预支之蜜月旅

① “低眉”为陈蝶衣笔名之一。

② 《繁华报》，近代上海综合类小报之一，日刊，创刊于 1943 年 9 月 13 日。上海联合出版公司出版发行，报社馆址设于上海汉口路 457 号二楼第 121 号室，由王雪尘、梅双呆负责主编工作。《繁华报》整体上的内容注重消闲和娱乐性，以社会花边新闻为主，涉及大众生活、明星舞女、奇闻轶事、戏曲小说、时事政治等各个方面。

行也。

《繁华报》1943年11月8日

张爱玲熟读《红楼梦》

张爱玲继《倾城之恋》后，又有一新作发表于十一月号之《杂志》，曰《金锁记》，此为程玉霜之名剧，张爱玲以之为小说标题，真是得来全不费工夫。

《金锁记》以大户人家妯娌叔嫂间钩心斗角之迹为脉络，情调与《倾城之恋》无多大差别。予尝谓张爱玲殆熟读《红楼梦》者，故其所作，受《红楼梦》之影响亦甚深，其写每一人物，必详言其服饰之名色。例如，“身上穿着银红衫子，葱白线香滚，雪青闪蓝如意小脚裤子”，“穿一件竹根青窄袖长袍，酱紫芝麻地一字襟珠扣小坎肩”之类，《红楼》气息盖甚重。又文中写几个小丫鬟，厥名曰凤箫，曰小双，则宛然《红楼梦》中袭人、平儿之俦矣。

《金锁记》所刊犹上篇，未能窥全豹，以意度之，则下文殆着重在一副金锁片上，既无羊肚汤[1]，又无六月雪，此可以断言耳。

《繁华报》1943年11月14日

洞天探幽

生平游踪，历苏、浙、皖、鄂、湘、粤诸省，最值得夸耀的是游过黄山，逛过香港，但是空经历了许多地方，却没有半个字的记录，留在今日展读，以作旧梦的重温，这实在是懊悔不迭的事。今日再要

① 羊肚汤，为关汉卿所作元杂剧《窦娥冤》中的重要意象，一碗羊肚羹汤给窦娥带来了杀身之祸。故在秦腔剧目中，《窦娥冤》亦称《羊肚汤》。

补叙起来,那往昔的当前景色,早已渡过我的脑海,溜向婆罗洲的森林,就是下通缉令也抓不回来了。

近来读了同乡伍稼青先生的《洞天探幽录》(将在《春秋》中发表),真是吓了一大跳。原来他生平所游览的地方,单说岩洞一项,就举得出二三十个名称,自宜兴的桑庚、善卷二洞,直到峨眉的雷音洞,桂林的七星洞,他都曾专程踏访过,而且一一志其名称的出处,以及洞的异状,真是洋洋乎大观。而这些个洞,在我的旅行纪程上,简直找不出一个,似乎黄山也没有什么可以举名的洞。此日身在十丈软红尘中,要想象伍稼青先生一探洞天之胜,惟有托诸妄想,除非花上一刀的代价去探探八里桥[①]的那些洞还可以。

《繁华报》1943 年 11 月 15 日

王遵揖

江苏省去了一群,来了一群;苏北去了一鹏,继之以一鹏,一时传为美谈。比见报载王揖唐东渡,其秘书王遵揖随行。王揖唐之秘书而名遵揖,似乎此人乃注定吃王揖唐的饭者,抑亦巧不可阶矣。特不知此人是本来名叫遵揖,抑或是故意易名遵揖,以迎合其东家之意耳。

《繁华报》1943 年 11 月 16 日

小北京

高士满舞人,予识其三,张雪影号称"小天使",谈笑间犹稚气未脱。王玲玲确为群雌中一隽,吾友宪公子与玄郎,胥为此豸所

① 八里桥,今云南南路。

惑，惟略病其秋水双瞳，勿能有一泓清澈之美耳，外此则小北京大是可儿。小北京论貌非甚美，特其人自有一种妖冶轻扬之致，予谛视此人久，以为置之枕席间，必是一匹千里骏马，可断言也。

图 35　红舞星王玲玲，刊于《舞风》1938 年革新号第 5 期封面

《繁华报》1943 年 11 月 16 日

孙媛媛

觏孙媛媛于大中华咖啡馆，论今日舞业尤物，孙媛媛亦当膺其选。两三年来，每睹媛媛，辄觉其娇柔恒如故，“再逢愈见玉轻盈”，可为媛媛咏也。一日下走访吾友乌鸦生于金门饭店，叩环久久，门始开，入门乃见有媛媛在。打门惊鸳，至今犹深以为歉焉。

《繁华报》1943 年 11 月 17 日

喜彩莲与夏佩珍

喜彩莲又自故都寄摄影数帧来，一一署“菡香谨赠”四字，盖喜娘闺中小名也。喜娘曩年，极倾倒银幕上之夏佩珍，在沪时，匄人介与夏佩珍晤，两人共摄一影。使喜娘今日，闻夏佩珍沦落小剧场中跳草裙舞之讯，又不知将作何感想矣。

图 36　夏佩珍，刊于《玲珑》1933 年第 3 卷第 21 期

《繁华报》1943 年 11 月 17 日

小五宝

有女子曰小五宝，恒孑然一身，出现于大中华咖啡馆，其人痴肥，衡其竟体，殆无一寸雅骨。予初不知其为何许人，一女侍应生识之，谓是人名小五宝，尝鬻舞于大都会者。然视彼蠢蠢，实不类第一流舞场中人物也。一日，此女又发现于座上，睹予，忽招予以手，趋问之，则曰："请君稍坐耳。"视其颊，犹未经过化妆手术，遂觉益面目可怖，亟摇首却之曰："设为汝大令①所看，请我吃起生活②

① "大令"，darling 的音译，"亲爱的"之意。
② "吃生活"，沪语，"挨揍"之意。

来,实在吃不消也。”对此飞来艳福,终不敢拜领焉。

《繁华报》1943 年 11 月 18 日

《繁华报》

在早期小型报中,亦尝有“繁华”为名者,盖前辈小说家海上漱石生孙玉声先生所创办,其所著《海上繁华梦》说部,亦即发表于是报。至今日乃复有本报出现,相距盖三十余年矣。

《繁华报》1943 年 11 月 18 日

至尊宝上舞台

王文兰之笔记,即有人为之梓以行世,天宫剧场之唐笑飞,复编排《至尊宝》一剧,准备上演,似有与小山东分庭抗礼之势。就此两事以观,仿佛王文兰之生平功业,真有足传者矣！此亦所谓上海之大,无奇不有。

《繁华报》1943 年 11 月 19 日

《明末遗恨》

周信芳所演虽旧剧(指旧故事而言),然信芳聪明人,自能随时随地求适应环境,故有时亦多话剧风味。《明末遗恨》为麒派名作之一,曩年睹信芳演此,闻“不战而退”之耗时,有一语曰:“嘿呵!不抵抗将军何其多也!”此实信芳神来之笔。今天蟾已张预告,信芳将重演此悲凉慷慨之作,特“不抵抗将军”一语,恐在删除之列矣。

《繁华报》1943 年 11 月 19 日

潘玉珍

潘玉珍方与遁天我合作，在金城大戏院表演魔术及技术，视潘玉珍之名，似为女性，其实则须眉丈夫也。舞人沈爱梅未嫁杭州棉布庄老板时，尝与一姊妹淘赌东道，沈谓潘是女子，其姊妹淘坚执为阳性。沈取决于予，予："名字是像一个女人，不过此一女子，乃属带柄者耳！"沈遂负其东道，潘玉珍在命名时，殆意想不到有人会为了他输钱也。

《繁华报》1943 年 11 月 20 日

黄桂秋

因潘玉珍而忆及黄桂秋，民国二十六年间，黄桂秋尝莅汉口，曩予方为汉口《壮报》辑副刊，一外勤记者误以为黄为女伶，与予争辩甚力，予因与之打赌。翌日，外勤记者访问黄桂秋归，予叩之，则曰："果然不是娘儿们，今日输却东道，请足下上酒家一醉可乎？"维时生活程度犹低，在一家酒店里尽花雕两斤，菜数簋，只花了三数块钱也。

《繁华报》1943 年 11 月 20 日

昆曲观众

福熙路[①]上之俄人俱乐部，最近有人假其地，爨演昆曲。一晚，李祖夔夫人李老太太、文学家赵景深、赵秘书长之女公子文漪小姐、由票友下海之俞振飞，胥参加演出。予于昆曲无好感（这玩意儿离时代实在太远），以南洲主人徐欣木兄之邀，因亦于第二晚作

① 福熙路，今延安中路。

座上客(南洲主人是晚演《琴挑》)。环顾在场顾曲者,大都年高德劭之老先生,与夫前辈凤仪之老太太,而娥眉曼睩之小姐们,则不可一睹,于以见昆剧之在今日,毕竟不为时代儿女所接受,此无他,以其陈腐得太厉害也。闻前辈小说家包天笑先生,连三晚皆作座上客,殆为欣赏古典美而来,横云阁主亦无夕不至,当是为觅取雅韵横流之材料而破工夫矣。

《繁华报》1943 年 11 月 21 日

大来之宴

大来国际公司当局,宴海上报人于新利查,大来诸巨头未见有一莅止者,惟共舞台之周经理剑星在座,而由秘书长包小蝶致简短之辞而已!新利查之烟熏鱼奇佳,此应特书一笔。

《繁华报》1943 年 11 月 21 日

印度人游行

二十一日,自静安寺乘电车至新世界,车阻于西摩路,不得前,视前途之电车累累,鱼贯而作胶着状态,叩电车驾驶者以故,则曰:“印度人今日举行大游行,故交通为之阻塞耳。”印度人在上海,携一根棍子指挥交通者有年,今日印度人最伟大的表现,依然是使交通受其指挥,遂使予不得不易人力车以行。恰值游行之行列,睹印度人兴高采烈之状,又未尝不寄予深切之同情,以为独立自由平等之可贵也。

《繁华报》1943 年 11 月 22 日

秋风帖子

天寒岁暮，秋风帖子又一五一十，如飞而至，足以见活勿落[1]朋友之寥寥。今日之下，应酬一笔人情，至少百金，再少便觉得有些拿不出。一个月如果有十张帖子光顾，便得牺牲一条辫子[2]，纵使鄙人是孟尝君再世，亦未免有结交不起之叹也。

《繁华报》1943 年 11 月 22 日

貌柔声艳

俄人俱乐部之昆曲彩爨，排场一如名角儿登场，花篮银盾之属，恒杂列满台。此雅人深致之事，盖亦带一点出风头性质者也。赵文漪女士以秘书长女公子身份，偶尔粉爨登场，致赠花篮者尤伙。花篮之外，且遍张软匾于剧场两壁，有一人赠四字曰“貌柔声艳”，见者乃曰：“貌柔犹可，声艳则未免有语病，此或为‘貌艳声柔’之误。”其实银幕上有《红花艳曲》，我国历来亦有《菖蒲艳曲》之典，声而曰艳，未始不可通也。

《繁华报》1943 年 11 月 23 日

清歌曼舞

俄人俱乐部，为旅沪之俄侨所组织，其内为会场，可以演剧，而场外一室，则敷有舞池。昆曲彩爨之第二夕，予未待终场即行，则见俄籍男女十数对，方于乐声中拥抱起舞。内而昆曲，外面跳舞，

① “活勿落”，沪语，“生活难以为继”之意。
② “辫子”，为彼时欢场切口，以此指称钱款数目，一条辫子等于一千元。

此一地点，清歌曼舞盖兼收并蓄矣。

《繁华报》1943年11月23日

沙丁鱼

写新文艺者，形容舟车乘客之拥挤，必曰“拥挤得像沙丁鱼听子里的沙丁鱼一样”，绝少见引用火柴匣以作譬者，盖沙丁鱼欧化，欧化始足以彰新文艺之美，火柴之为写新文艺者所唾弃，则当是缺少一点文艺气息耳。

《繁华报》1943年11月24日

俞夫人

俄人俱乐部之昆曲彩爨，俞振飞夫人亦参加演《思凡》一折，神情美妙，不愧名小生之妻。闻诸人言，俞夫人从前在上海，本钟情顾传玠者，惟顾传玠尝以母礼事李老太太，李老太太约顾传玠至严，而手面之阔，又为俞夫人所勿逮，俞夫人乃一怒而走燕京。时俞振飞方至故都，为程砚秋之辅，俞夫人即致力于对俞振飞之追求，皇天不负苦心人，卒乃如愿以偿，与俞振飞结褵于燕京。其后随藁砧南下，则踌躇满志，当年受折于李老太太之一口恶气，至此尽吐矣。盖俞振飞以世家子下海为伶，论门第声望，胥在顾传玠上，俞夫人不得顾传玠，改而向俞振飞进攻，一旦有志竟成，在女人之心理，即以为扎足台型，足以扬眉吐气矣。

《繁华报》1943年11月24日

高士满新献

跳舞场在昔，晨间有晨舞，日午间有午餐舞，之后有茶室舞，茶室舞之后有茶舞。至晚，则晚舞复继之登场。嗜舞者除了吃早晚两餐饭之外，简直可以周而复始，日日夜夜消磨于舞榭之中，舞不停跳焉。战后，晨舞、茶舞已经绝迹，茶室舞则上月始为当局所禁止，惟星期六、星期日，犹可例外举行。自本星期六起，闻亦将增开咖啡茶座，于每周之星六星日两天，举行茶室舞，时间为下午二时迄六时。星六下午，并将邀舞国十红星，及高乐歌场之林美云、贞秋、琴琴、时燕、陈瑛、玲芝、梅□等十歌星，联合举行剪彩典礼。而本报白雪庐主赏识之张良姑，刘郎推崇之严九九，届时并将联袂尝与。白雪、刘郎二兄，亦有报效一番之意乎？

《繁华报》1943 年 11 月 26 日

涮羊肉

故都有东来顺、南来顺羊肉馆，售涮羊肉有名。上海亦有南来顺，则在东新桥电车站畔，予向时只知有吕宋路[①]之洪长兴，而南来顺则百新书店主人徐少鹤常莅之地。二十四日晚，少鹤先生邀请吃涮羊肉于此，应邀者胥大中华咖啡馆同人，皆围坐于一桌，如家庭间饯岁之宴焉。涮羊肉之吃法，一如火锅，在扶桑则司盖阿盖之作风，亦与此同。涮羊肉之外，复大吃其火烧与羊肉饺子，一席之费，耗东道主六百余金，吃得皆大欢喜，佥以为别有风味焉。

《繁华报》1943 年 11 月 27 日

① 吕宋路，今连云路。

煎堆

煎堆为广东人之名称，上海人为之麻球，常州人、无锡人口中，则呼之曰麻团者也。大东旅社诸楼，恒有一颀长之广东佬，穿黑色长袍，擎一巨盒，笑眯眯向房间中客人求售，盒中物盖即豆沙煎堆也。此广东佬往来于大东诸楼，初无人加以干涉，问其亦纳税于大东否，则曰："马马虎虎。"盖同是广东人，大东当局悯其困苦，乃许以售卖食物之特权，初不分其利润，盖亦基于乡土之观念，故而另眼相看也。

《繁华报》1943 年 11 月 27 日

封底计划

拜耳药厂之阿司匹林广告，近来遍刊于各杂志，其所占地位，除《小说月报》特异外，其他皆见于封底，且悉以两色套印，甚触目也。闻拜耳药厂有所谓"封底计划"，拟逐步与海上所有之一切刊物(报纸除外)，订立广告合同，指定每一刊物之封底，刊载阿司匹林广告，以成清一色之局。其实阿司匹林在目前，绝不易购得，拜耳根本无推销之必要。不过因为钱赚得太多，不妨在广告方面用脱两钿，凑凑热闹耳。

《繁华报》1943 年 11 月 28 日

更改路名之憾事

一八两区路名之洋化者，已一律取消代之以我国之地名，从此霞飞、赫德之俦，在上海人口，将不复有齿及者矣。惟管见以为此次更改路名，采取偏僻陌生之地名太多，如兴安路与兴业路，建平路与东平路，康乐路与康定路之类，实不易使人普遍记忆。若当时能采用历史上之有名人物为路名，以文天祥、史可法代霞飞、赫德、福熙，岂不甚佳？深感当局之见不及此也。

《繁华报》1943 年 11 月 28 日

批评

批评人家的文字，应出之于第三者之手；批评人家的话，应出之于第三者之口，如是方不失为公允。若自己是演员，便不配批评人家的戏演得不好，你批评人家的戏演得不好，就难免有攻讦与同行嫉妒之嫌。即使人家的戏真演得不好，也应当让第三者来批评，如同为演员而妄肆诋毁，适足以彰汝之损人利己心而已！故商务印书馆之主人，从来没有发表过“中华书局的书出得不好”一类的话，因为这一类话，别人皆可说，独商务主人则不配说，而商务主人亦决不肯说，盖说了就等于在人前显示了自己的嫉妒心，此虽至愚者亦不愿为也。世有自己出版淫书，而以“低级趣味”四字批评他人编辑之刊物者，不知亦曾摸过自己的屁股否？

《繁华报》1943 年 11 月 29 日

赚人眼泪的《岳飞》

《岳飞》上演之日，《青年日报》当局以一券贻我。《岳飞》为吾友黄河导演兼主演，理应前往观光一番。无如此夕已先向天蟾订座，拟一看周信芳之《鸿门宴》，遂只得以《岳飞》之券，转贻大中华同事梁佩琼小姐，请梁小姐为下走之代理人。翌日，梁小姐语下走曰：“汝以一纸戏券贻我，乃累我热泪如涌。”看戏而看出眼泪来，意者梁小姐平日，当亦是情感重于理智也。梁小姐又言，是晚座前有人，迭问同座者："蝶衣何以不来？"不知是哪一位仁兄牵记我？

《繁华报》1943年11月30日

杂志代价

近来各杂志之销路，无不激增，《杂志》此一期已发见再版本，《万象》经柯灵兄主编后，销数亦蒸蒸日上，《春秋》之十一月号乍出版即售罄，顷亦已在再版中。杂志行销之所以如此畅盛，厥因殆在售价之廉，买一本杂志，仅需看一出麒麟童戏四分之一的代价，文化的价值不及戏剧，言之亦可伤也。

《繁华报》1943年11月30日

吴惊鸿

影剧记者姜星谷君婚，垂晚往贺，乃见吴惊鸿女士于座上。吴亦华影一星，惟拍戏不甚多，能觅缘而入电影圈，是吴惊鸿幸事，入电影界而未能蹿起来，则又是一件苦事矣。或谓吴之雅篆殆不甚佳，以其名曰惊鸿，故在银幕之上，亦只如惊鸿之一瞥也。

《繁华报》1943年12月1日

排队乘电车

乘火车要排队，此已尽人皆知。最近，在静安寺站乘二十路无轨电车，亦须列队以登，其情形一如乘火车。国人习性散漫，不惯按部就班，比来经多方面之训练，乃亦渐成有条皆井井之习，因之随地得见良好秩序之演出，倘亦可喜事乎！

《繁华报》1943 年 12 月 1 日

动作上的习惯

任何人都有一种动作上之习惯，扬鞭先生[①]曩年好以碎纸捏成一团，投向口中咀嚼，其后又改为咬自来火梗，搦管构思时，自来火梗在扬鞭先生口中，便卜卜有声矣。南腔北调人说话时，好竖其一指，黄金五虎将恒效以为笑谑。下走撰稿时，文思不至，则往往以并州之剪，芟颔下须髯之物，几亦习以为常。扬鞭先生絷狱有年，而纸与火柴之价俱昂，意扬鞭在狱，以纸与火柴之不易得，殆亦不得不放弃其习惯欤？

《繁华报》1943 年 12 月 2 日

办刊物

近来办刊物者，又有风起云涌之观，操觚人方以文字生活为不可为，而办刊物者罔不以为有利可图，其实谈何容易哉！比闻干兰荪、严懋德诸君，皆欲办刊物，盖但见其他刊物之欣欣向荣，而不知人家成事之难也。

《繁华报》1943 年 12 月 2 日

程笑亭

程笑亭以演《小山东》中之浦东巡长，酷爱之于妇孺之口，而笑亭原名文星，与韩兰根同为南京清心中学之开除生，则以少年好弄

① 冯梦云笔名之一。

故也。然二人卒以是享大名，一在舞台上，一在银幕上，胥以滑稽突梯引人噱谑，若当时在校，都一本正经的读书，又乌得有今日之成就哉！

《繁华报》1943年12月3日

赶

一晚，有人携女侣诣万寿山酒楼啜咖啡，坐才定，忽有逻者率警士至，尽驱在座者行。其人乃挟女侣改趋中央，不旋踵而逻者亦至，其人遂又踉跄诣萝蕾，不谓坐未移时，巡逻者又囊囊登楼矣！其人一夕三迁，咖啡终未获沾唇。盖当局执行饮食肆十二时打烊之令，近又渐厉也。

《繁华报》1943年12月3日

电车之等级

予每日外出，恒自静安寺乘电车至新世界，一日，有一鹑衣百结者登电车之前节，售票人推之下车，其人扬手中角票曰："我有钱！"售票人置其语若惘闻，喝吆如故，时车已开行，则打铃勿已，其人终不得不下车而去。大概惟后面拖车，始许容纳其人矣。电车之头等与三等，仿佛鸿沟甚深，纵使有钱，若其人衣衫褴褛，即未许入头等座，此即所谓"只重衣衫不重人"也。

《繁华报》1943年12月5日

萝蕾无楼

当日下走写《赶》之一节，忽发现"萝蕾"字样，予原稿初不如此,当是白主编所改也。按:萝蕾在成都区范围内,非老闸区逻者所能及,且萝蕾无楼,逻者又安从囊囊以登楼哉!

《繁华报》1943 年 12 月 5 日

电烫

当局既颁布节省用电之令,首起恐慌者,为一般货腰女郎,因理发店为遵从节流(电流也)之令,有停止电烫之议。货腰女郎之三千青丝,大抵每日一做,每月一烫,辄此以增加其予人印象之美。一旦不获电烫,势必首如飞蓬,视之不雅,真将成为烦恼丝矣!

《繁华报》1943 年 12 月 5 日

黄嘉音

黄嘉音旧为《西风》编辑,中人学生无不知其名。《西风》停刊后,黄隐于市尘,有时兴之所至,亦偶为各刊物写稿,《万象》近尝连续刊其《我爱讲的故事》,在《春秋》亦有《人生随笔》之作,署名"胡悲",盖即黄之化名也。

《繁华报》1943 年 12 月 6 日

高乐牌香烟

高乐牌香烟,近来颇为吸者所喜,高乐之外观,略如白锡包,因此引起颐中烟公司交涉。惟高乐牌香烟,尝以"高乐"两字向政府注册,取得注册之证书,以是盖有恃无恐。按照商标注册惯例,西文名称本不得注册,高乐牌系用西文,惟隐隐约约有无数之"高乐"

两字藏其间，即以此两字注册，盖亦甚巧妙也。

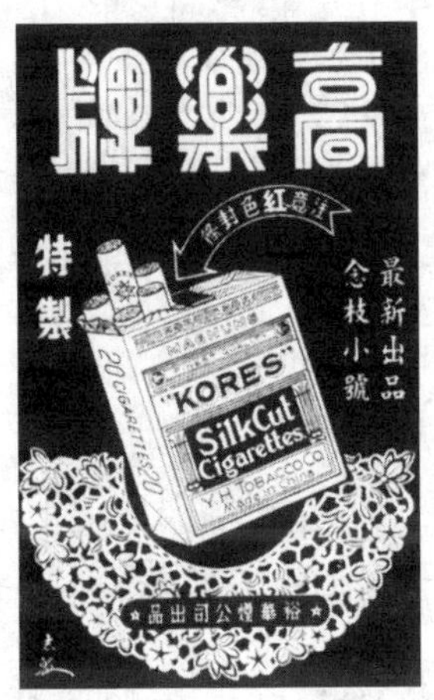

图 37　高乐牌香烟广告，刊于《申报》1944 年 11 月 23 日

《繁华报》1943 年 12 月 6 日

喜事重重

朋友中将于此月举行婚礼者甚多，唐公世昌定十二日续胶鸾，地点假国际孔雀厅；杨云章兄与“袖珍谭富英”张文娟，亦将于是日在金谷饭店结褵；而月之九日，则为明勋宗兄与王碧霞女士之佳期，礼堂设在新仙林花园，三处皆富丽堂皇之所在也。唐公新夫人徐淑英女士，已于宴会上数数见，明艳而温婉，朋侪之闺中人淘里，未睹如此丽质，宜唐公踌躇满

图 38　(右起)张文娟、孟小冬、白玉薇，刊于《半月戏剧》1941 年第 3 卷第 9 期

志矣。张文娟小姐享盛名于红氍毹上，众所共晓，不必言。明勋兄与王女士，则订交于共事璇宫剧场时，历三年始结宋陈之好。明勋兄喜柬上，系有一文，述二人缔交之密，仿佛展读一页《璇宫艳史》也。

《繁华报》1943 年 12 月 7 日

曹禺之《家》

曹禺所编之《家》，此方在金都大戏院上演。予尝获得《家》之剧本，曹禺为编剧高手，寖于刻画人物个性，《家》为巴金名著，故曹禺写此戏，亦倾其全力以赴，台词因之极可颂，尝拟以之发表于《春秋》，不谓开明书店之单行本，忽然问世，遂只得将原稿自印刷所抽回。开明印行之《家》，凡四幕八场，每册售价六十金，虽其价甚昂，然以视看一场戏的代价，犹是便宜货耳。

《繁华报》1943 年 12 月 8 日

新世界餐室

新世界餐室位于新世界之邻，自西藏路上咖啡室勃兴，新世界餐室以局促一隅，遂不为时代儿女所常临，营业乃一蹶不振，此已改弦易辙，蜕变而为新世界皮件公司矣。其实新世界餐室占地虽隘，犹非不可以利用，下走有策，能使新世界餐室门庭如市，食客去了一批又来一批，竟日川流不息。独惜彼餐室主人，于改弦易辙之前，未尝谋之于下走耳。

《繁华报》1943 年 12 月 8 日

苏州人相骂

同居人家，有一姑苏女儿，薄具姿色，其夫所设一水果摊于福熙路，早出暮归，虽家贫，而伉俪间殊相得。姑苏女儿有母，依婿而居，独与女不甚睦，婿出，母女间诟谇之声时起。尝闻母詈女为“烂污皮”，詈之且不已，女亦报母以声。予以为母殆晚娘耳，以询家中人，则谓实嫡母也。母女口角时，以其为苏州人，觉柔糯有如演文明戏。苏州人相骂，洵是别有风味哉。

《繁华报》1943 年 12 月 9 日

话剧对白

话剧对白，往往有隽妙之语，出自剧中人之口，为观剧者所不及料。以话剧执笔者胥才人，才人之笔，自然别具机杼，能不落寻常窠臼也。观平剧便无此美妙之收获，譬如一出《玉堂春》，蓝袍问苏三曰：“王什么?”“他是甚等样人?”即使苏三置之不答，观者亦大家明白，此等处便是缺少蕴蓄之味。而话剧则演员不说出来，你是不会知道他下句将怎样措词的。予故不好观平剧，以其唱来唱去老是那一套也。

《繁华报》1943 年 12 月 9 日

咖啡夜座

咖啡馆代茶室而勃兴，为一二年以来事。过去咖啡馆之夜市，洋溢红情绿意情调，论生涯固自不恶，故西藏路一带，咖啡馆相继开设，寖至一般西菜社及鸿运楼之属，亦增开咖啡夜座，以供好为宵游者共遣良夜。殆当局于餐肆酒楼营业时间颁布限制之令，咖啡馆乃如晴天霹雳。闻昨日咖啡同业,曾一度在中央西菜社集议,集议之目的,不在向当局作宽展时间之呼吁,而在谋打烊时间之一致。各咖啡馆首先以当局之命令为重,愿遵守不逾十二时之规定,所望者在于不问其为老闸区、成都区,勿再有秦越之分。此一议案,当场全体通过,故后此咖啡夜座之时间,俱以十二时为度。歌台舞榭散场之一批生意,昔日为咖啡馆之收入大宗者,今亦忍痛牺牲矣!

《繁华报》1943 年 12 月 10 日

观《香妃》

九日晚,观《香妃》于兰心大戏院,已为《香妃》演出之最后一夕矣。香妃仍由韦伟登场,韦面部化妆,颇有几分似王熙春,发音甚高朗,女剧人中殆罕其匹,惟以连朝辛苦,亦略创其喉,微有沙哑之声矣。沈浩皇太后,张伐乾隆,陈璐皇后,韩非和珅,胥为演出之成功者。吾友梯维,以前尝编写是剧,上演于卡尔登,由周信芳、王熙春主演之。寻朱石麟又以之搬上银幕,主演者为王熙春与张翼、李英。今改编为话剧,任由朱石麟为提纲挈领之人,故台词仍绝惬人意,朱先生真此中高手也。

《香妃》演出之成功,固在于剧本演员皆好,而布景之富丽谲皇,亦为予人以美感之一因,宝月楼、慈宁宫诸景,真有天家气象,演员之服装尤丽,知是剧所耗资金,数殆绝巨。张善琨先生办事业,无往而不出之以大刀阔斧,此其所以辄底于成也。

《繁华报》1943 年 12 月 11 日

寄语海生兄

何海生兄文定后，与未婚夫人俪影双双，时出入于宴游之场，读报载行踪之录，辄令人为之羡煞。两月之前，海生兄尝以一事委下走，其事幸不辱命，惟必须海生兄亲莅解决，顾海生兄行踪既靡定，下走又雅勿愿于海生兄踌躇满志之际，以琐屑事扫海生兄之兴，但冀海生兄于耳鬓厮磨之余，能偶然想到下走，翩然光临，了此一事。不谓翘首企踵，盼望至今，海生兄踪影仍杳，因假吾报一角，寄语海生兄:大中华咖啡馆新装水汀，下午一时，即便开放，复有栗子蛋糕，为吾兄向日莅止时所无，风味亦颇不恶，何日得暇，尽携嫂夫人贲临此间，暖室小坐，一叙契阔。嫂夫人向惟见之于氍毹，私底下犹悭一面，苟能枉驾，使下走一睹贤伉俪卿卿我我之热络表演，亦可使新闻日历中添不少渲染资料，其有惠于下走者，岂浅鲜哉!

《繁华报》1943年12月12日

大新购手套记

诣大新公司为闺中人购一副手套，天既寒，购手套者众，而大新手套部中，仅一男一女司肆应，于是辄使选购之人，鹄候良久，始得选其所需。而付值之后，按铃呼小郎，俟小郎找余款来，又必历时片刻，使客非好整以暇之辈，其不为之焦灼欲死者几希。关于此事(仿波罗兄笔法)，吾人良不能责手套部职员，惟觉大新当局，于管理方面，似犹未臻尽善尽美。盖时届隆冬，冬货部分生涯之茂美，要在意中，大新当局，即宜以其他生意较清部分之职员，抽调若干人，助冬货部分职员招徕，如是始合乎科学管理之原则。否则使惠顾者兴“站得我两腿酸”之叹，为老板者又于心岂安哉！

《繁华报》1943 年 12 月 13 日

云间野鹤

眉子兄远道返沪上，聚首未数日，即匆匆归其故籍。及自故籍后莅沪，阅时未久，又匆匆赴梁溪而去。来也匆匆，去也匆匆，此君真似云间野鹤也。眉子此去，将养疴于锡郊之仁慈疗养院，院与梅园密迩，后此探幽寻胜，殆又将有不少好资料，供眉子兄腕底抒写，以成轻灵婉约之文。梅园亦下走昔年旧游地，尝与同游之侣，摄影园中，今已不存，乃不知诵豳堂上“问寒梅开未”之联，今犹无恙否？愿眉子兄为我一探之。

《繁华报》1943 年 12 月 14 日

锡游之侣

曩年锡游之侣，一秦子松石[①]，今已勿审其何往？或谓方腾踔于军中，确否不可知。一女优吴继兰，则犹在红氍毹上讨生活，惟亦一别成契阔矣。继兰绝顶聪明人，顾命途多舛，数有谋划，辄不闻其有所成就，至今犹向檀板红牙中觅馂余，殆亦是不得已而为之也。

《繁华报》1943 年 12 月 14 日

赵严入桂

战后，海上报人多有离沪他去者，最近，赵君豪与严服周二君，

---

① 秦松石（1910—1975），江苏无锡人，曾就职于《大无锡报》《民报》，后从军，在无锡县警察局当差。著有《中国历代兵制概要》《南明史》。

亦有桂林之行，赵君豪且挈眷与俱焉。赵之赴桂，事前颇守缄默，故知者绝鲜。而严则尝以远行之意，白之于申报社陈彬龢，陈慨然予以金，以成其行。论者谓严固磊落，陈氏亦不失为豪迈之士，乃能爱人以德，成人之美也。

《繁华报》1943年12月15日

《旅行杂志》

《旅行杂志》为中国旅行社所发行，赵君豪主辑，在上海之出版界中，有悠久历史与优良成绩。张恨水为《旅行杂志》撰长篇小说甚夥，若《平沪通车》《蜀道难》《秘密谷》等皆是，现已梓印单行本矣。前年，《旅行杂志》以材料枯窘关系，始辍刊于沪，而移至桂林出版。赵君豪此去，殆将重主《旅行杂志》笔政也。

图39 《旅行杂志》1927年第1卷第1期(创刊号)封面

《繁华报》1943年12月15日

《文天祥》预演之夕

《文天祥》预演之夕，见韦伟于场中。初闻有人呼“回回”，寻乃知所呼者即此《香妃》之女主角也。韦伟上装后，颇有几分似王熙春，而私底下则殊不类也。韦伟是夕在场中，奔走招呼其同伴，数数自吾座过，以未尝映白施朱，遂觉其憔悴无润容，与舞台上香妃之刚健婀娜，几判若两人。

图 40　韦伟，刊于《青青电影》1948 年第 16 卷第 22 期封面

《文天祥》为历史剧，但有悲壮苍凉之迹，而无哀感顽艳之致，以其不涉及女人也。着一薛素素，特故为戏剧作穿插耳！其实大可不必，此一悲壮之史剧，即无旖旎风光之点缀，亦自有其存在价值也。

翁应龙向七夫人求欢，长跪于七夫人之前，其情景乃大似《阿Q正传》之一幕，不知剧作者何以必着此一笔？

《新闻报》元老严独鹤先生，是夕亦在座上，久未见严先生，严先生亦双鬓皤矣。

《繁华报》1943 年 12 月 16 日

《风雪夜归人》

《风雪夜归人》一剧，为吴祖光所编，吴以《正气歌》一剧享盛名，继此有《牛郎织女》之作，尝在渝蓉两地上演。《风雪夜归人》则其第三部作品矣。金都继曹禺之《家》后，将上演此剧，闻此剧内容,系述一伶人生平之遭遇,故事亦复可泣可歌,特不知上演以后,亦能如《秋海棠》之歆动一时否耳?

《繁华报》1943 年 12 月 17 日

自讨没趣

三郎有友,与三郎同止于舞榭,友当了一二舞人之面,语同座之人曰:"吾欲遍诣各舞场,每一舞场接一龙头,吾侪以为将需时几何?"舞人触其霉头曰:"若言此间,吾侪一二人(指同座舞女)即不会被汝接着。"三郎叙其事于报端,以为其曲在舞人,谓舞人不当口没遮拦。以予观之,则三郎之友,当亦是十三点流亚(恕我不知是哪一位),夫舞榭小憩,逢场作戏耳!自为每一舞场可以接一龙头,试问汝乃凭何资格,可以必舞女垂青,乃了无阻间?钞票多,可以得到人家耶?抑自以为是小白脸,可以使舞娃倾心相许耶?这简直是捏了一把如意算盘,发为梦呓耳!货腰女儿固不乏轻骨头者,然当了人家的面,而以为必能致人于枕席之上,是口没遮拦者,当为三郎之友,其为舞人当场触霉头者,洵所谓"自讨没趣"耳。

《繁华报》1943 年 12 月 17 日

蜡烛脾气

自限制用电以后,蜡烛之值大涨,每支售至二十金,而购取之困难,几与煤球等量齐观,舍间以罚锾之可怖,晚间已以烛代电炬。厢房人家,一夜以烛尽未续购,主人晚归,摸索入室,几砸其叆叇,主人责主妇奈何勿燃烛,主妇曰:"每支昂至二十金,不如省省,家中轻车熟路，摸索亦可以登床也。”主人怒曰：“予犹须结算一笔账目也。”主妇责其不当迟归，主人益怒，声厉达于室外，闻之不禁失笑曰：“×先生所发者，真可谓蜡烛脾气矣。”

《繁华报》1943 年 12 月 18 日

毛羽李一

毛羽、李一，亦如银幕上之劳莱与哈台，舞台上之孟良与焦赞，过去交谊之密，真可以言形影不离。年来毛羽从商，躯体日腴，而李一则埋头编剧，犹未与文字绝缘。《文天祥》预演之夕，见李一于场中，清癯之致，视前益甚，试与毛羽作比较，则一成环肥，一成燕瘦（恕我拟不于伦）矣！因深嘅乎文士生涯终不可为，一与管城子亲，终其生且无愉容也。

《繁华报》1943 年 12 月 18 日

慕老之泰水

一日，记丁慕老阖家作手谈事，误一年高之妪为慕老太夫人，文出，觉得越想越不对，以慕老太夫人分明已于去岁仙逝，慕老且尝为其太夫人设奠净土庵，此日又乌得复活者？因知吾文实误，然又匆审此年高之妪为何如人。及晤董天野画师，乃知实慕老之泰水。泰水匆悦其子，夙依东床快婿而居。慕老笃于伉俪之情，遂亦敬事其泰水如高堂，偶为方城戏，使夫人亦参与其役，意慕老童稚之心，殆犹视之如堂上簸钱，以故为趋弥永也。

《繁华报》1943 年 12 月 19 日

《文天祥》台卡

《文天祥》有一种台卡广告，分置于各餐室之玻璃桌面下，其上有“八十万巨资”一语，闻因此而引起当局之勿悦，以《文天祥》布景服装所耗，在百万金以上也。大中华咖啡馆亦有此项台卡，以忠豪宗兄之嘱，已置之数日。联艺宣传部既以此而获闻，下走深恐此项台卡，转足以贻《文天祥》声名之累，乃于“十”字之上代加一撇，使八十万一变而为八千万，此一举手之劳，足以使《文天祥》声势壮大，特不知联艺当局，能勿病其“魁”得过分否？一笑。

《繁华报》1943 年 12 月 19 日

觅食者

近数日来，咖啡夜座之营业时间，以当局限制之严，已一律以十二时为度，逾此则不复应客。而舞厅、剧院散场后，犹多叩咖啡馆之门，企图入内果腹者，然咖啡馆惟飨之以闭门羹，此等人以十叩柴扉九不开，往往徘徊道左，厥状亦有类迷途的羔羊也。

《繁华报》1943 年 12 月 20 日

黑勒帛

露苡表妹自昆明来书，有述及昆明物价者，悉涂之以黑勒帛，意者殆邮局之检查人员，不欲昆明生活情形外泄，遂以刘几之闱卷，视露苡表妹之书也。然以此勒帛之满幅，亦可觇昆明生活程度之高，殆不输于沪堧耳。

《繁华报》1943 年 12 月 20 日

韦锦屏

韦锦屏之十三点作风，旧时恒为同文据作笑谑资料。自此婆作金阊之行，乃久不闻其言论丰采矣。或谓韦已返沪上，不久将重度侍应生涯，盖有人荐之于某咖啡馆，咖啡馆有录用之意也。韦向日在皇后，盖当黄河[①]经理之前，亦复嘻嘻哈哈，了无忌惮，使黄经理之尊严尽丧。但愿此婆重为冯妇后，能稍稍改变其作风耳。

《繁华报》1943 年 12 月 21 日

三色冰淇淋

大中华咖啡馆之女侍，以王凤珠、周淑珍、陆莹为三杰，三人之肤色各殊，谑者遂以冰淇淋为喻，王凤珠为香草，周淑珍为巧格力，陆莹则为杨梅。现杨梅冰淇淋已擢升掌度支，巧格力冰淇淋亦卸其制服，改司打单子之役，惟香草冰淇淋，犹奔走于广座之间，保持其“一阵风”之作风焉。

《繁华报》1943 年 12 月 21 日

标语

星一之晚，丽人复翩然来访，携其价值二万余金之不知什么表，殆即刘郎所睹购之于某一皮货肆者也。维时只不句钟，距红舞星登场之时间犹早，丽人“命”予伴之为外游，予曰：“汝奇忙，予亦有事，何处是吾侪去处？不如小坐。”丽人勿纳予言，予复曰：“三数日前，予方誓于城隍庙，苟无坐汽车之一日，予且勿复履舞榭。”丽

① 黄河(1919—2000)，中国早期男演员。曾主演《荡妇》《贵妇风流》《香衾春暖》《情海沧桑》《凤凰于飞》等影片。

人曰:“吾未尝耳闻汝誓也,且胡为设此誓者?”必嘱予行。不得已从之,过西藏路,有人挤观于圣爱娜之前,驻足视之,则圣爱娜门外,张标语数纸,其上所书,大都禁舞禁烟之语。三数青年,方自人丛中掉臂而去,或曰,此青年团也。及抵维也纳,则门外亦有标语,大书“禁舞”两字,予梭巡勿敢入。

(此处省略无数字)

……遂作维也纳座上客,适间之禁舞标语,非不怵目惊心,然一旦为女人之颦笑所惑,即不免明知而故犯。下走且如此,何况别人哉!

《繁华报》1943 年 12 月 22 日

爵士第一日

爵士咖啡馆开幕之日,西藏路上之几爿咖啡馆当局,皆往作座上客,盖爵士之设,成咖啡馆中一劲旅,同业当局故群往观摩也。爵士之蛋糕,每方售八元,大中华原售七元,至是亦援例增一金,盖面粉及糖,近顷皆购致不易,固不得不稍昂其值也。

爵士之女侍,有一二人微病其孱弱,御短袖之制服,双臂羸瘠如柴,惟一杨小姐绝美,杨与大中华之王凤珠为表姊妹,置之骈肩,真可以竞爽一时也。

《繁华报》1943 年 12 月 23 日

观《秋海棠》

观《秋海棠》于大光明,李丽华兼饰罗湘绮与梅宝两角,李近来体貌益腴,再过若干时,恐将与桑淑贞竞爽。而吕堃则反是,吕本羸弱,近似益甚,饰秋海棠少年时,乃绝少“旦”气,惟后一部演出甚努力,声调学刘琼尤肖。

过去《秋海棠》在舞台上,已不知赚过人几许眼泪,今搬上银幕,虽三院同映,观众仍如潮涌。一女郎,看到伤心处,频频以绢帕拭泪,真是菩萨心肠哉!

是晚不期而遇白雪、温那二公,盖券皆华影宣传部所贻耶。闻华影向大光明取券,亦照价购致,然后以之分贻各报记者,宣传部可谓不惜工本矣。

《繁华报》1943 年 12 月 24 日

欧阳歌喉

近来颇惮酬酢,凤楼叙餐,已两次缺席(惟餐费仍减半照缴)。爵士咖啡馆开幕之日,白雪兄以一柬相邀,陈明勋兄亦于是晚约宴于其新居,予皆辞而未赴。非不肯赏脸,实因懒得走动也。及后闻爵士是夕,有欧阳飞莺小姐在座,飞莺小姐且引吭而歌,始为之大悔。飞莺歌喉,下走自新都听到国际,一曲《萝蔓娜》,歌坛无与抗手者。《卖糖歌》与《萝蔓娜》,同有一波三折之妙,是晚以吝我玉趾,遂自失饱我耳福机会,真有噬脐莫及之叹也。

《繁华报》1943 年 12 月 25 日

沙田柚

沙田柚产自广西,以交通梗阻故,在上海市上,此物乃成稀品。圣诞节边,有购之以为馈赠之需要,寥寥十二三枚,所费乃达千金,核每枚之值,几近百元大关,则文旦壳子之微,在今日亦当刮目相看矣。

《繁华报》1943 年 12 月 25 日

一刻万金

圣诞夜，诣高士满晤胡经理，经客座前，闻顾客嘱咐舞女大班曰："取舞票万金来！"因知又有挥金如土之客，在女人面上摆其豪阔矣。古人有"春宵一刻值千金"之言，今万金一台，计其时间，殆亦不过一刻钟，此就舞人言之，洵可谓"身价十倍"矣。

《繁华报》1943 年 12 月 26 日

乡土观念

静安寺站旁，有一荣康酒家，最近似已易主，以前荣康为广东馆子，兹则已易而为甬江风味，猪油汤团之属，亦成为盘篮隽品矣。荣康以距离百乐门密迩，辟室于百乐门饭店者，恒多交颈之侣，昼间好梦既回，把臂入荣康谋果腹者，不乏其众，因之荣康虽僻处西区，生涯亦自不恶。此间女侍，不一其服装，而审视若侪面目，亦多类甬上女儿，宁波人之乡土观念，可谓深矣。

《繁华报》1943 年 12 月 26 日

冲舞场

圣诞节之夜，某舞场声乐方酣，忽有青年人结对冲入，迫洋琴鬼停止奏乐，而于麦格风中大声疾呼，劝在场舞侣勿沉醉灯红酒绿间。于是阖场之人，纷纷夺门，顷刻间皆作鸟兽散。舞场之茶账固不及收，即舞女侍坐，舞票亦多有未曾到手者。吾友凤雏，以五百金携一舞娃自甲舞场出，与数友止于乙舞场，坐乍定，即遭逢此厄，于是游兴为之顿沮，遣舞人自归其舞榭，耗五百金而未尝一躚步，亦可谓硬伤也。闻此晚第一流各舞场，类皆有此一紧张之演出，至有因此而扭入警局者，则舞场方面以领有营业执照，在宵禁未实行前，当受合法之保护，一旦有人滋扰，自亦不甚甘心也。特扭入警局之结果，亦无非无罪开释，盖青年人之冲动，大抵出于热忱，虽警局亦无如之可耳。

《繁华报》1943 年 12 月 27 日

广东点心

连日读南华酒家之《南华食谱》，为之食指大动。今日咖啡馆之西点，未足以动我食欲，惟粤式之所谓星期美点，则夙为下走所嗜。若叉烧包与咖喱鸡包之属，广东人呼之曰“大包”者，下走辄以为百吃不厌。向时南华女侍中有赖小姐，每睹予于下午至，辄粲然笑曰：“陈先生，吃点心来耶？”此日赖小姐虽解职，而南华之点心，乃有日新月异之观。食谱中渲染金银腊肠卷一物，推为隽品，会当前往一尝耳。

广东点心中，无论其为鸡球包、叉烧包，馅心尽管是咸的，而其外面之馅皮，则辄蕴有甜质，蒸发之术似亦视维持点心为佳，故入口后辄觉风味奇美。维扬点心虽与广东点心并有声于沪堧，然论皮子即不逮广东点心之可口，而馅心又种类不多。在广东点心中，有所谓加会麻茸包、云龙班雀批之属，厥名新奇，维扬点心中万无此等新花样也。

《繁华报》1943 年 12 月 28 日

《小凤仙》

蔡松坡将军与小凤仙一段故事，在民初尝艳称人口者。李之华兄近撷取其事迹，编为舞台剧，已上演于金城戏院，闻蔡松坡将军在剧中，亦如《日出》中之金八太爷，始终暗场，不与观众相见。此一办法，虽非别开生面，然剧本出诸之华兄手笔，又兼费穆先生为今之导演圣手，意演出必有可观。近来遍历各剧场，大抵使下走失望者多，苟非有一佳剧快我心意者，真将郁闷死矣！即晚会当一观其演出。

《繁华报》1943 年 12 月 29 日

天半笙歌

青少年冲舞场之行动，自再接再厉以后，各舞榭已自动停业，静候解决。平时一般咖啡室，多有敷设舞池，供佻达之侣躚步者，至此遂亦辍其声乐，盖深虑突遭池鱼之殃也。惟闻国际之十四层楼，入夜犹笙歌不辍，酣嬉如故，岂以十四楼高耸天半，遂视同化外耶？

《繁华报》1943 年 12 月 29 日

《小凤仙》赞

《小凤仙》上演于金城，下走首夕即往观。连日积郁，终以获睹是剧而尽扫。费穆先生今之鬼才，平平常常一出戏，经其剪裁，遂无往而不觉意味深长。《小凤仙》之展示于吾人眼前者，寥寥三五演员，简简单单之一堂布景而已，初不必动员数百人，耗资数十万，而精彩自现。《小凤仙》中无大声疾呼之口号，惟藉彼窑姐儿之口，倾吐尽人所欲言者，虽轻描淡写，亦足以扣人心弦，剧终后谢幕者凡三次，掌声之炽烈可知。费穆先生擘画之戏，能以少许胜多许，台下观众，自亦不乏解人也。

《小凤仙》中有袁寒云公子，惟亦如蔡松坡将军之隐而不见，仅暗场轻描淡写而已。小桃红被逮获释后，向小凤仙言："二公子也被他们软禁在北海啦！"鄙意此处可以加入如下对白：

图41　小凤仙，刊于《说丛》1917年第1期

小凤仙："为什么？"

小桃红："公子曾经写过一首诗，我记得末了两句是'绝怜高处多风雨，莫上琼楼最上层'，据说就写了这两句诗，有人说他反对帝制，那还能不出事吗？"

寒云公子此诗，当时曾脍炙人口者，费穆先生并之华兄，曷不采以入戏乎？

《繁华报》1943年12月30日

伎人生日

若干日前，会乐里一伎三十大庆，延滑稽七班会串于其书寓，每班之代价为二千金，合计之达一万四千金，麻将三四桌，入局者有七小姐、八小姐之俦，输赢都是一万两万上落。更有沙蟹之局，则七姐夫、八姐夫之属凑成之，以七小姐、八小姐等手面之浩大，身为姐夫者，当然不甘示弱，输赢因之亦动辄巨万。勾栏诚是销金之窟，然以一伎人偶作生日，而亦如此铺张喧阗，真叫人不能不喟然长叹矣。

《繁华报》1943年12月31日

砍招牌

青少年除三害之日，舞场招牌有因而毁坠者，或曰：“沪人习言‘砍招牌’，真乃见诸事实矣。”

《繁华报》1943年12月31日

丽人失事事

丽人旅邸失事事，数日前南洲主人即为予言之，初犹以为传闻不可信。昨读重来客之记，始知所传实非诬。丽人之玄狐大衣一袭，犹上月新购，耗二万数千金。丽人年来体貌日腴，御此遂益见其雍容华贵，殆即以此而启觊觎之渐也。截止下走执笔时止，犹未获与丽人晤，欲以电话一问询，则丽人家之电话，亦了不闻铃声之震，意者殆已损坏。其事真相究如何？因亦未有洞悉。圣诞前二夕，丽人犹拥其狐裘，枉顾下走之室，不谓数宵之隔，遽逢意外，颇怪此小妮子乃严缄其口，并老朋友前亦不报告一声也。

据南洲主人所闻，丽人为客挟赴沧州[①]时，同行者有男女多人，丽人之所以放心前往者，殆正以女侣在耳，奸徒之计固亦甚狡。南洲未言丽人有亵衣被褫事，此则当俟晤丽人时面叩之。

《繁华报》1944年1月2日

丽人失事再记

前日本报尝记国泰舞人张丽遇暴事，是晚乃晤丽人，因知丽人所失不过金饰之属，障体之衣初未褫去，并新购之玄狐大衣，亦依

① 沧州饭店，位于静安寺路(南京西路)1225号。

然在体。本报标题之大书“遇暴被污”，要属过甚其词。盖丽人所遇之客，目的惟在图财，既尽劫其财物，自必潜逸不遑，又安有闲情逸致，从容施其轻薄哉！丽人自言，是晚所诣之地系法伦斯[①]，同行者二男一女，一男挟丽人下舞池躚步时，另二人乃趁隙下麻醉剂于所呼可可中，啜之未久，便昏然如醉，惟恍惚犹记为二客掖登三轮车，及醒，则身在沧州饭店之一室矣。维时丽人犹不知遇劫，殆开沧州之门，呼人力车以登后，始发觉饰物尽无，核其损失，几近十万金，盖犹不止七万也。沧州旅客簿上，书一客姓名，谓来自苏州。沧州侍者则言，该一男一女，入室未及二十分钟，即匆匆而去，濒行且叮咛侍者，谓张小姐方醉卧，慎勿扰其清梦云，若侪设计，固甚周也。

《繁华报》1944 年 1 月 3 日

《小凤仙》再观记

看过了一次《小凤仙》，昨儿晚上又看了第二次，这在我生平是没有的事。《小凤仙》的台词，现在已略有增损，我提议过的“绝怜高处多风雨，莫到(一作‘上’)琼楼最上层”那一首诗，现在也加进去了，而且加在前面，这要比加在末一场好。服装似乎也换了许多新的，我第一次看时，微嫌几位窑姐儿的旗袍太乡气了一点(虽然是北地胭脂)，现在都换上了新裁制的，就漂亮得多了。

看这一出戏，是需要用理智去了解它的，因此或许不能获得一般小市民阶层及太太奶奶们的称道，对于营业方面不无影响。费穆先生大概也很明了这一点，所以他要借剧中人之口，大声地说：

① 法伦斯夜总会，位于大西路(延安西路)325 号。

“她说的话,你懂吗?”我可以代表观众回复费穆先生:“也许有些人不懂,但是我知道,有些人是懂的。”但看剧终以后,继之而起的总是一阵炽烈的掌声,这可以证明我上面的答复并没有错。

是晚剧终后,参加《小凤仙》演出的裘萍、王玲、陈丽云三位,由王季深先生领导,联袂驾临大中华咖啡馆,因此我亦见到了她们私底下的风姿,也可以算是幸会了。

《繁华报》1944 年 1 月 4 日

博误

闻易立人君服毒之讯,为之恻然,立人聪明人,不幸乃淫于赌,其生命遂为愁云惨雾所笼罩,寖至欲以一死了事,赌窟真陷人坑也。闻金门饭店当局之一侄,不久前亦因博负之故,挪用公款二十万金,无法填补,及事发,亦仰药自杀。以此并累及乃叔,勿能安于其位,卒去职,赌之为害如此,可不惧乎?

待曙楼主之程漫郎,工为小品文,兼擅丹青,吾道中才智之士也,顾亦好为牧猪奴戏。漫郎服务于拜耳药厂,不以其余晷营西药,而乃浸淫于赌,一载以来,倾十万金,在贫薄书生,有十万金亦可免于岁寒矣。而漫郎乃掷诸呼卢喝雉中,盖亦与易立人君同其例,惟聪明人恒为聪明误,若下走愚鲁,至今且不知咸阳客在何许耳!

《繁华报》1944 年 1 月 5 日

大中华女侍

《浮生杂记》极言大中华一女侍之美,谓其人姓罗,则当是罗美珍也。罗最近订婚,其未来之家主公,在南京为科长,与罗矢爱好,始于罗服务南京中央饭店时,啮臂之盟,订于数载以前,近始履行手续耳。罗今日在大中华,虽犹穿号衣,然已是一位科长太太身份。大中华别一女侍阿□,定明日(七日),在康乐酒家[1]结褵,其藁砧为丝袜厂经理。大中华对女侍之遴选与训练,恒郑重其事,故一旦关雎之逑,归宿亦皆不甚差也。

《繁华报》1944 年 1 月 6 日

是非之辩

舞人张丽,以麻醉剂失其金饰,据张自言,醒来时以障体之衣无恙,故不疑遇盗,直至趋车达成都路时,始发觉饰物尽失,而丝袜环绕于项间,亦为人力车夫所瞥见,张自己犹懵懵也。予晤张时,曾语之曰:“报间尝言汝被奸污也。”张但微笑。其人襟度,且有使人不可及之处。下走与张丽,不过类似唐大郎与张淑娴的一点关系而已,又何必为之作是非之辩乎!

《繁华报》1944 年 1 月 6 日

苏曼殊上银幕

华影将摄《断鸿零雁记》,方于报间征求苏曼殊事迹。华影之视苏曼殊,殆亦安迪生之派人物矣。其实曼殊生前,于国无补,于社会无贡献,其所传播于人口者,惟着了袈裟打茶围之浪漫史而已。不过曼殊为人,文采风流,掇拾其遗闻摄为影片,当亦是一部

① 康乐大酒家,位于南京西路 456 号。

极好之才子佳人作耳。

《繁华报》1944年1月8日

《小凤仙》卖座

闻《小凤仙》上演后，未能有倾巷以观之盛。上海之话剧观众，真是瞎了眼睛也。小凤仙一勾栏中人，犹能以慧眼识英雄，然上海之话剧观众，竟不能识《小凤仙》？大抵以《小凤仙》中，并无打情骂俏，吃花酒碰和之演出，一般低能之观众，遂以为不够刺激耳。后此费穆先生编剧，当尽量以低级趣味享观众，则歌舞之声，或且洋溢于街头巷尾也！

《繁华报》1944年1月8日

捧舞女

黑炭兄来，属以一语褒舞人严秀□。严货腰于国联[①]，于此道虽犹属毛坯，顾自有一种顾盼生姿之美。黑炭兄自言，日必诣国联，召严坐台。此君勇迈之气，良不可及。惟是文歪公有言："护花使者对于护花一事，恒多喜剧开始，悲剧结束。"黑炭兄于严家秀□，自己笔端揄扬之不足，复欲朋侪为之延誉，独不虞此豸一旦走红，亦非"悲剧结束"乎？

《繁华报》1944年1月11日

海生兄嘉礼

金康银行秘书何海生兄，与名女优孙剑秋缔秦晋之好，将于九

---

① 国联舞厅，位于汕头路广西路。

日在国际高楼成嘉礼，气派之大，真使穷朋友闻之咋舌。自海生兄缔结良缘之讯传，未获海生兄晤面者达三月，上次曾藉吾报寄一语，亦未蒙海生兄贲临，知海生兄沉湎温柔乡中，盖不复以老朋友为念矣。此次结褵，海生兄遍发喜柬于友好，而独遗下走，是下走殆已被弃于朋友之列，思之真不禁黯然神伤也。

《繁华报》1944 年 1 月 11 日

售饭问题

有人在报端訾议一等菜馆之供应酒饭，谓老板之图赚钱，不顾当局法令。颇疑发为此论者，其人乃有痼疾。就吃客立场言，理应希望酒菜馆照常售饭，然后就食之客，不致有“天下无如吃饭难”之叹。此君乃以酒菜馆售饭为不当，大概此君是向来不吃饭的，故亦欲他人皆无饭可吃欤？酒菜馆不准售饭，此等事为旷古所无，犹之有了肛门而不许放屁，讵亦是情理之常？故疑发为上项论调者，其人乃有痼疾也。

酒菜馆禁止售饭，法令仅限于第一流酒菜馆，第二三流之酒菜馆则不在此例，秦越之分显然，理由实莫可究诘。不知发为一等菜馆不当售饭之论者，亦尝就事理试加分析否？

《繁华报》1944 年 1 月 13 日

百万金大牺牲

报间有“陶园香肠百万圆大牺牲”广告，坐拥百万巨资，而必以之牺牲殆尽，陶园老板可谓“乐善好施”者矣。商人大抵唯利是图者多，独陶园老板不喜欢赚钱而喜欢蚀本，此之谓与众不同欤？下走乃甚愿这样的老板，上海滩上能多产生几个也。

图 42　陶园香肠广告，刊于《申报》1944 年 1 月 18 日

《繁华报》1944 年 1 月 14 日

杨波不嗲

泰山路上之萝蔓饭店，亦辟有咖啡夜座，寻常之咖啡馆，大抵以晚间十二时打烊，独萝蔓则延长至子夜一时，于是十二时后，萝蔓座上遂有冠裳如云之盛。金小春兄笔下之嗲女郎杨波，近亦奏唱其间，惟以予观之，则杨波之嗲，远不及高乐之白鹭，或者是晚座间未尝睹小春兄踪影，故杨小姐之嗲劲，遂亦不肯轻易施展耳。

《繁华报》1944 年 1 月 14 日

腊肠

据对于腊肠一物夙有研究者言，腊肠一物，必利用太阳之辐射热曝干者始佳，若烘之以火者，肠易缩而味亦逊。海上粤菜肆之售腊肠者甚夥，而老于此道者则谓以杏花楼出品为最佳。杏花楼之腊肠，肠衣之内所裹者，尽为猪腿肉之精彩部分，每日曝之于阳光中，非如寻常人家之采取火烘法，故厥味较胜。惟杏花楼之腊肠，日以三百斤为度，若迟即不易购得耳。

《繁华报》1944 年 1 月 15 日

咖啡

据白下来客言，南京之咖啡馆，最近已无咖啡飨客，盖咖啡豆断档故也。咖啡馆之设，在吴门亦风起云涌，故咖啡豆之需要量益多，而此物渐亦成奇货可居之势。惟在上海，咖啡豆之储藏量犹富，坐咖啡馆或不虑无咖啡可喝。又有人言，在天津吃西菜，末一道咖啡亦悉以黄豆汤为代。以彼例此，则上海人有咖啡可喝，毕竟是口福不浅。

《繁华报》1944 年 1 月 15 日

舞榭停售咖啡

最近有若干家跳舞场，已停售咖啡，客之索咖啡者，仆欧辄请以茶为代，此非由于咖啡断档，盖糖之购致绝困难，不能以苦杯飨客也。咖啡之外，若可可及牛乳，都须和之以糖，故皆不售。咖啡馆之资金短绌者，勿能备多量之糖，若临渴之掘，则无论为方糖抑砂糖，咄嗟间皆不易得，于是亦有改用黄糖之议，逆料不久之将来，或真将以“黄”代“白”焉。

《繁华报》1944 年 1 月 16 日

两位吴江枫

吴江枫兄，旧为黄金五虎将之一，去岁一度得奇疾，时时发为呓语，近则已完全痊愈矣。大来国剧公司接收更新舞台，易名为中国大戏院，届时江枫亦将移驻于更新，主持广告部事宜。别有一吴江枫先生，为《杂志》编辑人之一，或疑即黄金之吴江枫，其实名相如实不相如也。

《繁华报》1944 年 1 月 16 日

安得不败

晤漫郎于咖啡座上，谈及近顷之话剧，因问其亦曾看过《小凤仙》否？漫郎曰："一度往观，病其太沉闷耳。"予为之太息曰："足下特不能了解其佳处耳。"因历举《小凤仙》中精辟之语，以叩漫郎曰："足下亦尝悟其命意所在否？"漫郎始曰："初固漫不经心也。"夫以漫郎之才智，犹勿能窥测《小凤仙》一剧，实李之华、费穆二氏血泪所凝结，第视《小凤仙》为平平凡凡寻寻常常一出戏，《小凤仙》之售座，又安得不败乎？

《繁华报》1944 年 1 月 18 日

涂鸦集

涂鸦集无形解散者逾一载，当时涂鸦集诸子，第以舞文相结纳，其实集中之人，良不乏俊逸之士也，譬如漫郎与哀王孙、徐晚蘋，皆工书与画，晚甘侯则诗与铁笔并擅胜场。近楼先生《近楼浪墨》之作，亦复传诵当时。而郑明明、宓令、路黛琳，三舞人并解诗书，亦请盟于吾集，每届餐叙，尤有珠笑玉香之盛。不幸龙蛇多厄，涂鸦集遂亦风流云散，当时诸友，谋面之机缘且稀，琴尊之会，更不知重开何日矣。

《繁华报》1944 年 1 月 18 日

把场

闺中人于十四日之晚，参加集英中小学之游艺会，演昆剧《游园》于金都大戏院，饰春香，而由昆剧名旦张传芳饰杜丽娘。自来惟闻闺中人闲时度曲，未睹其作演出之研习，而一旦登场，居然亦扮唱如内行，为之诧怪莫名。闺中人尝嘱伺其登场时，为之司把场之役，顾终以自顾不类老供奉，故辞而未就焉。

《繁华报》1944 年 1 月 19 日

怯场

丽人又翩然来访，蹙额曰：“警局时时于凌晨来召唤，真烦厌欲死矣。”盖丽人遇劫一案，警局相当重视，每有不逞之徒就逮，辄欲丽人往指认。而丽人则为扰其清梦，不无恚恨耳。丽人亦欲小宴若侪，匄若侪勿复追究，而欲下走为之任斡旋。下走与丽人，关系非拖非龙，遇见时寒暄几句则可，若必欲予以代理人之姿态出现，正恐不免怯场耳。

《繁华报》1944 年 1 月 19 日

拇战

登力楼，拇战之声方酣，柳絮与慕尔，一个似跳大架于皇后[①]之

① 皇后大戏院，位于虞洽卿路（西藏中路）三马路（汉口路）口。

金少山，一个似更新当家青衣张君秋，论工力可称为悉敌，第拉锯战之结束，柳絮终为慕尔所败，外以慕尔黄钟大吕之音之有先声夺人之势，柳絮遂以是而怯场也。一局既终，文歪公登楼，复继柳絮与慕尔交锋，顾亦连战皆北。拇战在好勇斗狠之流亚中，比比风雅，惟在力楼之上，往往朋友相见，拔出拳头即打，则大有寻衅模样耳。

《繁华报》1944 年 1 月 20 日

草裙舞

泰山路[①]上之卡斯卡夫，大西路[②]上之法伦斯，以及西藏路上之万寿山，入晚皆有罗宋女人草裙舞，耸其胸部，摇曳作态，一曲既终，居然有鼓掌不已，促其"再来一个"者。上海人到了今日，犹观草裙舞为山珍海错，仿佛瞻可谓胃口奇佳矣。目之顷，其味无穷，亦可谓胃口奇佳矣。

《繁华报》1944 年 1 月 20 日

苏州之咖啡馆

沈琪兄言，咖啡馆在苏州，多至六七家，咖啡夜座时间，亦以十二时为度，但多数皆有歌女奏唱其间，故入夜灯上以后，咖啡馆恒有笙歌鼎沸之盛。海上著名女歌手曼萍，亦尝以客串之姿态，演出于苏州某咖啡馆。琪兄又言，苏州之咖啡馆座上，尤多少艾之女，泡清茶一杯，瞩目于音乐台上，盖胥为学习歌曲而来者，歌女引吭

① 泰山路，今淮海路。
② 大西路，今延安西路。

而歌，若侪亦低声以和，缅想其状，殆亦如小学校之上歌唱课也。

《繁华报》1944 年 1 月 21 日

胡不来？

盛炳记近刊广告于报端，以“胡不来？”为口号，论理原无人谬，惟展报观之，仿佛是为了没有顾客枉驾，故出之以责问口吻，怪人家“为什么不来？”此非下走强□以辞为意，为盛炳记设想，以广告不能谓为高明，必也易其辞曰“破工夫早些来”，以声明其门庭若市之盛，迟到了俱挤轧不上，如此始足以歆动顾客耳。

《繁华报》1944 年 1 月 21 日

梅娘

因风阁有芳邻曰梅娘，近来，此婆亦时时为大中华座上客，每至辄翻其行头，今日为中装客，明日又西装革履之俦矣。行头翻之不已，足以觇其交识之广。惟梅娘身上始终是骆驼毛大衣一袭，此一套行头，独不见其翻耳。梅娘魁梧，置之大郎兄笔下，亦足以当“健骨高躯”之誉。惟向时尝闻因风阁主言，此婆暑日，恒席地而卧，复有所谓花烛娘舅者①，视梅娘为仰望终身之人，论梅娘姿首，未尝不足以动人食指，转底蕴揭开以后，每见其人，即觉有一股中人欲呕之气，发自其人身上，虽有骆驼大衣一袭，亦不足以为之彰也。

《繁华报》1944 年 1 月 22 日

① 即梅娘之夫，伪称为梅娘娘舅，以受梅娘众情夫之供养，后被揭穿身份，情夫唾弃之。即蝶衣下文所谓“底蕴揭穿”。

茹素

执笔之士,不声不响而跻于阛阓巨贾之列者,惟吉宇兄一人而已。吉宇兄现为青白化学工业厂之董事长,兼为某银行之主要人物。吉宇兄平时茹素,绝不稍沾荤腥。盖心底纯良之人,宜其能获善报也。

《繁华报》1944 年 1 月 22 日

活动说明书

过去屡为女人们作活动说明书,对国产电影虽鲜好感,然所睹实多。近一时期,自己既约束身心,对莺莺燕燕之俦表示茄门[①],与国产电影觌面之机会亦稀。昨晚无聊,以南京大戏院在邻近,遂往观《碧血艳影》一场,形只影单,活动说明书[②]遂勿能一展所长,此在本人生命史上,盖犹不多见焉。

《繁华报》1944 年 1 月 29 日

讹字

作诗最怕刊在报上有错字,尝为上艺作诗数首,皆讹误百出,卒以是辍吾之笔。一日遇修梅兄,邀足下撰稿,翌日遂以《送灶》诗两首付之,不谓"倘念民炊爨苦"一语,"爨"字忽被误植为"衅"。吾诗原不欲读者牢牢谨记,惟一旦有讹误,难免有"寻衅"之徒吹毛求疵,未免使下走惴惴不安耳。

《繁华报》1944 年 1 月 29 日

① "茄门",沪语,"勉强,提不起兴趣"之意。
② "活动说明书"为陈蝶衣笔名之一。

却鸡

读白雪兄《泼墨》,知今岁馈鸡有心,而筹款无着,故此一年常旧规,或将无法履行。年关在即,头寸之紧,尽人皆然。鸡之滋味虽佳,然何忍以口福之欲,累朋友悉索敝赋!下走之一份,亦请豁免,初非下走欲与诸君子背道而驰,以期讨好于白雪,实缘下走草此文时,已将束装就道,作回乡卒岁之行,匆能待鸡而动矣。

《繁华报》1944 年 1 月 30 日

回乡

背井离乡,不与故里父老话桑麻者已十年,家大人数以函至,言之谆谆,旨在促驾。因拟趁此岁暮返乡一行,省亲兼卒岁,亦一举二得之事。惟今日报间,两睹行旅艰困之文,谓乘车者鹄候至一日夜始获登车,实为恒有之事,读之乃不免心悸,讵真年关好过,车站难进耶?(小除夕作)

《繁华报》1944 年 1 月 30 日

《正在想》的笑话

新岁中跑进戏院轧闹猛,似乎有些勿搭嘎,于是虽在新正,转为无处可去。财神日之晚,实在沉闷得无聊,始税驾上海大戏院,所演为《陈白露》与《正在想》,亦如京剧院之有双出也。《陈白露》编剧者为古巴[①],颇疑即是佐临先生化名。佐临使其太太丹尼主演是剧,殆意在安慰其太太耳。《正在想》纯粹是胡闹戏,恕下走愚拙,乃勿审其意义所在,以石挥、孙景璐两人合作,何不择一堂堂正

① 古巴为孙浩然之化名。

正之戏，而乃演此一味胡闹之玩笑剧，真是可惜之至也。

《正在想》演至“改良文明卫生话剧”登场时，台上电炬忽熄灭，良久始复明，当时演出亦因之一度中辍。《正在想》本是一喜剧，中间再穿插此一笑话，益使观众笑不可仰，收获意外效果不少焉。

图 43 《陈白露》《正在想》广告，刊于《申报》1944 年 1 月 30 日

《繁华报》1944 年 1 月 31 日

鸟儿拼命

一晚，止于高乐歌场，台上某歌姬方展其珠喉，奏《疯狂世界》之曲，其起句曰“鸟儿拼命的唱”，时环桌皆佻达之友，各召一歌姬侍坐，一友遽曰：“她们老是要鸟儿拼命，不知厥因何在也?”一友应曰：“是殆徇花儿之请，以花儿欲任性的开，故不得不倩鸟儿拼命耳。”别一友击节曰：“良然良然，以鸟儿能拼命，故其下必三呼太痛快。痛快，即所以状鸟儿之拼命，花儿之任性也。”语出，三数歌姬胥掩耳却走，则以诸人之言无状，遂不复能正襟危坐耳。《疯狂世界》一曲，下走尝剧赏其音韵之美，不谓一入佻达少年之口，便有此曲解，使教育当局闻之，岂不将与《桃花江》视同一例，悬为

厉禁耶?

《繁华报》1944年2月1日

男女同车

星期一午夜,有青年男女两人,合坐黄包车一乘,过国际饭店之前,行人方诧笑间,忽有汽车戛然止,车中跃下一人,飨该黄包车夫以异味火腿,黄包车上之一双男女,情知不妙,因亦抱头鼠窜而遁。此汽车中跃下之人,非与黄包车上之一双男女有何瓜葛,特因路见不平,故把拳相向耳。黄包车夫容许此一双男女共载,犹不足奇,所奇者为此一双男女,乃有该项胃口耳。其实三轮车一车双载,尽可作如胶如漆之演出,何必舍三轮而取黄包?讵亦为节约起见耶?

《繁华报》1944年2月2日

飞钹之女

国际十四楼之咖啡夜座,有潘玉珍技术团表演,属中一女,健骨高躯,为态绝媚。作飞钹之戏(玩法略如扯铃)时,恒发声呼曰:“上去!下来!不要动!”戏谑之客,习闻其语,往往和之,于是惟闻一片“上去”“不要动”之声。女于此际,辄亦忍俊不禁焉。儇薄之士,有时辄高呼“为什么不要动?”辄飞钹之女,必坐是而作佯嗔之态,睹之真欲魂夺也。

《繁华报》1944年2月3日

歌谱

欧阳飞莺小姐,奏歌于国际十四楼,歌喉视前益甜润矣!国际每于欧阳奏新曲时，辄预印歌谱，分发座客，人各一纸。欧阳立麦格风前，展其珠喉时，座客亦可以按谱寻声也。一夕，坐十四楼，欧阳唱《妈离不了你》一曲，侍者亦以歌谱赠座客，谱上注曰：梁乐音作曲，徐铭作词。上海采芝斋主人徐文照先生介弟，亦曰徐铭，精摄影，与郎静山并为英国皇家摄影会会员，不知歌词是否出其手？

《繁华报》1944 年 2 月 3 日

股市

献岁以还，股市大劣。友人中有从事股票交易者，言及股市，无不愁眉苦脸，铜钿银子关心境，理所当然也。波罗兄抛弃文字生涯后，亦涉足于股票市场，股市既下趋，与兄相值，兄亦作愁然不悦谓形势苟不好转时，惟有忍痛割股耳。其实股市之涨落靡定，下挫以后，安知其不复坚挺。试观兹两日来，股市又渐呈欣欣向荣之象，吾友既掌中有股，与小妹子游宴之资，正不愁无从出产也。

《繁华报》1944 年 2 月 4 日

咖啡馆电话

上月之间，大中华咖啡馆对外电话，由大中华饭店开下账来，达九千数百次，电话一项，所费乃逾万金，而归之于食客所付者，犹不足三千金也。金刚兄于《怒目集》中，尝谓咖啡馆小郎盯紧客人，询问电话打通也未，以为未免派头太小。而在咖啡馆方面，则犹以为小郎玩忽职务焉。

《繁华报》1944 年 2 月 4 日

窃据

与玉田赵焕亭先生，订交文字之交垂十年，虽以阻于关山，不获与先生谋一面，然先生生平著述，下走实知之最稔。先生之第一部著作，曰《马鹞子全传》，予所见者，为石印本，可知此书问世之早。战前，尝欲重觅是本，顾不可得。近发现坊间已有梓印者，易其名为《边荒大侠》，其实书中所记，初非边荒之事，而著者亦改署江蝶庐之名，掠人之美为己有，其谬悖有如此者！

图 44　赵焕亭，刊于《北洋画报》1932 年第 16 卷第 763 期

图 45　《边荒大侠》，江蝶庐著，上海竞智图书馆 1930 年 6 月刊印

《繁华报》1944 年 2 月 5 日

蜡烛诗

九公兄于《春风得意楼谈荟》中言，唐诗中有“蜡烛有心还垂泪”之句。大狂先生正其谬，谓唐诗中惟有“蜡炬成灰泪始干”一语耳。按：九公所引之诗诚误，大狂先生似亦未能窥测其意。九公所欲引者，必为“蜡烛有心还惜别，替人垂泪到天明”两语。九公殆不能省记,故合而为一耳。然此时予亦仅记其两语,究不审全首作何语,论记忆力之衰退,下走亦不下于九公也。

《繁华报》1944 年 2 月 5 日

落雨年

新正以来,风雨连朝,满街泥泞,不便涉足,仰望苍穹,似犹无放晴之意,几疑今岁是落雨年矣！牧猪奴之戏,下走既疾之如仇,闲来无聊,遂欲以平平仄仄为消遣,顾久久方只成为下四句:"连朝放眼不曾晴,天谴阴霾□□□。疾恶无力留怒发,怀柔有客问苍生。"以下一联,百思不得,遂亦如未完成的杰作,盖沛然之雨,不仅扫人游兴,并诗思亦被它落光了。

《繁华报》1944 年 2 月 6 日

正当娱乐

冯蘅、柳絮二兄,游城南博窟,倾资无算,此当为缺乏正当娱乐之故。尝谓十里洋场,笙歌如沸,视听之娱,非不可尽,特欲觅一正当之娱乐去处,即迥不可得。例如健身房与打球击剑之场,在美利坚各城市,无不普遍设置,而东方大都市之上海,则至今犹付阙如。吾侪既勿能醇酒妇人,日日以颓废为欢娱,正当之娱乐,苦于杳不可得,一到晚上,辄兴"无处投奔"之叹。冯、柳二兄,非不明达,特以身心无所寄托,遂浸淫于赌耳。豪华之客,□□掼百万于牌九台上者,苟能移此所耗,辟一大规模之俱乐部,集游戏之足以快人心意者,使高雅之士共享其乐趣,宁不佳乎?

《繁华报》1944 年 2 月 6 日

摩托车易三轮车

三轮车在今日，已成为时髦产物之一，有一辆自备三轮车，其阔绰殆之犹如从前之拥有黑牌汽车。一辆三轮车之代价，比较吃价[①]者大抵需五六万，而一辆小奥斯汀之代价，目下亦不过如此。拥有一辆小奥斯汀在今日了不足奇，如果所乘者为一辆华焕之三轮车，路人且刮目相看，于是颇有售摩托车之车行而改售三轮车者，一则为趋时，二则汽油不易购致，三轮车雇一个御者已足，一笔汽油的消耗，可以省省也。

图 46　上海的三轮车，刊于《上海影坛》1944 年第 1 卷第 6 期

《繁华报》1944 年 2 月 7 日

法商总会

法商总会在迈尔西爱路[②]，拥有会员甚众，然入会者亦须论资望，非小三子小六子皆可入会也。会中辟有西餐部，会员之往就餐

① “吃价”，沪语，“价钱贵”之意。
② 迈尔西爱路，今茂名南路。

者,取价特廉。最近,该会循往年例举行欢迎新会员入会,汤于翰、陈云裳伉俪,亦在新会员之列,故此次之欢迎大会,以有陈云裳参与,热烈之状乃倍蓰从前。女明星之足以使人歆动,叹为观止也。

《繁华报》1944 年 2 月 7 日

相亲

有假咖啡馆作相亲之会者,各携亲友若干人,分据两处,互作刘桢之平视,使婚姻因是而定者,则双方之终生幸福,乃定于数瞬之间矣。时至今日,犹有舍恋爱之康庄大道,而但凭一见高下以定婚媾者,思想亦可谓落伍矣。一日下午,有乾坤两造相亲于大中华咖啡座上,女者穷吃阿二头①,银叉时时伸向蛋糕盆中,不但自己穷吃,而且怂恿同座两女客亦努力加餐。视邻桌之两男客,皆其貌不扬,则女者之穷吃阿二头,殆意在泄愤,预备此一段婚姻告吹也。

《繁华报》1944 年 2 月 8 日

讥谗

以大郎兄悦舞人顾凤兰,乃偶记凤兰往事,大郎能宝爱凤兰,下走亦深为凤兰庆得人也。不谓以下走文中,尝涉及凤兰与某君之私,遂使大郎误以为讥谗。此真绝大冤抑事,下走识凤兰时,即知凤老与某君一段因缘,辄其后数数为凤兰为小诗,可知下走怜香惜玉之心,初不减于大郎兄,又乌敢以侮蔑之语,辱此丽质?惟无端著此一笔,亦甚且恨率直,乃不知伊人曲讳,致启大郎兄不快之

① “穷吃阿二头”,沪俗语,形容吃相难看,像前世没吃过一样。

责，实为之后悔无已也。

《繁华报》1944 年 2 月 8 日

豪赌

大郎谓今年未闻有人作豪赌，就予所知，则有一药厂主人笪某，在某俱乐部推牌九，第一次负二百数十万，第二次又负一百数十万。俱乐部之赌博章程照例每星期一结，笪某身价不过三四百万，于是只得以所有股票悉数奉让与人，不足，则药厂亦以是而易主。两次牌九，将一生事业完全送却，倘亦可与冯存仁小开媲美云。

《繁华报》1944 年 2 月 9 日

洛阳路才子

报间有香港酒家[①]广告，揭标语两句曰："福熙路异军，洛阳路才子！"江南才子与江北才子之外，又有洛阳路才子，才子真如过江之鲫矣。此洛阳路才子，与酒家有何联系，亦不可解。

《繁华报》1944 年 2 月 9 日

唐槐秋

一度看《阳关三叠》，罗兰语音之风，视曩日益盛，此人如上银幕，李丽华将遇一劲敌矣！剧中闵孝庵一角，采 AB 制，由唐槐秋、鲁岩分任之。而是晚登台者，则为鲁岩而非槐秋。有人谓唐槐秋未尝莅沪，广告上列唐槐秋与罗兰会衔之名，特是一种噱头而已。

---

① 香港酒家，位于洛阳路 519 号。

为此言者，当是未见唐槐秋登台，以故发为憾词。其实鲁岩演技，亦自不弱，广告上摆噱头犹可说，未尝莅沪则臆测之辞矣。

《繁华报》1944年2月10日

《葛嫩娘》

《文天祥》演出亘两月，售座始终不衰，可知观剧者所爱好，非尽为插科打诨之戏，惟惊天地泣鬼神之作，乃能树不朽之口碑耳。《葛嫩娘》之扣人心弦，亦无殊于《文天祥》。唐家大姊在美华，即将上演是剧，不知饰孙克咸者何人，愿一闻其“留取丹心照汗青”之声也。

《繁华报》1944年2月10日

五分钟冷度

柳絮、文歪二兄，一度立誓戒赌，顾为日无多，又复不能自已，挟嫣雯小姐诣城南博窟，濒行第谓志在观光，然结果则依然倾囊，不输无归，二兄之献金热忱，可谓蔑以复加。昔人以“五分钟热度”评骘人之无恒，若二兄者，殆可谓之“五分钟冷度”矣！

《繁华报》1944年2月11日

最无常识之言

报间论及黑市香烟者，每举道旁之香烟为证，谓：“烟纸店苟不以香烟售诸黑市中，道旁之香烟摊何来？”此实为无常识之言。在马路旁边摆设香烟摊者，大率聚众人为党，每日凑晨，候于烟纸店门外，烟纸店之牌门既卸，若辈即扬声啧呶，待购得限价香烟，才扬长而去。循此方法，马路旁之香烟摊上，遂不虑无货供应，不患不能卖得好价钿矣！故香烟摊上陈列之香烟，纯粹是黄牛党努力轧来，决非烟纸店以黑市价钱售与若辈，苟若此亦进黑市烟，则售出之顷，岂不将为黑黑市价钿耶？

《繁华报》1944年2月11日

香雪园

紫罗兰盦主人周瘦鹃先生，尝假吴灵园邸阶前数弓地，辟为香雪园门市部[①]，以所艺花木盆景，售与惜花之客。友吴灵园病逝，其寓邸易而为正中女校，于是瘦鹃先生之香雪园，遂亦宣告结束。日来过卡德路，吴湖帆所书之"香雪园"横额，已杳不可睹，使人亦有荆棘铜驼之感焉。

图47　周瘦鹃，刊于《良友》1926年第6期

《繁华报》1944年2月12日

① 香雪园，位于卡德路(石门二路)27号(俗称王家厍)。

何海

陈小燕所嬖之乐队领班，人佥呼之曰“阿海”。报间连日志二人之事，书“阿海”为“何海”，讵陈小燕倾心刻骨之人，乃与吾友杭州海生弟，系出一脉耶？

《繁华报》1944 年 2 月 12 日

断弦

今年看话剧，屡见笑话。在上海大戏院看《正在想》时，台上电线忽损坏，修理久久，电炬始复明，此为笑话之一。又一晚在丽华看《阳关三叠》，罗兰唱平剧《骂殿》，弦索忽断，罗兰遂不能竟其曲，此为笑话之二。电线损坏，至多不过被人怀疑是二房东剪电线，若弦索忽断，则以迷信的目光言之，征兆似乎不佳耳。

《繁华报》1944 年 2 月 13 日

《葛嫩娘》卡司脱

《葛嫩娘》上演之夕，作座上客，唐若青一别期年，英爽犹昔。剧中人之行头，犹昔年在璇宫演出时所御者，遂稍逊其鲜明之致。当年璇宫演此剧，以舒湮饰孙克咸，徐立饰郑芝龙，屠光启饰蔡如蘅，陈琦饰美娘，刘琼饰郑成功，严斐饰马金子，真可以当“无敌阵容”之誉。今日更欲聚如许人演《葛嫩娘》，盖为不可得之事矣。

《繁华报》1944 年 2 月 13 日

王根弟

王根弟货腰于大新舞厅时，风头甚炽，论人才亦舞国一隽。一晚，尝于秋园花旗摊边遇王，王语一西装少年曰："我总不会忘记你。"同行者言，少年为大新舞女大班，将别缔姻媾，遂作怨妇之言也。今王从小董先生，小董于王，爱护备至，然红舞人退隐良家，便无足观。一日，于咖啡座上睹王，已不复有明艳之致，盖一朵秋花，亦近向晚之候矣。

《繁华报》1944 年 2 月 14 日

粤曲

康乐酒家每日下午，自三时十五分至六时十五分，有粤曲奏唱，登场者男女皆有，男歌手有年已出五十大关者，为此前辈风度，在歌场中不多见。粤曲唱法，略如大鼓，曲调甚长，而造句则多不可解，如《万世流芳》有如下之句曰："虽能舍娇妻，但系万民又观呀！"聆之真有些儿莫名其妙也。

《繁华报》1944 年 2 月 14 日

飞莺辍歌

欧阳飞莺已辍歌国际十四楼，女歌手中，歌喉之足以颉颃飞莺者，非乏其人，特论雍容端凝之致，则无一人可逮飞莺者。飞莺系出名门，故非歌舞班出身之幺五幺六[①]，所能摹拟其气度。飞莺之可贵，亦即在此。一旦莺歌不闻，辄为之惘然若失焉。

《繁华报》1944 年 2 月 15 日

舞场要求

闻海上各舞场，顷方向当局作变通办法之要求，舞场营业时

① "幺五幺六"，为沪人詈人"十三点"之隐语，盖"幺五幺六"加起来正好为十三之数。

间,现规定为下午六时至十一时,舞场方面之所求于当局者,即为七时半至八时半之一小时,愿自动停业,而请若侪展延至十二时打烊,即以自动停业之一小时,挹彼注此。盖七时半至八时半间,舞侣都须进餐,本无生意可做,若能挪后一小时打烊,则可以多做一些生意也。舞场方面之要求如此,特不知能否获得核准耳。

《繁华报》1944 年 2 月 15 日

冷清清

有人以唱片一张,投交下走,嘱于咖啡座上市之际,摇唱以娱宾客。片之名称,一面《豆蔻梢头》,盖为豆蔻香粉作宣传者,由梁萍主唱,歌喉颇可听。惟另一面一曲,曰《雪月风花》,其中乃有“冷清清!冷清清!”之句,是不啻向咖啡馆当局,肆其恶谑。贻此唱片者,原出美意,然以“出言不逊”之故,虽“美意”亦惟有辜负之而已。

《繁华报》1944 年 2 月 16 日

泛谈女明星

今日女星,李丽华、周曼华肉感有余,清丽不足;白虹、龚秋霞歌喉虽佳,身材终觉不够标准;周璇病其纤小,王丹凤演技尚未臻成熟之像。以言人才,实有佳人难得之叹。去岁崛起一白光,窈窕姣好,歌喉亦佳,顾为时未久,此人忽隐,至今且不知去向,遂使今日影坛,失一佳材。若干日前,罗兰有跃登银幕之讯,罗兰长身玉

图 48 白光,刊于《新影坛》1944 年第 3 卷第 4 期封面

立，姿色娇丽，真堪当“神仙中人”之誉；发音之腻，亦足以夺人魂魄，置之银幕，庶可与西方之星一较短长。顾此讯寻又言其非确，真不知华影当局，何以不睁其巨眼，慧眼识拔此人也？

《繁华报》1944 年 2 月 16 日

歌词

近来发现唱片中之中，真有歌词绝佳者，如胜利出品《南风吹》一曲，袭用朱淑真“月上柳梢头，人约黄昏后”词意，衍译成之，殊有柔情似水之妙，正不能以靡靡之音而废之也。最近影片插曲《鸾凤和鸣》中之《讨厌的早晨》亦佳。两曲胥周璇主唱，周璇歌喉，虽不足以拟李家香兰，亦自轻柔可听。蜀中无大将，自不能不让廖化出人头地耳。

《繁华报》1944 年 2 月 17 日

天伦之乐

文歪公伉俪，共为大中华咖啡馆座上客，文歪有子，犹在襁褓中，文歪玩之于膝上。濒行，小文歪亦由文歪负怀抱之责，此天伦之乐，不禁为之望而生羡。下走一双儿女，悉委之于家大人，使远□于穷乡僻壤，遂不获如新时代之丈夫，一尽抱小囡义务，于是天伦之乐亦了不可得。睹文歪公之乐，辄不禁望子心切焉。

《繁华报》1944 年 2 月 17 日

张园易主

张园游泳池有易主之讯，昨日过张园，已有一钙奶生股份有限公司之纸招,黏于拱门,意者陆氏子弟,已将房产售与钙奶生公司,而张善琨先生则殆为居间人,以钙奶生之组织,张亦参与其间也。张园初开幕时,有女性利斯脱司播音,操国语如莺之啭呖,当时尝为文以美之,誉之曰"张园之莺",今日不知此莺何往矣。

《繁华报》1944年2月18日

上书国际当局

大中华咖啡馆女职员若干人,联名上书国际饭店当局,请重延欧阳飞莺小姐,奏歌于十四楼上。大中华之女职员,以下走之介,偶听欧阳飞莺歌,遂成莺迷。飞莺一旦辍歌,俱有惘然若失之感,故欲联名上书,以示拥莺之诚也。下走尝目飞莺为东方之莉莲·庞丝,设词或过誉,然环顾海上,舍欧阳飞莺外,孰复能以歌喉之美娱悦吾人?誉之虽过当,"斯人不出,如苍生何"之慨叹,则不仅下走一人为然也。

《繁华报》1944年2月18日

学校黑市

闻诸人言,小学生之谋转学者,如例纳费,校方往往以"额满"对。苟于定价之外再益二三百金,则"额满"又一变而为"尚有余额",许汝往课室中占一席之地矣!读书亦有黑市,不知系阿谁作俑?此与当局之囤积教科书不售,同一伤阴骘,惟有罚彼为校长者,其子子孙孙,永为瞽目之人耳。

《繁华报》1944年2月19日

覆辙

柯灵前辈辑《万象》未久，忽亦拂袖而去。闻此消息，辄为之诧怪莫名。下走无能，为《万象》殚心勠力者两年，终弗能使平先生嘉我勤奋。柯灵先生是好好先生，贤于下走万倍，奈何亦凶终隙末，蹈我覆辙？忝为《万象》创议之人，闻之实心悸无已也。

《繁华报》1944年2月19日

义务戏

孙老乙兄(此字勿误读为“儿”)语予，谓将以“援助评剧家郑过宜先生”之名义，在卡尔登演义务戏一场，售券所得，除开支外悉以畀郑，藉补郑过老生活费之不足，老乙此言，殆出玩笑，郑过老过去拥有新大沽路一条弄堂房子，无人不知，去岁与杜七小姐一段风流绮腻之迹，尤属脍炙人口，何致一年之隔，即需要朋友给他唱搭桌戏？老乙之言，不仅开玩笑，简直是存心砍郑过宜招牌，真有些勿作兴[①]也。

《繁华报》1944年2月21日

难得糊涂

本报印刷，近来渐有由绚烂归于平淡之观，下走所撰文字，有时自视，亦不识庐山面目，不知白雪兄《泼墨》[②]之余，亦曾计及油墨之改善否？下走不仅为本报作者，亦是读者一分子，故甚愿本报印刷，仅是“难得糊涂”，否则下走目力深度，势将因是而激增，在不久

① “勿作兴”，沪语，“不够朋友”之意。
② 彼时王雪尘在报上撰有随笔专栏《白雪泼墨》，故蝶衣有《泼墨》说。

之将来，恐非更换一千五百度之眼镜不可矣。

《繁华报》1944年2月21日

野鸳鸯

有人以画轴一幅，匄老凤先生题诗，画中莲叶覆盖之下，绘水禽一只，言鹭鸶则病其胫短，言鸳鸯则病其胫长。老凤先生以不辨其为何物，问于丁慕老。慕老亦瞠目不识。下走好谑，遂为老凤先生出一主意曰："您当它野鸳鸯就是了。"老凤先生自命为凤，凤为百鸟之王，而乃不识其部属，抑何颟顸耶？

《繁华报》1944年2月22日

浮水皂

七届凤集叙餐之夕，其三先生以青白化学工业厂董事之资格，运青白浮水皂两箱至，以之分贻集友。青白浮水皂之优点，在于入水能浮。其三先生解释此皂用途，谓置身浴缸之中，使用此皂，不致有难以捉摸之感，以其能氽于水面也。予曰："是真所谓氽缸浮水（读作尸）[①]矣。"

《繁华报》1944年2月22日

圣爱娜出盘

圣爱娜舞厅出盘，闻已成为事实。接手者一傅一区（粤人读如欧），皆衬衫业巨子，接办圣爱娜之目的，在改设咖啡馆，自此西藏

① "浮水"，沪语音与"浮尸"同，"浮尸"为沪詈人之语。

路上,咖啡馆业更呈蓬勃之象,真可以称为咖啡路矣。

《繁华报》1944 年 2 月 24 日

两次看《鸾凤和鸣》

两次看《鸾凤和鸣》,非对于国产片有特殊爱好,特为听数支插曲而已。《讨厌的早晨》与《可爱的早晨》两曲,皆绝妙。以论影片本身,不能不承认中国之第八艺术,已有长足之进展。周璇初访龚秋霞时,眉目转移之佳,大堪媲美好莱坞之作。方沛霖聪明人,故其作品亦日益孟晋,《鸾凤和鸣》之致,盖又胜《万紫千红》一筹矣。

《繁华报》1944 年 2 月 24 日

冰牛乳

有人告我,欧阳飞莺已重展歌喉于摩天楼头。是晚,遂与女侣作摩天楼上客,不谓候至十一时,犹杳然不见欧阳踪影,乃知其重展歌喉之说,实是绐我,为之大呼上当。是晚呼牛乳二杯,实从冷藏间中取出来者,以沾唇了无热气也。日来春寒料峭,尚未至挥汗如雨之时,摩天楼已以冰牛乳飨客,未免使人吃不消耳。

《繁华报》1944 年 2 月 26 日

国际当局之言

国际饭店之侍应生,夙有训练有素之名。顾在十四楼上,则侍应生往往呼之不应,当客人勿介事!你在位子上坐了下来,如果不再三恭请,若侪决不过来问你吃什么东西,大有“不痴不聋,不作阿家翁”之作风。据谓国际当局,曾经对人说过:“十四楼的那一类客人，只要那样对付他们，已经足够了！”是国际当局，殆已以大世界共和厅视十四楼，十四楼上每晚有技术团表演，故座上之客，多有特为看叠罗汉而来者，事实上与游戏场亦相差无几矣。

《繁华报》1944年2月26日

CPC咖啡

CPC咖啡，各咖啡馆采用者甚多，自下月起，CPC之供应量照旧，咖啡馆可无虑缺货，惟每磅之代价，将增加三分之一。水涨船高，各咖啡馆于咖啡之售价，殆亦将重行调整。可无疑矣。闻CPC之涨价，系得当局核准者，当局一方面欲抑低物价，一方面又核准货物涨价，此与三轮车在召集问话之后，由非法涨价一变而为合法涨价，同为莫明其土地堂之事。

《繁华报》1944年2月28日

乡下浓汤

高乐歌人白鹭，新御玄狐大衣一袭，当是从龙凤杯竞赛中得来者，偶然见之，使人遂有皮子甚挺之感觉，因盛赞其“好亮”。白鹭则曰：“伲是乡下人，难看格！”已而则曰：“吾乃甚念陈郎，独惜陈郎不念我耳！”一方兄在旁，失声笑曰：“乡下人亦会灌迷汤，当是乡下迷汤。”予曰：“此不仅是乡下迷汤，真是一客乡下浓汤耳。”

《繁华报》1944年2月28日

欧阳莎菲

看《乐府烟云》于大上海，欧阳莎菲于片中饰一交际花，为态之媚，不输白光，此一银幕新人，身材与线条无一不标准，其人出现于银幕之上时，几欲鼓掌叫绝。今日影坛，人才荒，益趋尖锐化，华影当局能擢拔此人，不能不谓为目光如炬也。

《繁华报》1944 年 3 月 2 日

绮语

一方兄忽于报间为绮语，读之大奇。此君弃文字而不写者数月，忽而有兴，捉笔为宋艳班香之辞，倘亦所谓情不自禁耶?

《繁华报》1944 年 3 月 2 日

人不如牛

西藏路龙门路之转角上，新开一食肆，曰新乐园，每客单点菜饭，取值仅廿余金，此在咖啡馆，喝一杯咖啡犹不够，因之常常舍大中华之咖喱鸡蛋黄面不吃，而跑到这么幺二角子①上的小食肆中吃菜饭，以其廉也。然便宜货未许久塌，此小食肆近日亦已改码，一客红鸡菜饭，亦需六十余金矣。别样物事，犹能预先购贮一些，惟吃则无法储蓄，此为“人不如牛”处。牛能预纳食物于蜂巢胃，而人则无此反刍本能，于是只能眼看着吃食店涨价，而莫如之何焉。

《繁华报》1944 年 3 月 3 日

退伍

文帚于报间言大中华一女侍，恒以讨债面孔向人。大中华当局于调查得实后，遂罢其人之职。惟此非尽由于文帚一言丧邦，亦

① “幺二角子”，沪语，指偏僻不为人知之地。

以其人年事渐增,故令其“退伍”耳。

《繁华报》1944 年 3 月 3 日

广州大饭店

广州大饭店踞峙于泰山路上,为时已久,近由吾友白雪集资接办,此一老店,遂亦以新开之姿态出现。今日为展幕第一日,以吾友之大刀阔斧,长袖善舞,必能使广州大饭店此后营业,如日东升,如月之恒(完全四字句法)。下走虽非抱冰子,亦可以预卜焉。

白雪兄荣任饭店总经理后,不忘报国故旧,开幕前一日,先柬邀同文是处设筵席,则所上菜肴,完全是上海风味。盖出诸本地庖厨之手者,饭店虽以广州出名,不过袭用旧称,便人记忆,所售固非以叉烧、腊肠为主也。

刀疤女郎韦锦屏,昔享盛誉于皇后,兹已为吾友白雪所罗致,使任广州女领班。席间,韦刀疤频敬同文酒,与文歪公、王慕尔二君,尤有亲若家人之演出焉。

《繁华报》1944 年 3 月 4 日

寄眉子

眉子养疴于梁溪之管社山,数以书来,予辄稽迟不覆,以懒于握管也。眉子为吾报写《湖山破闷录》,意吾报当按日递至管社山者,因假吾报一角地,寄语于眉子:“《春秋》犹不至寿终正寝,足下畀我《鼋渚之冬》《冷境客店》《湖山山楼弄笔》三文,已一并刊于二三月号合刊中,勿念。恕弟嵇怠,不再寄书。湖上风光之丽,可以想象,山间当亦有酒,近来犹酣饮如恒否?兄若疏懒如弟,亦可于

《湖上破闷录》中覆我。”

《繁华报》1944 年 3 月 5 日

人头税

国际十四楼最近颁行一新政，凡宵来登十四楼者，每人征收人头税五十金。开皮而[1]时，五十金即列入账单之内，请客人会钞。十四楼于近一时期，已陷入五方杂处、良莠不齐状态，非下次辣手，不足以使小三子、小四子之俦裹足，下走充其量不过是小五子、小六子一流人物，此后亦可以省省矣。

《繁华报》1944 年 3 月 5 日

会戏

伶联会与剧院联谊会之会戏，以李少春奔丧，马连良病喉之故，仅演一场即止。闻会戏剧目拟定时，曾以之示周信芳，信芳曰：“为伶联会而唱耶？抑为联谊会而唱耶？”信芳为此言，初非不愿登场，特信芳向时，颇有挑剔之习，以会戏未尝明言何为而作，遂不觉脱口而出耳。然卒以信芳一言，报间广告，乃径言目的在筹款献机，而信芳于此一场会戏中，终亦不得不效力一番矣。

《繁华报》1944 年 3 月 6 日

招牌字

有人以宣纸两张，送至大中华咖啡馆，嘱下走为银星杂志社书字招。下走之字，大伏天为朋友们写写扇子，或者尚可派司，若字

① 皮而，为 beer 的沪语音译、啤酒之意。

招则必须有大气磅礴之笔，不以此项生意照顾邓粪翁、谭泽闿，而寻到下走头上，无论如何是走错了门路，恕下走不敢命笔，盖深恐大家都砍招牌耳。

《繁华报》1944年3月6日

抽水马桶

咖啡馆之抽水马桶，恒为撒烂污朋友所糟蹋，烂污撒过之后，束好裤子一跑，最后之抽水工作，往往不肯费举手之劳，必待后客为之料理后事。此等人惟有罚"它"下世投生为黄狗黑狗，庶几野便之后，屁股亦可以不必揩耳。

《繁华报》1944年3月7日

萝蔓饭店出盘讯

泰山路上之萝蔓饭店，以子夜之门禁稍驰，故十一时以后，宾客有纷至沓来之盛。最近，萝蔓当局，曾拟趁正在风头上之机会，以饭店全部出盘于人，代价索六百万。以近来萝蔓营业之好，六百万不可谓奢。惟萝蔓之为人所重，端在咖啡夜座时间，昼间望门投止者，实罕其俦。转瞬夏令且届，萝蔓四周密不通风，欲保持营业之不坠，更非易为。故萝蔓第有出盘之讯，迄无问津之人，殆亦职是之故也。

《繁华报》1944年3月7日

深藏若虚

新光内衣厂之司麦脱衬衫，在舶来品绝迹之今日，亦算是蜀中先锋矣。最近,新光有一种丝绸衬衫问世,报间尝刊有广告,顾觅之于南京路几家大公司,佥云无有。其实这一票货色,几家大公司并非不敢领教,特以新光订有限价,售限价利润至菲,遂信奉老子"深藏若虚"之信条,备而不售耳。人民既无彻查囤积之权,在此求之不得之情形下,亦惟有自叹生不逢时而已。

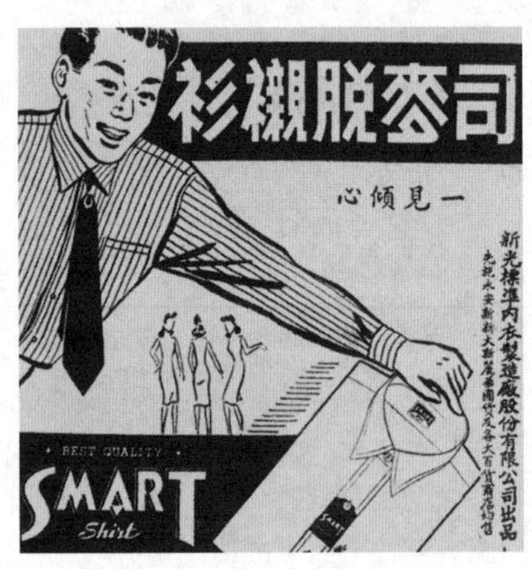

图 49　司麦脱衬衫广告,刊于《申报》1944 年 2 月 14 日

《繁华报》1944 年 3 月 8 日

灯火管制之夜

灯火既实行永久管制,宵行男女遂大得亲偎密倚之趣。然亦有遭遇煞风景事者,则有人携一舞娘,护送其遄归香巢,于冷寂无人之境,遽为宵小所趁。翌日,其人乃不得不伴舞娘至泰山路,购新大衣一袭以偿,所耗达数万金,犹勿能获舞人展靥一笑。轻骨头轻出一场没趣来,亦可为色星高照之徒诫也。

《繁华报》1944 年 3 月 8 日

乘电车的苦闷

近来乘电车，最感觉苦闷之事，厥为电车售票人兼司收票之职。有时下车，站台上别有收票员，有时则无之。在别无收票员之时，售票人乃兼充收票人，向下车之客收票。此票既为售票人收去后，以之转售于其后登车之人，当然也不必客气了。往时揩油尚是偷偷摸摸而为，现在则冠冕堂皇，有恃无恐矣！因颇欲一叩电车公司，不知电车公司定章，是否有“售票人兼司收票”一条耳？

（自即日起，鄙人已采取到站自动扯碎车票投之于箱内办法，以表示我并非不购票，售票员对我是否干瞪白眼，恕我管不了许多矣。）

《繁华报》1944年3月9日

黄牛

道上值歌人白鹭，邀我于晚间往荣华听歌。是晚，饮于南华酒家，大醉，至不能举步，南华遣一人掖予登车，伴我归寓，遂爽白鹭之约，愿白鹭小姐恕我，使我而为黄牛，与白鹭小姐大名，亦正是天生一对也。

《繁华报》1944年3月9日

故都溜冰

某一期之新闻影片，映故都北海溜冰情况，金鳌玉蝀之伟观，亦隐约可睹。最后一女郎驰骋水上，疾若飞隼，为态之美，视《凤舞银冰》中所见者，殊不多让。若此女而为方沛霖所赏识，擢之登银幕之上，则东方宋海雅尼①之誉，获之当是咄嗟见事。

《繁华报》1944年3月10日

① 宋海雅尼，即挪威花样滑冰运动员 Sonja Henie。

拿高凳

三年前，屡于黄金看白戏，以黄金五虎将都稔熟，故下走得享此特权，看白戏之隐语曰“拿高凳”，此说不知何人所创？予则自谓是看义务戏。巴黎大戏院演《机器人》之日，苦干以一券寄予，予命驾稍迟，遂不获凭券入座。吴承达兄睹予，为予设法张掇一方凳来，凳特高，盖票房间售票人所坐者。予据其上，乃有鹤立鸡群之观。其三先生见状，遂莞尔曰：“足下真成了拿高凳矣！”维时以不得座而作壁上观者，犹有许多人在也。

《繁华报》1944 年 3 月 10 日

并不孤哀

十日上午，在电车中见慕尔立卡德路站上，送一女郎登车。女郎御玻璃雨衣，似非来自乡间者，慕尔亦为之任归途之马，殷勤可知。此女登电车之前部，而予则在后节，车中人济，乃不获睹女之真面，不知是陈碧瑛外另一家边草否？陈碧瑛香消玉殒后，慕尔得“孤哀客”之号，睹此车站送别一幕，辄孤哀客似乎并不孤哀也。

《繁华报》1944 年 3 月 12 日

喜临门

与平安大戏院为邻之喜临门舞厅，至今犹存。喜临门之制度，与寻常舞厅不同，客之非双携而临者，辄不纳，故座上尽是雌雄档，两个女人一起跳舞，亦悬为厉禁，此则与国际十四楼同其作风。清茶一盏，售百金，在双携之侣，自亦不觉其昂也。

《繁华报》1944 年 3 月 12 日

飞莺嫁谣

欧阳飞莺辍歌国际十四楼后，结缡之谣颇盛，实则完全为了嗓音失润关系，故谋小憩之道。下走与飞莺兄妹皆稔，飞莺苟有鸳盟之订，良不必有讳言，而飞莺则力白外间传说为不确也。飞莺近方从一西洋妇人曰密昔司福者研习曲乐，庶几深其造诣，则飞莺犹有展其歌喉，以饫顾曲者热望之意。嗜听飞莺歌声者，正不必伤心失望也。

《繁华报》1944 年 3 月 13 日

陈鹤与小达子

报间文字，颇诋乐工陈鹤。陈鹤在金谷咖啡夜座时间，唱《苏三不要哭》《丁香山》之类，予亦聆之。是人身上，自是无一寸雅骨，惟下走实颇嘉其人，则以其人能努力本位耳。小达子在海上，演《狸猫换太子》，评剧家恶其叫嚣，罔不诋之，而予则独排众议，以小达子在台上，一本正经做戏，不偷懒，不苟且，此为小达子之美德，又乌得妄加非议？今之陈鹤，叫嚣之习正与小达子无二致，然其人之努力本位，要属未可厚非。彻底言之，一个人活在世上，不过是为了要吃饭耳！如果躲在家里有饱饭可吃，又孰肯在众目昭彰之下卖命哉！

《繁华报》1944 年 3 月 13 日

特效药

脑膜炎症流行之讯既传，投机药品乃纷纷刊载广告，不问其为片剂针剂，一律自称为脑膜炎之特效药，使人不能不惊叹今日之国产新药，已跻于突飞猛进之境。大抵此类药品，脑膜炎流行时可治脑膜炎，登革热流行时又可治登革热，寖至任何毛里的病，皆成为对症之药。亦犹药材店之什么万应丸，一切疑难杂症，无所不治也。

《繁华报》1944 年 3 月 14 日

泥塑木雕

两次造上海旧货商店，询问有无，店员辄纹风不动，淡然应答，为状之镇定，如泥塑木雕。闻杭州净慈寺罗汉堂毁于大火后，至今犹未复旧观，管见以为大可请上海旧货商店之店员，前往充数，必能法相庄严之口碑也。

《繁华报》1944 年 3 月 14 日

黄陈判袂谈

黄绍芬与陈燕燕琴瑟变徵，终且出诸仳离一途。陈在银幕上，有幽娴贞静之美，而私底下亦荡检逾闲，不自矜约。第故黄绍芬此后，更能得一佳妇，庶几稍弥心头创痛耳。

黄陈判袂，订有条约，两人所育之七龄幼女，暂由陈燕燕抚养，待稍稍长成，再以之还诸黄绍芬。其实燕燕今日，复有何德能，足以为膝下儿女作楷模？真不知此一条件，黄绍芬如何肯答应下来。

黄陈因缘，本极美满，徒以冶容诲淫，启人染指之想，终至造成离鸾别鹄之惨剧。彼败人名节，毁人家室之好者，真不可恕也！

《繁华报》1944 年 3 月 15 日

节约午餐

一度尝试新都六楼之节约午餐，包括六大菜二点心，点心中一道是银丝卷，此为下走所嗜好者。新都之银丝卷，与北京馆子之银丝卷风味不同，新都为粤派庖厨，银丝卷于米粉之内，盖与粤式点心中之大包，同其制法者。

《繁华报》1944年3月16日

怀才不遇

曾水手兄熟稔日用品之行市，谴之如数家珍，同一牌子之货物，某公司售几金，某商店又售几金，水手兄均能历举而不爽，其记忆力之强，同文胥自叹不如。惜独经济调查委员会当局，并无知人之明，迄今犹未以一纸聘书，送与水手兄，使水手兄乃有怀才不遇之叹焉。

《繁华报》1944年3月16日

丽人辍舞事

昨日吾报，又有一节文字，谓下走笔下之丽人，系以娠而辍舞，乃知天下惟弱女子为最堪矜怜，以其纵蒙至冤，亦无从白之于人也。丽人怀孕与否，有丽人之肚皮在，他人不必为之哓哓辩(女人除非生殖结构不健全，否则总有怀孕之一日，固亦不必辩)。惟丽人之辍舞，丽人翌日即以电话见告，此中实含有一腔辛酸泪。彼圈吉生为丽人之客，不以丽人遭际之可悲，而稍稍致其矜怜，转惟避之恐不及。吾怀疑圈吉生肺肝，殆是虺蜴所蜕化。慕尔兄昔日尝记，丽人以其律师之撮合，在二十四小时内为一有力者所污，此一空气,亦圈吉生所放。某律师欲为丽人作撮合山,丽人尝自承其事,事当不诬。(某律师姓名,丽人不敢白之于予,懦怯可想。)惟丽人以不欲应命,最近乃为其人唆使孔武有力者,造丽人之居,肆其恫吓,丽人虑祸之将至,始罢其货腰之业。圈吉生累为詈言,都足以使当之者饮恨,而圈吉生则以此为逞快之笔,苟非别具肺肝,谅不至此!闻圈吉生为黄振世先生令坦,振世先生蔼然仁者,著贤名于当世,奈何乃悦一为鬼为伥之徒,使之当东床之选?可怪也!

(此一节文字,本来不想写,惟以是非之混淆为可悲,遂使下走不能不已于言。苟其事不涉丽人,下走亦欲奋笔以书,此所谓正义感也。)

《繁华报》1944 年 3 月 17 日

重演《文素臣》

闻天蟾舞台将使李少春主演《文素臣》,此事下走当首先举手。自来观所谓本戏,未有如《文素臣》之优越者,《文素臣》剧本,出朱石麟先生手笔,故绝美。周信芳演此剧时,场子颇多参用电影手法,下走尝为之一唱三叹,称道不去口,以为皮簧剧而可以当国剧之誉者,厥惟《文素臣》,惟此亦仅指头二本而言,三本已非朱石麟先生所规划,故演出稍落窠臼矣。天蟾苟排是剧,二本以后,宜另延才人如朱石麟先生编写之,庶几可观。

《繁华报》1944 年 3 月 18 日

东亚咖啡

东亚酒楼近亦开咖啡夜座，闻诸人言，东亚咖啡一盏，须售六十金，此价较西藏路任何一家咖啡室为昂，东亚聘洛平乐队奏管弦，咖啡售六十金，殆是卖洛平乐队一块牌子乎？

《繁华报》1944 年 3 月 18 日

白凤

偶过高乐歌场，睹白凤亦鬻歌于此，白凤原为舞业一隽，吾友三郎尝眷之。讵以腰业不昌，遂尔弃舞从歌耶？白凤语人，三郎已作绕行之客，此语疑不确。三郎娈白凤，白凤亦嬺三郎深，正如三郎方为伏枥之骥，夜夜守候凤还巢耳。

《繁华报》1944 年 3 月 19 日

圈吉生

昨日下走一稿，疑圈吉生为黄振世先生令坦，此点当时即知或误，兹果证实吾文之“逞爽”。圈吉生与黄振世先生，实为葭莩之亲，初非翁婿关系，惟振世先生颇重圈吉生干才，故所业辄畀以重任耳。下走一文刊出之日，圈吉生来访，自承于丽人颇致矜怜。丽人跌宕于舞国，然其人实柔懦，冤抑之来，惟知饮泣，黄杉客一稿，亦使丽人陨泪无数。圈吉生视丽人不薄，惟口没遮拦，亦足以措心上人于不安，圈吉生真能宝爱丽人者，胡勿慎言？

《繁华报》1944 年 3 月 19 日

龙胆草与荸荠

脑膜炎之猖獗，真有与日俱增之势，盖比邻人家一稚童，近亦以脑膜炎死，鄙人且亲闻其事矣。

诸脑膜炎防法，意是热昏之谈，比较可靠者，还是龙胆草与荸荠煎汤，饮之可以治脑膜发炎。龙胆草凡国药号皆有售，性凉，故量不宜多，恐为生育之障耳。下走并非国药号小开，亦不是卖荸荠小贩，此节文字，系根据医家之言而写，当不至有亟谋“囤货出笼”之嫌。

《繁华报》1944 年 3 月 20 日

龙集条陈

龙集聚餐，许下走亦附骥尾，甚感主持者美意，惟餐后赴桥头作探庄[①]表演一节，若此而为集规之一者，则下走当敬谢不敏。下走今日，方欲以敦品厉行自鉴，桥头之行，恕下走无此雅兴。朋友们凑在一起吃嚼一顿，是我所愿也，探庄余兴则拟请准下走豁免，不知主持人龙凤[②]兄准理否？又昨日吾报发表集友名单，似参加者不尽是吾道中人，深以筵开之日，不易沆瀣一气为虑，则亦愿主持人能稍加抉择焉。

《繁华报》1944 年 3 月 23 日

冒失？

文歪公携歌者嫣雯莅大中华咖啡座，文歪公在他报，已有一文

① “桥头”，指八仙桥，此处为风尘女子聚居处；“探庄”，指咸肉庄，亦称“韩庄”，为档次较低之风月场所。

② 龙凤，为胡凤子笔名，胡凤子（1904—1983），原名舜仪，安徽歙县人。

自承之，不想半腰里杀出一个程咬金来，忽劳慕尔兄力辩其诬，遽以“冒失”詈下走，真是怪事！文歪谓挈嫣雯喝咖啡，为慕尔所提议，是则慕尔之必欲将有作为，殆是深恐怕蒙唆使之嫌耳。下走纵然冒失，犹不知误“亮相甚帅”为“亮相甚脆”，视《文天祥》与《文素臣》为一家人。“冒失”两字，敬以璧还。

《繁华报》1944 年 3 月 23 日

为时懋借箸

灯火既实行永久管制，咖啡馆之生命因之垂绝。万一此讯而确，咖啡夜座之无人问津，更属意料中事。以是颇为尚未开幕之时懋饭店着急，时懋盘下圣爱娜舞厅后，预备以一千三百万元之巨额资本，开办咖啡馆（兼售西菜），实力不可谓不雄厚，然以夜市营业之不可恃，此一千三百万金甩下去以后，真不知何年何月，始能捞回成本？时懋地段非不佳，使早开一年半载，大中华、爵士诸家，殆休想与之争艳。到了现在，却有不是当口之叹。为时懋计，倒不如打消原定计划，以地段之优，苟辟而为新光内衣厂之发行所，使司麦脱衬衫予人之印象，从此益深而日广，较诸掷一千三百万金而收回无望，实在上算得多。此下走芻荛之见，信不信当然只好由时懋老板耳。

《繁华报》1944 年 3 月 24 日

白鹭上苏州

歌者白鹭，近已放弃六千元一月之包银，辍唱于荣华咖啡夜座。高乐歌场中亦不见其人。闻诸人言，白鹭已赴苏州鬻歌，殆是被某一家咖啡馆觅了去也。唐人诗曰："一行白鹭上青天"，兹当易"青天"为"苏州"。

《繁华报》1944 年 3 月 25 日

靳以小说

《春秋》三月号，刊靳以短篇小说一篇，见者诧怪，以靳以远赴闽中，不审此作之自何而得也。其实，《春秋》三月号中，尚有张骏祥（即袁俊）、朱光潜及何香凝女士之作各一篇，皆原载于桂林刊物上。有友人旅居榕城，知下走在沪，有《春秋》之辑，遂剪以寄我。靳以之短篇小说，题曰《众神》，盖亦以囤积居奇之一流人物为描写对象焉。在吾视之，此类题材，实为司空见惯，惟何香凝女士一文，追述廖仲恺生前为陈炯明羁囚之经过，足补党国史料之阙，乃殊可珍耳。

《繁华报》1944 年 3 月 25 日

干我鸟事！

读秋翁在他报作《嫉妒心》一文，为之失笑。胡佩之君延柯灵辑《黑白》，下走于蜀腴筵上，始闻其事。若怀嫉妒之心，当秘此消息勿令秋翁知，奈何乃布诸报端，使秋翁有所准备哉？下走方谓："人而怀忌刻之心，最不可救药。"安有病人忌刻，而又自蹈此辙之理乎？

近顷嵇懒，日甚一日，《春秋》两月合并刊行一次，予亦听之不加过问，最近之一期，并《编辑室谈话》亦未尝搦管，工作之懈怠可知。使秋翁能明乎此，当知陈某人此日，初未为《春秋》出死力，复何嫉妒之足云?

其实下走今日,浑浑噩噩,任何事都不欲措意,不仅于《春秋》为然,您老就是请到了茅盾、巴金编《万象》,或是《万象》行销至十万八千册,都不干我鸟事!下走今日,林泉清福不敢想望,惟愿偷浮生半日之闲,听听歌喝喝咖啡,以自遣有生之涯,谁有心情管别人闲事哉!

《繁华报》1944 年 3 月 27 日

周郑之婚

周瘦鹃先生公子铮,与郑子褒五叔女公子玉带小姐,缔秦晋之好,为最近文坛一佳话。下走与乾坤两方,都非素昧,顾两姓之婚,胥未以一柬赐下走,及结禧之日,以为报间必有广告,不意遍觅勿得,遂不知嘉礼之举行,究在何处?欲以电话叩灵犀兄,灵犀兄之行踪又杳,于是终勿获登堂拜贺,至今犹以为憾。瘦鹃先生平日夙重下走,子褒五叔视下走为其子侄行,乃都不许下走叨扰一杯喜酒,不知作何原因也?

《繁华报》1944 年 3 月 28 日

老夫子

应该有喜柬,而喜柬不至,反之,素昧平生之秋风帖子,则月来屡承光顾。有一人为其先慈举行五十冥庆,寄一柬于下走,柬外大书"陈老夫子蝶衣",下走生平,未尝广收门徒,不知何来此一高足?帖子之性质属于秋风,下走遂亦当它是秋风过耳焉。

《繁华报》1944 年 3 月 28 日

银都近讯

图 50　银都舞厅广告，刊于《申报》1941 年 10 月 10 日

福熙路[①]与威海卫路（恕我记不得现在改为什么路名）之交叉点，有屋耸峙，一度为溜冰场，又一度辟为银都舞厅，顾所业皆不昌。后于楼内潜设俱乐部，供人作呼卢喝雉之戏，事泄，主事者遁，其地遂空关至今。门首似乎有避难所及保甲办事处等字样，究不知内部情形如何也。最近，忽有人着眼及于此屋，将此屋盘下，拟以之开设一饭店。闻吾友陈明勋君，方为若侪所延致，为若侪擘划其事。明勋工装饰之事，得明勋设计，为观之美奂美轮，要为意中事。惟其地病在僻远，能否一蹈往日之覆辙？殊不可必耳。

《繁华报》1944 年 3 月 29 日

听歌随笔

他报有人作《听歌随笔》，开首数语曰："久不入歌场，于歌场情形，乃隔膜殆深。"自谓久不入歌场，而所作又曰"听歌随笔"，未免其盾甚矛矣。

《繁华报》1944 年 3 月 29 日

银都新主

昨日尝记银都改开饭店之讯于本报，是日下走因以赴万国殡仪

① 福熙路，今延安中路。

馆弔□□尊人之丧，道经其地，悉下走所记果无讹。银都之外观，兹已髹漆一新，“银都饭店”四字，作美术体，殆出吾友陈明勋君手笔也。闻银都之主持人为王赫生，王旧为高士满老板，去夏以高士满出盘与康兴公司，兹复有饭店之经营，真可谓“卖掉馄饨买面吃”矣。

《繁华报》1944 年 3 月 30 日

为时懋颂

日前作《为时懋饭店借箸》一文，闻时懋当局阅之，颇滋不悦，此实意想不到之事，甚矣忠言之勿易使人嘉纳也。下走自来所御衬衫，皆司麦脱牌子，于新光内衣厂有好感，故于新光主人傅良骏先生之事业，亟欲致我热切之忱。不谓吾文未能使人了解，因复假我寸管，为时懋伸祝颂之词曰：“以时懋地势之优越，资力之雄厚，人才之荟萃，他日展幕以后，必能臻冠裳如云之盛，凡此数语，胥属谀词，当能使时懋当局而霁颜矣。”

《繁华报》1944 年 3 月 30 日

丽人莅杭

大郎兄为予言，丽人似已为维也纳所罗致，维也纳之廊中，有张莉之照相陈列其间云。按：三数日前，丽人犹于雨中趋车访予，且未尝言重披舞衫事，第谓若干日后，将赴杭州一游，以乃姊方随其藁砧，居于杭垣也。吾文见报之日，丽人或已展其游屐于六桥三竺间。丽人家有电话，然电话有毛病，声细弱不可辨，遂亦不遑藉电波一叩究竟矣。

《繁华报》1944 年 3 月 31 日

小抖乱轶事

闻叶仲方兄客死印度之耗，为之恻然。仲方与予同庚，而少年好弄，当跌宕欢场，人无不知小抖乱名者。菱清设砚论相之日，仲方尝以电话召菱清至旅邸，出手枪胁迫之，欲与菱清圆襄王之梦。菱清抗而得脱。仲方生平，闻此之事甚多。数日前，菱清一度莅大中华咖啡馆，御叆叇，一如十余年前时，惟亦垂垂老矣。今仲方亦死，真不胜烟云过眼之悲怆也。

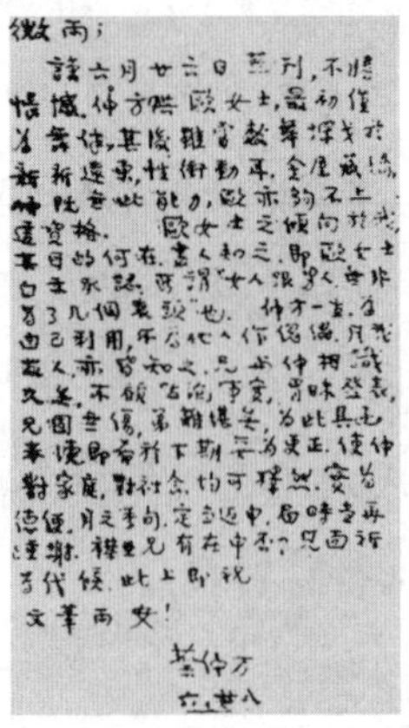
微雨：

文華兩安！

葉仲方

六、廿八

图 51　叶仲方写给《福尔摩斯》主编吴微雨之信，刊于《福尔摩斯》1928 年 7 月 20 日

《繁华报》1944 年 3 月 31 日

与何五良先生谈

湖南胜阳楼席上，与何五良先生谈，问何先生听歌之兴如何？何先生曰："不履戏院之门者数年矣。"何先生解释其不遑顾曲之原因曰："一则事冗；二则前辈伶工资歌与艺，聆之观之，已不一而足，再看亦不过是那么一回事，现在新出道几个人的玩意儿，老实说，不甚瞧得上眼;三则戏院购票,不比从前,以前是案目自会跑到中华公记(按:中华公记,为票房名称,王晓籁、罗铁臣诸先生俱会中常委)来,现在则须向戏院当局挨面子,以此三种原因,遂减听戏之兴矣。”十年前,下走尚为小伙子时,即习闻何先生名,维时何先生为戏馆好看客,他人有假何先生名向戏院订座者,无不得佳座。今何先生亦裹足于戏院,可知购票而欲说好话讲情面,毕竟足以沮人之兴也。

《繁华报》1944 年 4 月 1 日

陶秦编写《史可法》

陶秦兄年来为中联编电影剧本甚夥,最近复完成《史可法》剧本,则为话剧而非电影。陶秦兄编《史可法》剧本,动笔在去岁之秋,已成三幕,最近以沈天荫之敦促,乃遄赴吴门,辟静室埋首写作,足成五幕九场,兹已杀青返沪,以剧本交付沈天荫,盖联艺有排演此剧之意也。闻王即絮近亦有编写是剧之意,苟闹双包案,当如老大房之加记为别矣。

《繁华报》1944 年 4 月 1 日

博窟余波

城南博窟中之供职者,无论其为男为女,皆缴有保证金,每人为数在三四千元之间。自博窟停闭,惟绿宝、大生两家,已将保证金如数发还,所谓大烟钱亦循例付讫,未尝短少。此外若干家,则有抱假痴假呆态度者,博窟之设,不知吞噬了几许人血汗之钱。今无可吞噬,乃自己人的一笔钱亦图吞没,真所谓吃性奇狠矣。

《繁华报》1944 年 4 月 2 日

唱片亦有黑市

有人向胜利唱片公司购唱片二张,公司中索每张之代价一百二十元,复加捐一成,两张唱片费二百六十四金,以物价为此衡,自不可称昂。惟公司中人不肯开发票,问其理由,谓:“此亦黑市价钿耳。”唱片亦卖黑市,岂今日之上海,真“有市皆黑”乎?

《繁华报》1944 年 4 月 2 日

“怨床脚”之类

最近,某餐肆以招股困难,迁怒于下走一文。其实下走一文,本是贡刍荛而已。当下走着笔之初,亦自知事属狗拿耗子(姑且自己委屈以此),未免多管闲事,不过在材料缺乏时,不得不写文充数。实际上人家蚀本或赚钱,有前途或没有前途,都不干我鸟事,并非真欲掬我愚见,冀之嘉纳也。孰知以我有此一文,遂欲以招股困难之罪,委诸下走。天下“睏勿着,怨床脚”之事本多,也算我触霉头,碰着了如此昧于事理之人,使非下走今日,颇能矜平躁释者,说不定还要张我挞伐之笔,触还他们的霉头也。

波罗兄昨日一文,亦指责下走记某菜社易主之讯而不确(此是另一件事,与前文所说无涉)。某菜社出盘之事,酝酿已久,下走偶记其事,固颇冀其事能顺利进行(原文可以覆按),若事而非足以成举行之障,则真难乎其为写稿人矣。闻某菜社出盘事,以老板娘之反对,故有“作为罢论”讯。然则初非下走一文为祟,下走殊不欲承以罪戾也。

《繁华报》1944 年 4 月 3 日

科长太太

大中华杯盘女郎中有一人负“科长太太”之号，其人修眉丰颐，风致殊不恶。曾水手兄一日莅大中华，亦颇赏是人。是人已订婚，其未来夫婿之白门，贵为科长，以与女郎胞兄自幼同砚，故缔为秦晋之好。大中华诸女伴知其事，遂群以“科长太太”呼之，资为谐谑而已。最近，此女已辞大中华之职去，则以佳期在迩，真将走为上科长太太之任矣。(记自己咖啡馆中事，也许不至于招人怨尤了吧?)

《繁华报》1944 年 4 月 4 日

挡驾

一日，慕尔兄枉驾过访，予适以外出未值。越若干分钟，柳絮兄以电话抵予，予方自外归，亟亟接话筒，则柳絮兄以某一事件，向下走有所剖陈也。事后慕尔兄责下走挡驾不见，以为下走于朋友之间，有所轩轾，此真冤哉枉也之事。下走充其量不过是一个烟纸店老板，在朋友面前，有什么架子可搭？愿慕尔兄能谅我失于迎迓，下次高轩莅止时，鄙人定当倒履以迎也。

《繁华报》1944 年 4 月 4 日

《连环计》之曲词

《连环计》剧本，出周贻白先生手笔，贻白先生编剧，有六辔在手，控纵自如之妙。在《连环计》中，司徒府订计一场，最足以显示贻白先生笔下之魄力。而吕奉先拔剑作誓，念“皇天后土，宝鉴此心”二语，尤有铮铮如铁之致。向时观《葛嫩娘》，惟爱孙克咸口中“人生自古谁无死，留取丹心照汗青”二语，以为真须眉男儿口吻。

《连环计》中吕奉先之誓词,慷当以慨,亦仿佛似之。

《繁华报》1944 年 4 月 5 日

鲥鱼与莼羹

江南三月,正鲥鱼登场之候,鲥鱼为盘簋隽品,自来骚人墨客,皆作如是言,下走则不甚喜此物,以鲥鱼舍腹下多角鳞,脂肪质较腴以外,别无鲜隽之味可啖也。又如莼菜一物,亦脍炙人口之品,下走一度在杭州天香楼啜莼羹,第其淡而无味,颇难下咽而已!顾此亦负名东南之席上珍,真叫人莫名其妙也。

《繁华报》1944 年 4 月 5 日

起居注

报间文字,最无聊莫如记某导演将导演某一影片。此类记载,往往时过境迁,或谓不尽不实之消息,譬如徐欣夫导演《一张名单》改名之《烟霞洞》,报端数度见此讯,而事实上则《烟霞洞》之摄,犹不知何月何日也。最妙者莫如屠光启完成《大富之家》后,报间屡言屠光启将赴山明水秀之区休养,直以屠光启于星期垂钓之罗斯福等量齐观矣!读到此类文字,往往为之嗢噱。有人尝笑下走为舞人作起居注,舞人究竟还是女性,志女性生活动静,究犹有几分趣味,至于男人们吃饭睡觉之事,要我们关心何为哉?

《繁华报》1944 年 4 月 6 日

半老书生的别字

半老书生笔下,恒有一别字,则为"眉弯"之"弯",半老辄书成

"湾"字。半老纵横报坛数十年,腹笥綦富,时古文辞无勿能,独不知有"弯",颇怪半老书生,对三点水何以独具好感也?

《繁华报》1944 年 4 月 6 日

老红娘

荀慧生以五十高年,犹以《西厢记》一类戏享观众,吾人不待看其登场,但瞑目设想荀慧生扭扭捏捏充正当妙龄之小红娘,金仲仁颟颟顸顸状风流倜傥之张君瑞,要不能不为之起鸡皮疙瘩。盖一个是老红娘,一个是老张生,都足以辱没《西厢记》玲珑剔透之笔也。畹华蓄髭,御霜退耕,吾人实不能不称二伶之贤,赐以二伶有自知之明耳。

《繁华报》1944 年 4 月 7 日

欧阳飞莉

欧阳飞莉小姐,曩年为丁慕老府上常客,梅熹未十分得意时,尝追逐欧阳飞莉,二人有婚姻之约。战后,欧阳离沪西行,易名为

图 52 欧阳飞莉(红樱),刊于《联华画报》1937 年第 9 卷第 6 期

欧阳红樱，数载流浪，亦如黎明健之别有际遇，做了人家太太矣。小画师丁聪，最近有函致其尊人，附飞莉一照，绕其膝前者，已有一儿一女。小画师居成都，谓飞莉亦居于蓉城。

《繁华报》1944 年 4 月 7 日

生啤酒之保证金

上海有十七家餐肆，日内均将开始供应生啤酒，每杯之限价为十金，亦犹诸维也纳舞厅廊内出售者也。所谓生啤酒，不过是一种名称，待倾注于“法定”之玻璃杯中，举以飨客时，已是熟啤酒矣。第一流酒菜肆若康乐、金门、南华、新雅、红棉等，皆在十七家之内。闻每家曾缴纳十六万金为保证金，始获得配给之权利，因吃本奇重，所以只有十七家餐肆，能够项此一记也(跳舞场是另行配给，不在此十七家之内。附注)。

《繁华报》1944 年 4 月 8 日

瓶装啤酒

因仅有十七家酒菜肆，获得生啤酒配给权利，于是有人预料，今后之瓶装啤酒(生啤酒系桶装者)，价必大昂。以瓶装啤酒物稀为贵，而需要量则甚殷，势必造成你抢我夺之局也。连带已有搜购瓶装啤酒，作待善价而沽之谋者，不知若侪眼光，能否不致失匹耳。

《繁华报》1944 年 4 月 8 日

《霍桑探案袖珍丛刊》序

二十年来，我阅读过大量的侦探小说，自早期的《聂克探案》看到近世纪的《福尔摩斯探案》以至《斐洛凡士探案》，几乎可以说是所有的侦探小说我都浏览过，当然，程小青先生的《霍桑探案》也包括在所有的侦探小说之内。

侦探小说的唯一特征就是足以启发阅读者的思想，满足阅读者的好奇心。从一件凶案开始，你就跌进了迷离惝恍的境界中，随着案情的发展，由你恣意去思索、推测，你也许能从一二处线索上获得些微领会，但最后的结果却往往是出乎你意料之外的。读小说最足以使人感到兴趣的，我以为莫过于侦探小说了。

我欣赏了二十年的侦探小说，程小青先生也为侦探小说尽了二十年的力，无论在翻译或创作方面，小青先生都有不可磨灭的贡献，过去小青先生的《霍桑探案袖珍丛刊》第一辑，我曾买了一部赠给一个远道的朋友，现在第二辑继续问世了！其中的大部分我在少年时代都已经拜读过，但是我很愿意再温习一下，因为我的好奇心至今犹滋呢！

三十三年春，陈蝶衣序于春秋杂志社

《繁华报》1944年4月9日

强作解人

有于咖啡座闲谈《连环计》之演出者，一人盛称陈述饰董卓之佳。座上有鬓丝，闻而则言曰："啥人生冻瘃？生了冻瘃怎么说好？"盖误以董太师为脚后跟上的毛病也。携女侣而不是通品，最足以砍招牌，盖越是非通品之女人，往往越是喜欢自作聪明，强作解人也。

《繁华报》1944年4月10日

工商名录

《申报》前作工商名录调查，尝于报端刊广告，请各商家填创设年月及组织情形于表格，寄还《申报》，《申报》将据以别门类，刊印专书。有遵照其办法寄表至《申报》者，《申报》别以印就之表格，由邮递至，嘱另行填写。隔若干时，复接得《申报》之函，启阅之，则仍是空白表格一张也。自去冬迄今，此项表格，已枉顾三次，三次皆贴邮票于简外，注明“邮资已贴请即发寄”字样。《工商名录》之出版，似犹遥遥无期，而表格则请人填之不已？申报馆何以必欲耗费此一笔邮资也。

《繁华报》1944 年 4 月 10 日

鹽遨轩

红棉酒家广告中，时有不可思议之名称发现，过去尝言沙发座为“梳化床”，使外江佬为之莫名其妙。最近红棉酒家咖啡座改组完成，刊广告于报端，广告中有三字曰“鹽遨轩”，亦使人不解其何所取义。颇疑为红棉撰广告之人，是江湖卖解者出身，观撰广告亦

图 53　红棉鹽遨轩广告，刊于《申报》1944 年 4 月 9 日

如玩把戏，乃有神奇莫测之妙也。

《繁华报》1944年4月11日

黄金取消阴阳戏

黄金大戏院尝提早开锣时间，下午四时即促使艺员们登场，晚八时已剧终人散矣！报间为黄金之制定一名称，曰“阴阳戏”。最近，平剧院联谊会曾一度集会，有人提议，以为各剧院统一演出时间，勿使有参差。黄金主人顾乾麟不然此说，谓必使更改时间者，宁愿退出联谊会。然事后终亦决定于今日起，仍以晚七时开锣，十一时结束。则以叫人家赶在下午四时即上戏院观剧，毕竟不甚便当。又以迩来街灯已渐明朗化，路劫之事不复闻，一大山人卒亦从善如流，取消阴阳戏之制度焉。

《繁华报》1944年4月11日

机械化啤酒

最近南华酒家宣布公卖之限价啤酒，已一度尝试将啤酒贮于方形之箱中，箱上有龙头，旋之啤酒自出。与酒箱联系着，复有圆形之机械，一如验瘤室中之医药仪器。故此限价啤酒，乃完全以机械化姿态出现者。南华之外，红棉、新华、京华、荣华皆亦已一致发售，盖胥在揽落十六万保证金之十七家酒菜馆以内也。

《繁华报》1944年4月12日

璼

红棉酒家名其咖啡茶座曰璼遨轩，予昨日曾言其不可索解。

兹经翻阅《辞源》一遍，始悉“盬”字音“古”，与“盐”盖有别。解释有几种，可作盐池解，可作不紧致解，又可作闲暇解。盬遨，当作“有空来玩玩”之意。以红棉之一则广告，乃开我茅塞矣。

《繁华报》1944年4月12日

喜娘婚变

报载蹦蹦戏女伶喜彩莲有婚变之讯，下走在七八年前，尝于文字间力誉此人，尊之曰喜娘。喜娘罗敷有夫，其藁砧李小舫，雅擅文墨，喜娘所演新剧，如《梁红玉》《卓文君》《桃花扇》之属，大率出小舫手笔，与喜娘亦可列入《艺海鸳鸯谱》中。何如郭小坡，乃能使喜娘移心相向？（报载北平通讯如是言）予尝谓夺人之爱，毁人家室，其事乃最不可赦。闻郭小坡亦不过北京城里一混混，未必即为俊士，然则其辱没可喜娘儿，殆视李小舫为尤甚矣！

古来女子慧眼，为红佛之识李靖者，殆不多觏喜娘在红氍毹上，懂得阿克丁[①]艺术，平剧女伶中，犹罕觏此项人才，何况蹦蹦戏班中！故论喜娘艺事，实应当得“优秀”二字，不谓此一聪明韶秀之人，遇一混混，亦遽为其所惑，慧眼所识，不过是一个马□英雄，惜哉！

《繁华报》1944年4月13日

万象厅中事

新都饭店七楼之万象厅，已于滂沱的雨中展幕。万象厅之唯一噱头，为十二个小厢房间，双携之侣，就其间作卿卿我我表演，可

① “阿克丁”，acting的沪语音译，“行动，表演”之意。

无虞春光外泄。其次有八位经过挑选后的密丝们，可以侍坐，可以伴舞，此犹继高乐歌场点戏之制，惟场方并未代订润例，出台若干，任从客便而已。此八位密丝，同御茶绿色之旗衫，当是新新公司服装部出品，万象厅于此八位密丝之名义，犹未定夺，盖侍坐伴舞之外，兼亦担任歌唱，性质不同于女侍应生，与医院中之特别看护，则性质相仿。展幕之日，以尚未正名之故，八位密丝虽穿梭于场中，犹未正式下海，大概尚须俟举行命名典礼后，始实行应召也。

欧阳飞莺小姐以新都当局之邀，亦客串奏歌于其间。飞莺于五时许至，唱《卖糖歌》一阕，珠喉已恢复其润朗，一阕既终，掌声如盈富之暴发。飞莺在国际十四楼，奏歌弥苦，故创其喉，今后愿飞莺以兴到为之姿态出之，庶几稍餍吾侪曲渴之望也。

《繁华报》1944 年 4 月 15 日

对“牛”说话

偶于笔底不慎，谈起了报间记载“徐欣夫导演《烟霞洞》”“屠光启将赴山明水秀之区憩养”一类消息的闲聊，想不到引起一位牛先生的愤懑，这是我的不是，因为我忘掉了这世界上还有靠影剧消息混饭吃的牛先生了。

可是这位牛先生，对于我的原文并没有看清楚，因此他反驳我的话全是些题外之文，而所攻击我的唯一方法也只有牵涉上女作家了。这位牛先生大概没有看见张若谷编的《女作家特辑》，以及周愣伽编的《万岁》中的《女作家专号》，不过最近一期的《杂志》，举行了一次女作家聚谈，出了一个特辑，这总该瞧见了吧？不知道牛先生是否要跳转过来，诅咒《杂志》的编者：“他妈的！为什么不出男作家聚谈特辑而偏要出女作家聚谈特辑?”

记得这位牛先生曾屡次寄稿与我,也许是为了我不懂新文艺的缘故,对于牛先生的大作竟没有录用,这是我很觉得抱歉的。又记得这位牛先生曾两次托人介绍和我相见过,我当时也没有说“请赐大作”一类的敷衍话。这位牛先生之恨我,大概已非一朝一夕。你如果觉得为了以上两个原因需要泄愤的话,那么你就请骂吧!我纵然不懂新文艺,可也决不会跟一头牛计较。

女作家聚談會　　(49)

女作家聚談會

主催者:本社
日期:三十三年三月十六日下午二時
地點:新中國報社社宅
出席者:(以姓氏筆劃多寡爲序)汪麗玲,吳嬰之,張愛玲,潘柳黛,譚正璧(中國女性文學史作者),藍業珍,關露,蘇青。本社:魯風,吳江楓。

魯風:近來文藝作品在出版界最爲蓬勃,尤可注意的是女作家非常多,作品的水準也很高,這在中國女性文學的創造來說,實在是可喜的現象。半年來本社連續舉行過好幾次座談,例如出版界的,漫畫界的,戲劇界的,參加的人都是當前上海的文化工作者,最近鑒於現在女作家的作品在各刊物發表的很多,我們覺得如果邀請幾位女作家來作一次聚談,對於文藝創作問題,聽取一點女作家們的意見,這是非常有意義的事,因此有這一次聚談會的舉行。

吳江楓:這一次聚談會因爲邀約的時間太匆促,所以參加的人並不多,不過以今天參加的女作家來說,有寫散文的,有寫小說的,有寫詩的,也有從事翻譯的,像張愛玲女士最近還編了一個劇本,因此寫各種作品的女作家都參加了,這實在是一個難得的機會。

魯風:譚正璧先生不是女作家,可是譚先生是中國女性文學史的作者,今天談的是女性文學,所以特別請他來參

图 54　《女作家聚谈会》,出席者有张爱玲、苏青、潘柳黛、关露、谭正璧等,刊于《杂志》1944 年第 13 卷第 1 期

《繁华报》1944 年 4 月 16 日

“散步的鱼”之类

路易士有名诗曰:“散步的鱼,拿手杖的鱼,吃板烟的鱼。”《杂志》编者曾采以入《每月文摘》中。最近《春秋》执笔者结队游江湾,邀下走参加,一路上遂亦以路易士之诗资笑谑。吾侪之行,系乘马

车而往，遂自命为“坐马车的鱼”。既抵叶家花园，园中有荡舟为戏者，则名之曰“划船的鱼”。继叶家花园出，步行诣江湾镇，至此乃成“散步的鱼”。已而就餐于义兴馆，阖座十人，团团一桌，于是复曰，我们现在成了“吃饭的鱼”矣！所点菜肴中，有一簋为红烧黄鱼，菜至，下箸之顷，互相鼓励曰：“此是‘红烧的鱼’，我们应该多吃一点。”最后则俱摇身一变为“乘火车的鱼”，以返上海。所憾者同游之侣，无一人携手杖，无人袖板烟，乃不成其为“拿手杖的鱼”与“吃板烟的鱼”，因以为美中不足焉。

《繁华报》1944 年 4 月 17 日

青年会格言

作江湾之游时，与同行者在青年会集合。予不恒至青年会，拾级登阶时，睹阶梯之上有格言碑，其上大书曰：“言语之恶莫大于造诬，行事之恶莫大于苛刻，心术之恶莫大于阴谋。”读之真有些触目惊心。自维生平，差幸犹未犯此三恶，然以此三恶加之于下走之身者，则百不一遇。此则又为鲰生之不幸。恨勿能捏了其人之耳朵，请他上青年会走一趟，对此格言，叫他雒诵一过也。

《繁华报》1944 年 4 月 18 日

受宠若惊

欧阳飞莺奏歌于新都七楼，为客串性质，飞莺尝刊一启事于报端，叙述接受新都邀请之经过，有“受宠若惊”一语，使此广告而出飞莺之笔，便失飞莺身份。以飞莺非恃行歌为活，于新都之邀，当为情不可却，而不吝允诺，受宠若惊者应该是新都，飞莺奈何轻出此言哉!

《繁华报》1944 年 4 月 18 日

银楼对门一路尸

昨日某银楼开幕,有电影明星纡尊降贵,为之剪彩,故银楼门外,乃有人山人海之盛。而银楼对面之路角,有一路倒尸,则曝尸两日,犹无人过问。此路倒尸与银楼门面,适作遥遥相对之势,冷暖情形,两相证照,乃令人为之生无限感慨(感慨文字,为波罗兄所擅长,此处恕无下文)。下走于两日之间,皆绝早途经此处,不知为银楼剪彩之女明星,车辙所经,睹此路尸,亦将为之芳心怦怦否?(银楼开幕之晨,下走经其地,闻路人相告,银楼已以飞车往迓女明星,时为上午九时。)

《繁华报》1944 年 4 月 19 日

撒屁的鱼

新诗人以正统派自居,写"散步的鱼,拿手杖的鱼,吃板烟的鱼",一种新体诗刊报上,预备吓坏个把人。其实鱼亦在花鸟虫鱼之列,与鸳鸯蝴蝶何异哉?鄙人不擅写正统派文学,然"散步的鱼"一类新诗,则犹能效颦,且不辞画葫芦之嫌,献丑如下:

图 55 诗集《出发》,路易士著,上海太平书局 1944 年 5 月刊印

撒屁的鱼,

上毛厕的鱼，

揩屁股的鱼。

《繁华报》1944年4月19日

与日俱减

自入中年，伤于哀乐，晨起揽镜，恒有华发飘萧之感。黄胡椒兄文定之日，九公睹予，辄兴慨曰："足下顶上之发，又稀于曩日矣！"下走曰："年龄与日俱增，而顶发则与日俱减，吾侪此时，胥不足以言惨绿少年矣！"盈虚消长，呈现于吾人眼前者，惟资人于邑而已！思量到此，不禁黯然。

《繁华报》1944年4月20日

聊尽人事

东倒西歪屋主人自《新中国晚报》辍刊后，已调至人事科任事。一日，遘之于道上，以为此君执掌人事部分，必有绝大权威。而此君则曰："惟每日画卯，聊尽人事而已！"人事而作如此解，可谓想入非非。其实吾辈终日操觚，又何莫非聊尽人事？犹诸舞台上艺员，拿人家一份包银，便得每天孝敬一二股，庶几收支可以两讫，谁真有心绪做文章游戏哉？

《繁华报》1944年4月20日

弄巧成拙

红棉之咖啡茶座，以盬遨轩为名，下走尝释此字义。一日，有客坐盬遨轩中，语其同座者曰："此处曰'盐遨轩'，不知何所取义？"侍者在旁，遽出言曰："先生，这一个不是'盐'字，应该读作'古'，是空闲的意思。"闻红棉当局授意诸侍者，随时为座上客解释轩名意义，故此一侍者乃亟于炫其所知，故其结果则不啻直指座客读别字，乃使其人为之大窘。予意坐咖啡馆并非上课，客人念错个把字，正不必纠正其误。当众砍人招牌，仿佛形容客人犹不如仆欧渊博，是惟有转滋客人不悦耳。

《繁华报》1944 年 4 月 21 日

兰苓月俸

兰苓奏歌于红棉，颇足以使座客歆动。闻红棉致兰苓之酬金，每月八千元，奏歌之时间为每日两小时，是每小时一百五十金犹不足，当今第一流钟点女郎，代价且不止此，兰苓之酬，可谓廉矣。

《繁华报》1944 年 4 月 21 日

白龙山人有后

王季眉先生画展，迩方在中国画苑举行，闻第一日之定件，已

图 56　王季眉所绘佛像，刊于《神州吉光集》1923 年第 4 期

逾二十五万金，可知季眉作品之为人珍视也。季眉为王一亭先生哲嗣，一亭先生生前以书画享大名，季眉克绍箕裘，白龙山人有后矣。

《繁华报》1944年4月22日

《燕青与李师师》

《燕青与李师师》一片，最近运来上海，下走已一度寓目，继会试映于美琪大戏院也。是片场面之伟大，外景之壮丽，为自来国产片中所未睹，实不失为一“落力拍演”[①]之作。惟片中特别强调燕青与李师师之罗曼史，似为《水浒传》中所不载。李师师所恋者，吾人第知有周美成[②]，“吴盐胜雪”[③]一词，即以是向传播人口者。此片中李师师青眼垂于浪子燕青身上，不知亦别有根据否？

《繁华报》1944年4月23日

瞎却却

胡椒兄在万寿山举行文定礼之日，王珍妮登坛奏歌，盖歌喉奇宽，而咬字不甚清晰，唱一句“阿却却”时，但闻一片“瞎却却”之声。谑者趣曰：“今日主人，不仅是举行订婚仪式，犹未至‘却’之时期，如何可以叫人唱却耳？”此歌需时甚久，王珍妮似“却”得十分吃力，而诸友犹据以为谐谑资料，真不作兴[④]也。

《繁华报》1944年4月24日

---

① “落力”，粤语，“花力气，用力”之意；“拍演”“演出”之意。

② 北宋词人周邦彦，字美成，号清真居士，杭州钱塘（今浙江杭州）人。

③ 周邦彦作《少年游·感旧》：并刀如水，吴盐胜雪，纤指破新橙。锦帏初温，兽香不断，相对坐调筝。低声问：向谁行宿？城上已三更，马滑霜浓，不如休去，直是少人行。

④ “作兴”，沪语，“不够朋友，不讲义气”之意。

老乙下海

闻孙老乙兄已下海为伶。老乙玩艺实足媲内行，下走早曾作下海之劝进，惟此君下海地点，不在上海而在南京，岂上海即有海派之嫌，故必择其地有“京”字者，以争取京朝派角儿之身份耶？

《繁华报》1944 年 4 月 24 日

初登七重天

以向荣居士之邀，小坐于七重天，在下走盖犹初履其地也。七重天占地不广，视新都七楼之万象厅为窄逼，下走以至晚往，场中已有济济跄跄之盛。据向荣居士言，此为饮料售价特昂之故，环顾座上客，胥衣冠楚楚之俦，女侣亦罕有呈幺五幺六之态者，因信此言为不虚。七重天之乐工，有时竟奏平剧中之西皮二簧调，殊不类第一流之乐队，亦无奏歌之女，引吭娱客。故言情趣，实属缺憾，而生涯则奇美，亦异数也。

《繁华报》1944 年 4 月 25 日

赵姊丰容

赵雪莉小姐，是日与向荣居士至，所谓“赵姊丰容”者，下走乃获得一瞻仰之机会。赵姊于舞海中浮沉有年，绚烂之极，渐趋平淡，对吾不恒轻启朱唇，静默寡言，颇有大家风范。一方兄拟之为息夫人，诚属的确。向荣昔日誉一玲娘，颇以为非耦。今为赵姊，吾友之赏识庶几不虚矣。

《繁华报》1944 年 4 月 25 日

凄凉绝代

闻白玉薇将南来奏歌，予与玉薇尝有一面缘。方予辑《万象》时，潘柳黛女士携一女友共访秋翁，以柳黛之介，始悉其人即蜚声红氍毹上之白玉薇。时《万象》方有征文之辑，予匄玉薇撰一文，及寄到，则已在玉薇北归之后，下走亦交卸《万象》辑务矣。殆《春秋》出版，玉薇凡两度寄稿，大抵玉薇平日，恒有身世之感，故所写亦多嗟花伤月之作。大郎尝喻乔金红为凄凉绝代人，若白玉薇小姐之多愁善感，落落寡合，于“凄凉绝代”之称，庶几可以当之无愧耳。

《繁华报》1944 年 4 月 27 日

分类广告

友人某君，为资助一贫戚，拟以所藏之四部丛刊之一部分佳籍割爱求售，书目计开：

《古文苑》(全四册)

《三朝名臣言行录》(全十四册)

《注解伤寒论》(全四册)

《分类补注李太白赋》(全一册)

《分类补注李太白诗》(全八册)

《分类补注李太白文》(全一册)

书完整如新，略无污损，拟以千金脱手，事属义举，有意者请亲赴大中华咖啡馆与陈蝶衣接洽，时间下午一时至六时。

《繁华报》1944 年 4 月 27 日

李丽华游西湖

予此一则消息，是从朋友处听得来，据说李丽华将作西子湖之游，日期就在这两天，和她同行的，少不得有张裕公司的那位张小开，也就是她的未婚夫。李丽华最近逛过一次江湾的叶家花园，报载她曾受游园者包围，费了许多的气力才突围而出。现在，小咪还有兴致作杭州之行，看来她对于游人的包围并不惧怕。

我说过记载电影导演饮食起居之类消息的无聊，因此曾遭到一顿辱骂，现在我记下此一则消息，似乎也犯了无聊的毛病，而且还抢了影剧记者的生意。不知有没有人将抓住了这一点，对我实施以牙还牙的手段？

《繁华报》1944 年 4 月 28 日

看球

以前远东运动会在沪举行时，看过李惠堂踢足球，此子真有那么一脚，不愧“球大王”之称。予于足球、篮球，都无袖手旁观嗜好，看远东运动会之此场球赛，尚是为朋友所赐，后此即未尝涉足球赛之场。近日我道中人，颇有看球成癖者，朋友中之方、小洛亦有此好，东华如何，联华如何，往往津津乐道，仿佛较谈女人尤为有劲。而下走则于胶园之几场热烈球赛，从未大饱眼福。在球迷眼光中，下走殆亦是落伍分子矣。

图 57　李惠堂和小女儿，刊于《时代》1936 年第 9 卷第 8 期

《繁华报》1944 年 4 月 30 日

酬简

柳絮兄尝作《往事可念》之文，对于下走，颇肆调侃，而非帮兄也。与一小姐作家亦锦书往还，有无限缠绵之致，不知柳絮兄何以亦“明于责人，昧于责己”也？一笑。

《繁华报》1944 年 4 月 30 日

影剧消息

裴冲与杨志卿同为华影硬里子①，裴冲最近且曾主演过一部《艺海恩仇记》，论资望非不逮杨志卿，而在华影之待遇，则杨志卿得一万二千金，裴冲只八千而已。杨志卿有妹杨柳，颇活跃于华影，杨志卿之待遇较优，亦犹《长恨歌》中所谓“姊妹兄弟皆裂土”也。裴冲与杨志卿私交甚笃，然以所得成参差，亦恒有“深恨没有一个妹子”之叹焉。（平心而论，杨志卿演技亦不坏。）

以《文天祥》一剧甚赚钱，遂有人竞作《史可法》剧本之编写。陶秦着手在先，王即絮动笔于后，两人之作，都已完成。陶秦尝以剧本交沈天荫，预备由联艺出演；而王即絮之作，亦系为联艺而写。今日能够动巨额资金，用在新戏上面者，惟有联艺，故剧作者皆以兰心为最理想之演出地点也。然联艺以同时获得两个《史可法》剧本，颇感取舍之难，此剧之至今犹不获上演，职是故耳。

《繁华报》1944 年 5 月 1 日

丹姑娘身价

丹姑娘近日在同文笔下，俨然是问题人物之一，下走久不履高

① “硬里子”，为平剧术语，指配角的演技足以衬托主角，甚至超过主角。

乐,不审丹姑娘面长面短,是胖是瘦(仿眉子先生笔法),惟闻诸人言,最近呈祥先生与丹姑娘一度燕婉,所花于丹姑娘身上者,包括现钞与饰物在内,先后达十万金左右。□□□□之需如此浩大,使李同愈[①]先生再世还魂,闻此消息,亦当为之瞠目结舌,一句新文艺都写不出来矣。

《繁华报》1944 年 5 月 2 日

丽人婚事之顿挫

丽人与一年少多金之客论嫁娶,下走尝志之于本报。昨日丽人来晤,则谓事犹在未定之矣。丽人之客,近服务于杭垣,有长途电话抵丽人之居,催丽人赴杭,而丽人顾迟迟其行,犹在踌躇之顷。以客虽号称多金,平时实无居积,丽人之母,以之不满其人,非慊其人不为量珠之聘,症结所在,端为其人于婚礼之举行,迄今犹含糊其事。丽人之母,宝爱膝下娇女,故不欲丽人轻以身许。丽人亦以其人不足恃,于其人之召,遂不欲遽允。丽人为人,病在颟顸,虽终身大事亦复不甚计较,怪不得身胚一日大似一日也。

《繁华报》1944 年 5 月 2 日

初睹金小天

在凤集聚餐会上,初睹金小天。小天颀长,穿了绣花鞋子,犹有长身玉立之观,名曰"小天",其实不小也。小天此来,萧泊凤先生与之偕。横云阁主告予,泊凤先生与小天,两人有师生之谊。小

① 李同愈,苏州人,曾任职于青岛电报局,笔名薛大弦。1943 年,李同愈因患三期肺病,无钱治病,遂跳楼自尽。

天于筵开之后,说《三笑》一段娱与会者。泊凤先生为小天掇几持茶,看护之勤,足以觇老师对女弟子之关怀。下走于弹词之道,完全门外汉,勿能领悟其妙。惟横云阁主则力绳小天以一人去数角之不易。此语当是内行话。凤集聚餐,下走以提不起兴致关系,屡屡缺席,本届为了自己也觉得有些过意不去,故绝早即赴会,但终以有事待理,未及终席,便先行告退。欲偷浮生半日之闲而不可得,下走之苦可知矣。

《繁华报》1944 年 5 月 3 日

笔名之由来

报间有作《陈蝶衣弄晴晒粉》篇者,言下走以蝶衣为名,有炫丽之意。按:下走少时,服务于新闻报馆,馆中人佥呼下走曰"小弟弟",惟时执笔为文者,好用字词绮丽之署名,如瘦鹃、倚虹、红蕉等皆是,下走遂以"蝶衣"为笔名,盖"蝶衣"为"弟弟"之反切,别人连续呼"蝶衣蝶衣",即不啻喊我"弟弟"也。下走之以蝶衣为名,原因不过如此。冯宝善君委下走编辑《春秋》时,下走尝欲易"蝶衣"为"涤夷",而冯君勿欲,遂只得一仍其旧。意至于今日,乃以"炫丽"为人所笑也。

《繁华报》1944 年 5 月 3 日

过期票子

为欲一观吴素秋在银幕上之英姿,乃诣新光大戏院预购一券。至新光时,为午后一点钟,当时未暇审视售票人畀予者,为哪一场之座券。及于晚间八时许往,收票人谓予曰:"此是第一场的票子。"一审视票面,果然,遂只得乘兴而入,败兴而出。六十只洋完全费而不惠，下走为人之颟顸，一至于此，真可以笑歪嘴巴也。

《繁华报》1944 年 5 月 4 日

捉飞票

《十三妹》虽未获欣赏，但在新光门外，却意外看到一幕捉飞票短剧。卖飞票之人，为一短褐少年，于兜售飞票之顷，不幸为一赳赳者所攫，挈其衣领，如鹫鹰之抓小鸡，结果在少年之衣袋中，搜出座券六纸，赳赳者予少年以呵斥后，始释其人。寻即以座券六纸，嘱新光售票处公开发卖(下走因挤轧不上，遂为捷足者先得)，得票价一百八十元，赳赳者纳诸囊中，谓将送往《新闻报》作贷学金。此人有此一片善意，良心可谓不坏，特不知《新闻报》社会服务部，果曾收到此一笔捐款否?

《繁华报》1944 年 5 月 4 日

看《十三妹》

《十三妹》影片，已于昨日寓目。吴素秋在此片中，颇有矫健绝伦之观，森林中追剪径贼，能仁寺战众恶徒，如以看武侠片之目光视之，分数都宜批甲等。惟开打之套子，有时犹不脱舞台上作风，遂觉其不甚逼真耳。悦来居一段，与舞台演出不同，无端冲出一伙强人，似与情理不甚合。邓九公在片中，亦未曾派他什么用场，未免委屈了此一位老英雄。插曲两支，歌词殊不佳，惟吴素秋唱来，尚能悦耳。此片之唯一特点，厥惟外景之奇丽，大部分似系摄于西山。能仁寺不知是借哪一座古刹所拍，宏敞壮丽，为海派国产片中所未尝睹。

吾友孙了红，观《霍元甲》影片后，亦盛称其佳。此君虽以新思想写反侦探小说，然看电影之水准，似乎甚低。如果《霍元甲》可以使了红满意，则吾愿以《十三妹》推荐于了红之前，吴素秋在银幕上之刚健婀娜，实远较温吞水式之霍元甲为可爱，了红观之，当为之笑口大开也。

《繁华报》1944 年 5 月 5 日

胃口

呈祥先生耗金饰与现钞达十万金，始获摆平丹姑娘，可谓下本奇重。而在呈祥先生摆平丹姑娘之前，丹姑娘之顶头上司，不名一文即得丹姑娘青睐，盖钞为丹姑娘所爱，俏亦丹姑娘所爱也。所奇者呈祥先生与顶头上司为朋友，明知朋友在丹姑娘身上已经着了先鞭，而亦不以为嫌，胃口之好，真是无以复加矣。

《繁华报》1944 年 5 月 6 日

越剧女伶

道上遘越剧女伶某，截发，作劲装，望之不男不女，乃如钟雪琴一流人物。颇闻越剧女伶在公馆帮中，为太太奶奶们所娈者，良不乏人，而此辈女伶，大率皆易钗而弁，以西装革履为经常装束，而西装革履又多为太太奶奶们所投赠。海上多妖姬恶妇，蓄面首养小鬼，了不足奇。惟越剧女伶罕有面档[①]可以一看者，乃亦为姨太太流亚之多情目标，殆亦是所谓越看越好乎？

《繁华报》1944 年 5 月 6 日

---

① “面档”，沪俗语，“面孔”之意。

历史是残酷的

下走服膺“止谤莫如自修”之言，以为人之詈我者，下走自己必有召詈之道，否则下走既未操人家的姑奶奶，人家又何必詈我？故下走纵未能“闻善言则拜”，亦颇知益自谨饬，以期获谅于贤者。昨日大狂兄一文，援庇下走，颇感笃意。其实下走于此等混淆黑白之词，绝不措意，故无论其出于何人手笔，下走皆不欲□□，惟下走往年，尝为该报之第一任编辑，辄今日诋毁下走之文字，则尽出于该报，倘亦所谓“历史是残酷的”乎？

《繁华报》1944 年 5 月 7 日

锦江小坐

华龙路上之锦江餐室，之方、大郎诸兄恒于其间小坐，最近且以“无音乐、无女招待”之广告，为之方兄所激赏。下走旅沪二十年，至昨日始初识锦江之间，坐板凳座上，吃菜肉包子及千层糕。是间有楼，作鸽棚式，双携之侣就坐其间，遂如一双□□鸽子，此种情致，他处餐室似犹未发现。之方、大郎诸兄之喜欢锦江，必亦以此一地方，可以畅谈“我的大鸽子”“我的小鸽子”一类情话耳。一笑。

《繁华报》1944 年 5 月 7 日

京朝派角儿之病

荀慧生病胃，至今未愈，因之亦登台无期，中国大戏院之损失，数当不赀。若干年来，海上剧院邀京朝派角儿，包银数十万数百万一月，挥之无吝，结果除“□京朝派角儿勿死”外，且养成若侪崖岸自高之脾气。幸而有李少春丧母，马连良喉病筑底，荀慧生纳胃诸打击，一一加诸戏院之身，使若侪哭笑不得。从此以后，亦可以少请教京朝派角儿，别再将京角当作前世晚爷看待矣！

《繁华报》1944 年 5 月 8 日

《龙虎门》

《龙虎门》为程小青先生近作，写西方之福尔摩斯与亚森罗宾搏斗事，兼有柯南道尔及杞德列斯①(《圣徒奇案》作者)两人用笔之长，使置之《福尔摩斯探案全集》中，亦可乱真。下走爱看侦探小说，二十年如一日，故亦愿以此书推荐于读者之前。读侦探小说可以启发理解力，比较读无聊之言情小说为有益也。读者可向世界书局购之。

《繁华报》1944 年 5 月 8 日

金城老正兴馆

金城西菜社以老板娘之反对，出盘未成，今与老正兴馆合作，易帜为“金城老正兴馆”矣。以前雪园以所业未臻茂美，首先采此方法，改为“雪园老正兴馆”，金城盖师其故着耳。老正兴馆在上海，并非只此一家，其情形一如陆稿荐与老大房，今并西菜社亦为老正兴馆所吞并，本地馆子势力之伸张，几有与粤菜馆并驾齐驱之势矣。

《繁华报》1944 年 5 月 9 日

---

① 杞德列斯，即 Leslie Charteris，今译为莱斯利·查特里斯。

遗失图章声明

昔年粪翁与穆一龙兄，各为下走治一印，一向置于家中，至最近忽遍觅不得，并钤扇小印亦一并失踪，不知去向。下走并未在银行开户头，图章虽失亦无妨，惟两印皆高手所治，骤失所爱，实堪痛惜耳。自即日起，下走已改用章石羽先生为我所治一印，以前诸章，兹特声明作废。

《繁华报》1944年5月9日

白玉薇二事

白玉薇南来，皇后当局于扬子饭店辟一室，供玉薇下榻。玉薇以孤寂无状，勿敢居其间，就其女友家而宿。玉薇莅沪后，予未尝睹其面，有二事拟一叩玉薇，其一为程砚秋重上红氍毹事，其二为喜彩莲之闹婚变，玉薇自北地来，当知其真相，容走访玉薇探问之。

《繁华报》1944年5月10日

一物不知

跑进薙头店理发，有一事恒使下走大惑不解，则为修面既竟，理发师辄循例以冷冰冰一块东西，在面孔上磨来磨去，除予人以冷冰冰之感觉外，还有一些儿辣痛，下走迄今不知此物叫什么名称，以及有何效用？一物不知，儒者之耻，愿名家有以教我，幸甚。

《繁华报》1944年5月10日

三相识者之死

一日之间，猝闻三人噩耗，为凄怆不已。其一为陈富华先生。

富华先生创大方印刷所，与予无深交，然嗜予之作，尝倩人来访，愿为我出版《秋闱痛语》单行本，予曰：“吾文翦陋不足观，况当时以肉麻作有趣，实污我笔墨。至今悔且无及，殊不欲更以示人。”却之。今闻富华先生以胃病死，死且月余，乃深恨未获诣灵前一弔，负先生爱我之情矣。

其二为钱云鹤先生。云鹤先生负画苑重望，垂二十年，予于战后始识先生，先生春秋虽富，而不以黄吻少年为可厌，每相值，辄蔼然问我文字生涯，即之真有如沐春风之感觉，骤闻先生归道山之讯，不能无怆。

其三为清河生。生年少，时有子都之美，遂为菱七娘所娈，豢之数年，生渐为烟霞所困，至勿复有男子气概，遂为菱七娘所弃。蹭蹬数载，终至偃蹇而死。予识清河生甚早，目睹其由绚烂归于平淡，今日之死，且无殊流转沟壑，浮生若梦，作如是观真足以使人悚然而惊也。

《繁华报》1944 年 5 月 11 日

喜彩莲之覆函

由于自身遭受家庭间痛苦綦深，故偶闻别人家琴瑟变徵之讯，辄欲致其“与我无殊”之忧怀。上月间，报端有喜彩莲婚变之记载，谓有郭姓客觊觎彩莲，唆使与其藁砧仳离。以此之记载，不类“风传人语”，因驰小舫彩莲伉俪，叩问真相。至昨日而还云至，出李小舫手笔，而与喜彩莲同署名，语甚简，第谓所传不确，彼夫妻双双，现仍出演华北剧院如故。又言膝下儿女，业已成行，万不致走上钗分珥折一条路云云。于报间所传郭某之事，则未有若何声辩。故复函虽至,究亦不知真相如何。喜娘伉俪函中,且嘱予代为辟谣,此则下走不敢作肯定之词,虑又将使人误下走,真是专吃“辩护”饭者耳。

《繁华报》1944 年 5 月 12 日

永不登台

话剧演员有刊载广告,声明“只此一遭,永不登台”者,其实大可不必。话剧演员比不得老迈年高之旧剧艺人,如盖叫天、小翠花之俦,的确是看一回少一会,话剧圈中则人才辈出,个把人永别舞台,可谓毫无问题,“下不为例”并不能歆动观众也。

《繁华报》1944 年 5 月 12 日

王秀小姐婚事

昨日《柳絮小品》,述及东吴系女作家王秀,有如下之言:“半年前,海上报纸,传王秀已于归某氏,结缡于皖中。是日相见,余尝以此为问,王自言犹待字闺中,不知此葫芦里卖的什么药也?”按:王秀小姐婚事,不佞略有所知,半载以前,王秀自沪至皖,原为就婚而去,及抵其地,则未婚夫婿方将作远行,才倾衷曲,即唱离歌,鲽离鹣背,此会匆匆,《西厢》所谓“车儿向东,马儿向西”,在局中人固低徊不尽者也。王秀以羸弱体质,不耐征程之苦,还抵沪堧,即患小疾,越月许始占勿药。今王秀在某公共团体服务,不以真相示人,而别取一名,即纪念其未婚夫婿者,盖鸳鸯待阙,犹需想当时日,此际固尚是云英未嫁身也。

《繁华报》1944 年 5 月 14 日

新新公司之工程师

新新公司当局于饮食之业，似有偏嗜，二楼开餐室，六楼新都饭店，七楼开万象厅，此犹不足，遽复在三楼旅馆部分之一角，辟为咖啡室，顷方在大兴土木中。新新公司历来苟有所兴建，辄归吴汉民工程师设计，新都及万象厅利用高层，采取大邮船上之装置，凡此胥吴工程师所擘划，见者无不称美。三楼咖啡室之工事，遂亦委吴工程师主事，其营构之惬人心意，要可逆料。吴年事犹少，好修饰，为新新系红人之一。

图 58　新新百货公司，刊于《申报》1924 年 5 月 31 日

《繁华报》1944 年 5 月 14 日

四大公司女职员

报间有载康克令女郎往史者，当年南京路上四大公司，于女职员之罗致，确能尽其寻常选优之能事。此中佳丽，在十年以前，固不仅康克令女郎一人，降至今日，则四大公司之女职员，殆十九皆阿桂姐之俦，睹之真使人有才难之叹。闻诸人言："四大公司之女职员，薪给有月仅三四百金者，此戋戋之数，买一件雪克斯丁旗袍料犹不敷，安望若侪能有靓妆刻饰之美？四大公司在今日，所以只余若干无盐嫫母，司应对顾客之役者，即坐此因，以待遇之菲薄，姿色较丰者自不免望望然去之矣！”

《繁华报》1944 年 5 月 15 日

看《白燕劫》睹罗兰

《白燕劫》上演之夜，罗兰亦在座，坐不佞前面之一排，与俱者有数女侣，笑语甚欢，此舞台上之捧心西子，似益有弱不胜衣之致。演戏原是辛苦事，以唐大姐之健硕，庶几可以一出连一出，不虞疲苶。罗兰瘦骨姗姗，视之恒欲为渠捏一把汗。不佞挟一片怜香惜玉之心，宁愿不获睹罗兰之戏，却不愿此盈盈弱质，在舞台上卖命，应该让她好好儿憩养憩养也。

《繁华报》1944 年 5 月 15 日

定罪之难

文歪公盛赞白玉薇之文笔，谓即使尽所有东吴系女作家之才华，亦未足与白玉薇抗衡，而《白雪泼墨》中，则于白玉薇之才情，未尽嘉许。天下事真无足论哉。就管见（袭用文歪公语）言之，东吴系女作家于小说之道，或鲜佳构，若散文之美，则施济美一人即足以睥睨余子了。文歪所见白玉薇之文，系刊之于报章者，此中编辑者斧凿之痕，文歪自不获睹。使文歪而见其原稿，即不致屡作溢美之词矣。

《繁华报》1944 年 5 月 16 日

顾明道作古

图59　顾明道，刊于《联益之友》1928年第65期

顾明道先生作古矣！明道先生为星社社友之一，而予于去岁始识先生，先生不良于行，访予于治事之所时，其御者掖先生自包车下，后掖之登包车，盖一足几废，虽杖以行犹不可，故历届星社餐叙，辄不睹先生参与也。先生之逝，死于肺疾，闻新闻报馆念先生历年写作之劳，尝负担其全部医药费，不知何以竟不治，哀哉！

《繁华报》1944年5月16日

蚕豆

蚕豆登场，为时已久，不佞日日就餐于南华，而南华盘篙之中，迄今尚未睹此物，因疑广东馆子中，殆不以蚕豆入馔者。不佞在南华，处于客座地位，故勿敢贸然启问。自立夏至今，不佞犹未一尝蚕豆滋味，此物青色如绿玉，滋味之美，殆不欲美人唇上胭脂，言念及此，馋涎欲滴矣。

《繁华报》1944年5月17日

贺范吴文定

去岁春间，夜夜听歌于高乐，祈晴斋主人念我孤寂，介绍高乐女职员与我，谓不佞曰："是人温婉，足以为吾兄宵游之侣。"是吴□心女士。吴在高乐司报告之职，呖呖莺声，时可于话筒中聆之。而不佞终以意无所属，过之落落而已。今吴女士与吾友范鹏，将于月之廿□日，举行文定礼于金谷饭店。鹏郎英年有为，得吴女士为之耦，刘樊仙侣，情好可卜，敬书数语，以为贺焉。

《繁华报》1944 年 5 月 17 日

阿蓓娜

阿蓓娜歌喉之美，夙饮盛誉，一曲康茄，犹为舞国人士所激赏。前晚红棉当局招宴，阿蓓娜亦敬陪末座，此女居留海堧既久，遂娴吾处礼节，传酒行炙，完全东方主妇作风，操沪语亦能熟极而流。酒半，阿蓓娜应来宾之请，表演其拿手杰作康茄，大飨众人之望。康脱莱拉斯得此贤外助，真幸运哉。

《繁华报》1944 年 5 月 18 日

报大郎兄

大郎、梯维、桑弧诸兄，有周末叙餐会之组织，参加者尽属海堧俊髦，即所谓极尽东南人物之美者也。红棉席上，大郎兄许不佞附骥，复以专邀欧阳飞莺小姐为嘱，顷已如大郎兄之命，驰书欧阳，征求同意。苟得其报可以赏脸之共赴盛会，惟愿大郎兄于叙餐地点决定后，毋忘以电话抵不佞耳。

《繁华报》1944 年 5 月 18 日

《春之脚》

费穆先生近方从事于新剧本之写作，戏名《春之脚》，当是从“有脚阳春”脱胎而来，虽近于怪，实非不可解。费穆先生往时诸作，如《浮生六记》，如《小凤仙》，皆为不佞所心折靡已者，《春之脚》之可观，要亦可以逆料。今日剧运人物，足以使不佞倾倒者，惟费穆先生,故甚愿其新作能早日完成,庶几恣吾人赏览之快也。

《繁华报》1944 年 5 月 19 日

两个顾传玠

报间两睹记顾明道先生作古后,得其叔顾传玠之协助,始获棺殓。当年仙霓社之名小生,亦曰顾传玠,今易名志成,隐于商。传玠虽亦吴人,第年事仅三十许,当非顾明道先生之叔。然此一为侄市棺之顾老先生,竟与昆剧小生同名,亦巧不可阶矣。

图 60　顾传玠,刊于《红玫瑰》1928 年第 4 卷第 33 期

《繁华报》1944 年 5 月 19 日

小爷叔

得丁慕琴先生电话,始悉为顾明道先生市棺者,果为昆剧名小生顾传玠。传玠为明道先生堂叔,年事少于明道先生,则是所谓小爷叔耳。以精于《金瓶梅》著誉当世之曹涵美[1]先生,与张光宇、张

① 曹涵美(1902—1975),原名张美宇,江苏无锡人。与其妻袁毓珍(别名可风)在无锡西河头开设涵美可风室,为无锡《人报》《新锡日报》《大锡报》等画报眉与漫画,有时兼编辑、校对工作。

振宇兄弟为亲手足，此与顾传玠为明道先生之叔，皆使人几不可信。（爷叔的年龄轻于阿侄，本来不足为奇，不过以前没有听人说起，顾明道先生有一位演昆剧的叔父，所以觉得奇怪而已！有人写了这一点而卖弄其法律常识，不要吓坏人好哦？恕鄙人无知，鄙人是向来不知法律为何物的。）

《繁华报》1944 年 5 月 21 日

低眉瞎眼

有一位称鄙人为"我友"的人说："低眉人的眉未免太低了吧？"这一句话，其实只说对了一小半，我不但眉毛生得太低，就是额角也一样的低，有时候，甚至觉得我的眼睛都瞎了！所以走路时常会走到阴沟里去。书此以博"我友"一笑。

《繁华报》1944 年 5 月 21 日

周家花园之游

周家花园，在海格路[①]红十字会医院之西，为周湘云氏别业，而主人初不居此，大好园林，仅供臧获辈踯躅而已！吾侪抗尘走俗，想望园林之趣而不可得，有园林可供啸傲者，则宁弃园林而就闹市，天下事理之不可解，大率类此。

胡梯维兄与园主人稔，周末之叙餐会，遂假是园举行。予以到绝早，乃得略涉是园之胜。虹桥枕水，虬干作花，幽茜之致，可入画图。柳絮兄以予先至，捉予为导，徐步一匝，不知当前景色，柳絮兄

① 海格路，今华山路。

亦将采作粉本否?

与会者既尽至,遂设筵于涵碧草堂上,不佞与天厂居士、陆洁先生、凤三、包五、柳絮兄,及顾兰君、王丹凤、王熙春、丁芝、欧阳飞莺诸小姐并坐。舞人管敏莉、周秋霞及女优白玉薇则别列一席。兰君、敏莉并豪于饮,角酒甚剧,卒至酩酊大醉,而妩媚之致,醉后亦益盛。桑弧、大郎、之方诸兄,皆频引巨觥,尽一日之欢于樽俎间,真佳会也。

《繁华报》1944 年 5 月 22 日

庖厨

吃整席于某某路上某菜馆,菜馆之"桂",无以复加。而过去此一菜馆,固亦尝负誉于海上者,今则入于落伍之材矣!落伍之因,最大毛病,殆在于庖厨之无高手,而鸡鱼之属,又以冷冻货为多,于是入口遂无鲜味。优胜劣败,天演公理,虽菜肆亦不能例外。今日之酒菜肆,其已就落伍之列者,大率因于庖厨勿能任其人之选也。

《繁华报》1944 年 5 月 24 日

凤凰之齿

报间载岳老爷将擢拔凤凰,使之独当一面,庶造成丹凤第二。银幕之上,王丹凤以人才寥落而崛起,论演技犹不过差强人意。凤凰过去以童星姿态出现银幕,今虽亭亭长成,然姿色远不如王丹凤。牙齿之病,尤为一大缺点,苟凤凰而欲扬声于银幕,非请教牙科医生，重整编贝不可也。

图61　严凤凰，刊于《电影》1940年第86期

《繁华报》1944年5月24日

团扇

苇窗兄以团扇索书，团扇为女性掌握中物，疑兄将登台爨弄《游园惊梦》，兄则自谓无扇不备，聊存一格而已。予语苇窗兄："画扇不难，惟钤扇小印，已杳然无影，君当为我谋之。"此语迹近条斧[①]，而苇窗兄遽诺，谓当倩高手治一印，以贻下走。越三日，苇窗兄果赍印至，治印者高式熊，为高振霄太史哲嗣，刻"蝶衣"两字，取法奇古。"此一关防，已可启用，顾下走之书犹未就，则以校《春秋》忙，非关嵇懒耳。"苇窗兄遗书与予，必欲下走自录《媠秋楼》旧句，勿许抄胥，此殆为赠印之条件矣。其实轻执小扇，当倩金闺国士以簪花妙格书之，庶几称体。下走第能信手挥洒，欲下走孜孜矻矻写

① "条斧"，上海俗语，"借机敲竹杠"之意，但语意比"敲竹杠"要弱。

工楷，真是掂我斤两矣。

《繁华报》1944年5月25日

捧角的教训

伶人之中，非绝无笃于忠义者，然人性薄凉之徒，实居多数。荀慧生送陈墨香[①]四只洋赙仪[②]，即此已足以为效忠伶人者殷鉴。下走往时，亦好为菊部女儿延誉，此中惟喜彩莲犹偶以书来，存问下走，总算还能够不忘故人。最足以使人气沮者，则莫如王玉蓉。去夏，玉蓉由燕都南来，皇后当局邀玉蓉演短期，时时谈公事于大中华座上，因之数与玉蓉晤。闲谈之顷，及于舞场，下走遂曰："顷方以友好之请，将经营一娱乐事业，汝能予我以助力否?"玉蓉前一日莅大中华，以皇后之局谈判将成，犹谆谆以笔底抑扬为请。及闻下走此语，不特顾左右而言他，且自此绝迹不至，思之辄不禁失笑。其实下走所营之事，早底于成，初不必求助于玉蓉，特欲一觇是人之襟度，故为是说而已，不意遽使玉蓉望而却步。此犹是所谓下走之师妹，而其人之凉薄亦如此！昨日局外人论捧角文，下走甚服膺其说。以捧角为消遣，未尝不可，过于认真则不免近傻，诚以此中人无论男女，胥不足以当吾侪知己之选，此可于捧角者"一旦有事"时觇之。若下走上文所述，不可谓非前车之鉴也。

《繁华报》1944年5月26日

---

① 陈墨香(1884—1942)，京剧剧作家。一名敬余，自号观剧道人，祖籍湖北安陆。1924年至1935年，与荀慧生长期合作，为荀编写剧本达五十多出。其戏曲史论著作有《墨香剧话》《活人大戏》《梨园岁时记》《陈氏野乘》及与潘镜芙合著的《梨园外史》等。

② 此指陈墨香逝后，荀慧生仅送四元的奠仪，各界哗然，皆呼荀慧生为人苛刻薄凉至此。

限制宴会

报间载当局将颁布限制宴会之令,凡六十岁以下者,不得称觞祝嘏,小儿满月及乔迁之喜,亦不得大宴亲朋。逆料此令苟实行,首先蒙受影响者,当为起码白相人之流,后此"鄙人三十大庆""先父八旬冥诞"一类秋风帖子,将有无从发起之叹。此等人急来抱佛脚时,或将搬请年逾花甲之陌生老头儿,暂时认为生父,藉以应急也。

《繁华报》1944 年 5 月 27 日

丽都花园宴

昨午,天厂居士招宴于丽都花园,列席者多上次园游会之旧人,惟下走未及邀欧阳飞莺小姐,凤三亦未携包五姑娘至,幸别有周信芳及吐血兰亭加入。兰亭之卓别麟及双钉记表演,滑稽突梯,使阖座为之笑不可仰,此宴遂亦欢腾一时。兰君、敏莉,是日未尝纵酒,然所饮仍多。兰君酒后,双颊尽赭,美乃无伦。筵撤后,白玉薇艺人为小谈。周秋霞女士知下走有表妹,尝于远道寓书于予,盖亦《春秋》之读者也。

《繁华报》1944 年 5 月 27 日

程砚秋事真相

程砚秋被絷之讯,报间皆争传之,顷有友人自故都来,自言曾晤砚秋,据谓砚秋重返歌台之讯,并非事实。惟以砚秋退隐后,买宅于青龙桥畔,其地远处西郊,邻近未能匕鬯无惊,故当局屡召砚秋,有所讯问而已!前者报间除传说砚秋重上歌台外,复有砚秋系以囤货关系被捕之记述，大抵两说皆不确，而吾友之言，则或许是可靠消息也。

《繁华报》1944 年 5 月 30 日

潘柳黛回上海

潘柳黛女士尝作蚌埠之行，为时未久，顷又返抵沪上矣。前日午后，值之于皇后大戏院门口，盖为访白玉薇而来者。潘女士笔下之热带蛇①，与渠偕行。潘女士以为予亦倾慕玉薇，其实予不过道经是间，睹皇后门口发生纷扰，故登阶一观究竟而已。

《繁华报》1944 年 5 月 30 日

最后合作扇

李祖夔先生招饮于其寓邸，曩时，祖夔先生尝以聚头扇索书，现在嵇懒，阅时甚久始握管，书既成，又扃之箧中者逾一年，是晚乃怀之晤先生。扇以庋藏不慎，已为□□所渍，予奉之于先生，为先生谢罪曰："久嵇时日，良滋勿安，惟扇已为愚夫妇最后合作之物，请留此为纪念，不必更俪骨矣。"先生唯唯，盖未尝知下走心中之恫也。

《繁华报》1944 年 5 月 31 日

一方之诗

一方兄病中，诗思如潮，遂日以律句飨读者，毕竟是江南才子，所作自不弱也。诸诗之中，予爱其"映窗晴日丝丝好""青梅初卖杂糖霜"两句，以为庸手断无此隽思。而《当年送汝别江城》一首，则

① 热带蛇，指潘柳黛未婚夫李延龄。

通体皆好，诸首中应推此律为压卷之作矣。惟末一句“可堪悽绝昔时盟”，管见以为“昔”不如“旧”，以“昔”与“绝”犯叠声，读之不甚顺口，勿若“隽字”佳也。又一方之别一首诗，“梦亦馨”三字，鄙意以为“馨”不如“轻”。一方谓原来本是作“梦亦轻”，此实甚佳，以“馨”字太着实，“轻”则较有涵蓄耳。

《繁华报》1944年5月31日

丽人婚期近

丽人之婚期近矣！其未婚夫婿圈吉生，顷又自杭州来沪上，以筹措婚典之事委其家人，大抵在下月中旬，即将与丽人举行合卺礼。舞人归宿，以屈作妾媵者居多，丽人独能居正室之位，其夫婿复英年有为，不可谓非佳运。此儿由来纯厚，宜其能获福佑也。

《繁华报》1944年6月1日

一例割爱

予辑《春秋》，外间之来稿奇夥，其中乃时常发现《我的母亲》以及《忆亡女》一类题目，夫含齿戴发之伦，人人皆有母亲，人人皆有子女，而母爱又大都是伟大的，子女亦大都是聪明韶秀的，一旦死亡，你也写一篇哀悼文字，他也写一篇纪念文字，势将所有之刊物，充溢其间，尽为同一类之作品，纵然你写得至性流露，悱恻动人，又何能使读者雒诵不倦，拍案叫绝？故下走于此类文字，惟有不问好歹，一例割爱而已！

《繁华报》1944年6月1日

在南华见李香兰

昨日午膳于南华，李香兰亦在临室进餐，门帘低垂，隐约窥见其风貌，似肌肤绝白皙，而眉黛奇浓，北地女优之风情，宜与江南不同也。颇拟饬侍者递一名刺入，列二三问句，倩其作答，终以座上有友邦人士，深恐唐突，颓然而罢。

下走本拟召集一次女歌手座谈会，于本期《春秋》中辟一专辑，不意《千秋》已著先鞭，遂只得打消原来计划矣。

《繁华报》1944年6月2日

兰苓自度曲

女歌手兰苓，拟自制一曲，已成"两载飘零，华年暗中逝"两句，欲柳絮兄足成之，柳絮未诺。兰苓近来，似颇有力争上游之势，顾以师礼事唐云，从唐习画，复有自制歌曲之雄心，如不以予言为腴，则亦"其志可远"也。惟兰苓的一只面档，目犹在讨人欢喜时期，华年暗逝之叹，至少当期十年八年之后，此日言之，似乎未免过早。且飘零不过两载，何至小姑娘突然变成老太婆？故即使欲足成此歌，亦当改"两载飘零"为"十年飘零"，庶几较为妥帖耳。

《繁华报》1944年6月3日

若瓢签字

访若瓢上人于吉祥兰若，若瓢斯时所作画，书"若瓢"二字，益有夭矫欲飞之致，和尚虽然不开银行支票，而签字则奇美也。若瓢案头，陈名单一纸，皆友邦人士之向若瓢求画者，因知和尚法绘，已见赏于城外诸君子，寸缣尺素，且有东渡扶桑之日矣。瓢上人真佳运哉！

《繁华报》1944 年 6 月 3 日

以酒当饭

生啤酒发卖场开辟日多，十七家酒楼，维也纳长廊，及东方、远东两饭店之外，最近大陆饭店亦轧上一脚，逆料此后当续有应运而生者。在此时会，白米饭既然吃不饱，从事提倡喝啤酒运动，大家喝得东倒西歪，糊里糊涂，忘记了还有吃饭那么一回事，宁非大佳？下走于生啤酒发卖场之开辟，固亦以为多多益善也。

《繁华报》1944 年 6 月 4 日

下酒物

生啤酒每杯十元，利润极薄。惟花生米、酱鸭膀之属，并无限价，则不仅有利可图，抑且其利甚厚，各酒家饭店之所以情愿掼落一笔巨额保证金，以取得生啤酒发卖权，良有以也。花生米酱鸭膀一类陈阿筱[①]出品，在第一流酒家向来不登盘篮，兹则为适应酒徒之需要，亦多备以飨客。万寿山且与马咏斋合作，由马咏斋供给佐酒肴核，则以此项下酒物，广东馆子庖丁不甚擅长，故不得不求助于外人耳。（广州大饭店耸峙泰山路上，为旧八区饕餮家属望弥殷者，不知发卖生啤酒之谋，亦在王总经理计划中否？）

《繁华报》1944 年 6 月 4 日

---

① 陈阿筱酱鸭膀，为当时上海名气极响之摊头小吃。

胡丹流喜讯

胡丹流先生，旧为南京报人，战后流浪至巴蜀，近得其从灵犀兄处转来一喜柬，始悉丹流在蜀，已与余素邦女士结褵，吉期在四月十八日，距今盖月余矣。丹流旧在秦淮，颇多风流韵事，花间尤物艳秋老四，亦尝一度与丹流相缱绻。今丹流又重缔良缘，此君一生，亦长在柔乡中住也。

《繁华报》1944 年 6 月 8 日

《春秋》之误期

端木蕻良、卢冀野、张恨水之新作，先后递到，《春秋》内容，自此殆不虞贫乏。惟使人沮丧者，厥为印刷之衍期。曩者已累次两期合刊，而最近一期之延误，则尤为笑话，盖上月二十日左右，下走即以全部 OK 清样，交与美灵登公司，预计至迟月终可以出版。不谓荏苒至今，《春秋》之五月号犹在印刷机上，盖《万象》亦系委托美灵登承印者，《万象》之六月号，后《春秋》五月号阖竣数日，但亦亟待付印，美灵登主持者以应付为难，就商于冯宝善兄嘱予，谓《万象》六月号之出版，急如星火，可否请《春秋》(尚是五月号)略缓时日，延后付印？冯君与予一笑诺之。昔人以“礼让为国”为美谈，吾侪此日则“礼让为刊物”而已。以此之故，《春秋》之问世，遂亦遥遥无期，言之真可发一噱也。

《繁华报》1944 年 6 月 8 日

银幕上的《红楼梦》

《红楼梦》的卷帙浩如烟海，故事亦错综复杂，搬上银幕似乎是

图 62　袁美云与周璇在影片《红楼梦》中分别饰演贾宝玉和林黛玉，刊于《影剧》1944 年第 15 期封面

一件艰巨的工作，然而在卜万苍先生的分析处理之下，却成了一件轻而易举的事，卜万苍先生不愧为第一流大导演，真有点儿魄力。

对于银幕上的《红楼梦》，我有两点很满意：第一，大观园的建筑，宏敞壮丽，真能做到"富丽斋皇，气象万千"八个字，可知此片的资本花的不少，从此不至于再让《燕青与李师师》一类北派影片专美；第二，袁美云易钗而弁，有出乎意外的成就，周璇的林黛玉当然最适合，就是王丹凤的薛宝钗也复得体。此外如沈浩的贾母，梅熹的贾政，袁竹如的王夫人，人选无不适合理想，可说是真能收牡丹绿叶相得益彰之效的。

如果以书本作比较，自然嫌故事太简略，不过电影的映出时间有限制，汰繁就简实在是不得不然的，而且《红楼梦》的重心本来在贾宝玉和林黛玉、薛宝钗的三角关系上，不必要的情节一概略去，实际上无损于故事的进展，只有觉得演出更紧凑，更简洁可爱而已。

《繁华报》1944 年 6 月 9 日

《红楼梦》中的晴雯

银幕上的《红楼梦》，昨天我已经约略谈过，全片演出，大体上很能使人满意，这是谁都这么说，但也有不能使人满意的一点，也谁都有着同样的感觉，这就是“晴雯”这一个角儿的支配。

晴雯撕扇在《红楼梦》故事中，不过是一小环，而在银幕上则重点衍演此一节，似乎看得十分重要。当然，在贾、林、薛三角恋爱的描写之外，丫鬟部分的十二金钗自亦不宜过分忽略。所可惜的是郑玉如长身玉立，面部轮廓缺乏宜嗔宜喜之致，与晴雯一角实在不甚相称。晴雯是一个相当娇憨的孩子，这一点郑玉如完全没有做到，撕扇时的一脸愁容，看了真叫人有些儿不寒而栗。

据说郑玉如是卜导演的太太，据我猜想，卜导演郑重其事的拍这一场戏，倒并不是存心捧场太太，而有意在揭露他太太的“脾气之大，无以复加”。大概卜万苍先生在闺房之内，也是一位臣伏于狮子吼下的陈季常也，哈哈！

《繁华报》1944 年 6 月 10 日

邵雪芳

偶过高士满，见刘郎坐于座上，有一婉娈之女，傍刘郎而坐，眉目绝端丽，故不知为何许人也。越日叩诸刘郎，始悉为邵雪芳。闻邵亦鬻舞于高士满，下走枉为高士满干部，顾并此一熠熠红星，亦有眼不识，真所谓寡陋简闻矣。刘郎向时，颇赏识顾凤兰，誉之为神仙中人，以予视之，则凤丫头长日蹙额，了无可取，“神仙中人”四字，邵雪芳庶几足以当之耳。

《繁华报》1944 年 6 月 11 日

金谷叫苦

生啤酒之限价，由每杯十元猛增至四十元，于是买醉者大减。

本来有许多人在动生啤酒脑筋，以为苟得发卖之权，富可立致。兹则已获发卖权诸家，且为之意兴沮索矣。最冤枉者厥为金谷饭店，金谷方以百万元之巨数盘下精精食品公司，原期于生啤酒中捞它回来，兹则美丽的希望倏成泡影，如意算盘完全打豁边[①]矣。

《繁华报》1944 年 6 月 11 日

平剧与诗词

大狂兄以平剧格律森严，拟之为文学中之诗词，此说殊未能使下走"其贴甚服"。平剧词儿鄙陋，人所共诟，纵有佳构，亦不过十之一二而已。乌足以当诗词之誉？又一个草帘当轿子，摇一根马鞭子当作坐轿，凡此意象拟之表演，看惯了固然不以为奇，仔细想想，总觉得有些好笑。又如演员在台上大抛其拜□，以及就检场人手中喝茶之类，凡此似乎亦未足以与言"格律"。管见以为平剧非无可存之道，惟必须改良，而"改良"二字又为京朝派烈士拼死反对者(亦犹当年林琴南之反对白话文耳)，即梨园子弟亦因限于修养，罕能于抱残守缺之外，复以"扬弃不合理的，代之以合理的"为己任者，予故曰平剧之没落为必然之事，盖深憾于平剧从业员之只知死抱住什么谭派余派马派言派之幌子，不知致力于创造，遂以为可悲耳。

《繁华报》1944 年 6 月 12 日

随园第二

大狂兄欲举荐下走，为李女士授韵语。下走于时，自己犹未能

① "豁边"，沪语，"失算"之意。

窥门径,又安能为人师?况诗之为物,咿咿唔唔,为穷酸宿儒遣兴之事,时代女儿习之何为?如果喜欢学几步勃罗司、华尔兹,则下走从韩森先生处批发得来者,或犹能指点一二。大狂兄之推毂,真是造屋而求助于箍桶匠矣,袁随园第二之高名,恕下走不敢妄想。

《繁华报》1944年6月13日

兰苓奏歌吉祥厅

兰苓奏歌维也纳、红棉之外,最近又膺吉祥厅之聘。吉祥厅为东亚一楼咖啡座之新命名,亦犹新都之有万象厅,国际之有孔雀厅,红棉之有醟遨轩也。吉祥厅定今日展幕,故兰苓亦将于今晚走马上任。一个晚上赶三处场子,兰苓之跋涉为劳可知。犹幸此姝健硕,或不致于疲于奔命耳。

《繁华报》1944年6月14日

《儿女风云》

毛羽编导之《儿女风云》,在金城上演,已经看过,前三场高潮迭起,十分精彩,末一场则病其噜苏,或谓此一场所发挥者,完全为毛羽理论,观台上精神病患者举手投足之神情,亦真有几分似毛公也。是剧故事,可以说是蛮苦格,故卖铜钿亦在意中。闻毛羽兄此剧,完成已久,顾秘不示人,及友好纷纷敦劝,以"此剧不演,如苍生何!"为言,兄始出以问世,亦可谓慎重将事矣。

《繁华报》1944年6月14日

碑帖

下走以为作书贵乎创造，若拘泥于碑帖之间，则充其量不过一勾画匠耳。洹上袁公子寒云，三原于美髯右任，所作书皆自辟蹊径，卓然成家。纵二人生平，亦未尝不观摩碑帖，然而一旦援笔挥洒，毕竟参以造化，并未视作宣和粉本也。近时啼红兄于文字间，屡言其搜罗碑帖之勤，恒腹诽之。及见其作“管”“菅”之辨，乃知据究碑帖固亦非无尽无用焉。

《繁华报》1944 年 6 月 15 日

《晚香玉》

闲得无聊，看了一场《晚香玉》，此亦最近运沪之北国影片，主演者徐聪、白玫，以前都曾在银幕上见过。惟是片自始至终，未尝点出“晚香玉”三字，片中二女伶，亦无一以晚香玉为名者，真不知其意何居。全片完全侧重在几出平剧上，最后浦四之出狱与否，竟未提及，不了了之，使人为之莫名其妙。近时来自关外诸片，《劫后鸳鸯》已无甚可取，此则尤其桂无比[1]焉。

《繁华报》1944 年 6 月 15 日

桑弧处女导演作

桑弧之处女导演作，桑弧欲定名“教师万岁”，华影方面则以为“无名英雄”较好，故迄今犹在未定之中，而片则已决定在四厂开摄。桑弧与陆洁善，朱石麟与屠光启，亦与桑弧有交情，朱石麟之《洞房花烛夜》《人约黄昏后》皆负誉之作，剧本亦尽出桑弧手。喊

---

① “其桂无比”，上海俗语，“恶俗”之意。

“开麦拉”时，桑弧不患无人作臂助。四厂情形，与一厂不同，一厂名导演群集，如桑弧而移于一厂摄片，只要若干名导演在旁一站，即足以使桑弧红晕双颊，以桑弧由来怯羞也。今在四厂，即不复有此现象。故桑弧之入四厂，实兼得人地之宜也。

《繁华报》1944 年 6 月 16 日

轻薄

有时摇笔为文，颇伤于轻薄，则大多数因时间仓促关系，不暇计其利害耳。日前记大狂推荐下走为某女士授韵语一文，李联保长满存见之，大不为然，谓不教导人家入平平仄仄之门，则亦已耳，奈何又诱人跳勃罗司华尔兹？李联保长金玉之言，予非不知，方下走行文之际，亦知微伤轻薄，故不作如是言，即丧风趣。故不知下走为人者，习读予文，恒以下走为儇薄子弟，此真文字误我也。

《繁华报》1944 年 6 月 16 日

露胫

女子露胫，未必为美，有时瘢痕累累，豁然呈露。转足以彰其媸恶，海上臭虫蚊子，入夏密布，三寸圆肤，一旦膏若侪之馋吻，即难保持光洁之致，唯一办法，惟有障之以袜。尝见女歌手某，裸足着高跟皮鞋，蹀躞咖啡室中，胫间瘢痕如豆，累累皆是，遂使人有望而生悸之感，本来欲待聆听唱奏一二曲，至是遂不待掩耳而疾走焉。

《繁华报》1944 年 6 月 17 日

碧萝

予尝记璧克绿(译音)咖啡馆出盘受阻事。兹悉璧克绿之华文名称,经研讨之结果,用“碧萝”二字。此二字无甚特殊意义,惟洞庭山有碧萝峰,产茶曰碧螺春,极有名,以此为咖啡馆之名称,总算略有出典而已。

《繁华报》1944 年 6 月 17 日

星社派作风

尘无诗“天涯何处无灯火,不是伊人相对时。”柳絮兄以为“伊人”二字可憎,又言顾明道小说中,独多“伊”字,所以并尘无之诗亦憎恶者,原因在此。其实小说中以“伊”代替“她”者,初不仅顾明道一人,即包天笑、程小青诸先生,亦莫不如此。周瘦鹃先生且一概易之以“伊”字,直至近年,瘦鹃先生始破其成例,则以书“她”字者多,实在改不胜改耳。(最近瘦鹃先生有《教我如何不想她》歌词之作,则亦勉强随俗矣。①)大抵星社系之作家,多数喜欢以“伊”代表女性,如以鸳蝴派、正统派之例例之,此可以谓为星社派作风也。

《繁华报》1944 年 6 月 18 日

回访白玉薇

访玉薇小姐于一品香旅社,以若干日前,玉薇曾来视予。予之访玉薇,亦犹国际间之“报聘”也而已。哈杀黄先生自故乡寓书玉薇,托代觅《春秋》一册四月号,以其间有《程砚秋归农》记载耳。予辞玉薇后送去备玉薇寄与哈先生,玉薇自言不恒外出,惟静坐观

① 蝶衣此处似有误,应为刘半农所作歌词《教我如何不想她》。

书，以遣永夜而已。此一文艺坤伶客邸光阴，似亦十分无聊也。

图63　剧评家哈杀黄(右)与名伶马最良合影，刊于《天津商报画刊》1934年第12卷第40期

《繁华报》1944年6月18日

白玉薇之外国过房爷

昨日本报《集锦新闻》有一节，言及南京报纸竟载白玉薇非中国血统，以为事出离奇，愿玉薇自加辩正。按：玉薇确有一养父，为西洋籍，前岁已在香港死难。玉薇尝撰《秋到人间》一文，刊去年十月号《春秋》，文即为悼念其养父而作。大抵玉薇幼时，此西人待之甚厚(其时在北平)，玉薇故以父礼事之，惟此为"外国过房爷"，而非生身之父。南京报纸所载，盖瞎缠三官经①耳。

《繁华报》1944年6月19日

复水手兄

读昨日吾兄代邮，甚诧异，弟近来对任何人未尝有微词，闻兄

① "瞎缠三官经"，苏州无锡等地方言，"胡闹"之意，与沪语"捣糨糊"意思相近。

新任吉祥厅顾问,若即是指此而言,则尤非事实。吉祥厅宴客之夕,王当局招待甚殷勤,弟与王当局握别时,亦一再言谢,惟混蛋始退而有微词耳。此中恐有误会,愿兄明察。

《繁华报》1944 年 6 月 19 日

两大报纸再缩篇幅

闻下月一日起,《申报》《新闻报》将进一步缩减篇幅,本系逢星期一三五减出半张者,下月起改为日出半张,以版图日蹙之关系,广告亦将有新的限制,娱乐场广告有采取表格式样之说。自此上海之两大报,在节约声中,将与小型报等量齐观矣。

《繁华报》1944 年 6 月 20 日

国风乐队

严个凡率领下之国风乐队,已自国泰移至大东奏曲。严个凡为严工上老先生哲嗣,前辈影星严月娴之大哥。严工上先生一门风雅,个凡尤多才多艺,音乐之外,兼工绘事,向时惟闲居弄乐器为乐,及舞榭以中国乐队为时尚,个凡乃集其挚友,组织国风,在国泰时备受舞侣赞美。今为大东所罗致,可知国风之吃香矣。

《繁华报》1944 年 6 月 20 日

李香兰公开歌唱

报端有李香兰将在兰心登台歌唱之讯,就予所知,则奏歌地点非兰心而为美琪。李香兰抵沪后,观乎万人欢迎之热烈,报端有不断之记载,乃与华影当局磋商,拟举行一次个人演唱大会,华影自乐助其成，于是遂定。闻双方之君子协定，为李香兰在美琪奏歌一日，计三场，售券所入，双方各取十分之五。现在日期已排定于下月初，券价则尚待商酌，有人为李香兰计之，美琪有一千七百座位，使每券售二百金，三场皆客满，总数可得一百万。李香兰劈分其半，亦有五十万金。以李香兰歌喉之美，公开献唱时歆动可必，即此一天辛劳，李香兰便可满载而归矣。

《繁华报》1944年6月21日

方沛霖来晤

方沛霖先生数度来访，方为歌唱片导演权威，《鸾凤和鸣》一片，负誉至多，近又有《倾国倾城》[①]之作，欲以作曲之役委予，予于此道之经验，未敢遽诺，或当稍拨余晷，勉制一二曲，以就正于大雅焉。

《繁华报》1944年6月21日

《凤凰于飞》

阿方哥又来晤，其新作已决定易名《凤凰于飞》，当年之名曲《罗丝曼丽》，即由此片而产生，今取以为东方歌舞片之名，固亦未为不可也。是片插曲，予已勉写《笑的颂赞》及《嫦娥》两折，前者为爵士，后者为古典，惟下走于此道无经验，未知能否被诸管弦耳。

《繁华报》1944年6月22日

① 《倾国倾城》后更名为《凤凰于飞》。

时懋侍者

西藏路上又辟咖啡馆于时懋饭店,工事已告竣,至迟下月一日即可展幕,时懋录取之侍应生日来方在南华酒家实习,盖其中有一部分为生手,故必娴于肆应,然后周旋座间也。日来南华侍应队中,新增若干婉娈之女,盖即时懋录取之新人耳。

《繁华报》1944 年 6 月 22 日

白玉薇之辍演

白玉薇之辍演皇后,传系李万春一言不合之故,万春为人量窄,梨园中人无不知,此次与玉薇相偕南来,以评论誉玉薇者多,万春睹之,不无妒意,言词之间,故侵玉薇,所谓种因于金门宴,则借端发挥而已。人之气度,系于平日之修养与人生观,万春如此,两皆无可言,其胸襟量窄,亦在情理中事耳。

《繁华报》1944 年 6 月 23 日

晚蘋公公画展

人称周錬霞女士曰錬师娘,而拿其藁砧徐晚蘋曰晚蘋公公,两皆莫悉其由来,然恒时读小型报者,殆无不知晚蘋公公与錬师娘也。晚蘋旧字绿芙,山水花鸟皆寝馈有年,及与錬师娘矢爱好,转废其长,而浸淫于舞,近顷舞票动辄一掷万千金,晚蘋始又返璞归真,弃消磨之舞而从事为生产之画,积近作数百帧,顷方与长发头陀浦泳,联合举行金石书画展于青年会画厅,此中多有精湛之作,足以见晚蘋公公之绘事,固不让其錬师娘专美一时焉。

《繁华报》1944 年 6 月 23 日

中华书局之火险

闻中华书局此次失慎，损失之巨，达数万万元，中华虽保有火险，顾为数仅一千二百万。中华失慎后，保险公司遣人前往踏勘之下，照常数赔偿，惟欲中华以未成灰烬之水渍书，如数畀与保险公司，此类水渍书之价值，乃在一千二百万以上，中华于赔款之多寡，遂不欲计较，故实际上中华所得火险赔款，不过数百万元，聊胜于无而已。

《繁华报》1944 年 6 月 24 日

煮字生涯

自下月起，颇拟摒绝煮字生涯，稍事憩养，并《春秋》编辑一职，亦准备辞去不干。下走年来，百事费心，了无人生佳趣，搦管为文，遂亦不能有经意之作。《春秋》纸张犹可，印刷则每况愈下，看在眼里，辄不惬意。而作品之征集亦奇艰，又兼一身负编辑校对两职，无人为我作臂助，穷年兀兀，所得既不足以赡家，兴趣亦索然无味，倒不如与文字绝缘，庶精神亦稍得宁静也。

《繁华报》1944 年 6 月 24 日

梁乐音先生来晤

梁乐音先生枉驾过访，乐音先生今之声乐家，盛名藉藉于沪壖，华影之音乐科赖先生主持，名曲迭播。予以方沛霖先生谆谆相嘱，勉为其新作《凤凰于飞》作插曲，乐音先生遂欲一晤下走。下走已为《凤凰于飞》作歌曲四支，其中三支，乐音先生分匄其同人制谱，《晚宴》一支则乐音先生自儷以曲。下走之作本翦陋，得乐音先生及其同人助以妙乐，当能掩予瑕疵耳。

《繁华报》1944 年 6 月 25 日

乐义与老爷儿

昨日静安寺路西端，有一乐义大饭店开幕，其地盖即“纽·老爷儿”之原址[①]。往年在虹口之老靶子路，有一“老爷儿”饭店，为意大利人所经营，夙有名。“纽·老爷儿”则后设，亦意人所主持。“老爷儿”之名，意为“皇家”，今有人以巨资将“纽·老爷儿”盘下，改组为乐义大饭店，“乐义”两字，便系就“老爷儿”之音蜕化而出也。

图 64　乐义大饭店开幕广告，刊于《申报》1944 年 12 月 24 日

《繁华报》1944 年 6 月 25 日

晴时雨

昨日午后，曾一露阳光，而雨势未辍，此即所谓太阳落雨者。

① 乐义大饭店，位于静安寺路（南京西路）2004 号，今华山饭店。其前身为皇家饭店（Royal Hotel）。“乐义”之名，为 royal 之译音。蝶衣文中“老爷儿”亦为 royal 之译音。

曩年游湖上，尝有“溪山才汴晴时雨，笑语轻移水上舟”之咏。“晴时雨”三字似未经人道，而彼虑不典。不知在前人著作中，对于所谓太阳落雨，亦有所谓专门名词否？

《繁华报》1944 年 6 月 26 日

莺歌节目表

欧阳飞莺奏歌于万象厅，吴承达兄为之排拟节目表，置于玻璃桌面下，庶嗜好飞莺歌者按《节》而趋，此实为一种噱头。承达兄不忘下走，辄饬人送节目表数页至，吾文见报之日，飞莺所奏者，茶叙时间为《讨厌的早晨》与《可爱的早晨》，晚餐时间为《喜临门》与《白鸽》，夜座时间为《交换》与《你不要走》，其中《白鸽》一曲，尝为文歪公所激赏，爱好声乐者，盍往一聆，庶几于克拉雪克[①]与爵士，辨其情味之分野也。

《繁华报》1944 年 6 月 26 日

三部曲

二十五晚，与老凤先生自大利酒楼[②]出，摸黑至新都，乘升降梯至万象厅，晤吴宣传主任承达，有所商洽，而久待“白玉薇过房大典”之汤总干事不至，遂枯坐以俟。是晚，欧阳飞莺之第三部曲为《桃李争春》及《你不要走》歌已，以听众之热烈要求，遂续歌《卖糖歌》一折，而掌声依然如殷雷之爆发，飞莺已自台上下，因又缓步而上唱《萝蔓娜》一曲。《卖糖歌》与《萝蔓娜》皆飞莺杰作，本不在是

① “克拉雪克”，classic 的沪语音译，此处指古典音乐。
② 大利酒楼，位于福州路 650 号。

晚节目之内，意外获此耳福，遂认为收获奇丰。曙天兄作一文，指责飞莺，谓飞莺在万象厅每日奏唱三部曲，每部只歌二折，以为不足餍听众之望。其实万象厅之节目单上，虽每日只列六曲，实际上往往徇听众之请，临时加唱一二支，凡此情形，几已成为惯例，非真如曙天兄所说那样的严格也。

《繁华报》1944 年 6 月 27 日

尾声

飞莺于万象厅奏歌毕，伴之诣高乐歌场，飞莺之小阿哥同行。是晚，高乐有逸倩小姐之彩排，演《借东风》，飞莺尝见逸倩于私底下，复欲一觇其台上风度，故降临是间。冯蘅已先在场，遂共据一隅而坐，予以有事，坐片刻即行，未及观《借东风》之演出，甚以为歉焉。

《繁华报》1944 年 6 月 27 日

上海三怪

遇潘柳黛女士于万象厅，柳黛言，翌日已与周鍊霞、白玉薇约，将有一次欢叙，凤老遂操其海盐国语致赞曰："你们三位，都是现在的金闺国士。"柳黛亟曰："什么金闺国士，还不是所谓海上三怪！"柳黛吐属风趣，虽立谈之顷，亦往往有绝对妙论，不假思索，张口即出。白雪兄当日恶谑，此际亦成柳黛谈笑之资料，当为白雪始料所不及。

《繁华报》1944 年 6 月 28 日

花园酒楼之晚

晚餐于花园酒楼，此间以酒楼为名，而吾侪进膳之地，实不在楼而下，因之终未睹酒楼之上，是何景象。遇梁乐音先生于座上，乐音先为此间常客，是处有浓树绿茵，可资憩坐；有轻歌曼舞，可资览赏，宜为此声乐专家所喜悦也。乐音先生言："李香兰女士或将拨冗至。"然迄吾侪饭罢，李香兰女士犹芳踪杳然，乃不获一聆其声欬，辄引为憾焉。

《繁华报》1944 年 6 月 28 日

与王引一席话

于花园酒楼晤王引，久不闻此君之麒派嗓子，盖此君年来跳舞场摆测字摊之兴致忽减，而下走又不跑证券大楼，遂鲜良觌之机会矣。愚问王引："将有何新作品问世？"王引曰："《北京人》。"予仿佛记报间有孙景璐加入华影之记载，因问："是否孙景璐主演？"王引曰："否！罗兰。"予曰："罗兰非将北归耶？"王引曰："未闻此说。"予曰："《北京人》虽为曹禺名作，然此剧之内在意识，颇不易使一般电影观众了解。"王引曰："然也！予亦为此点煞费踌躇。"予曰："例如此剧中有一酗酒之人，发为愤世嫉俗自言甚多，此人究竟是什么个性？我看了舞台剧，就觉得有些说不出所以然。又如原始人型之所谓'北京人'，汝又将如何处置？"王引曰："此一庞然大物，在影片的拟竭力避免，至酗酒人之处置，亦待研究。"予曰："然则片名如何，径用原称耶？"王引曰："将改用'旧京春梦'四字。"

以上大段回答，仿佛纯以新闻记者之姿态出之，念及此点，自己不觉失笑。似乎此时之我，方在抢"何感想"（何海生兄外号）生意也，遂戛然而止。王引与予约，越二三日来访我。则彼时以新闻记者姿态出现者，当为王引矣。

《繁华报》1944年6月29日

排队购票

在火车站须排队购票，此项盛况，最近在兰心大戏院前亦睹之。李香兰演唱会之消息既播，兰心门前，购票者如潮，剧院当局恐发生意外，令购票者列队以进，凡两日九场之座券悉罄，而向隅者犹不在少数也。闻李香兰他日重莅沪上时，尚拟"混码"一次，以慰赏音者喁喁之望也。

《繁华报》1944年6月30日

李香兰之服饰

二十八日一日之间，凡三度见李香兰女士，第一次在都城，御绯色旗袍，项间银珠链；第二次在国际十四楼，旗袍已易绯色为赭

图65　李香兰，此照为私人收藏

红，项间熠熠者，亦非珠链而为金链矣。国际餐已，至大中华小坐，十时许至花园酒家，又见李香兰女士于园中，外罩白色夹克，昏暗中不辨其所御之旗袍，是否已换上了第三袭？

《繁华报》1944 年 6 月 30 日

李香兰新作

李香兰莅沪后，影迷渴望其有新作问世，则以《万世流芳》中插曲二支，予人之印象綦深也。阅于李小姐为华影摄片消息，报端记载，不一其确。实则事已内定，所传主演《火烧圆明园》一说，良非无因，惟李小姐不久将有扶桑之行，片之开摄，须待李小姐下次莅沪，始能实践耳。

《繁华报》1944 年 7 月 1 日

李香兰签名

李香兰以一照见贻，照上用钢笔署姓名，乃有龙飞凤舞之致，惟示诸他人，苟不知影中人为李香兰，便不易辨认其署名。则以所略折于中国之花押，虽仔细辨认，亦不易索解也。书家中粪翁署名，亦纠结如瓜蔓葛藤，粪翁署名之高，当代第一，特署名则颇病其未能一本正经耳。

《繁华报》1944 年 7 月 1 日

歇夏

即日起，拟辍笔不复事写作，期以两月，是为歇夏，待金风送爽之际，当重为吾报效微劳，愿白雪主干核准。

（白雪按：请蝶衣兄勉为其难。）

《繁华报》1944 年 7 月 1 日

银幕之梦

当代名伶吴素秋、言慧珠、童芷苓甚至应畹云，都已经先后上过银幕，因此也引起了白玉薇小姐对于第八艺术的爱好。自于省庐园艺会之夜，一度与张善琨谈判后，白小姐上银幕之说遂甚嚣尘上。不过就下走所知，此事还不能十分乐观。

第一，玉薇与华影犹未签订合同，仅有口头成约而已；第二，桑弧正忙于导演《教师万岁》，短时期内无执笔为白玉薇写剧本的余暇；第三，目下胶片成问题，华影有许多已决定的新片能否成摄尚不可知。所以，白小姐的银幕之梦，一时恐不易实现。

最好的一个办法是酝酿已久的《绿珠》一片让玉薇主演，剧本既现成，极适合玉薇的个性。玉薇迄今犹逗留沪堧，等候拍电影也是原因之一。如果玉薇急于要完成理想，只有上述的一个办法是捷径。万一华影当局对白小姐说："须待剧本完成以后再开拍！"那么玉薇不如暂回故里歇夏，待秋凉之时重莅上海，准可以来得及。

《繁华报》1944 年 8 月 2 日

飞莺青岛记

欧阳飞莺赴青岛避暑之讯，报间已有记载。下走在本报辍笔一月，美其名曰"歇夏"，实际上犹处身于九十余度之热浪中，以视飞莺之避暑海滨，则下走之吃价，实不如飞莺远甚焉。飞莺此次赴青，系御机而往，莺而能飞，真可谓名副其实。外传飞莺之辍唱，系因不愿领女歌手执照之故，此则揣测之辞，以飞莺奏歌于万象厅，其情形与歌场女子不同，当局固未尝迫令其登记领照也。

《繁华报》1944 年 8 月 3 日

周璇不婚

在华山路道上，见周璇驰自由车如飞而过。此女自与严华仳离，久久不婚，抑且深居简出，当系恐惧流言之故。当年之掇擿周璇离婚者，无非为一念之私，今日乃使勿能享闺房之乐，真伤阴骘也。

《繁华报》1944 年 8 月 3 日

乱世佳人

张爱玲、苏青、潘柳黛，战后享盛名于文坛，谑者皆戏称为“乱世佳人”，意盖谓若非乱世，或不易显示三位佳人之才华焉。

西方之乱世佳人赫思嘉，颇有精警透彻之见解与言论。苏青女士之“饮食男女，人之大欲存焉”及“暴怒”与“狂欢”（见《结婚十年》）诸妙论，潘柳黛女士之“丈夫 AB 制”学说，胥足以媲美赫思嘉。惟爱玲张为文虽亦有恣肆处，毕竟不如苏潘之狂易，在东方乱世佳人中，犹是比较拘谨耳。

《繁华报》1944 年 8 月 4 日

打瞌铳阿金

就餐于某酒家，闻人述“打瞌铳”阿金轶事。阿金别无所能，惟打瞌铳为其一技之长，不论沙发上与厕所中，到处可以打瞌铳，即直立时，亦会呼呼入睡，因得“打瞌铳”之号。忆曩年半老书生由无锡来沪，寓东方饭店一室，夜访之，立谈移时，半老忽阖目入睡乡，鼻管中作鼾声，而一手犹夹纸烟不坠，其技之神，亦不让打瞌铳阿金专美也。

《繁华报》1944 年 8 月 4 日

张“汶”祥刺马

皇后大戏院张新戏预告，曰“张汶祥刺马”。按：张文祥为清季一勇士，以行刺马新贻获罪，故官家为之易名“汶祥”，以讳名之例例之，赐“汶祥”盖罪名也。皇后编剧人当非效忠清室之遗老，顾亦不为之恢复原名，定要给他加上一个三点水边旁，可与牛乳导演之“泪洒想思地”先后辉映矣。

《繁华报》1944 年 8 月 5 日

周今觉诗

周瘦鹃先生录《今觉庵诗》，言“一饮琼浆便是仙，又随青女斗婵娟。何因不畏吴刚斧，独抱高寒自在眠”一绝为佳唱。下走于今代人诗，不敢妄加月旦，惟此诗则首句袭“一饮琼浆百感生”，次句将“青女素娥俱耐冷，月中霜里斗婵娟”合而为一，第四句则仿佛古人亦有咏婵娟曰“独抱高棱自在吟”，《今觉庵诗》集中，当不乏佳唱，惟此似不足称道耳。

《繁华报》1944 年 8 月 5 日

汪荣鸿之死

汪荣鸿君,为旧日《新闻报》同事,最近以剖食西瓜而死,报端已有记其事者,顾误其名曰"鸿荣",其实为"荣鸿"也。荣鸿平日好习拳,恒于新闻报馆屋顶旷地,作八段锦表演,又能手转齐眉棍如飞。荣鸿在《新闻报》,服务时间在深宵(监视机器房印报工作),以是恒黎明始睡,而平时见之双颊丰腴如孩童,盖转益于习武耳。报端记其食西瓜而死,此似非情理所许,吃西瓜断不至于丧生,此中恐别有原因也。

《繁华报》1944 年 8 月 6 日

红棉三楼

秋翁邀宴于红棉,坐三楼,风来特巨,不必有电风扇,亦有两腋生风之快。红棉三楼本已辟为股票市场,以此日无市,兼之电扇成禁物,二楼燠热不可耐,故设筵于此。然廓然巨室中,亦惟吾侪一席而已。酒菜业特捐辄涨至百分之四十,又勿能启电扇,于是食客裹足,酒菜肆营业一蹶不振,红棉如此,其他酒家亦莫不然也。

《繁华报》1944 年 8 月 7 日

泥金扇

凤三兄亦以聚头扇索书,辄为泥金制,是与下走之"扇约"正相悖。特画家仅"劣纸不书"之例,凤三以泥金扇畀我,已不啻抬高下走身价,乌能必欲人家遵扇约。其实发笺代价,廉于泥金,特发笺较冷门,故不为人所知耳。

《繁华报》1944 年 8 月 7 日

郑霞谈吐

于买司干席间，初聆郑霞谈吐，此著名之女歌手，发言时涉谐趣，美中不足者，厥惟“吃勿消”说成“吃勿哓”，“辣酱油”说成“辣姜油”，其声口遂仿佛江笑笑。顾下走尝聆其歌“郎是风儿姐是浪”，初未尝读“姐”为“假”，咬字十分准确，此则羞胜江笑笑一筹矣。

《繁华报》1944 年 8 月 8 日

买司干与韦锦屏

买司干为老店新开之咖啡馆，位于百乐门之二楼，有玻璃门通百乐门之玻璃舞池，座客有兴，亦可携侣越门，躧步玻璃舞池上也。刀疤女郎韦锦屏，现执业于此间，为女侍者领班，此婆先后托杯盘于皇后、瘦西湖、南华、广州诸家，栖身之地屡易，而始终改不掉老本行，殆亦命该如此乎？

图 66　百乐门舞厅的玻璃舞池，刊于《中国建筑》1934 年第 2 卷第 1 期

《繁华报》1944 年 8 月 8 日

白玉薇上银幕

白玉薇与华影已签订合同，上银幕之实现殆不远。玉薇自言，以演古装戏较为惬当，予亦云然。过去言慧珠、童芷苓登银幕，皆病在动作不甚自然。玉薇言，此惟古装戏稍能补缺憾。玉薇慧心人，故能有此见地也。予仍欲为玉薇持前议，不如以《王昭君》一片，使玉薇主演之，可断言玉薇能展其所长。惟桑弧、梯维二兄，苟能为玉薇另制一剧本，自是更佳耳。

《繁华报》1944 年 8 月 9 日

忠言逆耳

凡忠言例必逆耳，此盖为不易之定论。当某咖啡馆筹备进行时，下走尝于本报献刍议，以为不如改弦易辙。诚以下走本身，亦厕身于咖啡馆从业员之林，深知此一口饭，实在不易触祭[①]耳。不意下走之借箸，不仅未获嘉尚，且招怨尤，遂而自悔多事，后此即抱定"闲事少管，饭吃三碗"宗旨，以与忠言绝缘。然而时至今日，某咖啡馆终以招徕乏术，不得不将冰咖啡之售价，每杯由百五十金抑低至百十金，而男女侍应生中，仍有十数人相率离去。事非经过不知难，某咖啡馆之贤明当局，此际宜知下走往日之言，并非尽属放屁矣！

《繁华报》1944 年 8 月 9 日

出家消息

别报载下走出家消息，其实似是而非。下走尝奉托若瓢上人，

① "触祭"，沪语，"吃"之意。其原是指鬼吃祭饭，故多用于贬义，如形容人吃相难看、恶吃、天吃星等语境。

意欲下榻于吉祥寺中，目的在从杭州唐伯虎（云）习画，作日后文章无人请教时改行鬻画之准备。祝发则虽有此意，时机犹未成熟，盖下走今日，尚不致万念都灰也。报载消息，爱半老书生笔下之调调儿，尝曰："一半儿错误一半儿对！"

《繁华报》1944年8月11日

联华旅行剧团

最近，华北有一联华旅行剧团成立，主持人有华北名流张孟龢及剧人廖宇光。廖自故都莅沪已久，其任务为邀角，初属意陆露明，谈判未成，遂转移目标于李绮年。李与国际订有合同，非合同期满不能首途，故其事犹待磋商。惟另有一部分剧人，则已经邀妥，不久又将有一批人马随廖北上，作淘金之行矣。

《繁华报》1944年8月11日

产妇

刀疤女郎韦锦屏，在买司干任铅笔头[①]之职，为示别于一般女侍起见，特以绸带束其发，望之直如一产妇，仿佛分娩未久，刚从产科医院跑出来也。

《繁华报》1944年8月12日

张善琨赴汉

张善琨先生，已作汉皋之行，濒行前委所事于他人，故孙景璐宴请报人之夕，张氏未至，挽沈天荫先生为代表，盖事前嘱托者也。

① "铅笔头"，captain的沪语音译，"领班"之意。

潘三省先生则亲自出席，举盏与在座者作联欢表示。潘先生是夕有数处酬酢，盖亦拨冗而来也。

《繁华报》1944年8月12日

孙景璐消夏

广州之宴，孙景璐绝早即至，意态至诚恳。孙本消瘦，是夕见之，则容光视前益清减，想见其心绪之不佳。孙对人言："自离婚以后，神思绝不再宁，否则亦不致造成此次事件。"因知孙于离异之事，所受之打击綦巨，亦相当可悯也。

《繁华报》1944年8月12日

红豆厅

南国酒家辟咖啡座，拈"红豆"两字为名。"红豆生南国"，极适合也。"红豆"两字之下，别系一字，则方在登报征求中。予意近时诸家咖啡座，悉以"厅"名，孔雀厅、万象厅、吉祥厅皆是，正不必标新立异，姑妄"厅"之可耳。

《繁华报》1944年8月13日

雁讯

"小阿媛"沈秋雁兄，一别数年，久不闻其消息，此始得悉其近况，则兄在桂林，方为西南通讯社之主持人，所干的依然是老本行也。秋雁为人，夙抱闲观主义，从来不见此君颊上有愁容，不知他日归来，"小阿媛"依旧春风满面否？

《繁华报》1944年8月14日

《凤凰于飞》

方沛霖新作《凤凰于飞》已开拍，下走之十一支曲子亦完成，总算未尝曳白。此片中有一场晚宴镜头，颇拟介绍女侍应生若干位与阿方哥，使若侪客串演出，漂亮面孔既有，女侍制服亦现成，可以一并出借，阿方哥如需材孔亟者，请驾临低眉人荐头店接洽。

《繁华报》1944 年 8 月 14 日

旅馆营业时间

最近当局又颁新令，限各娱乐场所及饮食肆于每晚十时打烊，旅馆业亦在其列。按旅馆营业时间，以每晚十时为度，不知是否客人们睡到十点钟，一起爬起来滚蛋？抑是晚间十时以后，即不许接客？此则似乎待解释也。

《繁华报》1944 年 8 月 15 日

贷学金义展

由于名山老人及闻兰亭、蒋竹庄①、唐企林②诸老的发起，常州旅沪同乡会的主办，将有一次贷学金书画义展的举行，地点是中国画苑，日期是十五日起至二十一日止，其缘起曰："吾乡侨沪人士，类多寄情毫素，藉遣雅怀，绵历岁时，渐增积件，同人等爰拟征集出品，售作义举，藉此艺事之观摩，移作清寒之补助，得蒙面允，合力助成，复荷海内鸿达，同声赞许，不吝参加，珠玉纷投，声华益

---

① 蒋维乔(1873—1958)，字竹庄，别号因是子，江苏武进(今常州)人。历任临时政府教育部参事、江苏教育厅长、东南大学校长、上海鸿英图书馆馆长、上海人文月刊社社长、上海光华大学哲学系教授、上海诚明文学院院长等职。著有《周易的哲理》《周易孟氏学序》《周易之陈九卦释义》等。

② 唐肯，字企林，江苏武进人，毕业于日本中央大学。1906 年，与李叔同、曾孝谷等创办春柳社。曾任霸县知县。

盛。他山借助，既殊享帚之自珍，邻壁分光，更获连城之重宝。……”骈四俪六，颇复可诵，不知是否出钱小山先生手笔也？

《繁华报》1944年8月15日

栋良妙绘

江栋良兄笔下，亦工为翻云覆雨之图，南洲主人见而好之，匄下走转烦栋良兄作一箑，越五日而箑至，两面皆作画，折叠视之，胥有活色生香之妙。一面题一字曰“癖”，则采取宁波人口头禅，尤有画龙点睛之趣。栋良兄画值，每箑只取三百金(双面备之)，几与恒时所作小说插图之代价等。工笔仕女当作漫画卖，着色不另取费，殆亦可谓狂廉也。栋良兄在共舞台楼上治事，欲或栋良妙绘者，固不妨踵门以求也。

图67 《二美图》(徐来与叶秋心)，江栋良绘，刊于《明星》1935年第1卷第2期

《繁华报》1944年8月16日

郑霞我见

大郎兄亦称郑霞风度不恶，斯真奇矣。郑霞脸型，绝似小型潘柳黛，聆其谈吐，则“吃勿消”成为“吃勿晓”，“辣酱油”成为“辣姜油”，几与滑稽艺人江笑笑相埒。顾柳絮、大郎，俱与笔下誉郑霞之美，意者下走所见，殆是另一个郑霞乎？

《繁华报》1944 年 8 月 16 日

鸡金菜

咖啡馆之玻璃桌面下，置有鸡金菜广告，有一位客人嘱咐侍者：“来一客鸡金菜。”以为鸡金菜与长盆①大菜异曲同工也。不曰“金鸡菜”而曰“鸡金菜”，不知何所取义？“鸡金”两字极不好听，往往使人误以为鸡奸焉。

《繁华报》1944 年 8 月 17 日

苏青之咬

读苏青女士之《结婚十年》，其中有语曰：“只想马上抓住一件东西，把它撕碎了拼命咬……”因之白玉薇演《马寡妇开店》，将手帕衔在嘴里拼命咬……咬……，实为一种深刻之表情，而苏青女士笔下妙语，与白玉霜之演技亦以言异曲同工也。

《繁华报》1944 年 8 月 17 日

丁香花园之蝉

十六日之午，趋车诣华影厂，听周璇试唱《凤凰于飞》插曲。华

① “长盆”，supper 的沪语音译，“晚餐”之意。

影自大合并后，未尝一往，此日犹第一次观光也。

《凤凰于飞》插曲凡十一支，是日试唱者，为《霓裳队》与《感谢词》二曲，前者有十余位小姐助唱，后者则周璇一人独唱，反复练习历二小时始蒇事，郑重可想。

丁香花园中浓郁如幄，试曲时，蝉躁之声聒耳，颇妨录音。他日传播于银幕上，管弦声中或有蝉鸣参预其间，则当为意外之收获矣。

罗兰在一厂摄《北京人》，闻周璇试曲，亦莅临旁听，其姊妹淘若干人随之来，共作壁上观，罗兰挽发成髻，御绣花鞋子，盖《北京人》中曾思懿打扮也。

十七日下午，将继续试唱《前程万里》《嫦娥》二曲，盖片已开拍，录片事不及待矣。

《繁华报》1944 年 8 月 18 日

南洲主人呼冤

凤三在大都会召赵雪莉坐台，赵未及数语即去。凤三在报端记其事，谓以南洲主人停车候雪莉于门外，雪莉故席不暇暖。秋翁是夕与凤三同行，笔底亦作如是言。而南洲主人则以书抵下走，极口呼冤，谓在暑期之中，惟与闺中人每晚纳凉于七重天，不晤赵姊者已久，凤三召赵侍坐之日，本人犹滞留秦淮，安从挟赵作宵游？愿吾兄为弟一言以辩云云。按：若干日前秋翁之记，尝谓亲见南洲停车于大都会门外，而南洲之言，又不似尽诬，此真扑朔迷离之事矣。

《繁华报》1944 年 8 月 19 日

向南洲进一言

南洲主人裘马翩翩，频年来跌宕欢场，挥金买笑，此原不说五陵年少本色，独惜主人钞票，用在女人地界者较多，例如辟百尺香楼贮□七刘，历时不及半载，所耗达数十万，而此等女人，终未尝有沦肌浃髓之感。以是颇欲以十年老友之地位，劝主人稍稍改变作风，后此倘能以不用要发霉之钞票，移百分之若干于公益慈善方面，亦未始不足以为主人造势，较之以钞票掷诸虚牝，毕竟要好得多也。

《繁华报》1944年8月19日

试曲续记

《凤凰于飞》插曲，已先后试录《霓裳队》《感谢词》《晚宴》三阕，昨日又将《寻梦曲》收入胶片。周璇小姐连日展其歌喉，虽一贯以低音出之，然此人自有天赋，虽韵调低沉，如《寻梦曲》，歌来亦极婉约悦耳。录音时，指挥者仍为吾宗歌辛兄，以曲谱亦出兄手也。

《前程万里》《嫦娥》二曲，以伴奏乐谱未完成而“马后”。今日或可先收《前程万里》，此为《凤凰于飞》十一支插曲中最雄壮之一阕，周璇小姐评骘优劣，谓以《前程万里》为第一，《霓裳队》居第二。惟以周小姐连日摄戏辛劳，虑歌喉勿能挖纵自如，故今日能否试曲？犹待临时决定耳。

《繁华报》1944年8月20日

瞻韩无缘

苟以丹青拟韩菁清，则韩在女歌手中，当不愧隽品之称，以其无寻常女歌手艳俗之气也。予初见韩菁清，系在大中华座上，聆其谈吐，颇不俗。最近连二夕进餐于时懋，皆不见韩在场度曲。一女侍应生言，韩度曲时间在九时后，而予则以事不及待，遂不获偿“瞻韩”之愿，真憾事也。

《繁华报》1944 年 8 月 21 日

舞蹈教习

《凤凰于飞》影片中，有伟大歌舞场面，由黎乐鸣君司教授舞蹈之责。黎为已故大总统黎黄陂族人，苟授宗室之例言，此君亦贵胄也。“歌舞上来”之玩意儿，昔日为宣刚[①]之拿手好戏，今黎君亦娴此道。昨日上午，在华影一厂观此君训练三十余位少女挥大腿，亦有诲人不倦之容。以总统胄裔而作舞蹈教习，殆亦性之所好欤！

《繁华报》1944 年 8 月 21 日

不知所云

近一时期，看戏的兴致大打折扣，《艳阳天》《青春》《金银世界》等几只戏(仿某新文艺作家笔法)陆续上演，我一只都没有看过。昨儿晚上，阿汉兄跑来找我，邀我到皇后大戏院后台去“玩”(仿某新文艺作家笔法)，这位仁兄，过去曾醉心于王玉蓉老板，他要拉我上皇后后台，目的是拜访他的王老板，当时也给我设词谢绝了。我对于看戏及访问剧人，并不是不感兴趣，主要的原因是天气太热，

① 宣刚，扬州人，毕业于复旦大学，为古文家宣古愚之子。彼时京戏馆演连台本戏，常有西洋歌舞表演的噱头，故有“歌舞上来”之俗语。宣刚率一队训练有素之西洋少女，在沪上各大戏馆中表演，被目为“歌舞上来”的托拉斯。

要我在戏院子里闷坐二三小时,我没有这样耐心,以剧评人的姿态跑后台,更无此项胃口。宁愿到了晚上,在僻静的马路上徘徊移时,欣赏欣赏夜幕之下的景致(仿某新文艺作家笔法),倒比较逍遥自在些。

据说柳絮兄对于苏州河畔特别有好感,几时柳絮兄去苏州河畔作"散步的鱼"时,请预先通知我一声,让我也一附骥尾。

《繁华报》1944 年 8 月 22 日

防空井

报间已有掘井公司广告出现,有一家美井之名称曰"防空井",掘井所以汲水,与防空自非无关系,惟井中究不能匿人,乌得与防空壕相提并论?掘井公司急于招揽生意,遂不免有巧出名目之诡耳。

最近有许多里弄,为防备水荒计,已群起作掘井之谋,故实际上掘井公司之生意,亦不患清淡。谑者则言,他日遍处是井,亦是为寻死者多辟一条捷径耳。

《繁华报》1944 年 8 月 23 日

离婚月老

吴景平与孙景璐之婚,吾友吴承达兄任介绍人,最近忽闹婚变之孙樟、张宛青[①],当结褵之时,承达亦居介绍人地位。承达因言,生平不啻专做离婚媒人,实属不祥之身,后当引以为戒云。

《繁华报》1944 年 8 月 23 日

① 张宛青,毕业于北京大学,《时事新报》记者,曾译过[法]米尔波《浮云流水》。

周璇无恙

二十二日，晤周璇小姐于华影化妆室，龚秋霞、陈娟娟、袁美云皆在。报间尝记周璇失眠，《凤凰于飞》以是停拍者，不确。盖是日之上午，《凤凰于飞》摄“公堂对簿”一景，周璇皆有戏也。数日前，周璇患头痛，晚间遂勿获酣眠如恒，失眠一说，当由是而起，然未尝影响于拍戏也。

《繁华报》1944 年 8 月 24 日

白光来沪

前一时期，白光亦尝有海外东坡之谣[①]。兹白光已抵沪上，谣诼不攻自破矣。今日下走曾晤梁乐音先生于花园酒家，乐音先生言，晚间将邀白女士共膳，邀予亦往一晤。作此稿时，在下午三时，更逾三小时，或将与此略藐流眄之熠熠红星，作一席谈也。

《繁华报》1944 年 8 月 24 日

新体诗

新体诗不乏佳作，近为郑家媛小姐题手册，录“明月装饰你的窗子，你装饰别人的梦”二语，此为卞之琳名句，沈毓刚兄言，原诗凡四句，而予则仅见其二，为刊于《新影坛》者，以其造意之佳，绝爱之，认为此是幸识中之成功作焉。

至若以“并收藏同情受苦者的泪之匣的心”一类佶屈聱牙之句入诗，则恕鄙人不敢苟同。诗无间新旧，都该有诗的韵致，若上述

---

① “海外东坡之谣”，指其人已死的谣传。

长句，则读诵且不易，世讵有诗而不许人读诵者乎？

《繁华报》1944年8月25日

叫哥哥

购叫哥哥一头，悬之于案头书架上，饲之以毛豆荚，听叫哥哥振翼作单纯之鸣声，以为此亦天籁，较之读佶屈聱牙之新体诗，为愈多矣。

《繁华报》1944年8月25日

罗兰在银幕上

罗兰由舞台登银幕，处女作《京华旧梦》，所剩惟三四个镜头，不日即将摄制竣事矣。罗兰在舞台上，有活色生香之致，一登银幕，则微病清减，开麦拉翻司[①]遂未能理想之美。尝睹《京华旧梦》片段试映者，皆作如是言。特罗兰演技，毕竟洗练可爱，故演出成绩犹不弱。罗兰与华影所订为部头戏合同，后此或将加入联艺，仍由银幕而返诸舞台，盖曾思懿一型少妇角儿，在影片中不恒有，勿若在舞台之上，较能展其所长耳。

图68　艺人罗兰，刊于《中美周报》1947年第230期

《繁华报》1944年8月26日

① “开麦拉翻司”，camera face之沪语音译，指上镜感。

影人食堂

华影一厂对面，有小肆曰源茂，其营业范围，为供应饮食并兼售卷烟，盖合烟纸店、吃食店为一者。影人王引、姜修、王乃东皆好饮，辄买醉于此。演员值上下午有戏，不及返寓进膳，亦恒进餐于此。此一小肆，过路之客人绝少，恒时专顾者惟华影艺人，乃不啻影人食堂也。

《繁华报》1944 年 8 月 26 日

大腿之谣

近日报间纷传《凤凰于飞》影片中有大腿表演，其实不然，《凤凰于飞》中歌舞场面，其一为《嫦娥》，作古装；二三为《凤凰于飞》与《霓裳队》，则时装而悉御礼服，故并无袒裼裸裎之镜头。是片导演为阿方哥而非阿木林，断不会叫林黛玉型之周璇小姐，在银幕上挥大腿也。

《繁华报》1944 年 8 月 27 日

标准国音字典

林秉宪君，为中华通录音之发明人，现主持华影的录音部分。其人年事犹少，而绝顶聪明，不仅在东方好莱坞称录音第一手，且精娴国语，华影女星在录曲时，每就正字音于林君。故林君在华影，有“标准国音字典”之号焉。

《繁华报》1944 年 8 月 27 日

派克出笼

中华书局文具廉售，居然拉铁门，盛况不下于轧火车票。中华书局战后囤有大批派克笔，上次祝融氏肆虐，笔犹幸无恙，兹有出笼，二号派克笔一支，售九千金，虽不附带铅笔，究亦在便宜之列。中华书局门前，无怪有轧坍之观矣。

《繁华报》1944 年 8 月 28 日

此后之女歌手

新成区咖啡馆，首先于晚间十时打烊。老闸区之咖啡馆，日昨亦接得通知，十点钟皆须闭扉拒客，此固为咖啡馆厄运，然自此而使女歌手不复成为你抢我夺目标，稍杀若侪矜持之气，亦未始非佳事也。

《繁华报》1944 年 8 月 28 日

舞场末日

跳舞场营业，近日置人于日暮途穷之境矣！九点钟开业，十点钟打烊，做一个钟头生意，等于某种场合之歇脱泰□，后此跑舞场诸人，作灰钿之叹者将更不乏人，以营业时间应短促，舞人之席不暇暖，益师出有名也。当局对于舞场，并不严厉取缔，而采取一种绞刑方法，使舞场自趋灭亡之途，如此可以减少请愿等一类麻烦，法亦未尝不善也。

《繁华报》1944 年 8 月 29 日

矛盾现象

西藏路上有一二家烟纸店，星期日居然亦闭门休业，派头之大，视先施、永安并无多让，此无他，在香烟市面坚挺声中，多囤一天即增进若干利润，故不必亟亟求售耳。上海滩上，有许多店家唯恐不打烊，有许多店家，唯恐打烊太早，真是矛盾想象也。

《繁华报》1944年8月29日

鹃不如鸥

周瘦鹃先生著《新秋海棠》说部，中旅尝拟以之搬上舞台，且有三院同演计划。兹以中旅本身如风中烛，三院同演计划搁浅，海棠遂亦入于春种状态。瘦鹃先生命运，乃不逮瘦鸥先生[①]之佳，真所谓有幸有不幸矣。

《繁华报》1944年8月30日

体育片

尝向阿方哥建议，歌舞片陈义不高，歌舞升平之时期亦□□，以后不如改摄体育片，请著名之运动健将上银幕，此为尚武精神之表扬，说起来亦比较嘴响。华影已拥有李震中、李宝中二员球国健将，予意更可于篮球女将中物色若干人，合演一片，必有号召力。惟运动健将仅有球场经验而无影场经验，必须予以严格的训练始可。否则在银幕上表演木偶戏，将使观众有倒胃口之叹。

《繁华报》1944年8月30日

九月复兴节

小型报自九月一日起，将一致改进内容，本报之"全面革新"预告，亦已昭示于大众。谑者谓八月一日为上海市之复兴节，若夫九月一日，则殆可定为小型报之复兴节也。（此段作风极似蒋九公

① 秦瘦鸥，上海嘉定人，著有《秋海棠》《危城记》《梅宝》等作品。

兄,奇极！低眉人自注)

《繁华报》1944年8月31日

姑妄"厅"之

南国酒家于二楼辟咖啡座,命名曰红豆厅,已于昨日开幕,延都杰、曼萍两小姐为女歌手,复有"表演"一类噱头,故情况亦至盛。"红豆生南国",名称极现成,顾南国事前尝于报端征求,请读者于"红豆"之后,别系一字,以示有别于一般之"厅"。广告刊出后,投函者綦众,而罕有惬意者,终乃袭用"厅"字,以各家咖啡皆习以某某厅为名,南国遂亦姑妄"厅"之耳。

《繁华报》1944年8月31日

袁绍兰之言及其他

袁绍兰归沪未久,一昨出现于大中华座上,袁自言,原拟与王宛中[①]同车南归,寻以事滞留,否则身亦罹难矣。袁又言,王宛中南归时,顾也鲁挽之不听,王自遣人购火车票,已得,临时又不行,以之转让与人。如此凡二度,第三次始成行,而终罹于难,倘亦所谓命欤?

图69　王宛中(紫薇),刊于《影迷画报》1940年第4期

袁是日御绿色白花旗衫,风致颇不恶。颇拟一叩其长枕大被故事,而未敢启齿,则以有阿汉先生在

① 王宛中,原名王珍珍,宁波人,本是逍遥、大东舞厅的红舞女,结识艺华影片公司小开严幼祥,以"紫薇"之艺名入电影界,参演《刺秦王》《三笑》《落金扇》等影片。加入华影后,更名为王宛中,参演影片《第二代》《芳草碧血》《夫妇间》。1944年8月,王宛中自徐州返沪途中,车祸罹难。

旁，不能口没遮拦也。

袁出处尚未定，周剑云先生创大中剧团，有罗致此人意，或仍将献身于舞台耳。

《繁华报》1944年9月1日

朱宝霞不幸事件

朱宝霞出演红宝剧场后，犹未一聆其歌喉，非对于蹦蹦戏之信仰已灭，实以顾曲之兴致不佳，近数月来，并话剧与平剧亦久未寓目也。若干日前，宝霞尝以事被捕，羁警局中者一宵。闻此消息，亦颇为此一迟暮佳人哀也。

《繁华报》1944年9月2日

咖啡座上早点心

今日之咖啡座，与茶馆店原无稍异，仅在于装潢陈设之差别而已。兹则以夜市无望之故，大中华咖啡馆且首先开早市，将排骨年糕线粉百叶结一类街头食物，搬上咖啡座，凡此黄包车夫之侪视为美味者，高等华人则向不轻易入口，非不以厥味为美，特不屑学吴稚老之随地就食耳。一旦搬上咖啡座，地点不同，器皿之装置不同，逆料高等华人在饱饫膏粱之余，亦将以藜藿为甘，惟咖啡座上有线粉百叶结出现，究亦近于末路之哀鸣矣！

《繁华报》1944年9月2日

《银海千秋》别记

报间有记，华影之集锦片《银海千秋》，仅四天即摄制完成者。

就予所知,则事亦甚冤,盖《银海千秋》之预告虽见报端,影片本身则迄今犹未完成也。

《银海千秋》集三十年来电影插曲之大成,此项剪辑工作自属轻而易举。惟歌曲之外,亦有故事以为贯穿,此则有待于拍摄。华影之数位名导演,都须担任导演一部分,予所知者,为王引导演白光部分,方沛霖导演周璇部分,观乎此,可知《银海千秋》之摄制,初非如想象之简单。

八月三十一日下午,《银海千秋》之主题歌在华影一厂录音,谭维翰撰词,梁乐音作曲,予尝袖手旁听,叹为佳唱,以歌声相当雄壮也。

《繁华报》1944 年 9 月 3 日

妲妮歌喉

南国酒家之红豆厅,延曼萍、都杰、妲妮三女歌手,度曲其间。曼萍与都杰,久享誉于麦格风畔,妲妮则下海尚初次,其原名黄丽芬,粤人而诞生于沪者,初即服务于南国,后以习歌离去。红豆厅既开幕,南国当局乃延之奏歌,而为易名曰"妲妮"。妲妮歌喉,颇有天赋,克拉雪克与爵士皆能应付,时下女歌手,以行歌日久,类多声嘶力竭之憾,惟妲妮则控纵自如,当代音乐家程梯西先生,亦盛赞妲妮有天才,此姝前途,当亦在未可限量之列也。

《繁华报》1944 年 9 月 4 日

打醮与盛会

当局禁止打醮,曾颁布命令,而各里弄之打醮缘簿,犹挨门挨户请求乐助如故。日昨城南且有城隍老爷出巡之盛典演出，此类怪现状之泯灭，殆犹须经过相当时期也。

《繁华报》1944 年 9 月 4 日

郑晓君丰采

关外明星郑晓君，亦来咖啡座小坐，遂得瞻仰其私底下之丰采。郑以宰相千金[①]献身银幕，自不失雍容华贵风度，而私底下亦然。是日，郑于左面鼻管塞棉花一撮，大抵以燠热之故，鼻血外溢，故以棉花止之，其功用盖与卫生带一般无二也。

图 70　郑晓君，刊于《大陆画刊》1941 年第 2 卷第 4 期

《繁华报》1944 年 9 月 5 日

周璇患气管炎

周璇一度患头痛，报间载其染病，本属渲染之辞，不料越数日

① 郑晓君，原名郑慧芳，据说是郑孝胥之女，故有“宰相千金”之说。

而周璇竟病，所患为气管炎，盖咳嗽加剧所引起，以连日就医，遂使《凤凰于飞》之摄制工作陷于停顿。惟三日以前，周璇又在华影一厂录《前程万里》《慈母心》《合家欢》三曲之音，盖医药奏效，所苦已若失矣。

《繁华报》1944 年 9 月 5 日

货腰女儿之醋性

货腰女儿以争攘舞客，恒有撚酸泼醋之事发生，往往一场殴斗之后，继之以嘤嘤啜泣，殴斗地点都在舞场中，啜泣则为女厕内之表演矣。过去至尊宝王文兰与李珍，在新仙林亦曾演出一幕全武行，此为醋海风波中之最剧烈场面，热闹为从来所未有。向时舞场当局及舞女大班，对于此类争风吃醋事件，向采取不加干涉主义，故虽严重如王李之争，事后亦不了了之。及至最近，仙乐某舞人忽与瞿群[①]起冲突，某舞人遽以是而辍舞，仙乐当局以舞人之腰业颇茂美，故欲为两造打开僵局，顷方从事调解中，结果如何，尚须待下回分解。按：舞业婴宛醋性最重者，推陈娟娟为第一，过去因争风吃醋而打出手，几视为家常便饭。现娟娟从一巨贾而隐，已逾半载，游宴之场，罕见娟娟踪迹，似乎安分非常。其实巨贾自纳娟娟后，亦日隶妆台，除办公外几于足不出户，故娟娟能安然相处，否则恐早已闹得鸡犬不宁矣。

晓丹客串

《繁华报》1944 年 9 月 6 日

---

① 瞿群，艺华影片公司艺人，曾出演影片《太平天国》，后下海伴舞，命运多舛。

张宛青

舞台装置家孙樟与其夫人张宛青，最近有变徵之声，张宛青有一长文，日前发表于某报，颇委婉可诵。曩年张曾主持《时事新报》笔政，又尝为联华影业公司编辑部之一员，宜其文笔不弱也。

最近，《海报》当局一度宴请张爱玲、苏青，张苏皆未至。识者因谓，“张宛青”三字，不啻合张爱玲苏青为一，以张宛青文笔之佳，邀渠担任撰述，或足以歆动一时也。

一日，尝见张女士于大中华咖啡馆座上，挈两孩，一子一女，眉梢眼角间，皆绝似孙樟，而孙樟却不承其女。人谓子女忤恶父母为大义灭亲，此则不知将谓之什么灭什么矣。

《繁华报》1944 年 9 月 7 日

舞业近况

近时以实行节约，自己不恒跑舞场，朋友为予述舞场情形，志其言，以见今日舞榭之落寞情况，与下走襟怀正复相同也。

朋友之言曰，自各舞场提早打烊后，营业莫不大受影响。中区各舞场，犹不过打掉些折扣，西区舞厅则几有满目凄凉之观，大有不得不趋于停业一途之可能，一般货腰女儿，现时莫不恃茶舞为收入大宗，夜场不过聊资点缀而已。向时舞国红星，每月舞票所得，恒有数达三四十万金者，例如最近红舞人李珍，入新仙林伴舞之首夕，所得舞券，达二十万元大关，听闻确足以骇人。惟揆诸实际，舞人实得之数，亦不过对折过半，盖舞场捐、所得税及舞女大班酬劳等项，一旦扣除，不啻三分，下去其二，能自得半数，已是上上大吉了。目下海上红星，收入较有把握者，只余仙乐胡弟弟、白莉花，大都会王丽君、赵雪莉，米高美王玲、孙媛媛，新仙林李美丽、李珍、罗英、瞿群，百乐门卢丽君、罗萍等若干人，盖亦寥寥可数矣。

《繁华报》1944 年 9 月 8 日

兰君北征

包小蝶兄招宴于其新邸，席上有张淑娴、张淑芸姊妹及顾兰君小姐。兰君才辍演于金城，兹则又将北征。兰君言，将于十一日离沪上，率银星剧团一行赴津门，盖其外子已驰之于沽上矣。兰君刚健婀娜之作风，在舞台上为仅见，即银幕上亦只此一人，十年来国产电影之稍有可观者，赖有兰君，华影当局不知珍视此人，遂使东方好莱坞有晨星寥落之憾，未始非一大损失也。

《繁华报》1944 年 9 月 9 日

龙门紧闭

龙门路上之龙门咖喱饭店，开幕之日，亦尝请闻人揭幕，名坤伶剪彩，顾不过数日间。顾以闭幕闻，过其地，但见龙门紧闭，其上悬告示牌一块，自谓系被勒令停业。其寿命之短促，殆为自来饮食肆所未有。亦可见这一项饭，并非容易触祭也。

《繁华报》1944 年 9 月 10 日

马派《斩经堂》

吴宫小马，为大郎兄笔下熟稔人物，此君亦有滑稽天才。一晚，此君在包小蝶兄府，改编《斩经堂》之“当初你父杀我父”四句词儿，谓使陈鹤峰演之，必有引人入胜之妙。于是效陈手势，见者无不嘔噱。小马所言，惜不能演诸舞台，否则马派之改良《斩经堂》，亦足以笑倒几个顾曲周郎也。

《繁华报》1944年9月10日

汉口的电车

在别的报上，看到了一段前天一演员萧正中死于汉皋的消息，死因是给汽车碾毙。对于这一段记载，我是有些儿诧异的，因为七年以前，我曾在汉口栖迟过一年，那时候无论是汉口、武昌或汉阳似乎都没有电车。所以对于萧正中作电车轮下鬼的传说，不无怀疑。不过汉口向来是一个与日俱增的现代化都市，也许这六七年来，已经敷设了电车轨道，有了此项新的交通工具。阿汉兄才自汉口归来，会当一叩之。

《繁华报》1944年9月11日

涂脂抹粉

某酒家一女侍自杀，报载自杀原因，为“勿欲涂脂抹粉以媚客”，此实太无常识之言。少艾之女投身酒家为女侍，已具大无畏精神，安得复有不乐映白施朱之理？若谓虽涂脂抹粉犹不能得人爱怜，以此萌厌世之念，庶几犹近情理耳。

《繁华报》1944年9月11日

胡弟弟之犬

货腰女儿之系出枇杷门巷者，良不乏人，胡弟弟亦其一。

图71　大东舞厅舞星胡弟弟(右)与董卓英,刊于《舞影》1938年第4期

弟弟初张艳帜,曰雪艳,某岁以花业凋零,始下海鬻舞。下海地点为大东,维时弟弟犹如蓓蕾初绽,冶艳不可方物。其后时隐时出,则以量珠聘之者众,而又胥不能白首偕老也。月前,弟弟又重披舞衫,入仙乐伴舞,仙乐主人谢,辟麦特公寓一室,作弟弟下榻之所。弟弟乃自斥巨金,修葺此室,一事一物,无不极尽华焕之观。弟弟室中,蓄一小型西洋犬,伺弟弟驯,而遇陌生人则猛。仙乐舞女管理主任陈浩泉,尝为是犬所噬,伤右胫,至勿能举步,迄今尚在医治中。弟弟寓刚愎于柔婉,其所蓄之犬亦如之,殆亦所谓性相近欤?

《繁华报》1944年9月12日

大不同

西藏路上,有一家大不同皮革制品公司出现,"大不同"三字,分析之共十三笔,而该公司之开幕期,又择于月之十三日,可谓与十三有缘。他日在"十三点"之新语中,"大不同"三字,或将与"户口米""王大吉"之类,同占一席地,则十三之数,似又未殆非"祥"也。

《繁华报》1944年9月14日

出货不认门

歌人萍姑娘，尝为其顶头上司胡当局所嫟。一晚，胡当局遇萍姑娘于百乐门，视萍姑娘如无睹，诧而问之，胡当局曰："我是向来出门不认货。"下走纠正其词曰："此当谓'出货不认门'也。"

《繁华报》1944 年 9 月 14 日

看《血滴子》

对于旧剧，近年来我是和它久违了，原因即在于病其太旧。昨天，有一位朋友情称《血滴子》系刮刮叫，宣传发生效力，这天晚上，我便跑进了中国大戏院，看了一小时的义务戏。

因为志在欣赏是剧的布景与灯光，所以没有想从头看起，只是误了末后的几场，因此张淑娴的演技与歌喉，我都错过了，她在八点半就下了戏，我没有知道她完戏这么早，这是损失。

然而曹慧麟的台上风情，亦颇能餍人之望。布景、灯光，确也并不使人失望，而戏中居然也有电梯上下，孙经理(兰亭)站在我背后，他说："这一部电梯，就花费了六十万。"此君是著名的滑稽之雄，处处不脱其东方曼倩的作风。

虽然是从半途看起，却看了终场才走，因为此戏是"新"而非"旧"，在今日之下，也略有新的皮黄剧尚能配合下走的胃口。

《繁华报》1944 年 9 月 15 日

姚莉歌酬

扬子舞厅之乐队，由姚敏领导，其妹姚莉，遂亦奏歌其间，扬子当局厚其酬给，每月正俸达三万金，兼供给膳宿。膳宿所需，至少亦需三万，故姚莉奏歌于扬子，迄今未尝他迁，正以扬子对姚供张之盛，为别人家所吃不消也。

《繁华报》1944 年 9 月 16 日

水电灯

在节电声中，应运而生的除了植物油灯之外，另有一种水电灯，也成风头上的产物。最近，大中华咖啡馆也采用了这一种灯，是租赁性质的，五盏灯，包括蓄电箱在内，每晚点一小时，每月的租赁共计六千元，计算起来，比点植物油灯费了不少，而光线与派头却远非植物油灯所能及。这也是一种新事业，预料不久的将来，这种水电灯也许会风行一时。

《繁华报》1944 年 9 月 19 日

咖啡馆事业

咖啡馆事业在今日，除非晚上能够苟延残喘，多做一二个钟头生意，也称还有利可图，否则简直生路缺失。别人家我不知道，大中华咖啡馆七月份的营业决算，是盈余七千余元，八月份是盈余一万数千元，大中华的营业，平时还算是相当好的，而法算成绩却不过如此。据说别人家甚至有亏本的，实在也是情理中事。

《繁华报》1944 年 9 月 19 日

芬芳两姊妹

坐红豆厅，妲妮小姐来晤，尊下走曰“爷叔”。此不知为何人所教唆，意者殆以下走年高德劭故耳。妲妮有妹，亦服务红豆厅。妲妮原名莲芬，其妹莲芳，此芬芳两姊妹，在南国佳人中，盖亦赫赫有名者也。

《繁华报》1944 年 9 月 20 日

笑话

作《笑的赞美》歌，亦《凤凰于飞》影片插曲之一。《咖啡周报》第二期，录刊此歌，在“它带来了无限的兴奋”句下，是“它带走了无限的忧虑”，《咖啡周报》乃承上启下，刊为“它带来了无限的忧虑”，笑而带忧虑以俱来，顾此“笑”辄无从赞美，惟有付之一哭而已！此真是“笑”的笑话也。

《繁华报》1944 年 9 月 21 日

《咖啡周报》

《咖啡周报》为李贤影先生所创办，陈宝章兄主编，以广告为主题，故外界并不发售，惟在诸家咖啡馆中分送座上客而已。其实此报若能稍稍注重于文字质量，亦未尝不可一纸风行，以此报印刷至佳，有此基础，实非不可无用耳。第二期之该报，刊一消息，谓女歌手玲芝，将嫁林青峰君，消息固亦甚属实也。

《繁华报》1944 年 9 月 21 日

郎妹之曲

有人预测下走为《凤凰于飞》作曲，必多“郎呀”“妹呀”之词。其实以“郎呀”“妹呀”入歌曲，非尽不足以登大雅之堂者，例如周璇主唱之《南风吹》一曲，聆之者无不谓情调婉约，足以憾人心怀。而曲中“郎呀”“妹呀”之声，凡数数闻，初亦不觉其可厌也。

古来民间歌曲，“郎呀”“妹呀”之词占其大半，冯梦龙所裒集者尤夥，流传于世，读者罔不喜其情意之缠绵。下走自视翦陋，于“郎呀”“妹呀”之词，转敛手不敢作，盖深恐未足媲美于古贤耳。

歌曲之美，不在于堆砌词藻，而贵乎接近天籁，薄视“郎呀”“妹呀”者，特不解天籁之可爱而已。

《繁华报》1944 年 9 月 22 日

吃汤团

乡先辈钱名山先生，由胃溃疡症转腹膜炎，医治罔效，遽于十九日归道山。先生病中，尝进柿子三枚，食后觉胸膈不舒，家人复以汤团进，胃痛遂剧，卒以是不治。闻南通张状元(季直)亦以吃汤团而一病不起。大抵年高之人，消化功能薄弱，汤团实不宜入口。年高之人吃汤团，其可怖较舞女吃汤团尤甚也。

《繁华报》1944 年 9 月 23 日

一曲清歌

有人欲为韩菁清出专集，征文及予，嘱予先拟一题，姑书“一曲清歌”四字付之，文则犹未就。菁清下海为女歌手，为时已久，而予仅一度见其人，地点不在时懋百乐厅，而在大中华座上，作狄安娜·窦萍[①]装束，气度颇不恶。此后得阅其日记，益钦迟其人，以为此亦好女子，故《一曲清歌》之作，下走终当拨自冗作命笔。

《繁华报》1944 年 9 月 23 日

① Deanna Durbin，好莱坞影星，曾主演《花月佳期》《彩凤清歌》《圣诞节》等影片。

栗子

糖炒栗子已有上市者，惟并非来自良乡，是栗颗之属，殆是所谓“魁派”耳。闻诸人言，今年之良乡栗子，以运输阻滞，故迄今犹无运抵沪上者，遂只得以魁派栗子充数。下走极嗜栗子，至此因亦有“黄钟毁弃，瓦釜雷鸣”之叹。惟上海人崇尚魁派，廖化作先锋之魁栗，当不应无人请教耳。

《繁华报》1944 年 9 月 24 日

咖啡大王与小花狗

咖啡大王张宝存，近与小花狗张雪尘发生支票纠纷，支票之为数达五十万金，等于六百数十磅咖啡之价值，宜大王之未能恝然置之也。闻大王与小花狗，尝于某处宴会中，表演订婚之一幕，大王以拟先填就之订婚证书，当众宣布。事虽出于游戏，亦足证两人交谊之厚，五十万支票之入于小花狗囊中，此中事迹，固亦耐人寻味耳。

《繁华报》1944 年 9 月 24 日

暗藏春色

聚头扇之折叠面睹云雨巫山之图者，此不足奇，可珍秘者为一种特制之扇面，其一面如花瓣之重出，穿以扇骨，如寻常之法展开，所见亦为庄严之我佛如来图，使逆其骨，则携云握雨之景，豁然呈露，如是而言“暗藏春色”，庶几恰当。最近，江栋良为南洲主人绘一箑，即作此情状。箑须定制，寻常笺扇庄不易购得，故可贵耳。

《繁华报》1944 年 9 月 25 日

白果

糖炒栗子虽未普遍上市，热白果之叫卖声则到处可闻。今年热白果之市价，为十元易十五颗，已不似往昔之“一只铜板买三颗”，传为街巷童稚之口头语矣。据医者言，白果质韧，极不易消化，食二百枚足以致死。此语苟确，则不若岭南荔枝之足快朵颐矣。

《繁华报》1944年9月25日

欧阳飞莺返沪

欧阳飞莺小姐赴青岛逭夏，闻时抵沪上。飞莺本丰腴，以两月来之优游憩养，丰腴遂视前尤甚，益以多炙阳光之故，使飞莺又胖又黑，几如来自僻壤之大姑娘矣。星期六下午，飞莺一度出现于万象厅，后此是否重返万象厅奏歌，则此际犹未决定也。

《繁华报》1944年9月26日

祁正音

《萝蔓娜》一曲，灌有唱片，主唱者祁正音小姐，歌喉甜美，而苦

图72　(右起)祁正音、白光、李香兰、周璇、姚莉、白虹，此照为荀道勇先生所收藏(曾刊于《海天》1946年第2期)

不识其人。一日,在丁香花园,梁乐音先生见告,则下走与祁小姐,固尝数数觌面者,盖祁小姐亦屡上银幕,而《凤凰于飞》插曲之有男女合唱者,祁小姐亦辄参加。匝月以来,予数至丁香花园,听周璇小姐录音,在歌唱队中,有一健硕之女,气度绝胜,初不审其姓氏,亦不敢举以叩诸人。及梁乐音先生见告,始知即祁正音,微乐音先生一言,几失之交臂矣。

《繁华报》1944 年 9 月 26 日

女子乐队

新新公司于万象厅、新新茶室落成之后,近复改装原有之新新酒楼,易名为"新新第一楼",以所在地为新新之第一层楼上也。

第一楼之特殊噱头,为雇用女子乐队,由女歌手玫瑛为领队。玫瑛之月俸达四万五千金,其他队员犹不在内,在第一楼亦可谓不惜工本矣。

最近,粤菜肆多增设咖啡座者,顾营业并不如何茂美,以面目相似,设备无甚差别,故不足以资号召也。南华尝有女子乐队之建议,以为即此与众不同之点,便足以耸人听闻,座上不患无冠裳之盛,否则惟蹈什么厅什么厅覆辙耳。今南华之改装计划尚未实行,而新新第一楼已采取此一战略,遂让第一楼开风气之先。夸张言之,殆属英雄所见也。

不过一般人目乐队吹打手为"洋琴鬼",以彼例此,女子乐队当名之曰"女洋琴鬼",若干时后,度将成为上海滩上之新名词矣。

《繁华报》1944 年 9 月 27 日

祁正音上银幕

祁正音上银幕，原不自今日始，惟过去仅在歌唱队中，偶现一面，兹则将正式露脸，在屠光启导演之新片中，担任一要角。予在丁香花园数数见正音，原以为此人歌喉既美，线条复不恶，华影似不当沧海遗珠，漠视此人。今果为青年导演所擢拔，正音小姐之佳运至矣。惟正音与华影订合同，亦只一部戏为限，大抵将审视其演出成绩如何，而定赓续与否也。

正音尝以师礼事梁乐音，晨间，正音恒诣花园酒楼，从其师习歌。屠光启之识正音，亦即在花园酒楼。乍见之时，屠导演未以为意，及闻其歌喉，始大加赞赏。其实正音特不欲修饰耳！苟其人亦映白施朱，而鲜明其袪裳者，风致正恐视李丽华为胜也。

《繁华报》1944年9月28日

初晤还珠楼主

还珠楼主李寿民先生，著《青城十九侠》《蛮荒侠隐记》诸说部，为华北人士所传诵，其风行之广，视平江不肖生之《江湖奇侠传》有过之无不及。月前，楼主自沽上来沪，尝一度举行书展，耳楼主之名者，争购其墨迹，自是遂居于沪。最近，百新书店主人徐少鹤先生，宴楼主于南华酒家，席间遂获偿瞻韩之愿。楼主为川人，而久居北地，予初拟以国语与楼主交谈，不意楼主启齿，说的竟是一口吴侬软语，遂为之大诧。寻知楼主少时，尝从其先人宦游姑苏，居金阊甚久，无怪操吴语如乡音也。

楼主患目疾，来沪盖为就医，其侈丽闳衍之作，已久辍未续。海上报纸有邀楼主撰边疆小说者，楼主以目疾辞，暂时犹不欲重度煮字生涯也。

《繁华报》1944年9月29日

百乐门展幕

百乐门去舞厅之名,改称大饭店,昨日下午,乃以老店新开之姿态,重展幕幔,新加入一批影人老板,惟韩兰根奔走场中,最为忙碌,殷秀岑与关宏达,则负手旁观而已。四时,由白光、周曼华共掌银剪,完成剪彩典礼。掌声如雷中,注视线于第一对下池之舞侣,则为谭海秋与一西洋女子,此老浸淫于舞,已有悠久历史,在此万目睽睽之场合,辄复身先士卒,洵所谓老子婆娑,兴复不浅矣!女影星周璇、白虹、王丹凤、凤凰皆至,女歌手玟瑛亦莅贺。下走坐至四时半而行,十大领班之乐队大会串,须五时登场,予乃不及俟。而周、白诸人之歌喉,亦未一展。盖场中已有济济跄跄之盛,不须赖此为号召矣。

《繁华报》1944年9月30日

曲有误

为《凤凰于飞》所制《笑的赞美》插曲,玟瑛小姐已奏唱于新新第一楼,玟瑛歌喉自佳,独惜为流行小册所误,"带走了一切的忧虑"唱成了"带来了无限的忧虑",遂有前后矛盾之谬。下走为《凤凰于飞》制歌十一阕,华影方面于油印成页后,以之分发如飞,而讹夺胥未经改正,于是见之于新出版之电影歌选小册中者,无不舛谬百出,面目全非。最滑稽者莫如《嫦娥》一曲,"一方青冥"之"冥",悉讹为"箕"字,简直无从索解。犹幸尚未误植"一方青菜",否则真可以笑歪嘴巴也。

《繁华报》1944年10月1日

苏杭取缔向导社

向导社姑娘美其名曰“歌女”，其实则出入旅舍，任人调笑，所谓“歌女”也者，根本离题甚远。今日为女歌手锋芒毕露时期，向导社姑娘亦曰歌女，不免有鱼目混珠之嫌矣。

闻苏杭两地，对歌女社已次第取缔，不许营业，有潜应客召者，一旦拘获，即以剃发为惩。三千青丝，付诸并州一剪，是盖采取上海处置钟雪琴、小香红一流人物之罚则。向导姑娘一变而为尼姑，揣其狼狈情状，要可喷饭。

上海方面，当局为整饬风化起见，亦有取缔向导社之酝酿，一旦实行，后此旅舍中光怪陆离之情状，当可稍减。然犹有因歌女社讹为欢女社，以一字之误而兴讼者，亦可谓滑天下之大稽矣。

《繁华报》1944年10月2日

见义勇为

新新第一楼与《申报》《新闻报》联合举办中秋同乐会，事先预布节目，影人歌手之列名者甚众，至期则影星仅到韩兰根、殷秀岑及白光、龚秋霞、王丹凤、白虹、陈□[①]七人，如算盘珠一档而已。韩殷照例是寿星唱曲子，合歌《王老五》一折。五位女明星以《银海千秋》已为两报贷学金效劳为辞，初不允登台。经一再折冲之后，终以“见义勇为”之大题目感动若侪，联袂唱党歌一阕，敷衍了事。女

① 此处字缺失，疑为女歌手陈飞。

歌手中，欧阳飞莺以咳嗽未愈，报到后道歉忱而去。吾友欲一见祁正音，祁终未至，并兰苓亦踪迹杳然，殆接角大员不知兰苓晏居何处，故无从索骥也。

《繁华报》1944 年 10 月 3 日

向白雪进诤言

屡欲上书白雪兄，略进诤言，顾终踌躇而未觉，以白雪虽不失耿直男子，然忠言毕竟不易悦耳，虑以此撄兄之怒耳。白雪为人，好处是有肝胆，然有时立论不知惩前毖后，则往往易召反感。白雪一生，吃此等亏已多，而迄今犹不知悔改。最近有一二件事，辄欲使老友为之摇头不已，以为诤言之进，实属刻不容缓，白雪兄苟能虚己敛容，许老友片言进规者，请洗汝耳。

《繁华报》1944 年 10 月 3 日

老牛破车

若干时前，在华影一厂遇王引，王最近看过老舍之《牛天赐传》，认为绝佳，嘱予另觅《老牛破车》，则以坊间遍购不得，欲下走向朋友处物色之耳。老舍一枝笔，自是呒啥话头，王引欲以《老牛破车》类材料搬上银幕，虑未必能讨俏，则以老舍笔下，多低三下四人物，趣味性诚浓郁，戏剧性则犹嫌不够也。《老牛破车》朋侪中遍询无收藏

图 73 《老牛破车》，老舍著，上海晨光出版公司 1948 年 4 月刊印

者，而日来王引亦返其津门故里，惟有容缓报命矣。

《繁华报》1944年10月4日

包小姐

《凤凰于飞》影片中，歌舞场面有如火如荼之盛，周璇与黎乐鸣君联袂表演踢踏舞，为此片最大特色。别有包氏姊妹二人，参加舞蹈节目，有一幕系婆娑于钢琴之上，为属别开生面。柳絮兄尝误听“报晓鸡”为“包小姐”，此片中则真有两位包小姐出场矣。

《繁华报》1944年10月4日

桑管之恋

听说桑弧兄与管敏莉女士，二人将缔订婚约。关于此事，我最先是从电影刊物中看到，继之是大郎兄的《定依阁随笔》中，亦以二人情好为言。由此推测，大概好事之谐，只是时间问题了。

桑弧兄为人，由来是属于温柔敦厚一型，和管女士的跅弛不羁，论个性是不尽相同的。不过桑弧兄与管女士，大家都是性情中人，这在日常和桑管二位同游诸人，几于是一致公认的。两人既有着一份惺惺相惜的情意，又同有一颗追求艺术生活的心，预料这一份姻缘，一定是能够获到圆满的后果的。

桑弧兄年逾而立，以对象的累选皆不能当意而迄今未成婚，朋友们对于桑弧兄的婚事，平时是无不寄以极度关心的。现在喜讯传来，桑弧兄获得了管女士的倾心相许，佳士与佳人的结合，谁能说不是一双佳偶！站在十年老友的地位，闻此佳讯，仿佛这一桩喜事就是属于我自己似的，事实上是为吾友庆幸，然而喜气却泛滥于自己的眉宇之上了。

《繁华报》1944 年 10 月 5 日

初度涉足跑马厅

难得看一场球赛，偏偏这一场球赛的结果是不欢而散，我的眼福是太浅了。

不欢而散的情形，昨日本报已有记述，兹不赘。对于球艺，就我的羊毛[①]看法，我觉得侨联方面，踢得比东华较好，有许多精彩表演，都是出于侨联诸将的脚头上。侨联能于逆风之下以三比二占优势，的确是有制胜之道的。

图 74　争看球赛之观众，刊于《太平洋周报》1942 年第 1 卷第 10 期

球踢到半路上会得泄气，这也是此日球赛中的特殊点缀，几位战将的脚头之猛，于此可见。

在场内碰到许多老朋友，汪啸水、刘春华、姚吉光、冯贵修诸位，都坐在万元座上。包小蝶、张伯铭和雪尘兄则席地而坐，当时我没有留心，招呼都没有打一个，很抱歉。

跑马厅开放后，我还是初次光临，因此对于这一个地方，很有些新奇的感觉，做了二十年的上海人，此日几于成为初进大观园的刘姥姥了。

《繁华报》1944 年 10 月 6 日

① “羊毛”，沪俗语，“外行”之意。

石家饭店

昔年游吴门，仅止于留园、虎丘，天平、灵岩且未尝一履屐，以是对于木渎石家饭店之鲃肺汤风味，遂亦惟有诵于美髯“多谢石家鲃肺汤”一诗而神往。

兹者消息传来，高士满舞厅已邀得石家饭店全班人马，其中包括庖人及侍者，同莅海上，即将于双十节起，在高士满之内附设石家饭店，以曾得于美髯品题之鲃肺汤一味，供沪人快朵颐。

近时舞榭营业，大抵于晚间九时开始，高士满即利用九时以前之晚餐时间，供给石家饭店，只做夜饭生意，不做午餐，则以电力不敷关系，故卜夜而不卜昼也。

闻诸孙克仁兄言，舍鲃肺汤之外，复有母油鸡、两虾豆腐诸味，亦为石家饭店名馔，风味之佳，为海上餐肆所无。克仁兄于开辟石家饭店之前，尝亲诣木渎，实地尝试，所言当属经验之谈，会当开幕以后，作问津之渔郎焉。

《繁华报》1944 年 10 月 8 日

还珠楼主北归

还珠楼主枉驾过访，以所书立轴一帧贶下走，言三数日复将北归，故以秀才人情为赠。楼主书法自具工力，秀才人情云云，盖谦巽之辞也。楼主之北归，为筹备《小说旬刊》出版事宜。殆诸事皆蒇，楼主仍将来沪上，盖《小说旬刊》之创，其计划为在平出版，在沪发行。楼主以武侠小说歆动北国人士，而沪人之嗜诵者亦众，逆料《小说旬刊》问世后，当不难风行于时。楼主此次来沪举行书展，得百数十万金，即以之为《小说旬刊》之资本，故楼主北返，亦可谓满载而归。其苗头初不逊童芷苓、言慧珠之俦也。

《繁华报》1944年10月9日

电影观众

曾观《教师万岁》，亦曾观《龙虎大侦探》，两片水准，自有天壤之判。顾闻诸人言，《教师万岁》之售座成绩，犹不若《龙虎大侦探》，聆之真可气沮。黄钟毁弃，则瓦釜雷鸣，“今日的电影观众不是从前的电影观众”，此言并非尽诬也。

《繁华报》1944年10月9日

曲有误之二

坐孔雀厅，听柔云小姐唱《笑的赞美》，亦误“带走了一切的忧虑”为“带来了无限的忧虑”。孔雀厅延梁乐音先生为音乐顾问，此曲歌谱，殆为梁乐音先生所授，顾胥抄者笔误之处，乐音先生未尝正其谬，遂使歌之者将错就错，万一此曲而流行，殆有“误尽天下苍生”之虞。犹幸此曲调子为伦巴，弦音复杂，歌词为乐声所掩，虽有疵谬，听曲者亦不可避免矣。

《繁华报》1944年10月10日

《嫦娥》

华影将摄制《嫦娥》一片，待李香兰来沪主演，导演则为卜万苍，阿方哥并不参与其事也。阿方哥之《凤凰于飞》中，亦有嫦娥节目，惟仅作流声投袂之演出，非完全搬演嫦娥奔月故事。故与卜万苍之《嫦娥》无抵触。《嫦娥》故事之载籍可考者，迹近神话，似无若何特别意义，而亦搬上银幕，可知影片公司之剧本荒，荒至如何程度矣。

《繁华报》1944 年 10 月 10 日

CPC

予常力绳祁正音歌喉并气度之美，及晤吴承达兄，亦尝欲发掘此人，新新第一楼开幕以前，一度与正音谈判，正音有诺意，卒以与华影忽订合同，议败垂成。否则正音在第一楼头，且早以宛妙之音，教人不尽低徊矣。正音，几个饭店奏歌，名祁佩仙，人称 CPC[①]，则姓名之谐音耳。

《繁华报》1944 年 10 月 11 日

白光不上银幕

华影诸女星，平时较跅弛者已物各有主，完全凭艺术而生存者大抵以所获之菲而叹活勿落，如周璇、白虹之投资百乐门，四姊妹之计划开设咖啡馆，无非都为稻粱谋耳。白光莅沪后，原拟重返华影，再登银幕，及闻第一流大明星之月俸，不过数万金，遂宁愿托迹"阿派脱门脱"[②]中，度其寓婆生活。此亦《银海千秋》中新奇现象也。

《繁华报》1944 年 10 月 11 日

新刊物

纸老虎猖獗，上海遂为之纸贵，不过出版物却并不因纸贵而

① CPC，亦为上海知名咖啡品牌，故蝶衣有"谐音"之说。
② "阿派脱门脱"，apartment 的沪语音译，"公寓"之意。

受打击，相反的是气象格外蓬勃。最近，定期刊物又续有《光化》《两年》《□》[①]三种问世，内容都很充实。前者有《胡适外传》《华林论》《诗人吴梅村》等几篇传记文字，颇可诵。更名贵的是戴望舒译的一个短篇《好推事》，原作是西班牙名作家阿索林，文笔相当犀利。后者搜集了几篇关于鲁迅藏书出售的文字与广告，迹近噱头，然而内容着实不坏。

图 75 《两年》创刊于 1944 年 10 月，《星花》创刊于 1944 年 12 月

《□》尚未寓目，仅在报纸上看见广告，阵容很动人，内容一定不会错到哪里。《□》字有许多人不认识，便越容易引起读者的注意，这和冰淇淋而称“焬”，大概是同一用意。

据说陶秦先生亦将办一月刊，命名《翰林》，此外还有几种在筹备中。上海的出版物大有层出不穷之概。不过男至尊宝胡佩之先生主办的《宇宙》，大概是流产了。

《繁华报》1944 年 10 月 13 日

① 此处蝶衣先生留白，疑为《飚》杂志，创刊于 1944 年 10 月，刊载有张爱玲绘画《无国籍的女人》和张子静之《我的姐姐张爱玲》等。

《蜀山剑侠》上舞台

还珠楼主有两种说部，在北方享有盛名，其一为《青城十九侠》，尚小云尝演之于氍毹上；其二为《蜀山剑侠》，则已为共舞台所采取，亦将搬演为连台本戏。共舞台过去演《火烧红莲寺》，有如火如荼之盛，今复着手编排《蜀山剑侠》，演出之日，三层楼观众殆又将叫嚣如狂矣。

《青城十九侠》演于北，《蜀山剑侠》演于南，一南一北，乃成遥相辉映之局焉。

还珠楼主顷犹滞留沪堧，大约一来复后将返平，预定匝月后重来，届时殆可见《蜀山剑侠》于舞台上矣。

《繁华报》1944 年 10 月 14 日

凤凰与凤凰绸

有人言，影星凤凰小姐闺中，庋藏衣料甚夥，凤凰新装，几有做不胜做之概。此项衣料，凤凰未尝耗费分文，特为他人赉送而至，凤凰却之不恭，于是一一贮之于箧，为日既久，凤凰闺中乃与绸缎肆之堆栈无殊。据识货者言，凤凰闺中所贮衣料，大率为久昌织造厂出品，厥名凤凰绸。以凤凰绸投赠凤凰小姐，当亦红粉赠佳人之意也。

《繁华报》1944 年 10 月 16 日

爱莫能助

大郎有"许多朋友托宣传，当我电台报告员"之诗，妙极妙极。下走亦尝于一日之间，接得画展请柬三纸，朋友用得着我，在理自应力效微劳，无如评书评画，在下走皆为外行，隔靴搔痒之谈，在下走难免贻“假老鸾”[1]之诮，在朋友亦于事无补，于是请柬之来，遂亦惟有视之如拜年帖子，实缘爱莫能助耳。

《繁华报》1944年10月16日

影星习平剧

周曼华与胡枫，先后从事平剧之研习，以电影演员而欲寝馈旧剧，此当为知识程度的关系，犹诸今日所谓评剧家，尚有啃牢死人骨头不放者，事出一例，良无足怪。

今日第八艺术圈中人，究诣实际，若能了解第八艺术者，男演员尚且十不得一，何况舞女出身之女演员。在若侪视之，电影与旧剧固二而一，一而二，无分彼此也。

世人之识见不一，思想之锐钝有别，科学画报与线装书各有其读者，此亦惟有听其自然而已。

《繁华报》1944年10月17日

《苦儿天堂》赞

舒适导演之《苦儿天堂》，为自有国产电影以来最珍奇之收获。《表》的故事之动人虽为助长成功之最大原因，然手法之洗练及画面之明快，则不能不归功于导演。自来国产影片绝少尽善尽美之作，惟此片当刮目相看。管见以为叶小珠演技之佳，并不视密盖罗纳为逊。东方好莱坞犹无金像奖之例，兹姑以下走之“笔尖奖”畀予舒适先生及叶小珠小弟弟焉。

《繁华报》1944年10月18日

---

① “假老鸾”，沪语，亦作“假老卵”，适用语境甚多，此处为“冒充内行”之意。

飞莺出处

欧阳飞莺避暑归来后，出处犹未决定，国际当局曾邀飞莺重返十四楼，而万象厅则亟盼飞莺销假，月俸已抬至五万金，犹未为飞莺所接受。盖飞莺以家人阻隔，对于是否重展歌喉问题，尚在踌躇之中也。

《繁华报》1944 年 10 月 18 日

《金丝雀》

闻徐欣夫将以凡士探案《金丝雀》搬上银幕，凡士侦探案出美国范达痕手，其侦探方法侧重于心理分析而不重于证据，思想之高，与夫构局之奇诡，在侦探小说中不作第二人想。徐欣夫着眼及此，可谓有识。平心而论，徐欣夫于导演手法，非不高明，过去特患在无完好之剧本，供其发挥，于是所谓侦探片者，类皆非驴非马，与好莱坞之陈查礼侦探片比较，直如小巫之见大巫。而凡士探案则结构缜密，映诸银幕，容能引人入胜也。

《金丝雀》与罗兰主演之舞台剧，名称雷同，徐欣夫有别易一名之意。其实舞台剧是舞台剧，侦探片是侦探片，即使雷同，明眼人亦能鉴别。《女伶血案》一类名称，非不可用，特《金丝雀》三字较可爱，终不如保存原名之为佳耳。

《繁华报》1944 年 10 月 19 日

影片与现实

有几位仁兄批评《苦儿天堂》，以为中国还没有那样设备完善的贫儿院，因此病其不现实。我的见解却是不同的。我以为影片的表现是给人一种观感,应该扬弃丑恶,暴露光明的一面,给人一种庄严伟大的印象。战前的国际新闻片,尽多带有示威性质的,战后运沪的日本影片,宣扬国民美德的作品更屡见不鲜。影片多少带一点国际性(虽然暂时不能出国),我们为什么要给人家看到破破烂烂的一面,而不以庄严与光明的一面让人留下良好的印象呢?

我反对像《吸血魔王》一类连叫花子捉虱那样的肮脏镜头也出现于银幕,《万世流芳》中吞云吐雾的画面我也反对。民生的疾苦无妨采为资料,一团糟的景象则应该掩蔽。所以我认为,《苦儿天堂》中的贫儿院,一定要表现到现在的程度,我们为什么不该有这样一个理想的孤儿院?看电影应该带一点世界眼光,《苦儿天堂》中的贫儿院不要以为定须出现于好莱坞影片中始认为合理。

《繁华报》1944 年 10 月 20 日

孔雀厅小坐

坐孔雀厅,此地最舒服者为坐椅,有扶手,与摩天厅外室之设备同,颇耐久坐。乐队于三时开始,而歌手则四时许始来一柔云,聆其唱《笑的赞美》及《晚宴》,前者已听过一次,后者则未之前闻,幸未听过听伤,非瘌痢头儿子自己的好,特柔云小姐歌喉佳耳。梁萍于五时后始莅临,歌三折,翩然即去,遥见御粉红色大衣,飘动如蛱蝶,后影视之美极。梁乐音先生为此间音乐顾问,睹予,来晤谈片时,抢会吃账而去,阻之无及,真使人不安也。予不恒莅孔雀厅,此日特为谈公事而约晤欧阳飞莺于此。飞莺小姐以照片畀我,胥逭暑青岛时所摄。飞莺将为我撰《在青岛度过了夏天》,付《春秋》发刊焉。

《繁华报》1944 年 10 月 21 日

湖山佳趣

眉子兄湖山幽居，享尽林泉清福，读眉子兄《破闷》之录，真令人羡煞妒煞，尘寰扰扰，看尽了狡猾奸谲脸面，恨不能奋袂投管社山，商诸眉子，请眉子许我平分秋色也。闻管社山邻近梅园，忆下走一次游梁溪，尚在十数年前，与秦子松石与女优兰姑娘同行，当时曾到过一次梅园。到梅园亦惟此一遭而已。记得梅园有广轩曰“诵豳堂”，悬一副楹联，有“问寒梅花未”之语，似是孙寒崖先生手笔、此外又有假山一带，可以在山洞里钻来钻去，一如吴门之狮子林。当时情景至今萦绕脑海。又闻管社山地滨太湖，太湖三万六千顷，水波浩渺，为观之壮观可想。向时游锡，竟未尝一至其地，实为生平游浪史中一恨事。此日梅园花事，不当其时，惟太湖秋色，必有可资流连者，读《白雪泼墨》，知此愿为白雪先偿，缅想湖山佳趣，恨未与白雪同展游屐也。

《繁华报》1944 年 10 月 22 日

周璇卧病

白光小姐在百代公司灌唱《葡萄美酒》一曲之日，遇到了黎乐鸣君，告诉了我周璇小姐卧病的消息，他说：“很想去看看她，只是没有工夫。”我说：“待会儿有没有空？要有空，我和你一块儿去。”结果是听白光灌音听得晚了，改约次日上午在丁香花园碰头，一块儿去探视周璇。

到了翌日，老天不帮忙，下着倾盆大雨，于是探病之约，为雨所阻，我既没有到丁香花园去，黎君也没有来找我，一直因循到现在，还没有趋向周璇病榻之前，一致慰问之意。

周璇的体质，素来孱弱，自从主演《红楼梦》一片后，格外传染了林姑娘的作风，恹恹地成了个多愁多病身。有人说，这是上次赶拍《红楼梦》太辛劳了的缘故。据我看来，则她在离婚以后的心绪之郁结，恐怕也是迁延成病的一因。

在银幕女星中，周璇是我认识最早的一个，也是给我印象最好的一个。在一二天内，我决定抽一个空，作一次潇湘馆之行，探视一下我们的现代林黛玉。（注：黎乐鸣君为周璇在《凤凰于飞》中之合作者，共同作蹋踏舞之演出，甚可观。）

《繁华报》1944年10月23日

道上覯张善琨夫人

道上遘张善琨夫人，夫人早年享盛誉于舞台上，尝以父礼事吾师林屋山人，予故识夫人甚早，维时夫人方当妙年。及适善崐先生，卸却歌衫，遂不恒觌面。然十数年来，每于道上遘夫人，夫人辄朗声呼我，此日复然。予颇诧夫人体态之丰，视三数年前几判若两人。而夫人则惊我羸尪，疑予恒病，仓促间无辞以对，惟有颔之。夫人携一少女同行，指谓我曰："此我生女，亦长成如许矣！"予闻语亦惊诧，则以旧时师兄妹，互为少年，转瞬之间，胥复儿女成行矣！怔营之顷，真不胜"昨日犹少年，相看忽成溪"之悲也。

《繁华报》1944年10月24日

探周璇小姐病

前日上午，一辆三轮车赶到丁香花园，找到了黎乐鸣君，同往"潇湘馆"，探视周璇小姐的病。周璇并没有缠绵病榻，她在楼梯迎接着我们,引导我们踏进了会客室。

我以为周璇小姐的病,已经痊愈了,叩问之下,才知她晚上依然失眠,不过头痛是好了一点,本来是躺着的,因为等候医生,所以起来了。她告诉我们,现在仍在每天打针服药中,打的是维他命C、维他命B以及葡萄糖针之类。据医生的诊断,失眠及头痛都是由于神经衰弱所致。

寒暄一番之后,我开始注意会客室的布置,这是一间方不盈丈的小室,中间是一张方桌,靠窗放着一张长沙发,一张单人沙发,桌子上安放着瓶花,壁间的五斗橱和碗橱上,也放着照相架,就是这一点,充分显示了大明星的色彩。

有一头纯白色的袖狗,依依于周璇的膝下,我问周璇,它是不是叫"吐吐"?周旋说:"这是一头雌的,还没有名字,你给它题一个好不好?"

周璇所居,是一幢不知是西班牙抑是葡萄牙式的小洋房,楼上一连三间,就是周璇一家子住着,除了她母亲和女佣以外,只有一头没有名字的袖狗,陪伴着她的寂寞。

为了病,周璇自己也很着急,因为她耽误了《凤凰于飞》的摄制工作。《凤凰于飞》仅开拍了十分之三,尚有大部分的歌舞场面等候着周璇一个人,她不踏上摄影场,已搭好的布景只好空搁着。周璇说:"只有三四天的假期了!公司里已送来了二十六日拍戏的通告,而我的精神依然没有复原,早知道病一时不容易好,我也就不演这部戏了。"

对于这一位演过《红楼梦》的现代林黛玉,我除了稍致慰问之词外,深愧未能作有裨于病者的有效安慰,因为我不是现代贾二爷。

窗外的乌鸦噪叫着像是在觅食，这用不着奇怪，鸟儿为什么唱，因为已是晌午时分，该进午餐了！于是与黎乐鸣同向周小姐兴辞，结束了这一次的新潇湘馆之行。

《繁华报》1944年10月25日

领照会

女歌手莺姑娘自避暑归来后，万象厅方面曾提出销假之请，但几经磋商，终于为了登记问题而陷入僵局，莺姑娘说："叫我领一张照会，这算什么？"莺姑娘以闺秀姿态下海行歌，遂认"领照会"为奇耻大辱。其实为了吃饭而领照会，仅能说是悲哀而已！算不得耻辱。莺姑娘将领照会看得那么严重，问题当不在于耻辱与否，而是她根本不需要鬻歌。

莺姑娘的倔强自是可敬，然因此却不能不为一般的女歌手哀，姚莉、郑霞、梁萍、张露，她们难道没有一份傲岸的性格？只是为了要吃饭，要靠着自己的力量养活自己，于是只得迁就。

对于这些在生活线上挣扎的姑娘们，虽然领了一张照会，倒觉得她们是更可敬爱！

《繁华报》1944年10月27日

关于陈歌辛

小春兄的《水泥篇》中，涉及音乐家陈歌辛。小春兄说："小型报人对之均无好感。"如果这话是代表小型报人说的，那么我第一个申请退出此一"均无好感"的阵线。

小春兄以“骄傲”病诟陈歌辛，关于这一点，我有不同的看法。我以为人的处世虽贵乎谦和，但傲骨也应该有一点，一味胁肩谄笑毕竟非流品之高者，所以骄傲也决非劣根性，不过看所施的当否而已！譬如我是一个操觚人，当然甚愿引小春兄为友。反之，如果我是一个五金店老板，我就不必理睬你，盖道不同也。陈歌辛君当然不必在小型报人之前陪小心，但是我可以断言，这世界上也一定有使他崇拜的人物。

其次，小春兄又谈及陈所作歌曲，以为“均系男女私情之曲，绝无教育意义”，因此说他“不为人重”。这是对于艺术的一种批判，无需旁人异议，因为见解是各人不同的。不过有一点我素来反对，那就是批判而采取一概抹煞的态度，陈君所作歌曲，据我所知，也尽有不在男女私情范围之内的。我以为，即使限于男女私情也不足为病，例如我们平时执笔为文，又何尝有什么教育意义，还不是十九皆风花雪月之作？

今天题材缺乏，遇见小春兄之论，遂牵涉上这么一大段。必须声明者是我与陈歌辛君虽是五百年前共一家，论交情却属泛泛，愿小春兄勿疑我有偏袒。

《繁华报》1944 年 10 月 28 日

谁教你们是班底？

为了班底提出增加包银的要求，戏馆老板不服帖，于是平剧业联谊会所属六家戏院，采取一致的断然处置，贴出了停业的通告。看样子，大有“我们一律关门，看你们跑到哪儿去啖饭”的意思。在这样的情势之下，班底们之软化殆是必然之事，也该是戏馆老板的意料中事。在这样的情势下,班底们应该自恨没有爬到麒老牌那样的地位,否则一场戏代价数十万,照样也会有人“杭”过明白;应该自恨不是京朝大角,否则联票计酬,飞机接送,也都是稀松平常的事。谁教你们是班底呢?是班底就只有挣那么三万五六千的份。

《繁华报》1944 年 10 月 29 日

劝陈歌辛先生!

歌辛先生:

报纸上的舆论,我也许已经看到,这里,我想站在“五百年前共一家”的立场上,向你略进劝告,希望你注意二点:

第一,即使是一个与你漠不相关的人,你也应该当他是衣食父母,对了他纵然不打躬作揖,至少也要嬉皮笑脸,表示亲善,千万不要冷若冰霜,免得给人家说一声“裴斯不开登”①。第二,当人家在你面前提及某一个人的时候,即使是阿猫阿狗,你也应该仿“我的朋友胡适之”之例,连忙承诺:“这是我的好朋友!”表示并非目中无人。

最后,我还想劝告你配一副眼镜,因为我从吴承达兄的口中,获悉你犯了欧阳飞莺一样的毛病,患着深度的近视,庶几不至于三尺以外的人物视若无睹,因而得罪人。现在,现在是一个应该“先”向人打招呼的世界。

《繁华报》1944 年 11 月 1 日

① 裴斯·开登(Buster Keaten),为好莱坞著名冷面滑稽明星,蝶衣此语,意在调侃。

图书在版编目(CIP)数据

茗边手记 / 孙莺编. -- 上海 : 上海人民出版社, 2024. -- (陈蝶衣文集). -- ISBN 978-7-208-19117-4

Ⅰ. I217.2

中国国家版本馆 CIP 数据核字第 2024VT9384 号